Das Buch

Es ist ihr letzter Auftritt nach einer langen Lesereise. Die erfolgreiche Autorin Rina Kramer weiß nicht, dass sie schon lange verfolgt wird und der Stalker wieder im Publikum sitzt.
So ist er ihr auch völlig fremd, als er kurz darauf am Tor ihres einsam gelegenen toskanischen Anwesens auftaucht und das Ferienhaus mieten will. Rina, die gerade mit ihrem Sohn allein ist und ein bisschen Abwechslung gut gebrauchen kann, willigt gern ein. Außerdem ist ihr der Mann durchaus sympathisch.
Aber der Gast benimmt sich eigentümlich und wird ihr immer unheimlicher. Bei seiner Ankunft gab er sich überrascht, dass sie Romane schreibt, doch als sie herausfindet, dass er sämtliche Bücher von ihr kennt und alles über sie weiß, bekommt sie Angst. Dabei ahnt sie noch gar nicht, was er Schreckliches plant. Als sie endlich erkennt, in welch großer Gefahr sie und ihr Sohn schweben, ist es zu spät. Und es gibt niemanden, der ihr in der Einsamkeit helfen kann.

Die Autorin

Sabine Thiesler, geboren und aufgewachsen in Berlin, studierte Germanistik und Theaterwissenschaften. Sie arbeitete einige Jahre als Schauspielerin im Fernsehen und auf der Bühne und schrieb außerdem erfolgreich Theaterstücke und zahlreiche Drehbücher fürs Fernsehen (u. a. *Das Haus am Watt*, *Der Mörder und sein Kind*, *Stich ins Herz* und mehrere Folgen für die Reihen *Tatort* und *Polizeiruf 110*). Ihr Debütroman *Der Kindersammler* war ein sensationeller Erfolg, und auch all ihre weiteren Thriller standen monatelang auf der Bestsellerliste.

Lieferbare Titel

Der Kindersammler - Hexenkind - Die Totengräberin - Der Menschenräuber - Nachtprinzessin - Bewusstlos - Versunken - Und draußen stirbt ein Vogel - Nachts in meinem Haus

SABINE THIESLER

UND DRAUSSEN STIRBT EIN VOGEL

THRILLER

WILHELM HEYNE VERLAG
MÜNCHEN

Verlagsgruppe Random House FSC® N001967

Vollständige Taschenbuchausgabe 07/2017
Copyright © 2016 by Sabine Thiesler
und Wilhelm Heyne Verlag, München,
in der Verlagsgruppe Random House GmbH,
Neumarkter Straße 28, 81673 München
Umschlaggestaltung: Martina Eisele Grafik-Design, München
Umschlagfoto: Mariano Gonzales / Moment / GettyImages
Satz: Schaber Datentechnik, Austria
Druck und Bindung: GGP Media GmbH, Pößneck
Printed in Germany

ISBN 978-3-453-43887-3

www.heyne-verlag.de
www.sabinethiesler.de

Es war finster geworden, Himmel und Erde verschmolzen in eins. Es war, als ginge ihm was nach und als müsse ihn was Entsetzliches erreichen, etwas, das Menschen nicht ertragen können, als jage der Wahnsinn auf Rossen hinter ihm.

GEORG BÜCHNER, LENZ

ERSTER TEIL

RINA

1

Nur eine fahle Leselampe beleuchtete Gesicht, Lesepult und Buch. Der übrige Raum lag im Stockdunkeln.

Sie sprach langsam und sehr leise ins Mikrofon. Niemand bewegte sich oder gab irgendeinen Laut von sich. Es war, als hätte das Publikum aufgehört zu atmen.

Er stand hinten, direkt neben der Tür, konnte den Saal überblicken und wusste ganz genau, dass sie ihn nicht sehen konnte. Dass sie ihn noch niemals, auch nicht bei den vorangegangenen Lesungen, gesehen hatte. Durch die Lampe geblendet, konnte sie kein einziges Gesicht der Zuhörer erkennen. Der Raum lag vor ihr in undurchdringlichem Schwarz.

Von dem, was sie las, kannte er jede Zeile, jedes Wort, er setzte in Gedanken Kommata und Punkte. Sie las gut, das musste er ihr lassen, besser hätte er es auch nicht gekonnt, sie wusste, was sie sagte. Anscheinend hatte sie sich lange und intensiv mit dem Text beschäftigt.

Er schloss die Augen, ließ die Worte auf sich wirken und spürte ein leises Vibrieren, als würde ihr die Stimme versagen. Sein Puls beschleunigte sich. Die Geschichte ging ihr offenbar selbst an die Nieren.

Es wurde dunkel. Die Sonne versank hinter den Bergen und machte ihr Unglück endgültig. Lisa wusste, dass er jetzt ganz bestimmt nicht mehr kommen würde. Nicht in der Nacht. Dennoch hörte sie nicht auf zu hoffen.

Immerhin war die Nacht warm. Schwüle Luft lag über dem Haus wie eine dicke Decke, unter der man kaum atmen konnte. Ihr Herz krampfte sich zusammen, wenn sie an den Streit am Nachmittag dachte. Sonst wäre Leo vielleicht nie weggelaufen.

Sie war schuld. Und Ben hatte keine Ahnung davon. Er hatte Leo stundenlang gesucht, hatte nach ihm gerufen, hatte geweint und geschrien, und jetzt wagte sie es nicht mehr, ihm auch nur einen Ton von dem Streit zu erzählen. Der wegen einer absoluten Nichtigkeit begonnen hatte.

Zwei Zuhörerinnen putzten sich die Nase. Er lächelte. Das war wunderbar. In seinen Träumen hatte er sich vorgestellt, dass sie weinten. Ein unglaubliches Glücksgefühl breitete sich in ihm aus. Die eigenen persönlichen Probleme der Zuhörer waren ein Klacks gegenüber dieser Geschichte. Sie sollten an nichts anderes mehr denken.

Als er Rina zum ersten Mal begegnete, hatte er sie sich jünger vorgestellt. Vermutlich war das Foto in den Büchern mehr als zehn Jahre alt. Erneut schloss er die Augen. Die Stille im Saal war fast unheimlich. Niemand räusperte sich, niemand hustete, kramte in irgendeiner Tasche herum oder knisterte mit einer Bonbontüte. Man hätte die berühmte Stecknadel fallen hören können. Die Zuhörer hatten die Welt vergessen und waren vollkommen gefangen von dem, was Rina Kramer ihnen vorlas.

Nie würde sie darüber hinwegkommen, dass sie es gewesen war, die »Verschwinde!« und »Geh mir aus den Augen!« gebrüllt hatte.

Diesen entsetzten Ausdruck im Gesicht ihres Kindes würde sie nie mehr vergessen. Danach hatte sich Leo einfach umgedreht und war weggelaufen. Aus dem Haus, aus ihrem Leben und vielleicht in den Tod.

Jetzt horchte sie in die Nacht und betete, wie sie noch nie gebetet hatte, aber da war nur Stille. Unendliche, brutale Stille.

In diesem Moment klingelte ein Handy. Das Geräusch fuhr ihm wie ein Stich ins Herz und erschien ihm so laut und durchdringend wie der Feueralarm in einer Grundschule.

Hör auf!, schrie er innerlich, hör endlich auf!, und presste mit aller Kraft beide Hände auf die Ohren.

Welches verdammte Arschloch hatte bei so einer Lesung sein Handy nicht ausgeschaltet?

Er beobachtete jeden Einzelnen im Publikum. Irgendjemand musste ja nach seinem Handy suchen, um es mit zitternden Händen und beschämt zum Schweigen zu bringen.

Aber nichts passierte.

»Was ist hier los?«, schrie er laut und wunderte sich, wie schrill seine Stimme in dem stillen Saal klang. »Welcher Idiot hat sein verdammtes Handy angelassen und ist jetzt noch nicht mal in der Lage oder zu feige, es auszuschalten?«

Eine Frau zuckte zusammen. Sie trug ein beigefarbenes Chanel-Kostüm, eine geschmackvolle Goldkette, kurze, dauergewellte Haare, sah aus wie eine Gymnasiallehrerin für Latein und Geschichte und knipste nun hektisch ihr Handy aus.

»Entschuldigung«, hauchte sie. »Tut mir wirklich leid.«

Er wurde fast ohnmächtig vor Hass. So viel Kaltschnäuzigkeit brachte ihn um den Verstand.

Was für eine dumme Schlampe. Er konnte es nicht fassen.

Aber Rina Kramer meisterte die Situation. Sie sah ins Dunkel und atmete tief ein. Ihm war klar, dass sie versuchte, ihre Konzentration zurückzugewinnen.

Dann las sie leise weiter.

Mein Leben ist zu Ende, dachte Lisa, ich halte es nicht aus, ohne Leo und mit dieser Schuld bin ich nichts, bin ich zerstört. Ihr Mann würde sie hassen. In ihrem Leben gab es niemanden mehr.

Ben stand auf und zog sich die Jacke an. Er war wahnsinnig, er wollte sogar in der Nacht nach draußen und weitersuchen. Sie konnte es verstehen, aber jetzt hatte sie Angst um beide.

Die Frau mit dem verdammten Handy hatte alles kaputt gemacht. Zauber und Atmosphäre der Geschichte waren dahin. Er konnte seine Wut kaum unterdrücken, schaukelte von einem Bein auf das andere und massierte seine Fingerknöchel. Hörte gar nicht mehr zu. Die Worte plätscherten an ihm vorbei.

Jetzt las sie die gesamte Passage von der Nacht, in der sie auf das Kind warteten, hin- und hergerissen zwischen Hoffnung und Hoffnungslosigkeit. Jedes Wort kannte er auswendig. Es war die stärkste Szene des Buches. Einfach großartig.

Er schloss die Augen und vergaß endlich die Frau mit dem Handy. Ließ sich fallen und hörte nur noch die Geschichte.

Nun kam die Stelle, wo das Käuzchen schrie, Lisa jede Hoffnung aufgab, Leo jemals lebend wiederzusehen, und angstgeschüttelt nur noch darauf wartete, dass ihr Mann irgendwann wiederkam.

»Ich will dich nicht verlieren«, flüsterte sie, »dich nicht auch noch. Auch wenn wir Leo niemals wiederfinden, bleib bei mir, Ben. Bitte, hilf mir. Ich bin so allein.«

Ben stand Stunden später vom Regen völlig durchnässt in der Küche, machte aber keine Anstalten, die Jacke auszuziehen und sich abzutrocknen, reagierte nicht, sagte kein Wort, sondern sah nur stumm aus dem Fenster und starrte in die Nacht.

Sie wusste, dass er nie darüber hinwegkommen und niemals mehr einen Weg zu ihr finden würde.

Rina Kramer blickte auf, atmete tief und deutlich aus, lächelte ein wenig und klappte das Buch zu.

Das war ein Zeichen, das jeder verstand. Die Lesung war beendet.

Niemand rührte sich. Totenstille. Es rückte noch nicht einmal jemand seinen Stuhl zurecht.

Doch nach unendlich langen Sekunden begann jemand zu klatschen. Dann drei, dann zehn, dann fünfzehn Personen, und schließlich gab es donnernden Applaus.

Die Bibliothekarin schaltete das Licht an, und langsam wurde der Saal hell.

Er setzte sich schnell auf den frei gewordenen Stuhl und bemühte sich, hinter dem Rücken seines Vordermannes zu verschwinden.

»Aaaahh!«, sagte Rina. »Danke. Ich danke Ihnen sehr. Das ist wundervoll. Und jetzt sehe ich Sie wenigstens alle und weiß, vor wem ich gelesen habe.« Sie lächelte. »Ich hoffe, meine Lesung hat Ihnen trotz der kurzen Störung gefallen, und ich habe Sie ein bisschen neugierig auf das Buch gemacht. Wenn wir uns jetzt noch etwas unterhalten möchten: herzlich gerne. Ich bin hier, ich habe Zeit, und Sie können mich fragen, was Sie mich immer schon einmal fragen wollten. Und ich verspreche: Ich beantworte alles!«

Niemand rührte sich, denn niemand traute sich, eine Frage zu stellen.

»Nur zu!«, ermunterte Rina die Zuhörer erneut, die zwar immer noch schwiegen, aber auch keine Anstalten machten zu gehen.

»Wir möchten Frau Kramer für diese wunderbare, intensive Lesung herzlich danken«, sagte die Bibliothekarin mit so leiser, zittriger Stimme, dass man sie kaum verstand, obwohl sie in ein Mikrofon sprach.

Was für eine verlogene Tante, dachte er, du hast doch gar nicht richtig zugehört. Ihm wurde schlecht.

Nach einer Pause fragte er mit leiser, aber klarer Stimme: »Woher nehmen Sie eigentlich die Ideen für all Ihre Romane?«

Rina hatte nicht mitbekommen, wer gefragt hatte, aber antwortete sofort. »Es sind eigentlich Kleinigkeiten, die mir auffallen und die zu einer Idee werden. Ein einsames Haus im Wald, ein außergewöhnlicher Charakter oder auch eine Situation. Eine kurze Zeitungsnotiz oder etwas, das man über sieben Ecken von einem Freund erfährt. Wichtig ist, dass mich das Thema tief berührt. Manchmal überlege ich: Wovor hast du Angst? Und dann fallen mir Situationen ein. Und aus der Situation, die mir am wichtigsten ist und die mich am meisten interessiert, versuche ich eine Geschichte zu entwickeln, mit der ich mich dann sehr lange und eigentlich täglich beschäftige.

Man muss über das schreiben, was einem selbst wehtut. Und dass das eigene Kind verschwindet – etwas Schlimmeres kann einem im Leben, glaube ich, nicht zustoßen. Jeden Tag, vierundzwanzig Stunden Angst, Hoffnung und Ungewissheit. Das ist kaum auszuhalten.«

Dreist, dachte er. Sie lügt und weiß es ganz genau. Er rutschte auf seinem Stuhl noch tiefer und begann die Haut auf seinem Handrücken blutig zu kratzen, ohne es zu merken.

»Wie können Sie so etwas schreiben, wenn Sie es nicht selbst erlebt haben?«, fragte eine Frau mit extrem kurzem Haar in der letzten Reihe.

»Ich kann mich gut in jemanden hineinversetzen, der sein Kind verliert. Ich kann mich aber auch gut in einen Mörder hineinversetzen, weil ich davon überzeugt bin, dass jeder von uns in einer extremen Lebenssituation zum Mörder werden könnte.« Rina schien froh zu sein, dass das Gespräch jetzt endlich in Gang kam.

»Dann ist alles das, was Sie so wunderbar und so einmalig beschreiben, reine Fantasie?«, fragte eine alte Dame in der vorletzten Reihe.

»Ja.«

Sie war eine gottverdammte Lügnerin, aber nun gut, wie sollte sie sich bei derartigen Fragen auch anders aus der Affäre ziehen, überlegte er und schluckte seinen Ärger hinunter. Sie konnte ja gar nicht anders reagieren. Ich müsste sie bloßstellen und alles auffliegen lassen.

»Sie schließen sich in Ihrem Zimmer ein und schauen nur in Ihren eigenen Kopf?«

»So ist es.«

Die alte Dame nickte bewundernd.

»Ich meine, geht Ihnen das nicht selbst zu Herzen, wenn Sie so etwas schreiben? Ich kann mir gar nicht vorstellen, wie man sich solche Geschichten ausdenkt.« Die Frau, die jetzt fragte, war die, deren Handy geklingelt hatte.

»Das ist schwer zu erklären, weil ich es leider selbst nicht weiß.«

Natürlich weißt du das nicht, natürlich nicht. Ein eiskalter Schauer lief ihm über den Rücken. Aber bald wirst du es wissen. Ganz bestimmt.

»Ich sitze oft am Computer und weine, während ich schreibe. Das lässt sich wahrscheinlich gar nicht vermeiden. Aber wenn das Buch dann erschienen ist, geht es mir besser. Ich habe sehr viele Ängste, und Bücher zu schreiben hilft mir, damit umzugehen. Vielleicht ist es eine Art Therapie.«

»Das verstehe ich«, sagte die Frau und wirkte sehr zufrieden.

Und dann hagelte es Fragen.

»Wie lange schreiben Sie an einem Buch?«

»Das ist ganz unterschiedlich. Mal ein Jahr, mal drei Jahre.«

»Und da sind Ideenfindung und Recherche schon dabei?«

»Ja.«

»Machen Sie sich ein Konzept?«

»Nein. Ich bin vom Verlauf und Ausgang des Buches genauso überrascht wie der Leser. Und das macht meine Arbeit so spannend.«

Er hielt die Luft an. Auf seiner Stirn bildeten sich kleine Schweißperlen. Jetzt, jetzt würde sie es zugeben, woher ihre Ideen stammten, jetzt würde sie die Wahrheit sagen, endlich.

Ihm wurde immer heißer, und dennoch zitterte er.

Aber sie sagte nichts.

Er biss sich auf die Lippen, um nicht laut zu schreien vor Wut.

»Haben Sie Kinder?«, fragte jemand aus der zweiten Reihe, aber er hörte gar nicht richtig hin.

»Ja. Einen Sohn«, antwortete sie.

»Und Sie sind verheiratet?«

»Ja.«

»Glücklich?« Die Frau, die gefragt hatte, räusperte sich. »Entschuldigen Sie, dass ich so direkt frage, aber ich habe Ihr Buch ›Die Witwe‹ gelesen, und da fragt man sich natürlich, ob es Ihrem Mann noch gut geht.«

»Natürlich. Das verstehe ich. Aber ich kann Sie beruhigen. Es geht ihm sehr gut, und ich habe auch nicht vor, ihn demnächst umzubringen.«

Einige Leute lachten, die Frau grinste und schwieg.

Er wurde wütend über die Lacher. Was waren das bloß alles für Menschen. Sie verstanden nichts. Gar nichts. Hatten nicht die geringste Ahnung davon, wie es war, wenn eine geniale Idee ganz langsam in den Kopf kam, aufquoll und in den Gedanken immer mehr Platz beanspruchte, bis man glaubte zu platzen … Das Schreiben war dann wie eine Entspannung, eine Erlösung.

Aber Rina Kramer konnte dies natürlich nicht erklären.

Jetzt lächelte er in sich hinein, sackte noch tiefer in seinen Sitz, denn der Gedanke, dass sie ihm nicht das Wasser reichen konnte, war wunderbar.

»Wieso spielen eigentlich Ihre letzten Bücher in der Toskana?«, fragte eine Dicke mit Haarausfall.

»Weil ich vor drei Jahren da hingezogen bin und mich dort mittlerweile ganz gut auskenne. Ich weiß, wie es riecht, wenn Oleander, Rosmarin und Jasmin blühen, wenn die Sonne aufgeht und das Land noch feucht ist, wenn das Heu gemäht ist und wenn die Hitze über dem Land liegt. Ich kenne die Geräusche, höre innerlich das Singen der Vögel, das Grunzen der Wildschweine, die Schreie der Fasane und das Heulen der Wölfe. Ich kann in Gedanken auf den Bergen, in den Wäldern, in mittelalterlichen Dörfern und in einsamen, zerfallenen Burgen spazieren gehen. Und ich weiß, wie die Menschen reagieren, wenn irgendetwas passiert. Nur so kann ich Atmosphäre schaffen, und das brauche ich für meine Bücher.«

Ihm brach erneut der Schweiß aus. Sie war also in die Toskana gezogen. Das hatte er bisher immer nur vermutet, aber nicht definitiv gewusst, denn so deutlich hatte sie es noch nie gesagt.

Jetzt schaltete sich wieder die verschüchterte Bibliothekarin ein, die die Diskussion offensichtlich beenden wollte, und säuselte in ihr Mikro, während sie nach vorn zum Pult ging. »Ganz ganz herzlichen Dank, Frau Kramer, für den schönen Abend.« Sie drückte Rina eine Flasche Wein der Region in die Hand und wandte sich ans Publikum. »Frau Kramer ist selbstverständlich bereit, ihre Bücher zu signieren.«

Vor dem Lesepult stand nach kurzer Zeit eine endlos lange Schlange von Personen, und einige trugen einen ganzen Stapel Bücher, die sie alle signiert haben wollten.

Er stellte sich hinten an. In der Hand hielt er sein völlig zerlesenes Exemplar von »Das Lächeln des schwarzen Mannes«, und er hatte Zeit.

Sechsunddreißig Personen waren noch vor ihm.

Er fixierte Rina Kramer. Registrierte, wenn sie ganz automatisch ihren Namen schrieb und das nächste Buch zur Hand nahm oder wenn ein Lächeln sie einen Moment entspannte.

Noch achtzehn Leute. Die Bibliothekarin stellte ihr ein Glas Wein auf den Tisch. Sie bedankte sich, nahm einen Schluck und signierte weiter. Es war überdeutlich, wie müde sie war.

Noch sechs. Jetzt wurde er nervös. Der Schweiß lief ihm den Rücken hinunter, sodass es kitzelte.

Sie schrieb und schrieb. Aber auch wenn sie aufsah und ihrem Leser eine spannende Lektüre wünschte, bemerkte er deutlich, dass sie nicht mehr in der Lage war, die einzelnen Gesichter zu registrieren. Sie lächelte freundlich und sah durch sie hindurch. Sie war einfach zu erschöpft.

Dann stand er vor ihr. Ganz nah. Nur circa sechzig Zentimeter trennten sie voneinander. Er hatte eine Wollmütze aufgesetzt, trug jetzt eine Sonnenbrille, stand über ihr, sah auf sie hinab und sagte, bevor sie ihn ansprechen konnte: »Guten Abend, Frau Kramer. Bitte schreiben Sie: Danke für alles, Manuel. Und dann Ihre Unterschrift natürlich.«

Er tippte auf die freie Seite direkt neben ihrem Porträt. »Ma-nu-el. Wie man's spricht.«

Rina sah ihn kurz irritiert an. »Warum denn ›danke‹?«

»Weil ich es mir wünsche. Bitte, schreiben Sie.«

Sie zuckte kaum merklich mit den Schultern, und er ging davon aus, dass sich die Leute wahrscheinlich dauernd irgendwelche merkwürdigen Sachen wünschten. Schon schrieb sie, worum er gebeten hatte, und gab ihm das Buch zurück.

»Einen schönen Abend wünsche ich Ihnen noch«, flüsterte er, nickte ihr kurz zu, nahm sein zerlesenes Buch, drückte es an die Brust, drehte sich um und ging. Bahnte sich einen Weg durch die Herumstehenden, die alle ein Glas in der Hand hielten und Käsekräcker aßen.

2

Sein Wohnmobil hatte er auf dem großen Parkplatz gegenüber der Bibliothek geparkt.

Er saß im Dunkeln hinter dem Steuer und starrte in die Nacht. Noch war die Bibliothek hell erleuchtet, aber es kamen kaum noch Leute heraus. Rina Kramer war nicht darunter.

Er wartete und wurde immer ungeduldiger.

Warum kam sie nicht? Was machte sie denn noch? Oder hatte er sie verpasst?

Mit dem rechten Fuß tippte er rhythmisch auf das Gaspedal. Komm!, schrie er innerlich, verdammt noch mal, wo bist du?

In unmittelbarer Nähe der Bibliothek gab es mehrere kleine Kneipen und Restaurants, vielleicht ging sie ja noch mit der Bibliothekarin was trinken, dann würde er sich an einen anderen Tisch in der Nähe setzen. Vielleicht bekam er ein bisschen von der Unterhaltung mit.

Endlich ging die Tür auf, und Rina Kramer kam heraus. Hinter ihr ein großer, breitschultriger Mann mit ansatzweise grauem Haar und die Bibliothekarin, die sich vor der Tür von beiden verabschiedete. Rina Kramer lächelte freundlich, dann legte der Mann einen Arm um ihre Schultern, und beide gingen quer über den Parkplatz zu einem großen, dunklen SUV, stiegen ein und fuhren davon.

Manuel wischte sich mit dem Unterarm den Schweiß von der Stirn.

Ihr Mann war diesmal also auch dabei gewesen, er hatte ihn schon ein paarmal bei Lesungen bemerkt. Sympathisch fand er ihn nicht.

Verdammt. Wahrscheinlich fuhren sie gleich ins Hotel.

Heute war ein ganz besonderer Abend. Es war ihre letzte Lesung gewesen. Für ihn gab es vorerst nichts mehr zu tun.

Ein Gefühl von Wehmut überkam ihn.

Er startete den Motor und fuhr aus der Stadt, auf der Suche nach einem ruhigen Stellplatz für die Nacht.

Wenig später parkte er sein Wohnmobil dicht neben der Bundesstraße auf einem festgetretenen Stück Acker. Er hatte das Fahrzeug vor einigen Jahren preiswert gebraucht gekauft, und es war alles, was er an materiellen Gütern besaß. Es war sein Zuhause, beherbergte seine ganze Existenz und gab ihm ein Gefühl von Freiheit. Wenn er Rina Kramer nicht zu ihren Lesereisen nachfuhr, wohnte er auf einem Dauercampingplatz in Drage, in der Nähe von Hamburg. Das kostete nicht viel, und abgesehen davon, dass er sich mehr nicht leisten konnte, reichte ihm dieses Leben im Wohnmobil völlig.

Als er den Motor ausschaltete, pfiff er leise. Eine dünne graue Ratte schoss unter dem Bett hervor, sprang an ihm hoch und setzte sich auf seine Schulter. »Hallo, Toni«, flüsterte Manuel und kraulte dem Tier den Bauch, »ich hab dich vermisst, meine Süße.«

Toni, offensichtlich hocherfreut, dass ihr Kumpel und Ernährer wieder zu Hause war, turnte auf ihm herum. Jagte wie wild unzählige Male um seinen Hals, krabbelte durch seine Haare, knabberte zärtlich am Ohrläppchen und putzte sich mit beiden Pfoten die Schnauze.

Vorsichtig nahm er das von Rina Kramer signierte Buch und strich noch einmal liebevoll über das Cover. Er stellte es ein wenig schräg ins Regal, damit das Titelbild gut zu sehen war. Stand sekundenlang davor und lächelte. Dann öffnete er eine Schublade und nahm »Die Witwe« heraus. Stellte das Buch neben »Das Lächeln des schwarzen Mannes«. Ja, das war die Lesung in Dinslaken gewesen. Er erinnerte sich gut. »Das Vergehen«, die Lesung in Stuttgart, »Schatten über Siena« in München, aus »Der Verrat der Töchter« hatte sie in Hannover gelesen … Alle zwölf Bücher, die Rina Kramer geschrieben hatte, drapierte er sorgsam auf dem Regal.

Minutenlang sah er sie alle an. Stolz erfasste ihn. Und Wut.

Immer bei der letzten Lesung ließ er sich das aktuelle Buch, mit dem Rina Kramer auf Lesereise war, von ihr signieren. Noch nie hatte sie ihn wiedererkannt und wusste nicht, dass er ihr folgte. Sie hatte keine Ahnung.

Manuel goss sich ein Glas halb voll mit Wasser und trank einen kleinen Schluck.

»Auf dein Wohl, Toni«, sagte er und fügte in Gedanken hinzu: Du bist das Beste, was mir je im Leben begegnet ist.

»Süße, ich hab eine Idee!«, sagte er plötzlich laut. »Was hältst du davon, wenn wir eine große Reise machen und in die Toskana fahren?«

Toni krabbelte ihm auf den Kopf.

»Okay. Du bist begeistert. Dann machen wir das.«

Allmählich spürte Manuel, dass er ruhig wurde. Die Ratte war jetzt unter seinem Pullover, genoss den säuerlichen Schweißgeruch, verlor ein paar Köttel und schlief ein.

Es störte ihn nicht. Er liebte sie, und sie liebte ihn. Seit Toni bei ihm war, hatte er sich nie mehr allein gefühlt.

Vor anderthalb Jahren hatte sie eines Morgens neben der Spüle gesessen und einen Kuchenrest vom Teller gefressen. Manuel war weder erschrocken, noch hatte er die Ratte eklig gefunden, im Gegenteil. Er schloss das Tier augenblicklich in sein Herz, und Toni blieb bei ihm. Sie wurden ein gutes Team.

Aber Manuel wusste nicht, wie alt Toni war, als sie sich das Wohnmobil als neue Heimat ausgesucht hatte. Und bei einer Rattenlebenserwartung von zweieinhalb bis maximal vier Jahren war ein Ende dieser Freundschaft abzusehen.

Manuel durfte sich den Tag X gar nicht vorstellen.

Er setzte sich aufs Bett, nahm Toni in die Hand und kraulte ihr den Bauch.

Auf der Bundesstraße donnerten die Lastwagen vorbei. Kein guter Ort, dachte Manuel, aber egal, er würde ja morgen früh weiterfahren. In Richtung Süden.

Er klappte sein Laptop auf und fuhr Google Earth hoch.

Die italienischen Orte, die Rina in ihren Büchern erwähnt hatte, lagen im Dreieck Florenz-Siena-Arezzo. Er hatte sie sich nicht nur herausgeschrieben, sondern in Google Earth auch gelbe Markierungen gesetzt. Mittlerweile war die Karte übersät mit diesen Zeichen, denn das Gebiet, in dem drei ihrer Bücher spielten, war klar begrenzt. Dort in der Nähe würde sie auch wohnen, da war er sich ziemlich sicher. Sie hatte in allen Interviews immer wieder ausdrücklich betont, dass sie die Orte, über die sie schrieb, kennen müsse, um dort in Gedanken spazieren gehen zu können, also hatte sie da wohl auch ihren Lebensmittelpunkt.

Und er würde sie finden. Da gab es gar keinen Zweifel. Schriftsteller hatten die Manie, sich immer verstecken zu wollen, aber das war eine Illusion. Wenn man wollte, fand man sie auch. Ein Untertauchen in den Wäldern war ein romantischer Traum, aber vergebens.

In der »Witwe« schrieb sie davon, dass man auf einer engen Straße von Casina aus vierzehn Serpentinen bis zu dem Haus hinauffahren müsse. Das musste doch zu finden sein.

Er suchte konzentriert und akribisch. Scrollte hin und her, betrachtete die Karte aus großer Höhe und so nah wie möglich. Da. Da war eine Straße, die sich in engen Kurven den Berg emporschlängelte. Sein Pulsschlag erhöhte sich. Er zoomte näher heran und zählte die Kurven. Es waren vierzehn.

Er sprang auf, lief im Wohnmobil hin und her und schlug sich bestimmt zwanzigmal gegen die Stirn.

Wirklich vierzehn! Verdammt!

Vielleicht wohnte sie dort.

Natürlich würde er sie finden! Und wenn er drei Jahre lang suchen musste. Er hatte alle Zeit der Welt und würde jeden noch so kleinen Hinweis in Google Earth eingeben.

In »Das Lächeln des schwarzen Mannes« erwähnte sie einen Fluss und einen See. Er riss das Buch aus dem Regal und suchte die Stelle.

... Bei klarem Wetter konnte man vom Dorf aus den See in der Ferne liegen und in der Sonne funkeln sehen ...

Ja, dann musste es hier, dieser See sein. Und direkt am Ufer stand das Haus, in dem das Kind gefangen gehalten wurde. Vom Tal ging man zuerst bergauf, dann durch dichten Wald wieder bergab, und dann lief man über eine Wiese, die nie geschnitten wurde und in der es von Schlangen nur so wimmelte.

Manuel hatte einen hochroten Kopf, aber bei dem Gedanken, durch das hohe Gras dieser Wiese gehen zu müssen, lief es ihm eiskalt den Rücken hinunter.

Das Tal hatte er auf der Karte schnell gefunden, da nur ein einziger Weg vom Dorf zum Tal führte, und auch der Bachlauf an den beiden Häusern vorbei war charakteristisch. Das musste es einfach sein.

Am Ausgang des Tals teilte sich der Weg. Der linke Weg führte ins Dorf, also musste er den rechten nehmen, um zum See zu gelangen. Ja, hier war er auf der richtigen Spur, und das dichte Grün musste der Wald sein, und daran anschließend die freie, helle Fläche war sicher die Schlangenwiese. Es konnte gar nicht anders sein.

Die Serpentinenstraße war nur zwölf Kilometer Luftlinie davon entfernt.

Aber den Fluss fand er nicht. Verdammt noch mal, wo war der Fluss? Auch der Bachlauf des Tals war irgendwo versiegt.

Er bekam Herzklopfen und spürte, wie sein Blutdruck anstieg, aber versuchte sich damit zu beruhigen, dass bei Google Earth Flüsse fast nie vernünftig zu sehen und beschriftet waren. Er sollte sich lieber auf den See konzentrieren.

Immer hektischer schob er die Google-Earth-Karte hin und her. Da! Da war ein hoher Schatten. Das musste die riesige Zypresse sein, von der sie geschrieben hatte. Genau. Und da begann der Weg an der Schlucht. Wahrscheinlich würde er hier auch irgendwo die ganz in der Nähe liegende Burg finden. Aber danach würde er später suchen, jetzt interessierte ihn erst mal der See.

Er spürte, dass seine Nervosität ihn daran hinderte, sich zu konzentrieren.

Daher stand er auf, trank noch ein Glas Wasser und suchte dann weiter. Minutenlang.

Und endlich: Da war er. Manuel jubilierte innerlich. Er konnte am Ufer sogar ein Haus entdecken. Nur eines. Ein einsames. Das Kindergefängnis. Oder ihr Wohnhaus?

Eine wohlige Wärme zog durch seine Adern, so sehr freute er sich.

Auch die buschige Zeder an der Nordseite des Hauses konnte er jetzt ausmachen. Wenn man wusste, dass sie da stehen musste, erkannte man sie.

Es war fantastisch.

Manuel zog sich den schon wieder klatschnass geschwitzten Pullover aus. Toni fiepte leise und flüchtete hinter die Gardine.

Die Scheiben seines Wohnmobils waren von seinen Ausdünstungen beschlagen.

Er nahm Toni in die Hand und hauchte ihr warmen Atem ins Gesicht. Das beruhigte sie.

Die Liste, die er abzuarbeiten hatte, war lang. Aber er sollte sich nicht beklagen, denn für die langen Abende im Wohnmobil gab es keine sinnvollere Beschäftigung.

In »Schatten über Siena« schrieb sie von einem Haus, weit ab von einer Straße, nur durch einen langen Fußmarsch zu erreichen. Ein kleines Haus im Wald. Ohne Strom, ohne Wasser, ohne Handyempfang.

Er suchte die Straße. Von Fionino aus an einem zerfallenen Castello vorbei, dann eine schmale Asphaltstraße zwischen Weinbergen hinauf bis zu einer Kapelle. Dort ging ein Feldweg rechts ab, durch den Wald, an ein paar Bretterbuden vorbei. Bei der nächsten Weggabelung durfte man keinen der beiden Wege nehmen, sondern musste sich wieder rechts durchs Gebüsch schlagen, die steinernen Terrassen hinuntersteigen, bis man zu dem alten, verwunschenen, einsamen Haus kam.

Manuel suchte, wurde immer fahriger, verirrte sich auf Feldwegen, nein, der konnte es nicht sein, der hatte eine viel zu lange Gerade, der Weg war viel kurviger beschrieben, er wanderte mit dem Cursor vor und zurück, rechts und links, hoch und runter und verzweifelte fast. Der Schweiß lief ihm übers Gesicht. Er sprang auf und rannte wie ein Tiger im Käfig die paar Schritte, die im Wohnmobil möglich waren, immer hin und her, bis er sich wieder setzte und schließlich – schon völlig entnervt – die Kapelle fand und auch den Wald. Sogar die Bretterbuden, wahrscheinlich provisorische Hütten für Jäger, konnte er erahnen und wurde ganz euphorisch.

Langsam scrollte er weiter, suchte die einsame Hütte jenseits jeden Weges und entdeckte sie endlich.

Ja. Das musste sie sein. Hierhin hatte sich die Hauptfigur, eine Nymphomanin, zurückgezogen. Hier hatte sie die Männer getroffen und die Beine breit gemacht.

Er würde überall hingehen und sich alles ansehen. An jedem Ort würde er das denken, was dort gedacht worden war.

Plötzlich tauchte auf dem Bildschirm ein zarter Schatten auf. Zuerst nur ein vager, undeutlicher, gräulicher Strich, aber dann sah er genauer hin und vergrößerte das Bild, bis er ganz sicher war.

Das war ein Strommast. Ein kleiner zwar, aber immerhin ein verdammter Drecks-Strommast. Ganz in der Nähe des Hauses. Er maß die Entfernung aus. Der Strommast stand keine fünfzehn Meter vom Haus entfernt.

Eine unbändige Wut stieg augenblicklich in ihm hoch. Sie hatte geschrieben, im Haus gebe es keinen Strom. Das war also nicht wahr. Er schlug auf den Tisch. Sie war eine Lügnerin. Er durfte jetzt nicht aufhören, musste weitermachen, musste alle Orte, die sie in ihren Büchern beschrieben hatte, überprüfen, es war wichtig, und wenn er die ganze Nacht durcharbeitete.

3

»Du bist ja so still«, stellte sie fragend fest, als sie ins Auto einstieg.

Eckart biss sich auf die Lippen. »Das war ja wohl das Letzte, mit dieser dummen Nuss und ihrem Handy. Ich fasse es nicht! Das hat den ganzen Abend kaputt gemacht. Und dann gerade an dieser Stelle!«

»Ach komm. So was passiert halt manchmal. Dafür sind wir live.« Sie legte den Arm um seine Schultern. »In dem Moment hab ich auch gedacht, ich werde wahnsinnig. Aber jetzt ist es vorbei. Feierabend. Es war meine letzte Lesung. Wir haben Urlaub!«

»Du. Ich nicht.«

Er startete den Motor.

Und dann musste sie wieder daran denken. In ein paar Tagen würde er nach Paris fliegen und drei Monate drehen. Er führte Regie bei einer schmalzigen Liebesserie an der Seine, mit Herz, Schmerz, ein bisschen Crime und vielen bunten Bildern.

Und wie immer war Anja dabei. Seine Regieassistentin mit dem glänzenden, glatten, brünetten Haar und den dicken Titten, die er seit drei Jahren vögelte. Es hatte bei einem Rosamunde-Pilcher-Film angefangen und war so geblieben, weil er sie von da an als Assistentin in jede Produktion mitbrachte.

Seit drei Jahren ging das jetzt und brach ihr das Herz, obwohl sie in langen nächtlichen Gesprächen übereingekommen waren, dass jeder tun und lassen konnte, was er wollte.

Aber man konnte viel beschließen.

Sie kam damit einfach nicht klar.

Zum Hotel fuhren sie schweigend. Eckart sagte keinen Ton. Nach einer Weile meinte sie: »Nun denk nicht dauernd an dieses blöde Telefon! Ansonsten war die Lesung doch völlig okay, oder?«

Eckart nickte. »Sicher. Du kannst ja auch nichts dafür.«

»Warum hast du mir nicht gleich, als ich angefangen hab zu signieren, ein Glas Wein vorbeigebracht?«

»Weil es einfach zu voll war. Du wirst es nicht glauben, ich wollte dir eins bringen, aber es ging nicht. Ich bin einfach nicht durchgekommen bei diesem Gedränge.«

»Ist ja irre.«

»Ja, das finde ich auch. Aber das Handyklingeln hat deine wichtigste Szene kaputt gemacht.«

»Eckart, bitte, hör auf. Wenn sich jemand darüber aufregen sollte, dann ich. Lass es. Erinnere mich nicht andauernd daran. Es war ein guter Abschluss der Tour mit einem kleinen Schönheitsfehler und fertig. Ende. Abgehakt.«

»Wenn du es so siehst, bitte schön.«

»Meinst du, es bringt was, sich noch stundenlang darüber aufzuregen?«

»Das nicht. Aber trotzdem.« Eckart schwieg, und bis zum Hotel sprach sie ihn nicht wieder an.

Eckart betrat das Hotelzimmer, steckte die Plastikkarte in die Box, sodass in Zimmer und Bad das Licht anging, zog sein Jackett aus, hängte es in den Schrank, ging auf die Toilette, spülte, wusch sich die Hände, durchquerte das Zimmer, nieste zweimal laut, öffnete die Balkontür, trat hinaus auf den Balkon, blieb eine halbe Minute stehen, nieste weitere fünf Mal, kam wieder herein, ließ aber die Balkontür offen, ging zum Tisch, nahm sich ein Päckchen Taschentücher, schnaubte sich die Nase, stopfte das benutzte Taschentuch in seine vordere linke Jeanstasche, schaltete den Fernseher an, nahm sich ein Bier aus der Minibar, trat die Kühlschranktür mit dem Fuß zu, öffnete das Bier, trank ein paar Schlucke, stellte es auf seinen Nachttisch, zog sich die Schuhe aus, ließ sich aufs Bett fallen, nahm die Fernbedienung in die Hand und zappte durch die Programme.

Hundertmal hatte sie diesen Ablauf schon so erlebt, aber noch nie so schweigend und abweisend. Eckart tat, als wäre sie gar nicht im Zimmer. Er registrierte sie einfach nicht, kein einziger Blick streifte sie.

»Hast du deine täglichen Worte heute schon verbraucht?«, fragte sie schließlich.

Er antwortete nicht.

Sie warf einen Blick ins Badezimmer und in den Spiegel. Ihre Gesichtsfarbe war grau, und ihr Augen-Make-up wirkte verschmiert und schmutzig. Deshalb sah sie schnell wieder weg.

Wahrscheinlich war er in Gedanken schon in Paris.

Rina legte sich aufs Bett. Sah sich das Fernsehprogramm an, das er ausgewählt hatte, ohne irgendetwas zu begreifen. Es interessierte sie auch nicht.

»Fahren wir morgen nach Italien, oder bleiben wir noch einen Tag länger in Deutschland?«

Eckart zuckte die Achseln. »Keine Ahnung. Lust hab ich zu beidem nicht.«

»Na toll. Das erleichtert die Entscheidung.«

»Vielleicht sollte ich gleich nach Paris fliegen«, sagte er mit dem Blick zum Fernseher. »Es gibt noch eine Menge vorzubereiten.«

»Und zu vögeln.«

Nach einer Pause sagte Eckart: »Kann sein. Kann auch nicht sein.«

»Ich würde mich schämen, so etwas zu sagen.«

»Du vielleicht. Ich nicht.«

»Was ist mit Anja?«

»Sie ist meine Regieassistentin. Wie immer. Daran hat sich nichts geändert.«

Er wusste, wie sehr sie darunter litt, wenn sie in Italien auf ihrem Berg saß und sich jeden Tag vorstellte, was beim Drehen, am Set oder anschließend im Hotel ablief.

Sie kämpfte mit den Tränen.

»Vielleicht ist es wirklich besser, wenn du so bald wie möglich fliegst«, sagte sie, wischte sich mit dem Unterarm übers Gesicht, damit er nicht sah, dass sie weinte, und schloss die Augen.

Am nächsten Morgen war Eckart wie ausgewechselt.

Als das Licht trotz der dicken Vorhänge ins Zimmer drang und Rina im Aufwachen sich von einer Seite auf die andere drehte und mit ihrer Bettdecke zu kämpfen begann, legte Eckart seinen Arm um sie, als wolle er ihr damit sagen: Jetzt bleib einen Moment liegen. Gib noch ein bisschen Ruhe.

Und prompt lag sie still, wagte es nicht mehr, sich zu bewegen, wollte ihn nicht stören, ihm den letzten Zipfel seines Traums gönnen.

Ihre Schläfe juckte. Immer mehr und immer schlimmer, bis sie es nicht mehr aushielt, sich von seinem schweren Arm befreite, ihren Kopf kratzte, sich aus dem Bett schwang und ins Bad ging.

Als sie zurück ins Zimmer kam, blinzelte er und lächelte ihr zu. »Gut geschlafen, Kleines?«

»Einigermaßen.« Das war das Eckart-Phänomen. Ein neuer Tag in hellem Licht – und die schlechte Stimmung vom vergangenen Abend war vergessen und wie weggeblasen. Als hätte es sie nie gegeben. Er hasste es zu diskutieren, er fing einfach jeden Tag vollkommen neu an. Als würde er seine Festplatte in jeder Nacht komplett löschen.

Vielleicht war das ein Vorteil. Auf diese Weise kam man gar nicht dazu, Dinge zu sagen, die man hinterher bereute, es blieb einfach alles ungesagt und in der Schwebe. Streitigkeiten und Probleme existierten nur noch in Gedanken und lösten sich irgendwann in Wohlgefallen auf.

Er gähnte herzhaft. »Zieh mal die Vorhänge auf, ich will sehen, wie das Wetter ist.«

Rina zog die Gardinen zur Seite und öffnete die Balkontür. »Schön, glaub ich. Es ist jetzt schon angenehm warm.«

»Komm mal her!«

Sie ging zu ihm. Noch sehr zurückhaltend und abwartend. Was wollte er denn jetzt?

Er zog sie zu sich aufs Bett, fuhr ihr mit der Hand unters Hemd und kratzte ganz zart ihren Rücken.

Sie wand sich wie eine junge Katze. Am liebsten hätte sie geschnurrt.

»Kommst du noch eine Woche mit nach Italien?«, fragte sie sanft und leise. »Die Zeit hast du doch noch.«

»Das schon, aber ich muss noch so viel besorgen. Das wollte ich eigentlich in Deutschland erledigen.«

»Eckart, bitte! Außerdem kommt Fabian. Du würdest ihn sonst gar nicht sehen.«

Eckart fuhr sich mit der Hand durch die Haare und überlegte zwei Sekunden.

»Ja, stimmt.« Er sah völlig entspannt aus. »Doch, du hast recht. Ich will Fabian sehen. Also lass uns nach Italien fahren. Gleich nach dem Frühstück. Und weißt du was? Ich freue mich auf herrliche Sommernächte auf der Terrasse.«

Er zog sie an sich und küsste sie auf die Stirn.

Dieser Mann war ihr seit beinahe zwanzig Jahren ein Rätsel.

4

Manuel hatte noch keine drei Stunden geschlafen, als ihn ein lautes Krachen hochschrecken ließ. Irgendetwas donnerte an die Seitenwand des Wohnmobils.

Unwillkürlich zuckte er zusammen, machte sich ganz klein, zog den Kopf zwischen die Schultern und blinzelte auf seinen Radiowecker. Halb sieben.

Er stand auf und öffnete vorsichtig die Tür.

Vor ihm stand ein Bauer, der noch einmal mit der flachen Hand und voller Kraft gegen sein Auto schlug. »Das hier ist mein Land und kein Campingplatz!«, schrie er mit vor Zorn verzerrtem Gesicht. »Hauen Sie ab, aber ganz schnell, sonst hole ich die Polizei!«

Manuel brauchte drei Sekunden, um zu begreifen. Registrierte die wütende Fratze eines cholerischen Bauern, der offensichtlich tierisch frustriert war, wahrscheinlich schon drei Jahre nicht mehr aus seiner speckigen Weste und seinen stinkenden Gummistiefeln herausgekommen war und jetzt einfach nur Ärger machen wollte.

Manuel lächelte beschwichtigend und sagte: »Oh, das tut mir leid! Ist das hier ein Privatgrundstück? Das habe ich nicht gewusst. Bitte entschuldigen Sie vielmals. Natürlich werde ich sofort weiterfahren, wenn Sie dies wünschen.«

Damit nahm er dem tobenden Bauern jeglichen Wind aus den Segeln. Dieser wusste so schnell gar nicht, was er sagen sollte, sondern schnaufte nur.

»Stand hier irgendwo ein Schild?«, redete Manuel weiter. »Das hab ich gar nicht gesehen. Gott, wie peinlich. Aber keine Sorge, in zehn Minuten bin ich weg.«

»Schon gut«, murmelte der Bauer, »ich mein ja nur. Kann ja nicht jeder, wie er will. Und wenn hier alle parken, wo kommen wir denn da hin?«

»Ja, da haben Sie recht. Es tut mir wirklich leid.«

Manuel knallte die Tür zu.

»Was für ein Arschloch!«, zischte er durch die Zähne, raufte sich die fettigen Haare und schlug mit der Faust auf den Beifahrersitz. »Komm her! Trau dich noch einmal hier rein, und ich schlag dir alle Zähne aus, du widerlicher, kleiner Schleimscheißer!«

Gestern Abend war er in unmittelbarer Nähe über eine kleine Brücke gefahren und hatte eigentlich vorgehabt, sich zu rasieren und im Flüsschen ausgiebig zu waschen, vielleicht auch ein paar T-Shirts im fließenden Wasser durchzuspülen. Aber das wurde ja nun nichts, weil dieser Kotzbrocken da draußen nicht ertrug, wenn jemand ein paar Stunden auf seinem ungenutzten, festgetretenen, vertrockneten Acker parkte. Was für ein dämliches Spießerarschloch.

Er gurgelte kurz, klappte sein Bett hoch, wobei er aufpasste, dass er Toni dabei nicht aus Versehen zerquetschte, und registrierte, dass der vorbeirasende Verkehr auf der Bundesstraße eigentlich unerträglich war.

Toni kam und schmiegte sich zwischen seine Oberschenkel. Er streichelte ihren Kopf.

Auf der Fahrt in die Toskana würde er sich Zeit lassen. Es war nicht eilig. In seinem Leben war überhaupt nie etwas eilig.

Bis auf das dämliche Frage-und-Antwort-Spielchen mit der Tante-Erika-Scheiße für eine Illustrierte. Jede Woche nervte ihn seine Redakteurin Iris mit Leserfragen, die er beantworten sollte. Immer ganz eilig, immer in allerletzter Minute. In dieser Redaktion ging es ständig um Leben und Tod. Es hing ihm zum Hals heraus, er konnte es kaum ertragen, aber er verdiente damit seinen Lebensunterhalt. Das bisschen, das er in seinem Wohnwagen zum Leben brauchte, sprang dabei heraus, dass er Tante Erika war und Fragen beantwortete wie: »Vor zwei Jahren hatte ich eine Totaloperation. Seitdem will mein Mann keinen Sex mehr mit mir. Was soll ich tun?« Oder: »Mein Mann ist ein Tyrann, er quält und schlägt mich, aber droht mit Selbstmord, wenn ich ihn verlasse …«

Manuel seufzte. Anfang nächster Woche würde Iris wieder anrufen.

Aber immerhin war er frei. Konnte sich aufhalten, wo er wollte, Hauptsache, er hatte Internet und einen Telefonempfang, damit die liebe Iris nicht verrückt spielte und er zu den Leserproblemchen seinen Senf dazugeben konnte.

Rina Kramer lief ihm nicht weg. Auf ihrer Homepage hatte sie geschrieben, dass sie sich darauf freute, nach ihrer letzten Lesung wieder nach Italien zu fahren und einen neuen Roman zu beginnen. Wie schön. Er würde da sein, aber es kam nicht auf zwei oder drei Tage an.

Sein Leben war dabei, sich zu verändern. Das spürte er.

Er setzte Toni auf die Sitzbank am Tisch.

Dann öffnete er den Kühlschrank, nahm sich eine Flasche Wasser, einen Energydrink, eine Mini-Salami und einen Apfel heraus, spülte den Apfel kurz unter fließendem Wasser ab, trocknete ihn, schmiss die Kühlschranktür mit einem kurzen Tritt zu, setzte sich ans Steuer und fuhr los.

5

Nach zwölf Stunden Fahrt erreichten sie *Stradella*, ihren Landsitz in der Toskana. Rina hatte jeden Augenblick ihrer Lesereise genossen, aber jetzt war sie glücklich, wieder zu Hause zu sein. Endlich Ruhe. Frieden. Zeit, über einen neuen Roman nachzudenken.

Eckart war während der gesamten Fahrt sehr schweigsam gewesen, hatte, wenn Rina fuhr, Zeitung gelesen oder geschlafen. Miteinander geredet hatten sie so gut wie gar nicht, aber vielleicht gab es auch nicht mehr viel zu sagen. Die Situation war, wie sie war. Eckart würde in einer Woche nach Paris fliegen, dort eine Fernsehserie drehen und mit Anja, seiner Regieassistentin und Geliebten, zusammen sein.

Und sie würde auf *Stradella* vielleicht wieder anfangen zu schreiben und mit Fabian, ihrem elfjährigen Sohn, den Sommer genießen. Wenn Eckart nicht dabei war, war er selber schuld. Eckart war mittlerweile verdammt selten da, wenn Fabian in den Oster-, Sommer-, Herbst- oder Weihnachtsferien nach Hause kam. Ständig kam irgendein Dreh dazwischen, und der Job war ihm immer wichtiger als Fabians Ferien.

Fabian ging auf ein exklusives Internat in Mecklenburg-Vorpommern an der Müritz, das er heiß und innig liebte. Dort hatte er jede Menge Freunde und Freundinnen, die Möglichkeit zu segeln, Tennis zu spielen, zu schwimmen, und er spielte in einer Band. Zurzeit war er wie immer in der ersten Ferienwoche zu Besuch bei seiner Oma in Rosenheim, aber in einigen Tagen würde er kommen. Wenn das Internet funktionierte, wollte sie gleich heute nachsehen, wann ein passender Zug von München nach Florenz fuhr.

Eckart saß am Steuer, und Rina drückte auf die Fernbedienung, sodass sich das videoüberwachte, hohe und schmiedeeiserne Tor wie durch Geisterhand öffnete und hinter ihnen automatisch wieder schloss.

Sie fuhren den gewundenen Schotterweg hinauf zum Haupthaus, das beinah bescheiden zwischen Zypressen und hinter Rosmarin-, Lavendel- und Hibiskushecken auftauchte.

Zu Hause, dachte Rina, endlich wieder zu Hause. Soll Eckart doch durch die Gegend jetten und reihenweise Frauen vernaschen, es ist mir egal, hier ist mein Nest, hier bringt mich niemand aus der Ruhe, hier fühle ich mich sicher und geborgen.

Eckart fuhr langsam, sah nach rechts und links, hielt am Sicherungskasten, und seine Miene verfinsterte sich immer mehr.

»Ich müsste mindestens einen Monat mähen, um alles in Ordnung zu bringen«, sagte er. »Ein Wahnsinn. Es macht einen fertig. Ich komme hier an und sehe nur Arbeit.«

»Ja, das müsstest du. Das wäre schön. Wir ersticken in der Wildnis.«

»Dann engagiere jemanden. Wird ja wohl möglich sein. Es ist wichtiger, dass ich einen Film drehe, als hier Hilfsarbeiten zu verrichten.«

»Natürlich«, sagte sie und hoffte, dass es nicht ironisch klang.

Der Anblick deprimierte sie auch. Das Unkraut war hochgeschossen, der Pool veralgt und grün. Sie wusste, dass sie nicht schreiben konnte, wenn um sie herum das Chaos tobte.

Aber Eckart blieb ja noch eine Woche. Vielleicht konnte er doch das eine oder andere in Ordnung bringen. Auch wenn er keine Lust dazu hatte.

Sie stieg die toskanische Außentreppe hinauf bis auf den Portico und hielt einen Moment inne. Der Blick über die bewaldeten Hügel der Toskana und kleine, mittelalterliche Dörfer bis nach Siena war einfach überwältigend und versetzte ihr einen Stich. Es ist so wunderschön, dachte sie, und ich darf hier wohnen. Glücklicher konnte man eigentlich nicht sein.

Dann schloss sie die Tür zur riesigen Wohnküche, dem Zentrum des Hauses, auf.

Obwohl sie nur drei Wochen weg gewesen war, roch es im Haus muffig und feucht und nach verfaultem Knoblauch.

Rina riss alle Fenster und Türen auf und befühlte jede Knoblauchknolle der Zöpfe, die vor dem Fenster hingen. Die stinkenden, weichen warf sie in den Abfall, auch eine Zitrone war grün verschimmelt.

Dann öffnete sie eine Flasche Wein.

»Setz dich zu mir«, sagte sie, als Eckart mit seinem Koffer nach oben in die Küche kam, »lass uns erst einmal anstoßen. Ist es nicht schön, dass wir beide zusammen hier sind? So etwas ist verdammt selten geworden.«

»Ja«, sagte er. Mehr nicht.

»Du arbeitest einfach zu viel.«

»Bitte, fang nicht wieder damit an.«

Sie schwieg und bemerkte, wie steif und verkrampft er auf dem Stuhl saß. *Stradella* war schon lange nicht mehr sein Lebensmittelpunkt. In Gedanken war er irgendwo in der Welt zu Hause, und sie wusste nicht, wo. Er war ihr entglitten.

»Hast du Hunger?«, fragte sie.

Er schüttelte den Kopf.

»Soll ich uns Spaghetti kochen?«

Jetzt nickte er.

Sie versuchte, den Geruch von verfaultem Knoblauch, der immer noch in der Küche hing, zu ignorieren und begann, aus den vorhandenen, mageren Vorräten irgendein Essen zu kreieren.

Eckart stand auf dem Portico, hatte die Hände in den Hosentaschen und sah, wie die Sonne hinter den Bergen versank.

»Was denkst du?«, fragte sie laut, damit er sie draußen hörte.

»Nichts.«

Er starrte in die Ferne, und sie fragte sich, ob er an Anja dachte. Sich nach ihr sehnte und Paris nicht mehr erwarten konnte. Und kam sich vor wie eine Idiotin, die ihm Spaghetti kochte und versuchte, aus nichts eine Soße zu zaubern.

Das Handy klingelte.

»Pass mal auf die Nudeln auf, die sind jetzt zwei Minuten drin«, sagte Rina und nahm das Gespräch an. »Pronto? – Ach du bist es. Was gibt's?«

Sie machte Eckart ein Zeichen, dass es ihre Mutter war, und ging mit dem Handy nach draußen, wo sie einen besseren Empfang hatte.

Die Spaghetti waren längst fertig, als Rina wieder hereinkam. »Meine Mutter hat erzählt, dass sie heute Nachmittag mit Pater Johannes Kaffee getrunken hat. Sie hat ihm gesagt, dass Fabian in diesen Tagen mit dem Zug zu uns nach Italien kommen will. Und da meinte Pater Johannes, dass er und Bruder Sebastian morgen nach Rom fahren. Mit lauter Firmlingen, alles Jungs, in einem Kleinbus. Bestimmt 'ne fröhliche Truppe. Für Fabian wäre es doch toll, wenn er mitführe, und auf dem Rückweg bringt Pater Johannes ihn dann hier bei uns vorbei. Das ist für ihn kein großer Umweg, da sie ohnehin über Siena nach Hause fahren. Ich finde die Idee klasse, viel besser, als wenn Fabian stundenlang allein im Zug hockt. Außerdem kommt er mal nach Rom. Das ist doch super!«

»Ich dachte, du hättest schon längst für ihn gebucht? Ich bin davon ausgegangen, dass er fliegt.«

»Nein, das hab ich bewusst nicht gemacht, weil wir noch nicht wussten, ob wir nicht noch zwei oder drei Tage länger in Deutschland bleiben, wie du dich vielleicht erinnerst«, antwortete sie scharf. »Wir wollten ja eventuell noch kurz an die Ostsee fahren.« Er wusste dies alles ganz genau, aber machte ihr dennoch durch die Blume einen Vorwurf, und natürlich antwortete er jetzt nicht.

»Ich hab meiner Mutter gesagt, sie soll Fabian ruhig mitschicken«, sagte sie, während sie die Tomatensoße aufkochte.

»Himmel, was soll das? Ein Flug wäre wesentlich einfacher, geht schneller und ist viel weniger gefährlich. Jetzt bin ich hier. Er könnte schon morgen kommen. Oder übermorgen. Aber nein – er muss erst diesen blöden Trip nach Rom machen, und ich sehe ihn noch kürzer. Sag deiner Mutter, dass es Blödsinn ist.«

»Dass du nur so wenig Zeit für ihn hast, ist nicht seine Schuld, sondern deine. Und mal nach Rom zu kommen ist eine einmalige Chance. Ich glaube, sie haben sogar eine Papstaudienz.«

»Verschone mich mit diesem ganzen Humbug. Er fährt mit Firmlingen, die er nicht kennt. Mit einem Popen, den ich nicht kenne und dem ich grundsätzlich nicht über den Weg traue. Oder kennst du ihn gut?«

»Nein, aber …«

»Was aber?«

»Nach allem, was ich von meiner Mutter gehört habe, ist er okay. Wirklich ein netter Mensch.«

Eckart schnaufte. »Ich finde die ganze Aktion nicht nötig, umständlich, langwierig und bescheuert. Sag sie ab.«

»Ich hab sie aber schon zugesagt und mach mich nicht zum Affen. Wenn, dann sag du ab. Du bist nur ein paar Tage im Jahr hier, und alles muss nach deiner Pfeife tanzen. Das kann es ja wohl nicht sein. Aber bitte: Ruf an und erkläre meiner Mutter und Fabian, warum er nicht mit dieser Gruppe nach Rom fahren darf. Ich bin sicher, er freut sich drauf. Aber gut, mach es. Ich mach es nicht. Ich bin raus aus der Nummer.«

Eckart verstummte. »Wie mir das alles auf die Nerven geht. Dieser ganze katholische Zirkus.«

»Das ist kein Zirkus. Da fahren ein paar Jungen nach Rom. Zur Papstaudienz. Und das ist sicher ein ganz besonderes Erlebnis. Schon allein in Rom zu sein ist ein besonderes Erlebnis. Ich weiß wirklich nicht, was du hast. Ich glaube echt, du spinnst ein bisschen und siehst Gespenster, wo gar keine sind.«

»Stimmt. Fabian hatte für diesen ganzen Budenzauber, bunte Gewänder und das ganze Trallala schon immer was übrig.«

»Lass ihn doch. Schadet ja nicht.«

Eckart schwieg. Die Diskussion war für ihn beendet. Er schien beleidigt zu sein, machte aber auch keine Anstalten, Oma Martha anzurufen und die ganze Aktion abzublasen.

Rina wusste, dass es jetzt verdammt gefährlich war, ihn anzusprechen. Es konnte sein, dass er explodierte, aber sie tat es trotzdem.

»Fabian kommt dann also am Dienstag. Dann habt ihr ja auch noch einige Tage miteinander.«

»Wer weiß.« Er ging zum Herd und kostete die Soße. »Schmeckt langweilig. Früher hast du die irgendwie anders gemacht.«

Er warf den Löffel in die Spüle, trat wieder hinaus auf den Portico und sah in die Ferne.

»Vielleicht bin ich noch da, wenn Fabian kommt. Vielleicht. Vielleicht auch nicht. Aber eigentlich habe ich eine verfluchte Sehnsucht nach ihm.«

Rina schwieg.

Nach ihr hatte er keine Sehnsucht. Schon lange nicht mehr.

6

Heute war Fabians letzter Tag bei seiner Oma in Rosenheim.

Das Frühstück stand auf dem Tisch. Toast mit Nutella für Fabian und dazu eine große Tasse Kakao. Er konnte es gar nicht abwarten anzufangen, aber Oma war noch nicht so weit. Sie hielt inne, atmete tief durch, lächelte, drückte noch einmal Fabians Hand und sagte: »So, mein Lieber, guten Appetit.«

Jetzt endlich ging es los. Nutella gab es im Internat nur selten, weil die Erzieher sagten, es mache dick und dann könne man nicht mehr vernünftig Sport treiben, aber bei Oma Martha gab es immer Nutella, und so war das Frühstück für Fabian die schönste Mahlzeit des Tages.

»Was wollen wir denn heute machen, mein Schatz? Heute, an unserem letzten Tag?«, fragte Oma und biss in einen Toast mit Kräuterquark, der nach Knoblauch roch. Fabian versuchte, nicht in Omas Richtung zu atmen, damit ihm von dem Geruch nicht schlecht wurde.

»Ein bisschen am Computer spielen vormittags und dann am Inn angeln gehen«, sagte er.

»Gut. Das machen wir.«

Oma goss sich Kaffee ein, und Fabian trank vorsichtig seinen Kakao, um nicht zu kleckern, denn auf dem Tisch lag eine Decke, die Oma mit unzähligen winzigen Blümchen bestickt hatte, was Jahre gedauert haben musste. Ansonsten sah die Wohnung aus wie eine Devotionalienhandlung, was er ungeheuer schön und aufregend fand. Es war so anders als bei seinen Eltern. Überall glitzerte und blinkte es, hingen funkelnde Rosenkränze und in Gold gerahmte Heiligenbildchen. Auf der Anrichte und in Regalen des Einbauschrankes im Wohnzimmer standen halb heruntergebrannte Osterkerzen der vergangenen zehn Jahre, große, kleine, dicke und dünne mit goldenen Jahreszahlen.

»Warum hast du hier die ganzen Kerzen und brennst sie nicht ab?«, fragte Fabian.

Martha sah ihn lange schweigend an und sagte dann: »Ich finde es traurig, wenn Kerzen brennen und ich allein bin. Das ist schwer auszuhalten. Da lass ich sie lieber aus. Und ich bin fast immer allein, verstehst du?«

Fabian nickte und sah auf seinen Teller.

»Es ist besser, der Fernseher läuft, wenn man allein ist.«

Fabian nickte erneut. Das konnte er gut verstehen.

Zu Weihnachten hatte er seiner Oma auch mal einen kleinen Rosenkranz aus weißen unechten Perlen geschenkt, den Martha ganz besonders in Ehren hielt und immer wieder sagte, dass er ihr schönster sei.

Aber Marthas ganzer Stolz war eine circa dreißig Zentimeter große, geschnitzte und bemalte Madonna, die im Sonnenlicht golden glänzte. Ihr hatte Martha ihren wertvollsten Rosenkranz aus Alabaster um den Hals gehängt. Sie hatte einen Extraplatz in einer kleinen Wandnische, und vor ihr stand jeden Tag ein kleiner Strauß frischer Blumen.

Fabian fand sie unglaublich schön. »Wenn du mal tot bist, will ich die Madonna erben«, hatte Fabian vor ein paar Jahren zu seiner Oma gesagt.

Diese hatte gelacht und gesagt: »Natürlich, mein Schatz, sie ist für dich. Ganz sicher.«

Doch dann wäre es beinah ganz anders gekommen.

Es passierte im April 2010. Fabian hatte Geburtstag, und Oma Martha war extra deswegen aus Rosenheim nach Buchholz in der Nordheide gekommen, wo die Familie Kramer damals noch wohnte.

Eckart ging dieser Besuch zwar fürchterlich auf die Nerven, aber er versuchte Fabian und Rina zuliebe das Beste daraus zu machen und gab sich Mühe, nicht mit Oma Martha zu streiten.

Da es Fabians größter Wunsch gewesen war, fuhr die Familie am Geburtstagsmorgen gemeinsam zum Heidepark, und Fabian konnte es kaum fassen, dass er einen ganzen Tag lang alle Karussells ausprobieren durfte und machen konnte, worauf er Lust hatte. Er wollte seinen Eltern und seiner Oma zeigen, wie mutig er war.

Am Vormittag saß er mit Oma in der Geisterbahn und schrie kein einziges Mal, obwohl er schreckliche Angst hatte, danach ließ er sich mit Papa von der Walzerbahn durch die Gegend wirbeln und aß seine geliebte Zuckerwatte.

Mittags gab es eine Bratwurst mit Brötchen, und dann ging es weiter.

»Was hältst du denn von dem Kettenkarussell?«, fragte Oma.

»Och nee«, meinte Fabian, denn es machte einen schrecklich langweiligen Eindruck.

»In meiner Jugend war es für mich immer das Allerschönste. Man fliegt so schön … es ist unbeschreiblich«, entgegnete Oma. »Willst du es nicht doch mal ausprobieren, wenn du es noch nie erlebt hast?«

Nur ihr zuliebe sagte Fabian schließlich: »Na gut, meinetwegen. Machst du mit?«

»Ich kann das nicht mehr aushalten«, sagte Oma. »Aber fahr doch allein. Das ist richtig toll.«

Fabian nickte, und Oma setzte ihn in einen Sitz, kontrollierte den Sicherheitsbügel vor Fabians Bauch, stieg vom Rondell, und nach einer halben Minute ging es los. Dazu plärrte laut der Schlager »Blue Bayou«.

Fabians Eltern und Oma sahen lächelnd zu, wie das Karussell Fahrt aufnahm, sich immer schneller drehte und die Kettensitze immer höher flogen.

Eckart stand neben seiner Frau, legte beide Hände auf ihre Schultern und drückte ihr einen Kuss auf den Scheitel.

Es war später nicht mehr zu ermitteln, ob sich der Sicherheitsbügel von allein gelöst, ob Oma den Verschluss wirklich richtig geschlossen oder ob Fabian ihn unbewusst oder bewusst aufgefummelt hatte.

Jedenfalls sah Oma Martha, wie sich ihr kleiner zarter Enkel in der Luft und völlig unerklärlich aus seinem Sitz löste. Kein Gurt, kein Sicherheitsbügel schienen ihn aufzuhalten, er rutschte immer weiter vor, konnte sich nicht mehr halten und flog aus dem Karussell.

Es war so unwirklich. Sie glaubte, seine blonden Haare im Wind wehen und ihn lachen zu sehen auf seinem Flug in die Unendlichkeit.

Schreie brachten sie zurück in die Realität.

Fünf Meter entfernt war Fabian zu Boden gestürzt, vor das Kassenhäuschen eines Autoscooters. Menschen schrien. Die Musik verstummte. Das Kettenkarussell hörte unendlich langsam, viel zu langsam auf sich zu drehen. Martha und die Eltern liefen dorthin, wo sich augenblicklich eine Menschentraube bildete.

Er lag da. Einfach so. Wie ein Dummy, den man zu Versuchszwecken in die Luft geschleudert hatte, dem aber nichts passiert war. So unversehrt sah er aus.

Martha war unglaublich erleichtert.

Aber dann sah sie Blut aus Fabians Ohren fließen. Und hörte ihre Tochter schreien.

Rina schrie in Panik, wie eine Wahnsinnige.

Oma Martha liefen die Tränen übers Gesicht.

Sie hatte Fabian zum Geburtstag den Ausflug in den Heidepark geschenkt. Sie hatte ihn zum Kettenkarussell überredet. Sie war schuld. Nie würde sie darüber hinwegkommen.

Oma Martha registrierte nur am Rande, wie Eckart Rina in die Arme nahm. »Der Notarzt ist unterwegs«, hauchte er, und dann kniete er sich hin und streichelte den aus den Ohren blutenden Dummy.

Martha sah seine Tränen auf Fabians T-Shirt tropfen.

Rina blieb stehen. Kniete sich nicht hin, hatte Angst, ihren Sohn zu berühren.

»Der Junge hat ein Schädelhirntrauma«, hörte Oma Martha wie im Nebel, und dass eine Operation unbedingt nötig sei.

Dann brach sie zusammen.

Erst zwei Tage später setzte ihre Erinnerung wieder ein. Schemen- und bruchstückhaft.

Sie sah sich Stunden und Tage auf dem Krankenhausflur sitzen und warten. Fabian war auf der Intensivstation, und nur hin und wieder konnten sie zu ihm.

Es machte ihr nichts aus zu warten, nur so war sie ihrem Enkel wenigstens ein bisschen nah.

Wenn Eckart auftauchte, ging sie in die Krankenhauskapelle, um zu beten und eine Kerze zu spenden.

Sie spürte, dass es Eckart auf die Nerven ging.
Wenn sie wiederkam, war sein Blick voller Hass.
Und sie wusste, dass er ihr an allem die Schuld gab.

Fabian kämpfte wochenlang mit dem Tod. Dann fand er langsam ins Leben zurück, und fast genau ein Jahr später fing er zum ersten Mal wieder an zu sprechen.

7

Das Frühstücksgeschirr war abgeräumt und gespült, und Fabian machte gerade Computerspiele, als Martha ins Wohnzimmer kam.

»Ich muss noch mal kurz los, was erledigen«, sagte sie.

»Ja, klar, kein Problem«, murmelte Fabian, ohne den Kopf zu heben.

»Bin bestimmt in 'ner Stunde oder anderthalb zurück.«

»Wo gehst du denn hin?«

»Ich muss noch mal mit Pater Johannes reden. Wegen eurer Reise morgen.«

»Ach so.«

»Mach keine Dummheiten, Schatz, ja?«

»Nee, mach ich nicht.«

»Bis bald. Nachher packen wir deine Sachen zusammen.«

»Ja ja.«

Sie spürte, dass sie störte. Fabian war auf sein Spiel konzentriert und hörte gar nicht richtig zu.

Leise schloss sie die Wohnzimmertür.

Bis zum Kloster lief sie zwanzig Minuten. Das kleine Franziskanerkloster war ein schmuckloser Stadtbau der Sechzigerjahre außerhalb der Altstadt, beherbergte lediglich sieben Mönche und wirkte wie ein unscheinbares zweistöckiges Wohnhaus.

Martha klingelte.

Nach einer Weile meldete sich Bruder Daniel über die schnarrende Gegensprechanlage. Sie kannte ihn gut. Er hatte Arthrose in beiden Knien, konnte sich keinen Schritt mehr schmerzfrei bewegen, saß daher von morgens um acht bis abends um acht an der Pforte und nahm jedes Jahr vier Kilo zu.

»Grüß Gott, hier ist Martha Kasinsky«, sagte sie etwas zu laut ins Mikro, weil sie Angst hatte, dass Bruder Daniel sie nicht verstehen würde, »ich würde gern mit Pater Johannes sprechen. Das heißt, ich muss ihn sprechen! Es ist sehr wichtig!«

»Pater Johannes ist nicht da.«

»Wann kommt er denn wieder?«

»Ich weiß es nicht.«

»Noch heute Vormittag?«

»Ich denke schon. Mittagessen wollen sie alle.« Bruder Daniel lachte glucksend.

»Kann ich hier auf ihn warten?«

»Bitte.«

Der Türöffner schnarrte, und Martha betrat das Kloster.

Sie lächelte Bruder Daniel zu und setzte sich in den Flur, in dem für Besucher eine Couch und zwei Sessel standen, nahm eine Zeitschrift von »Christ und Welt« in die Hand und suchte nach ihrer Brille.

Pater Johannes kam anderthalb Stunden später. Sie war über der Zeitschrift eingenickt und hätte ihn beinah verpasst, aber er stürmte herein, und seine Schuhe klackten so laut auf den Steinfliesen, dass Martha erwachte und sofort aufsprang, als sie ihn erkannte.

Er blieb stehen. »Ja, du liebe Zeit, Frau Kasinsky, das ist aber eine Überraschung, warten Sie schon lange?«

»Nein, nein, Pater, gar nicht.«

»Was kann ich denn für Sie tun? Ist etwas mit Fabian?«

»In gewisser Weise schon. Darf ich Sie vielleicht fünf Minuten sprechen?«

»Aber natürlich. Bitte, kommen Sie mit.«

Das übrige Kloster wirkte genauso kalt und schmucklos wie der Eingangsbereich. Im Erdgeschoss waren das Büro von Pater Lukas, dem Abt der kleinen Gemeinschaft, das Sekretariat und zwei Besucherräume untergebracht, im ersten Stock lagen Küche, Speisesaal, Fernsehzimmer und Bibliothek, und in dem darüberliegenden Stockwerk befanden sich die Einzelzellen der Mönche und zwei Sanitärräume.

Pater Johannes führte Martha in eines der Empfangszimmer. »Bitte, setzen Sie sich. Möchten Sie einen Kaffee?«

»Nein danke, aber ein Glas Wasser wäre schön.«

Martha und Pater Johannes kannten sich schon viele Jahre und hatten zusammen einige Gemeinschaftsreisen unternommen, denn die Patres betreuten als Priester die Gemeinde St. Bonifatius. Pater Johannes besuchte Martha hin und wieder zum Kaffeetrinken zu Hause, er hatte ihren Mann Eberhard beerdigt, und sie sahen sich jeden Sonntag zur Messe.

»Was gibt es denn, Martha?« So nannte er sie oft, und sie mochte das. »Fährt Fabian morgen mit, oder haben Sie es sich anders überlegt?«

»Nein, nein, mit morgen ist alles in Ordnung«, erwiderte sie schnell. »Ich bringe Fabian um Viertel vor sieben. Ich hab nur mal eine Frage, und für mich ist es jetzt ein bisschen schwierig, das heißt, ich weiß nicht so recht, wie ich anfangen soll.«

»Nur zu.« Pater Johannes lächelte und faltete die Hände, und sie war froh, dass er offensichtlich Zeit und Geduld hatte.

»Ich meine, Sie fahren morgen mit den Kindern nach Rom, das ist etwas ganz Besonderes, eine außergewöhnliche Situation. Ich war vor vierzig Jahren mal dort, im Petersdom, zusammen mit meinem Mann. In dieser gewaltigen Kirche zu sein hat mich tief bewegt, und ich habe den Tag und dieses Erlebnis nie vergessen ...«

Pater Johannes lächelte unverändert, und es begann sie zu verunsichern. Vielleicht betete er schon darum, dass sie endlich zum Punkt kommen möge. Außerdem wartete sein Mittagessen.

»Und da dachte ich ...« Ihr Herz begann zu rasen, und sie musste tief durchatmen. »Ich dachte, nun, ich weiß ja nicht, ob Fabian überhaupt getauft ist. Seine Eltern sind nicht religiös, ich vermute mal, dass sie sogar aus der Kirche ausgetreten sind, jedenfalls habe ich, seit Fabian auf der Welt ist, keine Taufe miterlebt, und ich kann mir nicht vorstellen, dass sie es heimlich gemacht haben, so ganz ohne Feier und so ...«

Pater Johannes schwieg und massierte sein Kinn mit zwei Fingern.

»Es ist noch nicht lange her, da wäre der Kleine beinah ums Leben gekommen. Er hatte einen schweren Unfall und hat wochenlang mit dem Tod gerungen. Ich bin fast wahnsinnig geworden vor Angst, weil ich nicht wusste, ob ihm der Himmel vielleicht für immer verschlossen bleibt. Verstehen Sie? Nur weil er nicht ... nun ja, nur weil er nicht getauft ist.«

Pater Johannes schwieg immer noch und machte ein nachdenkliches Gesicht.

»Und da wollte ich Sie bitten ...« Martha spürte, dass sie flammend rot wurde. »Ich wäre so froh, wenn Sie Fabian in

Rom taufen würden. Geht das? Ich meine, würden Sie das für mich tun?«

Pater Johannes atmete ein paarmal tief durch. »Ich würde es gern für Sie tun, Martha, wirklich, aber ich darf nicht. Mit der Taufe beginnt die Mitgliedschaft in der katholischen Kirche. Und insofern ist die Taufe nicht nur ein Sakrament, sondern auch eine bürokratische Angelegenheit.«

»Oh Gott!«, stöhnte Martha.

»Ja, leider. Und dazu bräuchte ich das Familienstammbuch, Fabians Geburtsurkunde und die Bescheinigung der Eltern über die Mitgliedschaft in der katholischen Kirche. Und ein Taufpate, der über sechzehn sein muss, ist auch notwendig.«

Martha sagte gar nichts mehr. So enttäuscht war sie.

»Martha, Sie brauchen sich aber keine Sorgen zu machen. Ich werde Fabian segnen. Sie können sich auf mich verlassen. Und wenn Fabian wirklich an Gott glaubt …«

»Das tut er!« Martha sprach fast ein bisschen zu schnell und laut.

»Dann kann ich mir nicht vorstellen, dass ihm die Tore des Himmels verschlossen bleiben, nur weil ihn seine Eltern nicht getauft haben. Er kann das ja nachholen, wenn er erwachsen ist.«

Martha sah zu Boden, und es entstand eine Pause. Aber dann hob sie den Kopf und sagte: »Ich danke Ihnen sehr, Pater Johannes.«

Er bemerkte, dass sie zitterte und zwanghaft ihre Hände rieb. »Aber da ist noch etwas.«

»Ja?«

»Könnte dieses Gespräch unter uns bleiben? Mein Schwiegersohn ist sehr hart. Sehr rigoros. Er hasst die Kirche. Als

Fabian im Krankenhaus war und mit dem Tod gerungen hat, bin ich jeden Tag in die Krankenhauskapelle gegangen, habe für Fabian gebetet und eine Kerze gespendet. Sie glauben nicht, wie mich mein Schwiegersohn angesehen hat, wenn ich wieder ins Krankenzimmer kam. Jedes Mal so voller Hass. Es war so entsetzlich. Denn er kann extrem böse werden, das können Sie sich nicht vorstellen. Ein Wunder, dass Fabian überhaupt mitfahren darf.«

»Ich habe Ihnen gesagt, dass ich Ihnen helfe, und ich werde Fabian segnen, so diskret wie möglich. Niemand wird darüber reden. Machen Sie sich keine Sorgen.«

»Jetzt fällt mir ein Stein vom Herzen, Pater. Sie sind ein Engel!«

»Na, na, na.« Pater Johannes lächelte wohlwollend und erhob sich.

»Dann will ich Ihre Zeit nicht länger beanspruchen. Ich denke, vor der Reise haben Sie noch eine Menge zu erledigen.«

»Das stimmt.« Er reichte ihr die Hand. »Wir sehen uns morgen früh?«

»Selbstverständlich! Auf Wiedersehen, Pater. Und danke. Vielen, vielen Dank!«

8

Eckart versuchte, den winzigen Fernseher in der Fensternische auf der Terrasse zu aktivieren. Er erinnerte ihn an die Zeiten, als er als Student mit der gesamten Wohngemeinschaft vor einem Fernseher saß, der gerade mal so groß war wie ein heutiges Tablet, und die Bundesliga guckte.

Er verzweifelte fast, weil er keine Ahnung hatte, ob die Antenne in »In« oder »Out« gesteckt werden musste, welches Kabel man womit verbinden musste und ob diese kleinen, gebündelten rot-gelb-blauen Strippen überhaupt gestöpselt werden mussten oder nicht.

»Soll ich dir helfen?«, fragte Rina, als sie erhitzt und mit hochrotem Kopf aus der Küche auf den Portico trat, die toskanische Außentreppe nach unten ging und das Brot auf den Terrassentisch stellte.

»Nein, nein, lass mal, ich schaff das schon.«

Sie zog sich wortlos zurück, aber an ihrem Blick sah er, dass sie die ganze Sache in spätestens fünf Minuten in die Hand nehmen und den Fernseher in Gang bringen würde. Er hasste das. Dieses unterschwellige: »Nein, ich sag jetzt nichts darüber, dass du zu dumm bist, Schatz, ich mach das stumm und still, ich will ja nicht, dass du dich schlecht fühlst oder sauer wirst.« Er konnte es nicht ausstehen. Eine blöde oder witzige Bemerkung wäre ihm da lieber gewesen.

Es war alles so ungemein anstrengend. Er hatte sich diese Woche mit Rina entspannter vorgestellt. Aber sie wollte ihm einfach unbedingt alles recht machen. Sie erahnte seine Wünsche, erfüllte sie ihm, bevor er sie ausgesprochen hatte, steckte in allem zurück und redete ihm nach dem Mund, nur um ihm ein schönes Zuhause zu bieten, damit er um Gottes willen wiederkäme. Ganz egal, was in Paris geschah: Er sollte bloß wiederkommen.

Und das bedeutete Stress für ihn.

Sie brachte den Salat. »Warum machst du denn den Grill nicht an?«

»Weil ich mit dem Fernseher beschäftigt war.«

»Na ja, macht nichts, wir haben ja Zeit.«

Kein Vorwurf, nichts. Toll.

»Soll *ich* es mal mit dem Fernseher probieren?«

»Nee, lass mal.«

Also blieb sie auf ihrem Stuhl sitzen und tat nichts, obwohl er wusste, dass sie gern die Nachrichten gesehen hätte.

Er stand auf und schaltete den Gasgrill an. Fleisch und Gemüse hatte sie eingelegt und ihm in unterschiedlichen Schälchen hingestellt. Jetzt öffnete sie den Wein.

»Dann lass uns erst mal anstoßen.«

Sie nickten sich nur wortlos zu, als sie die Gläser klingen ließen. Auch das war früher anders gewesen.

»Die Firma hat am Donnerstag für mich einen Flug gebucht«, sagte er, während er die Champignons auf den Rost legte. »Um elf Uhr zwanzig ab Florenz. Vielleicht kannst du mich hinbringen.«

»Natürlich. Aber warum denn schon am Donnerstag? Das ist ja drei Tage früher als geplant!«

»Was weiß ich, was die für ein Problem haben.«

»Warum haust du nie auf den Tisch und sagst: Liebe Freunde, so geht das nicht. Ich kann erst dann und dann, hab schließlich auch ein Privatleben. Ich hätte das getan. Du bist ja schließlich nicht irgendwer, sondern der Regisseur, verdammt!«

»Na klar, *du* hättest auf den Tisch gehauen. Natürlich. Gerade du, die jedem nach dem Mund redet und immer um schönes Wetter bemüht ist. Dass ich nicht lache!«

Sie schluckte auch das. »Aber warum, um Gottes willen? Was ist denn so verdammt wichtig, dass sie dich früher anreisen lassen?«

»Ich weiß es nicht.«

»Du hast auch nicht gefragt?«

»Nein, ich hab nicht gefragt!« Er wurde lauter.

»Vielleicht bin ich immer um schönes Wetter bemüht, kann schon sein. Aber nachgefragt hätte ich auf alle Fälle.«

»Wie schön für dich. Ich hab es eben nicht getan. Die werden schon ihre Gründe haben.«

»Aber dann hast du ja nur einen vollen Tag mit Fabian! Nur den Mittwoch! Da hat er sich gerade an dich gewöhnt, und dann bist du schon wieder weg.«

»Ich hab es dir eben schon einmal gesagt: Es ist, wie es ist, und geht eben nicht anders.«

Rina verstummte. Fabian tat ihr jetzt schon verdammt leid. Das arme Kind hatte noch nicht einmal in den Ferien etwas von seinem Vater.

Eckart zeigte auf das Fleisch. »Welches Stück möchtest du?«

»Das kleine.«

Natürlich. Sie wollte immer nur das kleine. Sie steckte immer zurück. Ihm wäre es lieber gewesen, sie hätte ihm alles weggefressen, dann hätten sie auf Augenhöhe alles verschlungen, was auf dem Tisch stand. Das hätte wenigstens Spaß gemacht.

»Oder liegt es an Anja, dass du jetzt so schnell wegwillst?«

»Himmel!«, brüllte er. »Fängst du jetzt schon wieder mit dieser Scheiße an? Ich hätte überhaupt nicht herkommen sollen, das wäre besser gewesen.«

Ein frischer Wind kam auf. Die Gläser begannen zu wackeln und zu klirren, die Servietten flogen durch die Gegend, und das Wasser im Pool schlug kleine Wellen.

»Ich hol mir mal kurz eine Jacke«, sagte Rina, ging ins Haus und lief hinauf ins Schlafzimmer. Dort nahm sie eine dünne Jacke aus dem Schrank.

Eckarts Koffer lag auf dem Boden. Er hatte vermutlich bereits T-Shirts und Hemden, die gewaschen waren, hineingelegt sowie Sonnencreme, Nageletui und andere Kleinigkeiten, die er nicht vergessen wollte. Was ihm einfiel, legte er in den Koffer. Und hatte dann kurz vor der Abreise nur noch die Mühe, alles gut zu verpacken und zu verstauen.

Er hatte den Koffer bereits zugeklappt, aber eine Ecke seines besten weißen Hemdes war in der Seite eingeklemmt. Typisch für Eckart, dem so etwas grundsätzlich nicht auffiel.

Rina kniete sich hin, öffnete den Koffer und ordnete Hemden, T-Shirts und Hosen.

Zwischen Socken und Unterhosen fiel ihr eine Großpackung mit hundert Kondomen in die Hände.

Das haute sie dermaßen um, dass sie sich erst einmal aufs Bett setzen musste.

Sie war so entsetzt und traurig, dass sie noch nicht einmal weinen konnte.

Und dann beschloss sie, nichts dazu zu sagen. Keine Vorwürfe, keine Tränen. Lieber schönes Wetter. Sie musste der

Situation einfach ins Auge sehen und endlich aufhören zu hoffen.

Sie legte die Packung zurück, ging langsam die Treppe hinunter und trat wieder hinaus auf die Terrasse.

»Fleisch ist fertig«, sagte Eckart. »Tu dir auf und nimm dir von dem Gemüse.«

Sie tat es. Stoisch. So, wie sie es immer getan hatte. Nur, damit ihm nichts auffiel, aber Appetit hatte sie nicht. Im Gegenteil. Sie ekelte sich vor dem Fleisch.

Der Fernseher lief immer noch nicht. Sie beschloss, ihn nach dem Essen in Gang zu bringen, wenn Eckart seinen Mittagsschlaf machte.

»Schmeckt prima«, sagte sie, obwohl sie das Fleisch in klitzekleine Schnipsel schnitt, um beim Schlucken nicht würgen zu müssen.

Eckart nickte. »Ja, vor allem die Kartoffeln sind ganz gut geworden. Schön kross. Sie schmecken fast wie Chips.«

»Nimm ein bisschen Knoblauchöl dazu, das ist der absolute Hammer.«

»Eigentlich ist es viel zu heiß, um zu grillen«, meinte er nach einer Weile mit vollem Mund. »Vollkommen irrsinnig, sich bei dieser Hitze an einen glühenden Grill zu stellen.«

»Genauso irrsinnig ist es, sich oben in der Küche an einen glühenden Herd zu stellen.«

»Das stimmt. Lass uns morgen was Kaltes essen.«

Im Moment ist er friedlich, dachte Rina. Die Gelegenheit ist günstig.

»Was hältst du davon, wenn wir heute Abend die Poolbeleuchtung anmachen, uns hinsetzen, einen guten Rotwein trinken, ein bisschen reden, über dies und das, uns vielleicht eine Geschichte ausdenken, rumspinnen … So wie früher. Das war immer so toll. Ich schreibe, und du verfilmst es dann.«

»Ich hab eigentlich keine Lust«, sagte Eckart zögernd. »Ich will noch ein bisschen Ruhe haben. Wenigstens die paar Tage. Heute Vormittag hab ich schon die Klospülung repariert. Ab jetzt bitte keine Frondienste mehr.«

»Aber wenn wir uns unterhalten, ist das doch kein Frondienst!«

»Doch, wenn ich mich mit dir unterhalte und auf Knopfdruck kreativ sein soll, schon.«

»Bitte, Eckart, lass mich jetzt nicht im Stich!«

Er legte das Besteck weg und beugte sich vor. »Ich lass dich im Stich? Wie denn, wo denn, was denn? Du bist frei, Rina! Du kannst machen, was du willst, und leben, wie du willst. Du kannst vierundzwanzig Stunden am Tag schreiben, wenn es dir Spaß macht. Das hast du dir doch immer gewünscht! Darum haben wir unser Kind ins Internat gegeben, damit du dich entfalten und verwirklichen kannst. Es ist alles gelaufen, wie es die gnädige Frau, die ja unbedingt in Italien leben wollte, verlangt hat. Hier ist dein Paradies. Bitte schön! Mach was draus! Wieso lass ich dich im Stich?«

Das war das Gemeinste, das er je zu ihr gesagt hatte. Ihr stockte der Atem, so getroffen war sie.

»Ach nein! Und du? Was war mit dir? Wolltest du dich etwa nicht verwirklichen? Liebesschnulze hier, Abenteuerfilm da, ab und zu ein Krimi, zwischendurch schwachsinnige Serien und dreihundert Tage im Jahr nicht zu Hause. Du hättest ja darauf verzichten können, um dich um Fabian zu kümmern. Aber hast du das getan? Nein! Keine Sekunde hast du das auch nur in Erwägung gezogen. Und jetzt schmierst du mir die Sache mit dem Internat auf die Stulle? Als hätte nur ich einen Karrierewunsch gehabt? Ich hätte mein Schreiben noch eher mit einem Kind vereinbaren können als du deinen Job. Aber der große Meister hat ja lieber in der Wüste oder unter Palme siebzehn gesessen und irgendwelche Schauspieler von links nach rechts gescheucht!«

»Na also, da sagst du es ja selbst!« Er lachte kurz auf. »Wenn du es mit deinem Job hättest vereinbaren können – warum hast du es dann nicht getan? Warum zum Teufel hast du dann Fabian ins Internat gegeben? Wer ist also daran schuld, ich oder du?«

Sie sank in sich zusammen. Er hatte gewonnen. Er hatte ihr wieder das Wort im Mund herumgedreht. Bei einem Streit gewann er immer, weil er einen genialen Schachzug ausführte wie jetzt eben oder weil er einfach zum richtigen Zeitpunkt aus dem Zimmer ging.

»Okay«, sagte sie. »Ich bin schuld. Na klar. Ich bin egoistisch, egozentrisch und wollte Karriere machen, und du bist das Unschuldslamm. Deine Karriere war ein Abfallprodukt meiner Arbeitswut. Ich falle in den Staub vor Scham und bitte um Verzeihung, weil unser Sohn nur meinetwegen in einem Internat zugrunde geht. Wie gut, dass er wenigstens einen so liebevollen Vater hat, der ihn drei Tage im Jahr sieht und ihm zweimal über den Kopf streicht. Da bin ich regelrecht dankbar. Du bist einfach toll! Ein großartiger Mann, der Frauenversteher schlechthin und ein fantastischer Vater. Und da ich deiner gar nicht würdig bin, wünsche ich dir noch einen guten Appetit. Du kannst dieses gegrillte, stinkende, tote Tier, das mich ankotzt, auch allein fressen.«

Sie nahm ihren Teller, schmiss ihn mit voller Wucht in den Jasminbusch und ging ins Haus.

Eckart sagte keinen Ton.

Sie wusste nicht, wie sie den Abend überleben sollte, ging aber davon aus, dass er morgen wieder vollkommen liebenswürdig sein würde, als wäre nichts gewesen.

9

Er genoss die Fahrt. In seinem Inneren breitete sich ein Hochgefühl darüber aus, seinem Ziel immer näher zu kommen.

Es war großartig.

Er würde sie endlich zur Rede stellen.

In dieser grandiosen Stimmung begann er zu singen.

Country roads, take me home
To the place I belong
West Virginia, mountain momma
Take me home, country roads.

»Nach Hause«. Er hatte kein Zuhause. Auf ihn wartete nie jemand. Nur eine Ratte.

Und plötzlich sah er ein Bild vor Augen und schrieb in Gedanken einen Romananfang: *Sie hatte den Wagen nicht direkt vor dem Haus, sondern auf dem kleinen Parkplatz unter dem Ahorn geparkt. Es wurde bereits dunkel, aber im Haus war kein Licht. Merkwürdig. War Michael nicht da? Aber sein Wagen stand vor der Tür. Er konnte unmöglich zu Fuß weggegangen sein. Dazu wohnten sie viel zu einsam, er wäre bis zum nächsten Ort Stunden unterwegs.*

Mit einem flauen Gefühl im Magen betrat sie das Haus.

In der Küche sah sie sie sofort. Auf dem Tisch lag eine Pistole.

Sie fasste sie nicht an und überlegte einen Moment, ob sie die Polizei rufen sollte. Aber dann ging sie weiter. Langsam. Vorsichtig. Voller Angst.

Im Schlafzimmer lag er. Michael. Sein Gesicht von Kugeln zerfetzt. Sie wusste, dass er es war, obwohl er nicht mehr zu erkennen war.

Hatte sie geschrien? Wahrscheinlich. Sie konnte sich später nicht mehr daran erinnern.

Manuel wurde übel. Das war genial. Das war der Anfang seines Buches. Seines Romans! Er hatte das Gefühl, in Schlangenlinien über die Autobahn zu fahren, so aufgeregt war er. Sein Herz klopfte wie wild. Er brauchte einen Parkplatz. Denn er musste es unbedingt aufschreiben. Schnell, bevor die Gedanken wieder verflogen und für immer vergessen waren. Wie oft war er mit einem genialen, weltbewegenden Gedanken ins Bett gegangen und war davon überzeugt gewesen, dieses Große, Einmalige nie wieder zu vergessen … und am nächsten Morgen war alles weg. Nichts mehr. Er hatte nicht mehr die kleinste Erinnerung. Nicht mal mehr das Thema, um das seine Gedanken gekreist waren, fiel ihm noch ein.

Das durfte ihm jetzt nicht wieder passieren. Nicht mit diesem sensationellen Anfang einer Geschichte.

Noch sechsundvierzig Kilometer bis zur nächsten Raststätte, zeigte ein Schild.

Das schaffe ich nicht, dachte er entsetzt, niemals. Er versuchte schneller zu fahren, drückte aufs Gas, aber der Motor beschleunigte nicht.

Das war ja merkwürdig. Und gar nicht gut. War da irgendetwas kaputt?

Er versuchte, jetzt nicht an das Wohnmobil zu denken, sondern seine Gedanken zu wiederholen, laut auszusprechen, aber es wurde immer schwieriger. Er suchte bereits nach den Sätzen, die er zuvor im Kopf gehabt hatte.

Ihm brach der Schweiß aus, und er wurde immer panischer.

Wie hatte der erste Satz gelautet? Der erste Satz war immer der wichtigste. Das Aushängeschild des ganzen Buches.

Sie parkte ihren Wagen unter dem Ahorn.

Nein, nein, nein. Das klang völlig belanglos. Es fing schon an, das Vergessen. Bitte, bitte, bitte, flehte er, bitte einen Parkplatz! Wenn ich es schaffe, das alles aufzuschreiben, dann geht es vielleicht weiter, dann läuft und flutscht es, dann ist meine jahrelange Schreibblockade vielleicht endlich beendet. Vielleicht löst sich dann alles, und ich kann wieder Stunden am Schreibtisch sitzen und schreiben und schreiben und schreiben. Alles Mögliche und Unmögliche.

Es war immer aufregend gewesen, am nächsten Tag zu lesen, was er alles zu Papier gebracht hatte.

Aber dieses berauschende Gefühl hatte er lange nicht mehr gehabt. Über zwanzig Jahre nicht.

Da sah er das »P«. Den Hinweis auf einen Parkplatz. Endlich! Er empfand es wie eine Erlösung. Wie die Hand, die einen packt und aus dem Abgrund hochzieht, wenn sich die Finger am Fels nicht mehr halten können. Zwar war es keine Raststätte, aber immerhin ein Parkplatz. Dort würde er wenigstens seine Ruhe haben.

Fünfhundert Meter weiter hatte er es geschafft und bog auf den Parkplatz ab. Das Wohnmobil rumpelte und schaukelte über das Kopfsteinpflaster.

Der Parkplatz war vollkommen leer. Kein anderer Wagen stand hier, was ihn wunderte. Aber es war ihm recht. Er schaltete den Motor ab und drehte seinen Fahrersitz, sodass er jetzt am Tisch saß und Salon und Küche überblicken konnte.

Jetzt musste er endlich schreiben. Das war das Wichtigste.

Hektisch suchte er einen Block und einen Kugelschreiber und wollte anfangen.

Aber sein Kopf war wie leergefegt.

Nur einen einzigen Satz brachte er aufs Papier. *Auf dem Tisch lag eine Pistole. Und Michael war tot. Durchlöchert.*

Mehr wusste er nicht mehr. Alle Sätze, die er im Kopf gehabt hatte, waren verloren. Und die paar Worte, die er aufgeschrieben hatte, waren gequirlte Scheiße. Darüber war er sich im Klaren.

Es ging nicht. Es funktionierte einfach nicht.

Mit gespreizten Fingern wischte er über die Tischplatte. Seine Hände quietschten auf dem lackierten Holz und hinterließen feuchte Streifen.

In seinen Ohren rauschte es.

Er fluchte laut und schmiss den Kugelschreiber an die Wand.

Die Blockade. Diese verdammte Blockade. Vielleicht war er auch krank. Weil er sich einfach nichts merken konnte. Noch nicht einmal seine eigene Genialität.

10

1992

Manuel lernte Felicitas während des Germanistikstudiums kennen. Sie hatte dunkelbraune Augen, die er unwiderstehlich fand, langes blondes Haar, einen zarten Oberkörper, eine unglaublich schmale Taille, ein noch viel unglaublicheres pralles Hinterteil und wohlgeformte, aber stämmige Beine.

Er nannte sie Feli und ging wahnsinnig gerne mit ihr ins Bett.

Seit einem halben Jahr lebten sie zusammen. In einer billigen Wohnung im Berliner Wedding, zweiter Hinterhof, zweiter Stock, zwei Zimmer, winzige Küche, noch winzigeres Bad.

Für Feli und Manuel der Traum vom Glück.

Manuels Mutter war seit zwei Jahren tot, nach fünfzehn Jahren extremen Suffs hatte ihre Leber irgendwann kapituliert, und nach einem Zusammenbruch war sie innerhalb von zwei Wochen gestorben.

Sein Vater war Allgemeinarzt und führte seine Praxis in der Villa, in der die Familie gelebt hatte, fort. Allerdings bekam er immer Zustände, wenn er daran dachte, dass sein Sohn Germanistik und Philosophie, also in seinen Augen wild in der Gegend herumstudierte, mit dem Ziel, Schriftsteller zu werden. Eine brotlose Kunst. Sein Vater ging davon aus, dass Manuel das nur tat, weil er sicher war, dass er ihn bis ans Ende seiner Tage finanziell unterstützen würde.

Und das machte Herrn Dr. Gelting nicht nur unglücklich, sondern auch maßlos wütend.

Aber Manuel studierte gar nicht. Seit sieben Monaten hatte er die Universität nicht mehr betreten, sein Studium lag auf Eis, denn er saß zu Hause und schrieb seinen ersten Roman.

Pünktlich um sieben Uhr morgens stand er auf und begann zu schreiben. Gegen acht brachte ihm Feli einen Kaffee und schottete ihn vor jeder Störung ab, bis ihm nichts mehr einfiel, er aus dem Schlafzimmer kam, wo er sich in eine Ecke einen Schreibtisch gestellt hatte, Feli in die Arme nahm und sagte: »Komm, Süße, lass uns was kochen. Ich habe einen Mordshunger.«

Auch Feli studierte seit zwei Semestern nur noch mit halber Kraft, um für ihren »Dichter« da sein zu können. Das Geld, das sie monatlich von Dr. Gelting und Felis Eltern bekamen, reichte beiden gut zum Leben, und keiner der Eltern hatte bisher mitbekommen, dass ihre Sprösslinge, was das Studium anging, nicht mehr bei der Sache waren.

Es war Manuels schönste Zeit. Jede Minute an seinem Schreibtisch genoss er in vollen Zügen, das Schreiben war ein einziges Fest, und er arbeitete jeden Tag. Akribisch. Diszipliniert. Leidenschaftlich.

In Gedanken war er dadurch jeden Tag bei Monique, denn er schrieb über sie. Über seine große Liebe und über seinen verzweifelten Versuch, nach ihrem Tod wieder zum Leben zurückzufinden.

Es war kurz vor Mitternacht, drei Tage vor Weihnachten.

Feli saß mit angezogenen Beinen in einem Sessel unter zwei dicken Decken und las, als er hereinkam. Beinah schwankend, mit dunklen Ringen unter den Augen und einem Stapel Papier in der Hand.

»Bitte, Feli, trink mit mir, wir müssen feiern.«

Sie riss die Augen auf. »Bist du etwa fertig?«

Er nickte.

Sie sprang auf, umarmte ihn und hielt ihn mit aller Kraft fest, da sie spürte, dass er kurz davor war umzukippen.

»Das ist ja wunderbar! Oh, wie schön! Wie ich mich freue! Du bist einfach großartig! Komm, setz dich, ich hole den Schampus.«

Er fiel in einen Sessel, und sie nahm die Flasche aus dem Kühlschrank, die dort seit Wochen für diesen Moment kalt gestellt war.

Mit der Flasche in der einen und zwei blinkenden Sektgläsern in der anderen Hand kam sie nur Sekunden später strahlend wieder zu Manuel.

Er hing in seinem Sessel, als sei jegliche Kraft aus ihm gewichen.

»Komm, setz dich richtig hin, im Liegen kannst du nicht trinken, wir stoßen jetzt erst mal an!«

Manuel schob sich im Sessel hoch, nahm das Glas, das sie ihm gab, und lächelte glücklich. »Das ist vielleicht der schönste Tag in meinem Leben«, flüsterte er.

Sie dachte daran, dass es vielleicht auch noch andere geben könnte. Eine Hochzeit zum Beispiel oder die Geburt ihres ersten Kindes, und meinte daher nur: »Auf dich! Ich finde es ganz großartig, was du gemacht hast. Ich bin so unsagbar stolz auf dich. Auf dass es noch viele viele schönste Tage in deinem Leben geben wird!«

Sie ließen die Gläser klingen und tranken einen Schluck.

»Darf ich es lesen?«, fragte sie nach einer Weile. »Ich könnte mir nichts Tolleres vorstellen.«

»Sicher«, sagte er. »Du bist die Erste, die es lesen darf, und dann musst du etwas dazu sagen. Hier. Es ist für dich.« Damit legte er ihr das Manuskript in den Schoß.

Feli wurde heiß. Vielleicht hatte er es ihr gewidmet? Das wäre die größte Liebeserklärung überhaupt.

Mit zitternden Fingern nahm sie das Manuskript zur Hand und las den Titel.

Und draußen stirbt ein Vogel.

Sie sah ihn an. »Das ist Wahnsinn«, sagte sie. »So poetisch und bedrückend zugleich. Ja, direkt ein bisschen gruselig. Jedenfalls habe ich sofort ein Bild vor Augen und bin unheimlich gespannt. Das heißt, ich habe sofort Lust, das Buch zu lesen.«

»Echt?«, fragte Manuel ungläubig.

»Echt.« Sie beugte sich vor und küsste ihn.

Dann las sie die zweite Seite. Die Widmung.

Da stand:

Für Monique,
der ich alles verdanke, was ich fühle, was ich kann und was ich bin.
Wo auch immer du jetzt sein magst ...
In Liebe
Und auf ewig

Feli starrte ihn an. »Das wusste ich ja gar nicht«, sagte sie tonlos.

»Was wusstest du nicht?«

»Dass ihr beide, du und sie ...?«

»Was?«

»Na, dass ihr eine Beziehung hattet.«

Manuel lächelte, und Feli hatte den Eindruck, dass er ganz weit weg war.

»Lies das Buch, Feli, dann wirst du alles verstehen.«

Feli wusste nicht, ob sie lachen oder weinen sollte.

Daher tat sie das einzig Richtige: Sie schwieg.

»Liebling, es ist großartig«, sagte sie drei Tage später und riss ihn in diesem Moment aus dem Schlaf. »Ich habe es soeben zu Ende gelesen, und es ist sensationell. Ein wahres Meisterwerk.« Sie küsste ihn leidenschaftlich. »Und jetzt verstehe ich auch eure Beziehung. Du und Monique. Jetzt ist mir alles klar. Es muss etwas ganz Großes, Tiefes, Einzigartiges gewesen sein. Und fürchterlich für dich, dass es vorbei ist.«

»Es ist nicht vorbei. Niemals«, hauchte Manuel unter Tränen.

Feli ging nicht weiter darauf ein, sondern nahm ihn in den Arm.

»Du bist ein Genie, Liebster, ich weiß es. Schicke es ganz schnell zu einem Verlag. Es wird bestimmt genommen, und du kommst ganz groß raus. Das wird ein Bestseller, und dann bist du berühmt! Es kann gar nicht anders sein!«

»Du bist so lieb und so wunderbar naiv«, schluchzte er und drückte sie an sich. »Ich danke dir. Ich danke dir so sehr.«

Am nächsten Tag kopierte er das Manuskript mehrmals und schickte es an einige Verlage.

Bereits nach zwei Wochen bekam er die ersten lapidaren Antworten.

»*Sehr geehrter Herr Gelting, vielen Dank für die Zusendung Ihres Manuskriptes ›Und draußen stirbt ein Vogel‹. Leider passt es nicht in unser Verlagskonzept, daher möchten wir es nicht veröffentlichen. Wir wünschen Ihnen für die Zukunft alles Gute und verbleiben mit freundlichen Grüßen.*«

In unterschiedlichen Formulierungen klangen alle Absagen gleich.

Nach der zehnten hatte er genug und rief bei einem der Verlage an.

Es war sein Pech, dass er erstens Herrn Hagenski direkt an den Apparat bekam, dass zweitens Herr Hagenski offensichtlich an diesem Morgen mit dem linken Bein zuerst aufgestanden war und dass Herr Hagenski drittens jammernde, fragende und bettelnde Autoren auf den Tod nicht ausstehen konnte.

»Schönen guten Tag, mein Name ist Manuel Gelting«, begann Manuel vorsichtig, »ich hatte Ihnen vor circa vier Wochen mein Romanmanuskript ›Und draußen stirbt ein Vogel‹ zugeschickt.«

»Ach ja, ich erinnere mich«, stöhnte Hagenski müde. »Und? Sie haben doch eine Antwort bekommen, oder etwa nicht?«

»Doch, doch, ich habe eine Antwort bekommen. Sie haben mir geschrieben, dass ich es mit diesem Thema lieber bei einem anderen Verlag versuchen soll. Und da wollte ich mal fragen, warum. Ich habe einiges aus Ihrem Verlagsprogramm gelesen, und ich finde, dass mein Manuskript sehr gut hineinpasst. Vielleicht besser als bei allen anderen Verlagen.«

»Das mag ja sein«, grunzte Hagenski, und es hörte sich so an, als ob er sich gerade unter größter Anstrengung in seinem Schreibtischstuhl aufrichtete, »und gleichzeitig ist es das Problem.«

Manuel schwieg, und Hagenski schwieg auch.

»Darf ich offen sein?«, fragte Hagenski schließlich.

»Ich bitte darum. Deswegen rufe ich an.«

»Gut. Hören Sie, ich habe Ihr Manuskript gelesen. Das heißt, ich habe fünfzig Seiten gelesen, und das ist verdammt viel. Sonst lese ich nur fünf, wenn's hochkommt, und weiß dann bereits, dass es großer Mist ist.«

Was für ein arrogantes Arschloch, dachte Manuel.

»Auf die fünfzig Seiten können Sie sich was einbilden, junger Mann. Aber letztendlich bin ich dann doch zu dem Schluss gekommen, dass es nichts taugt. Sie haben eine gute Sprache. Ohne Zweifel. Aber das Thema, Herr ... ähh ...«

»Gelting.«

»Das Thema, Herr Gelting ... Himmelherrschaftszeitennocheinmal, so eine Geschichte hab ich in abgewandelter Form schon tausendmal gelesen. Alle pubertierenden Knaben oder Mädchen sind irgendwann in ihren Lehrer oder ihre Lehrerin oder in eine ältere Frau oder einen älteren Mann oder in sonst wen verliebt und kotzen sich dann in einem Buch aus, wenn ihnen die Pubertät über den Kopf wächst oder wenn sie gerade darüber hinweg sind und sich einbilden, die größte und umfassendste Erfahrung ihres Lebens gemacht zu haben. Ich frage mich, was das soll. Wozu der Blödsinn? Es gibt niemanden unter der Sonne, der nicht schon einmal Ähnliches erlebt hat, und jedes Jahr schreiben fünfzigtausend diese Geschichte nieder. Soll ich das alles veröffentlichen? Immer wieder den gleichen Quark? Bin ich der Verlag der Pubertierenden?«

Manuel hatte Lust ihn anzuschreien, ihn zu beschimpfen, zu beleidigen, den Hörer auf die Gabel zu knallen, aber er konnte nicht. Wie erstarrt hielt er den Hörer in der

Hand und hörte beinah fasziniert bei seiner eigenen Hinrichtung zu.

Tausend andere hatten also schon seine Geschichte geschrieben.

Man hatte ihm seine Ideen gestohlen. Dabei war Monique einmalig. Einzigartig.

»Sind Sie noch dran?«

»Aber ja. Bitte, reden Sie weiter.«

»Es ist ja wirklich ein Zufall, aber gerade habe ich das Manuskript einer renommierten Autorin auf dem Tisch. Rina Kramer. Sie hat eine sehr ähnliche Geschichte geschrieben. Fast so wie Sie, aber eben nicht nur gut, sondern sensationell. Sie hat aus der an sich vielleicht banalen Geschichte etwas Geniales herausgeholt. Natürlich werde ich das Buch verlegen, aber dann kann ich so etwas fast Deckungsgleiches natürlich nicht gebrauchen. Das verstehen Sie doch, oder?«

Manuel schwieg.

»Ich hab dann noch mal ein bisschen in Ihrem Manuskript geblättert, quergelesen, denn wie gesagt, Sie haben eine schöne, interessante Sprache. Aber dann diese Theatralik, dieses Drama am Schluss ... ich bitte Sie, lieber Herr Gelting, darf's vielleicht auch ein bisschen weniger sein? Wollen wir nicht glaubwürdig und auf dem Teppich bleiben? Also, das war mir dann doch *too much* und arg weit hergeholt. Frau Kramer ist da wesentlich dezenter, das ist gar kein Vergleich. Zumal sie einen Namen hat und Sie nicht. Aber ich will Ihnen natürlich nicht den Mut nehmen. Versuchen Sie es weiter! Vielleicht finden Sie ja einen Verlag, der es veröffentlicht, nur ich bin es nicht. Genügt Ihnen das als Erklärung?«

»Vollkommen«, sagte Manuel tonlos und legte auf.

Aha.

Wer zum Teufel war Rina Kramer?

Dieser Scheißkerl hatte nichts verstanden. Gar nichts. Aber das war ja auch kein Wunder, wenn er nur einen Bruchteil des Manuskriptes gelesen hatte.

Vielleicht war er bei den anderen Verlagen über die berühmten ersten fünf Schnupperseiten gar nicht hinausgekommen.

Er hatte genug.

Das konnte er nicht ertragen.

Das Manuskript hatte er mit Schreibmaschine geschrieben. Es gab nur noch dieses eine Exemplar. Alle Kopien hatte er verschickt, und wahrscheinlich hatten die Verlage sie längst vernichtet. Sie waren im Altpapier gelandet oder dem Reißwolf zum Opfer gefallen.

Er machte es anders.

Er legte die Piaf auf. »Non je ne regrette rien.« Das Lied lief auf Endlosschleife. Immer und immer wieder. Dabei zerriss er Seite für Seite und verbrannte Schnipsel für Schnipsel langsam und andächtig im Waschbecken. »Ni le bien qu'on m'a fait, ni le mal tout ça m'est bien égal«. Er verrichtete diese Arbeit stoisch, bis er immer flacher und kürzer zu atmen begann. Und dann brach es aus ihm heraus, und er begann zu lachen. »Fünfzehntes Kapitel!«, schrie er und kreischte hysterisch vor Lachen.

»C'est payé, balayé, oublié. Je me fous du passé!« Sein Lachen ging in Schluchzen über. »Non, rien de rien, non je ne regrette rien …«

Als er die letzte Seite verbrannt hatte, sackte er in sich zusammen und hatte das Gefühl, Monique beerdigt und jetzt für immer verloren zu haben.

Seitdem schrieb er nicht mehr.

Und wenn er es versuchte, weil die Sehnsucht nach dem Schreiben zu groß wurde, ging es nicht. Er bekam nichts Vernünftiges, keine Geschichte mehr aufs Papier.

Rina Kramer hatte sein Leben zerstört.

Und noch nicht einmal mehr seine Gedanken gehörten ihm.

11

Pater Johannes, Bruder Ansgar, acht Firmlinge und Fabian erreichten Rom am späten Nachmittag. In dem Kleinbus der Gemeinde hatten maximal fünfzehn Personen Platz, zu elft war die Fahrt sehr bequem und entspannt gewesen.

Zu Beginn der Reise hatte Pater Johannes die Firmlinge und Fabian einander vorgestellt. Und zu jedem Kind hatte er eine kurze Charakterisierung geliefert. Die Jungs brüllten vor Lachen. »Das ist Lorenz, unsere Nachteule. Wenn die anderen schlafen, liest er Comics. Wie Lorenz es schafft, tagsüber wach zu bleiben, ist uns allen ein Rätsel. Und das ist Maxi, der Hungrige. Er ist wie eine Heuschrecke, die alles vernichtet, was ihr in den Weg kommt … Jakob hier ist unser Träumer. Er summt den ganzen Tag vor sich hin und erfindet dauernd neue Melodien. Und Leon ist immer müde.«

Zu Fabian sagte er: »Fabian ist unser Jüngster. Ihr werdet ihn mögen. Er will zu seinen Eltern, die in Italien leben, und ich fand, es ist eine gute Idee, wenn er mit uns mitkommt. Rom wird bestimmt ein sagenhaftes Erlebnis: nicht nur für Fabian, sondern für uns alle!«

Fabian fand es toll, Bus zu fahren. Er saß am Fenster, und es war einfach schön, nur dazusitzen und sich die Landschaft anzugucken. Oma hatte ihm Rosinenbrot mit Butter und Honig, Käsebrötchen und kalte Wiener Würstchen eingepackt, je nachdem, ob er Appetit auf süß oder salzig haben würde. Er hatte Appetit auf beides und trank außerdem noch eine ganze Flasche Apfelsaft.

Oma befürchtete immer, er würde verhungern, wenn er allein unterwegs war, und es war etwas Wahres dran. Fabian war ein kleiner, extrem dünner Junge, der auch durch Nutellabrote am Morgen und Pommes frites am Mittag kein Gramm zunahm.

Als sie durch die Außenbezirke von Rom fuhren, war Fabian traurig, dass die Fahrt schon zu Ende war. Neben ihm saß der dickliche Leon, der keine Lust hatte, sich zu unterhalten, und fast die ganze Zeit schlief. Fabian störte es nicht, dass Leon nicht ansprechbar war. Er war glücklich über ein bisschen Ruhe und seinen Fensterplatz.

Pater Johannes hatte fast ständig vorn gestanden, mit dem Rücken zum Fahrer, und hatte das Mikro in der Hand. Fuchtelte mit der linken Hand in der Luft herum und erzählte etwas über Städte und Dörfer, Kirchen und Burgen, an denen sie vorbeikamen, ließ Legenden und Anekdoten einfließen und hörte nur auf zu fuchteln, wenn Bruder Ansgar etwas zu rasant zum Überholen auf die linke Spur wechselte, er das Gleichgewicht verlor und sich am Gepäckträger festhalten musste.

Von den Firmlingen interessierte sich so gut wie keiner für das, was Pater Johannes erklärte. Sie schliefen, aßen oder hackten auf ihren Smartphones herum.

Irgendwie tat Pater Johannes Fabian leid.

Wenn gar nichts mehr ging, erzählte Pater Johannes Witze. »Stellt euch vor«, sagte Pater Johannes, »der liebe Gott plant im Himmel einen Betriebsausflug. ›Wo fahren wir hin?‹, fragt er die versammelten Heiligen. ›Was haltet ihr von Bethlehem?‹ ›Bloß nicht!‹, protestiert Maria. ›Da gibt es so miese

Hotels, alles ist überfüllt, wenn du Pech hast, musst du im Stall schlafen, und der Service ist unter aller Würde.‹ ›Na gut‹, überlegt Gott, ›wie wär's denn dann mit Jerusalem?‹, ›Bloß nicht!‹, widerspricht Jesus. ›Da hab ich ganz schlechte Erfahrungen gemacht, da möchte ich nie wieder hin!‹ ›Gut.‹ Gott denkt nach. ›Dann fällt mir jetzt nur noch Rom ein.‹ ›Rom ist super!‹, ruft der Heilige Geist und springt auf. ›Da war ich noch nie!‹«

Fabian wusste, dass Pater Johannes den Witz nur erzählt hatte, weil auch sie nach Rom fuhren, aber ihm war nicht klar, was daran komisch sein sollte. Wenn der Heilige Geist noch nie dort gewesen war, dann war es doch eine gute Idee, dort hinzufahren.

Lorenz, der seit fünf Stunden nicht einmal aufgehört hatte, auf seinem iPhone rumzuhacken, lachte laut, und Pater Johannes freute sich.

Fabian beschloss, Lorenz später zu fragen, warum er gelacht hatte.

Die katholische Jugendherberge war zentral gelegen, in unmittelbarer Nähe der Basilica Santa Maria Maggiore. Es war ein schlichter Bau mit Zwei-, Vier-, Sechs- und Achtbettzimmern, pro Person für siebzehn Euro die Nacht, Frühstück inklusive, Gemeinschaftsduschen auf dem Flur.

»Pass auf«, sagte Pater Johannes im Flur, als ihm Fabian direkt in die Arme lief, und nahm ihn beiseite, »du bist doch ein cleverer kleiner Bursche. Wollen wir beide die andern alle mal richtig verblüffen?«

Fabian nickte.

»Wir beide machen eine kleine Show, und die andern werden es für Zauberei halten. Die glauben, es geht nicht mit rechten Dingen zu. Sie sollen Bauklötze staunen. Wie findest du das?«

»Geil«, sagte Fabian, weil er es immer sagte und weil er es besser fand als »cool«.

»Okay. Vieles auf der Welt erscheint einem unerklärlich und fantastisch, und dann zweifeln wir an unserem Verstand oder an unserem Glauben. Dabei ist es entweder ein Trick oder ein Wunder. Und viele Menschen, die den Trick nicht durchschauen, denken, es wäre ein Wunder. Wieder andere denken bei einem echten Wunder, es wäre ein Trick. Und wir beide werden mal sehen, was die Jungs heute Abend glauben. Okay?«

»Okay«, sagte Fabian verunsichert, weil er nicht wusste, was er sagen sollte, und weil er auch wirklich nicht wusste, worauf Pater Johannes hinauswollte.

»Das heißt, ich verrate dir jetzt ein Geheimnis. Nur dir. Ich hab es noch niemandem jemals anvertraut. Und du darfst es auch niemals jemandem weitererzählen, weil das Wunder dann kein Wunder mehr ist.«

»Aber ich denke, es ist ein Trick?«

»Ja, sicher, aber er ist wunderbar. Und wenn du etwas verrätst, ist er gar nichts mehr. Dann löst er sich in Luft auf und ist für alle Zeiten verloren.«

Fabian verstand überhaupt nichts, und es machte ihm auch ein kleines bisschen Angst.

»Ich sage nichts«, sagte er dennoch und sah Pater Johannes mit großen Augen an. »Ich schwöre.«

Pater Johannes lächelte und strich Fabian über die Wange. »Prima. Ich wusste, dass du es verstehst. Du begreifst mehr als alle anderen hier, obwohl du jünger bist. Du bist ein ganz besonderer Junge, Fabian, und darum werde ich dir jetzt den Trick, das Wunder und unser gemeinsames Geheimnis verraten.«

Nach dem Abendessen saßen die Firmlinge im Gemeinschaftsraum der Jugendherberge und außer ihnen noch zehn andere, die auch gerade hier wohnten.

»Ich möchte euch heute etwas ganz Besonderes vor Augen führen«, begann Pater Johannes. »Vielleicht habt ihr alle schon manchmal gedacht oder geahnt, dass es Dinge zwischen Himmel und Erde gibt, die unerklärlich sind. Dass Wunder geschehen, die uns alle verwirren und gleichzeitig begeistern. Sie machen uns demütig und deutlich, wie klein und unwissend wir sind. Und es gibt Menschen, die spüren, wissen oder sehen mehr als andere. Das sind ganz sensible Menschen mit einer außergewöhnlichen Gabe. Ihr habt ja sicher schon mal von Hellsehern oder Wahrsagern gehört. Nun ist unser Fabian hier kein Hellseher, sondern ein ganz normaler Junge, aber er ist ein Medium. Das heißt, ich denke etwas, er empfängt den Gedanken und spricht ihn aus. Das ist ein kleines Wunder. Er ist in der Lage, die starken Schwingungen zwischen mir und ihm zu spüren.«

Er lügt, dachte Fabian, es ist doch nur ein Trick.

»Fabian geht jetzt raus. Ihr könnt euch irgendeinen Gegenstand hier im Raum aussuchen und mir sagen, und wenn er wieder hereinkommt, werde ich alle möglichen Gegenstände nennen, aber Fabian wird wissen, welchen ihr euch ausgesucht habt. Weil er meine Gedanken lesen kann.«

Fabian ging hinaus. Ihm war ganz schlecht vor Angst, ob er auch alles richtig machen würde. Wie peinlich wäre es, wenn er als Gedankenleser versagen würde!

Im Raum war es mucksmäuschenstill, als er wieder hereinkam. Niemand hatte sein Smartphone in der Hand, alle sahen ihn erwartungsvoll an.

»Bist du bereit?«, fragte Pater Johannes.

Fabian nickte.

»Okay, Fabian. Ist es der Teller hier vor mir?«

Fabian schüttelte den Kopf.

»Ist es die Teekanne?«

Fabian schüttelte den Kopf.

»Ist es der Tisch, an dem wir sitzen?«

Fabian schüttelte den Kopf.

»Ist es die Blumenvase?«

»Ja.«

Ein Aufschrei ging durch die Jugendlichen, die atemlos zugehört hatten. Fabian hatte den richtigen Gegenstand genannt.

Leon sprang auf. Er war ziemlich erregt.

»Er sieht es an deinem Gesicht!«, schrie er und duzte den Pater in der Aufregung. »Du gibst ihm irgendwie ein Zeichen. Oder nein: Es liegt sicher daran, wie du fragst. An deinem Ton kann er hören, wie die Antwort ist.«

»Okay. Dann frag du. Bitte, Fabian, geh noch mal raus.«

Fabian verschwand.

»Ich werde jetzt auf einzelne Gegenstände zeigen, und du fragst Fabian. Dann kann meine Stimme nichts verraten.«

»Kann ich auch die Gegenstände auswählen, die Fabian genannt werden?«

»Natürlich. Aber dann gibt es keine Verbindung mehr zwischen meinem Medium und mir. Du fragst, du wählst aus, du siehst ihn an. Dann bist du das Medium. Ich weiß nicht, ob Fabian auch auf dich anspringt.«

»Also gut. Dann werde ich einfach nur fragen.«

»Was nehmen wir?«

»Meine Schuhe!«, sagte Leon.

»Okay.«

»Kann ich mir auch aussuchen, bei welcher Frage er es raten soll? Ich meine, vielleicht habt ihr eine Zahl vereinbart?«

»Bitte. Such es dir aus.«

»Ich möchte, dass die Schuhe an erster Stelle kommen.«

»Gut. Kein Problem.« Insgeheim hoffte Pater Johannes, dass Fabian so weit denken und abstrahieren konnte, dass er es schaffte. Denn diesen Fall hatten sie nicht besprochen.

Fabian kam wieder herein.

Pater Johannes zeigte auf Leons Schuhe.

»Sind es meine Sandalen?«, fragte Leon.

Fabian rührte sich nicht.

Pater Johannes deutete auf eine Zeitung im Zeitungsständer.

»Ist es die Zeitung hier?«, fragte Leon.

Fabian saß unbeweglich da.

Pater Johannes tippte auf die Glasscheibe eines Fensters.

»Ist es das Fenster? Ich meine, die Glasscheibe?«

Pater Johannes deutete auf das Smartphone von Jakob.

»Ist es Jakobs iPhone?«

Fabian reagierte nicht.

Nach Pater Johannes' Hinweis fragte Leon: »Ist es diese dämliche Lampe hier an der Decke?«

Fabian musste grinsen, aber beantwortete auch diese Frage nicht.

Leon sah Pater Johannes fragend an.

»Sag uns, was wir ausgewählt haben, Fabian«, bat Pater Johannes.

Fabian überlegte eine Weile,
Dann sagte er leise: »Es sind Leons Sandalen.«
Leon fiel die Kinnlade herunter.

»Ich werde wahnsinnig«, stotterte er, und auch alle anderen waren schwer beeindruckt. Minutenlang sagte niemand ein Wort.

Alle bewunderten den kleinen Fabian, der mit hochrotem Kopf dasaß und sein Glück offenbar kaum fassen konnte.

Pater Johannes lächelte. Er stand auf, ging zu Fabian und nahm ihn in den Arm.

»Es ist gut«, sagte er. »Es ist vorbei. Komm zu dir. Du bist Fabian Kramer.« Er strich ihm zart mit der Hand übers Gesicht. »Wach auf!«

Fabian hatte keine Sekunde geschlafen. Aber er nickte und sah Pater Johannes mit großen Augen an.

Dieser zwinkerte ihm zu.

12

»Fabian! Schläfst du schon?« Leon flüsterte, die anderen Jungen schliefen fest. Maxi grunzte leise im Schlaf.

»Nee.«

Leon stand leise auf und setzte sich zu Fabian auf die Bettkante.

»Verrätst du mir, wie du das gemacht hast?«

Fabian schüttelte den Kopf. »Kann ich nicht.«

»Du kriegst auch Fußballkarten.«

»Ich kann das nicht sagen.«

»Wieso nicht?«

»Ich kann eben Gedanken lesen. Aber ich weiß nicht, warum und wie.« Jetzt log er schon genauso wie Pater Johannes.

Dabei war der Trick so denkbar einfach, und daher so genial. Pater Johannes hatte stets vor dem Gegenstand, der erraten werden sollte, etwas aus Holz genannt. Und wenn der erste Gegenstand erraten werden sollte, durfte einfach nichts aus Holz dabei sein. So einfach war das. Und so verblüffend. Das war das ganze Wunder.

Enttäuscht schlich Leon zurück in sein Bett und war fast augenblicklich eingeschlafen.

Vielleicht gibt es ja überhaupt keine Wunder auf der Welt, überlegte Fabian, sondern nur Tricks, die nicht verraten werden. Und auch der liebe Gott lässt sich natürlich nicht in die Karten gucken.

Aber er fand es echt nett von Pater Johannes, dass er ihn als Medium auserwählt hatte.

Um sieben Uhr früh öffnete Bruder Ansgar die Tür zum Zimmer der Jungen. »Guten Morgen, ihr Lieben, aufstehen!« Er kam herein, zog die Vorhänge auf, drehte sich zu den Jungen um, die verschlafen blinzelten, faltete die Hände und sagte: »Es ist ein herrlicher Tag, Kinder! Die Papstaudienz wird auf dem Petersplatz stattfinden, das ist wundervoll. Wascht euch, zieht euch gute, aber leichte Sachen an, auf keinen Fall möchte ich jemanden in kurzen Hosen sehen, und kommt zum Frühstück. Wir warten unten im Speisesaal.«

Da, wo ich meine Erleuchtung hatte, dachte Fabian, während er langsam wach wurde, und musste grinsen.

Er sprang aus dem Bett, griff sein Handtuch und seinen Kulturbeutel und lief ins Bad.

Eine halbe Stunde später saßen alle beim Frühstück. Pater Johannes war schweigsam, aber lächelte unentwegt.

Leon sah Fabian ab und zu fragend an, aber Fabian grinste nur leicht und schwieg. Er fühlte sich großartig. Im Internat war er immer nur einer unter vielen, ein völlig unauffälliges Kind, hier fühlte er sich als Star.

Um neun Uhr fuhren sie im Gemeindebus los. Bruder Ansgar hatte per Internet einen Parkplatz in der Nähe des Petersdoms gebucht. Es klappte problemlos.

Um zehn Uhr hatten sich alle Gläubigen zur Generalaudienz auf dem Petersplatz versammelt.

Der Himmel war hellblau und wolkenlos, die Sonne brannte.

Die Menschen schwitzten, viele hatten Wasserflaschen in der Hand.

Die Firmlinge, Fabian und die beiden Mönche standen eng zusammen, Pater Johannes spürte, wie ergriffen Fabian war, dass er mit den vielen Eindrücken kaum zurechtkam, und hielt seine Hand.

Es war Tradition, dass die Gemeinde jedes Jahr mit einigen Firmlingen nach Rom fuhr. In den geraden Jahren mit den Jungen, in den ungeraden mit den Mädchen. Alle rissen sich darum, jeder wollte mitfahren. Pater Johannes entschied danach, wer regelmäßig den Firmunterricht besucht hatte, die Sache ernst nahm, sich interessiert zeigte und relativ wenig herumalberte. Seine Entscheidung beeinflusste auch, ob die Eltern regelmäßig den Gottesdient besuchten oder nicht.

Der Petersplatz war voll. Die Menschen standen dicht gedrängt. Fabian war zu klein, er konnte den Papst gar nicht sehen, hörte nur die italienischen Worte, die er nicht verstand. Die Hand, die ihn hielt, gab ihm Halt, er träumte vor sich hin.

Als der Papst fertig gesprochen hatte, wurden seine Worte in mehrere Sprachen übersetzt, unter anderem auch ins Deutsche.

Fabian wurde langsam müde. Ihm war heiß, er hatte Durst, und er langweilte sich.

Selbst als der Papst die deutschen Gemeinden namentlich nannte, die mit Firmlingen angereist waren, hörte er nicht mehr hin. Er spürte nur, dass Pater Johannes seine Hand losließ und wild applaudierte.

Dann wurde noch das Vaterunser auf Lateinisch gebetet, der Papst gab seinen apostolischen Segen, und es war vorüber.

»Wir gehen jetzt noch kurz in den Dom«, verkündete Pater Johannes, »und dann gibt es für alle ein Eis.«

Fabian verschlug es die Sprache.

Er hatte ein Bild vor Augen gehabt von der größten Kirche der Welt, aber ein so gewaltiges, beeindruckendes Bauwerk lag außerhalb seiner Vorstellungskraft. Es haute ihn regelrecht um, er schnappte nach Luft.

»Wahnsinn, Wahnsinn, Wahnsinn«, murmelte er unaufhörlich, ohne zu merken, dass er sprach.

Und während die anderen in einer Gruppe zusammenstanden, stützte er sich mit einer Hand auf eine Kirchenbank und sah hinauf in die gewaltige Kuppel, die nirgends zu enden schien. Seine Brust war eng, er fühlte sich Gott ganz nahe, zum ersten Mal in seinem Leben, und es war ein berauschendes, befreiendes Gefühl, als täte sich ihm der Himmel auf.

Ich werde Mönch, versprach er in Gedanken, oder Priester. Eins von beidem, das versprech ich. Ich werde hier in Rom wohnen und jeden Tag in diese Kirche gehen, und ich werde nie unglücklich sein. Nichts erschien ihm erstrebenswerter. Kein sonniger Strand, kein kühler Wald, kein hoher Gipfel mit dem Blick über die schneebedeckten Berge. Dieser Dom war das Allergrößte, das er sich vorstellen konnte. Und sein Herz begann vor Aufregung und Freude wie wild zu schlagen.

So merkte er gar nicht, dass sich auch Pater Johannes von der Gruppe gelöst hatte und jetzt neben ihm stand.

Er legte Fabian die Hand auf die Schulter, drückte ihn fast zärtlich nach unten, bis Fabian unweigerlich knien musste, und flüsterte: »Der Herr segne und behüte dich, er lasse sein

Angesicht leuchten über dir und sei dir gnädig. Der Herr schenke dir seine Liebe und seinen Frieden. Amen.«

Fabian hatte nicht verstanden, was Pater Johannes gesagt hatte. Er spürte nur die Hand auf seinem Kopf.

Pater Johannes strich ihm übers Haar und spürte einen kleinen Wirbel, der ihn total entzückte. Vor ihm kniete ein blonder Engel.

»Ist es nicht wunderschön hier?«, flüsterte Pater Johannes, kniete sich neben ihn, legte den Arm um Fabian und drückte seine Wange an die des Jungen. »Es ist das Haus Gottes. So gewaltig, fast unendlich. Beinah unvorstellbar, dass es von Menschenhand zum Ruhme Gottes erschaffen wurde.«

Dabei streichelte er Fabian, der immer noch ganz ergriffen war, über den Kopf.

Die Firmlinge standen in der Gegend herum und wollten endlich raus. Leon zählte die Steine in einem Mosaik, Maxi hatte Durst, und ihm taten die Füße weh. Lorenz überlegte, dass er wahrscheinlich Ärger bekommen würde, weil er vergessen hatte, seine Eltern anzurufen.

Fabian hingegen wiederholte in Gedanken sein Gelübde: Lieber Gott, ich werde Priester werden und hier im Petersdom sein. Ich verspreche es dir. Und bitte vergib mir all meine Sünden, die mir jetzt gerade nicht einfallen. Die Lüge mit dem Trick war vielleicht nicht so ganz o. k. Bitte, vergib mir. Amen.

13

Toni hatte die ganze Nacht unter seiner Bettdecke geschlafen, und Manuel wurde wach, als sie morgens um sechs auf der winzigen Arbeitsplatte nach etwas Fressbarem suchte.

»Vergiss es, Toni«, sagte er verschlafen und setzte sich auf, »wir haben nichts mehr. Aber ich besorg uns was. Bis zur nächsten Raststätte sind es nur gute vierzig Kilometer. Ein Klacks. Und dann kaufe ich uns Wasser und Kaffee, Brötchen und Käse, alles, was du willst.«

Toni saß neben der Spüle und putzte sich.

Manuel stand auf, nahm die letzte halbe Flasche Wasser aus dem Kühlschrank, ging hinaus, pinkelte und wunderte sich, dass immer noch kein weiteres Auto auf dem Parkplatz stand. Dann betrat er wieder das Wohnmobil, trank das Wasser aus und stieß die Kühlschranktür mit einem kurzen Tritt zu.

In seiner winzigen Nasszelle drehte er den Hahn auf, aber es kam kein einziger Tropfen. »Scheiße«, fluchte er laut. Der verdammte Tank war leer. Jetzt konnte er sich weder die Zähne putzen noch waschen. Wie sehr er nach Schweiß stank, roch er selbst. Seine Schweiß- und Talgdrüsen arbeiteten übermäßig, und er musste sich dreimal am Tag waschen, um nicht unangenehm aufzufallen.

Nur Toni liebte seinen säuerlich-scharfen Geruch und kroch umso lieber unter seine Achsel, je mehr Schweiß er ausdünstete.

Er seufzte, setzte sich hinters Steuer und versuchte den Motor zu starten, aber da kam nur ein erbärmliches Jaulen.

Seine Stirn wurde augenblicklich feucht. Er versuchte es wieder und wieder, insgesamt zehn Mal – ohne Erfolg. Das Jaulen wurde immer kläglicher, und er wusste, nach weiteren Versuchen würde der Wagen gar keinen Ton mehr von sich geben.

Na toll. Vielleicht die Batterie? Oder der Anlasser? Oder der Teufel was. Er hatte keine Ahnung. Er war Autor, Schriftsteller, Künstler – aber kein Automechaniker. Verdammt.

Auf einer Autokarte von Italien, die hinter dem Fahrersitz steckte, fand er die Telefonnummer des ACI, des »italienischen ADAC«.

Er wählte und hörte sofort die automatische Ansage:

– »Sind Sie Mitglied des ACI, dann drücken Sie die Taste 1.«

– »Sind Sie kein Mitglied, dann drücken Sie die Taste 2.«

– »Wünschen Sie Informationen zum Service des ACI, wählen Sie die Taste 3.«

– »Haben Sie Fragen zu Ihrer Prepaidkarte, dann drücken Sie die Taste 4.«

– »Haben Sie Probleme mit Ihrer Abrechnung, dann drücken Sie die Taste 5.«

Manuel hatte kaum etwas verstanden, aber er hatte so viel mitbekommen, dass man keine bestimmte Taste drücken konnte, wenn man einen Schadensfall in der Pampa hatte.

Also drückte er wahllos die Eins und hörte sich weitere fünf Wahlmöglichkeiten an.

Dann drückte er die Zwei, hörte sich wieder Wahlmöglichkeiten an und bekam als freundlichen Zusatz noch eine www-Adresse, bei der man sich informieren konnte. Das hatte er bereits getan. Dort verrieten sie ihm nur die Nummer, bei der er ja jetzt gerade sein Glück versuchte.

Beim dritten Anruf drückte er die Drei, wartete die Wahlmöglichkeiten und einen italienischen Redeschwall ab, und dann hörte er Musik. Nabucco von Verdi. Na, wenigstens etwas, dachte er. Alle dreißig Sekunden sagte eine aufgekratzte Frauenstimme, dass man sich bitte noch etwas gedulden möge, alle Leitungen seien im Moment belegt, aber der nächste freie Mitarbeiter sei für einen reserviert.

Manuel geduldete sich, hörte Nabucco und schlief fast ein.

Eine halbe Stunde verging.

Er überlegte, wie er sich fühlen würde, wenn er mit Warnblinker auf einer schmalen Autobahn ohne Standstreifen stehen würde.

Nach zweieinhalb Stunden war der Akku seines Handys leer.

Die kalte Wut kam in ihm hoch. Was war das für ein verdammter Scheißverein? Wie wollten sie mit diesem fantastischen System jemandem helfen, der auf der Autobahn eine Panne hatte und in Not war?

Und jetzt hatte er ohne Handy wirklich ein Problem und sah echt alt aus.

Er wagte es gar nicht, Toni zu erzählen, dass immer noch kein Frühstück in Sicht war. Ganz abgesehen davon, dass auch ihm vor Hunger übel war.

»Toni! Süße!« Er zwitscherte mit Lippen und Zunge, aber Toni zeigte sich nicht.

Normalerweise kam sie immer sofort, wenn er sie rief, und kletterte auf seine Schulter. Aber wahrscheinlich schlief sie irgendwo.

Du lieber Himmel, dachte er, Toni hatte jetzt seit Stunden nichts zu trinken gehabt. Viel zu lange für eine Ratte. Im Wohnmobil stellte er kein Wasser auf, weil es beim Fahren immer über- und ausschwappte. Und aus einem größeren Topf oder einer größeren Schüssel kam sie nicht wieder heraus. Auch nicht aus der Spüle. Sie war eine kleine Ratte. Manchmal dachte er, sie wäre vielleicht nur eine große Maus. Und gestern Abend war er so müde gewesen, dass er vergessen hatte, ihren Napf zu füllen.

»Tonimaus!« Sie zeigte sich immer noch nicht. Das gab es doch gar nicht! Er rief sie erneut, seine Stimme rutschte hoch in den Kopf, und Panik stieg in ihm auf.

Hektisch begann er, das gesamte Wohnmobil zu durchsuchen, und pfiff, zwitscherte und lockte sie ohne Unterbrechung.

Sogar Schubläden, die geschlossen gewesen waren, öffnete er und sah hinein. Was ja völlig unsinnig war. Dort konnte sie nicht sein! Aber er tat es trotzdem, suchte überall.

Er fand sie nicht.

Schweißgebadet sank er auf die Sitzbank, fuhr sich durch die Haare und sah sich um. Wo zum Teufel konnte sie sein? Das Fenster hinter der Rückbank war gekippt. Aber kam sie an der glatten Holzwand hoch? Hatte sie es irgendwie geschafft und war abgehauen?

Aber warum sollte sie das tun? Sie machte doch keine Fluchtversuche, wollte nicht weg, sie wollte nur bei ihm sein! Und sie wollte nach Italien, das hatte sie ihm ganz deutlich gezeigt.

Eine tiefe Traurigkeit überfiel ihn.

Cola. Er brauchte Cola. Mindestens einen halben Liter. Bei einem Cola-Junkie half das immer.

Er riss die Kühlschranktür auf. Eine angefangene Flasche musste noch drin sein.

Und da lag Toni. Direkt vor einem alten, harten Stück Gouda. Sie sah aus, als würde sie schlafen.

Sein Pulsschlag trommelte in den Schläfen. Sie muss noch leben!, schrie er innerlich, man erfriert doch nicht bei acht Grad! Kein Mensch und eine Ratte schon gar nicht.

Behutsam nahm er sie in die Hand. Sie war kalt, aber nicht steif. Er wärmte sie mit beiden Händen und begann ihren kleinen, zarten Bauch zu massieren. Er streichelte ihren Kopf und hauchte ihr Wärme ins Gesicht. Immer wieder.

»Wach auf«, flüsterte er. »Liebste, wach auf!«

Wie lange er dasaß und massierte, wusste er nicht. Es konnten fünf, aber auch fünfzehn Minuten gewesen sein.

Als Toni endlich die Augen aufschlug und einmal leise fiepte, tropften Tränen der Erleichterung auf ihr graues Fell.

Vorsichtig legte er sie aufs Kopfkissen und deckte sie mit seinem Hemd zu. Sie würde sich erholen, da war er ganz sicher.

Warum stand auf diesem verdammten Parkplatz kein weiteres Auto?

Er lief vor zur Einfahrt. Vielleicht würde irgendjemand halten, wenn er winkte. Ja, ganz bestimmt würde jemand halten. Auf der Autobahn half man sich einfach.

Es war immer noch ein wenig kühl. Die Luft war klar und frisch. Dennoch spürte Manuel, dass es ein heißer Tag werden würde. Es wäre also ideal, jetzt bei noch angenehmer Temperatur durch Italien zu brettern. Aber er saß auf diesem gottverlassenen Parkplatz fest.

Eine neonfarbene Rettungsweste hatte er nicht, diese ganzen Mätzchen machte er nicht mit, sollten sie ihm doch ein

Bußgeld aufbrummen, er hatte jetzt andere Sorgen. In beträchtlicher Entfernung zur Parkplatzeinfahrt stand er und winkte. Flehte, wedelte mit Händen und Armen und versuchte, jemanden zum Anhalten zu bewegen.

Aber niemand hielt. Kein Wagen machte auch nur Anstalten, langsamer zu werden.

Und dann sah er es. Das Hinweisschild zum Parkplatz. Es war durchgestrichen. Der Parkplatz war gesperrt. Fasziniert von seinem Romanbeginn, den er dringend aufschreiben musste, hatte er gar nicht darauf geachtet, er hatte nur das »P« gesehen, den Balken ausgeblendet und war auf den Parkplatz gefahren, überglücklich, endlich den Motor ausschalten und schreiben zu können.

Jetzt erklärte sich, warum er auf diesem Parkplatz allein war.

Und er fragte sich, welcher verfluchte Sesselpuper einer Autobahnmeisterei auf die Idee gekommen war, den Parkplatz zu sperren. Hier war nichts! Kein Problem, keine Gefahr, keine Löcher in der Straße, keine Bauarbeiten – nichts. Vielleicht rückten ja übermorgen, nächste Woche, nächsten Monat oder in einem halben Jahr Bagger an, um die Straße aufzureißen, und man sperrte in weiser Voraussicht schon mal vorsichtshalber ab, konnte ja alles sein, war aber Schwachsinn pur. Jedenfalls saß er jetzt hier allein, ohne funktionierendes Handy, mit einem kaputten Auto und einer hungrigen Ratte.

Das durfte doch alles nicht wahr sein.

Ein paar Haferflocken hatte er noch. Die mochte Toni zwar nicht besonders gern, aber es war besser als nichts.

Toni fraß die Flocken mit Todesverachtung, fiepte vor Empörung und biss ihm ins Ohrläppchen.

Aber sie war wenigstens einigermaßen versorgt.

Dann stand er wieder an der Straße, hatte auf den Boden eines alten Kartons »HELP« gekritzelt und wartete ab.

Erst in der Abenddämmerung hielt jemand an.

Ein Student, der keine Ahnung von Motoren hatte, aber immerhin ein aufgeladenes Handy besaß und ihm ein altes, vertrocknetes Käsebrötchen schenkte.

14

Es war zwanzig vor fünf. Mein Gott! Sie konnte noch gut zwei Stunden schlafen. Warum hockte sie jetzt hier am Computer und wusste nichts mit sich anzufangen?

Die ersten Vögel erwachten und begannen zu singen. Langsam kroch das Morgenlicht über die Berge, und die Wiedehopfe suchten die Wiese nach Regenwürmern ab.

Ich habe hier ein Paradies, dachte sie, vielleicht das letzte auf der Welt. Hier kann mir nichts passieren, hier bin ich beschützt, hier werde ich immer bleiben. Mit oder ohne Eckart. Mit oder ohne Fabian.

Das Grundstück umgab ein fast zwei Kilometer langer Zaun, der zwanzig Zentimeter tief in die Erde eingegraben und zusätzlich über dem Erdboden mit Stromdrähten gegen das Eindringen von Wildschweinen gesichert war. Niemand konnte die beiden Häuser, das Haupthaus und die ungefähr fünfzig Meter entfernte Gästevilla, vom Zaun aus ausspionieren, niemand würde es wagen, den Zaun zu überklettern, was in Italien automatisch als schwerer Raub geahndet wurde. Zumal niemand von außerhalb wusste, ob sie zu Hause war oder nicht. Ob sie allein war oder Freunde zu Besuch hatte.

Hier hatte sie Wurzeln geschlagen, und hier konnte sie angstfrei leben.

Rina war ein Mensch, der eigentlich vor allem Angst hatte, denn ihre kriminelle Fantasie überschlug sich, wo sie ging und stand. Wenn andere eine blühende Blumenwiese sahen und von einem Picknick träumten, sah Rina vor ihrem geistigen Auge die Verbrechen, die dort geschehen konnten.

Nur hier auf diesem Berg hatte sie ihre Ruhe vor den Dämonen, die sie sonst überall heimsuchten.

Vorsichtig drehte sie den Schlüssel im Schloss und öffnete die Terrassentür. Die Luft war frisch und kühl. Unvorstellbar, dass in wenigen Stunden eine bleierne Hitze über dem Land liegen würde.

Langsam und leise, um Eckart nicht zu wecken, denn das Schlafzimmerfenster stand sperrangelweit offen, ging sie über den Kies und legte sich in den Liegestuhl. Schloss die Augen und genoss den frischen Duft des Jasmins.

Eckart hatte sich genauso verhalten, wie sie es vermutet hatte. Der Streit wurde mit keinem Wort mehr erwähnt, es ergab sich auch keine Situation, in der er wieder hätte aufflammen können. Sie gingen vorsichtig miteinander um. Aber es gab auch keine Zärtlichkeit zwischen ihnen.

Wenn Eckart mich eines Tages verlassen will, dann wird er kein Wort sagen, sondern einfach weiter irgendwo auf dieser Welt Filme drehen und sich wochen- oder monatelang nicht melden. Und plötzlich sind dann Jahre vergangen. Er wird schlicht aus meinem Leben verschwinden, ohne ein Wort zu sagen und ohne eine Entscheidung zu fällen, dachte Rina.

Sie würde zwar allein leben, aber immer noch mit Eckart verheiratet sein.

Ob sie diese Form der Trennung gut oder schlecht fand, wusste sie nicht. Das Gute daran war, dass es nicht so endgültig war. Das Schlechte, dass man nie ganz von vorn anfangen konnte.

Sie dachte an Fabian und an das, was Eckart ihr vorgeworfen hatte und immer wieder vorwarf. Und überlegte wie schon so oft, ob sie wirklich etwas falsch gemacht hatte. Gut, hätte sie nicht geschrieben wie eine Wahnsinnige und ein Buch nach dem anderen herausgebracht, hätten sie wesentlich weniger Geld gehabt und dieses Landgut nie erwerben können.

Dann wäre Fabian in der Stadt groß geworden, und das hatte sie auf keinen Fall gewollt. Dort war das Leben viel gefährlicher, Natur fand überhaupt nicht mehr statt. Das teure Internat schien mit seinen unzähligen Freizeitangeboten, einer sehr individuellen Betreuung und seiner großartigen Lage direkt an der Müritz eine gute Lösung zu sein. Als sie sich in Italien verliebt hatten und davon träumten, dort zu leben, hatte sie sich krummgelegt, um das Internat für Fabian zu finanzieren. Es konnte kein Fehler gewesen sein. Für sie nicht, für Eckart nicht und für Fabian schon gar nicht. In den Schulferien war Fabian immer nach Hause, nach Italien, gekommen, aber seinen Vater hatte er nur selten getroffen. Eckart dachte überhaupt nicht daran, seine Engagements danach auszurichten, ob er seinen Sohn sah oder nicht. Wenn er einen Film angeboten bekam, war er weg. Ob Fabian gerade Ferien hatte oder nicht, war ihm herzlich egal.

Was sollten also diese ständigen Vorwürfe, die ihr nur ein dauerhaft schlechtes Gewissen machten?

In wenigen Stunden würde Fabian hier sein, und die Vorfreude machte sie ganz verrückt. Von Minute zu Minute wurde sie nervöser. Fünf Stunden noch. Dann konnte sie Fabian endlich wieder in die Arme schließen.

Aber diese fünf Stunden kamen ihr vor wie fünf Tage.

Um halb neun kam Eckart auf die Terrasse. Ging in seinen Boxershorts stumm an ihr vorbei zum Pool, streckte sich und starrte dann misstrauisch ins Wasser, als würde er es nach Piranhas absuchen.

Rina stand auf und trat zu ihm. »Morgen!«, sagte sie betont fröhlich, aber er nickte ihr nur kurz zu und starrte weiter ins Wasser. Das hielt sie davon ab, ihn einfach zu umarmen.

»Möchtest du frühstücken?«

»Später, ja.«

»Wann später?«

»Na, in 'ner halben Stunde ungefähr. Oder soll ich sagen: in zweiunddreißig Minuten? Möchtest du es so genau wissen?«

»Was ist denn nun schon wieder los, Eckart? Der Tag hat noch gar nicht richtig angefangen, du hast mir noch nicht einmal Guten Morgen gesagt, und schon blaffst du mich an.«

»Der Tag hat noch gar nicht richtig angefangen«, äffte er sie nach, »und schon höre ich die ersten Vorwürfe.«

»Heute kommt Fabian«, sagte sie leise. »Es ging doch seit gestern wieder gut. Wollen wir uns jetzt die kurze Zeit, die wir mit Fabian zusammen sind, streiten?«

Eckart antwortete nicht, sondern drehte sich wortlos um und ging ins Haus. Nur eine Minute später hörte sie die Dusche.

Während sich ihre Augen mit Tränen füllten, starrte auch sie ins Wasser und glaubte, die Piranhas zu sehen.

Eckart zog es vor, in der Küche und nicht auf der Terrasse zu frühstücken, und es war ihr recht. So musste sie wenigstens nicht wegen jedes Kaffees die Treppe rauf- und runterlaufen. Um das Schweigen nicht allzu unerträglich werden zu lassen, schaltete sie den Fernseher ein.

Es blieb still zwischen ihnen. Gestritten wurde nicht mehr. Der Fernseher lief, und niemand hörte hin.

Das Telefon klingelte. Rina schaltete den Ton des Fernsehers aus. Es war wieder ihre Mutter. Zum zweiten Mal heute Morgen. »Ist er schon da?«, fragte sie atemlos.

»Nein. Noch nicht. Ich hab dir doch gesagt, ich ruf dich an, wenn er hier ist.«

»Hoffentlich klappt alles.«

»Na sicher klappt alles. Was soll denn schiefgehen?«

»Ich mach mir immer solche Sorgen, weißt du doch.«

»Weiß ich, ist aber unnötig, Mama. Ich ruf dich an. Okay?«

»Gut.« Rina wusste, dass ihre Mutter jetzt nur schweren Herzens auflegte.

Nach dem Frühstück las Eckart auf seinem iPad die FAZ, während Rina die Küche aufräumte, die Spülmaschine befüllte, die Blumen goss und ihre Tabletten nahm. Dann schaltete sie die Waschmaschine an, fegte die Terrasse und säuberte den Pool. Dazu wuchtete sie den Poolstaubsauger ins Wasser, stopfte den zehn Meter langen Schlauch hinterher, verband ihn mit dem Skimmer, öffnete im Technikraum die erforderlichen Ventile und begann zu saugen. Langsam und vorsichtig, um die flusenartigen, weichen Algen nicht aufzuwirbeln.

Dabei beobachtete sie Eckart. Er hatte zum Frühstück kaum etwas gegessen. Nur ein weich gekochtes Ei. Und dazu hatte er drei große Milchkaffee getrunken.

Immer wieder sah sie zu ihm hin, aber er war nur auf sein iPad konzentriert und blickte kein einziges Mal auf.

Sie saugte eine halbe Stunde. Dann säuberte sie Filter und Skimmer, schaltete die Pumpe wieder an und schlug erleichtert die schwere, eiserne Tür des Technikraums hinter sich zu.

In diesen Raum, der unter der Erde lag, von unzähligen Spinnen und Fröschen bewohnt wurde und dadurch auch Schlangen anzog, ging sie gar nicht gern. Vor zwei Jahren hing einmal eine von der Decke, als sie hineinkam.

Jedes Mal musste sie sich überwinden und ihre Angst hinunterschlucken, um das verdammte Poolprogramm im Technikraum überhaupt bewältigen zu können.

Eckart wusste nichts von ihren Ängsten. Alles, was mit dem Pool zusammenhing, interessierte ihn nicht. Er ging nicht ins Wasser, weil es ihm auch mit achtundzwanzig Grad noch zu kalt war, und er lehnte es ab, sich darum zu kümmern.

Aber heute hatte sie es wieder einmal ohne den tödlichen Biss einer Viper überlebt und atmete tief durch. Jetzt hatte sie Ruhe bis zum nächsten Mal. Sie kontrollierte nur noch den pH- und den Chlorgehalt des Wassers, rollte den störrischen Plastikschlauch auf und verstaute ihn im Magazin.

Eckart hatte noch immer kein Wort gesagt.

Rina stützte sich auf die lange Stange des Saugers und betrachtete ihren Mann nachdenklich. Er schien es nicht zu bemerken, oder er wollte es ganz bewusst nicht zur Kenntnis nehmen, denn dann hätte er ja fragen müssen: »Was denkst du gerade?« oder »Warum guckst du so? Ist was?«

Er wollte nicht fragen und wollte keine Antworten. Und erst recht keine Gegenfragen. Er wollte überhaupt nicht mehr mit ihr kommunizieren.

Und auf einmal wünschte sie, er würde verschwinden. Sofort. Am besten in dieser Minute ins Flugzeug steigen, nach Paris fliegen und niemals wiederkommen.

Nie mehr.

15

Donato Neri hatte sogar in seiner Uniform Mühe, Haltung zu bewahren, so deprimiert war er. Gerade fand das jährliche Sommerfest »Sagra della Rana« statt, und gemeinsam mit Alfonso patrouillierte er durch Ambra.

Ein Transparent am Ortseingang lud zu den viertägigen Feierlichkeiten ein und zeigte einen lachenden Frosch.

Wie widerlich, dachte Neri. Der Frosch freute sich, dass er und seine Kumpel in diesen Tagen haufenweise verspeist wurden. Der reinste Hohn. So wie in manchen Fleischereien ein gezeichnetes Bild im Fenster hing, das ein fröhliches Schwein zeigte mit Messer und Gabel im Rücken.

Neri war kein Vegetarier, aber so etwas konnte er nicht ausstehen.

Alfonso, mit dem er jahrelang nicht gerade gern zusammengearbeitet hatte, war vor zwei Jahren nach Rom weggelobt worden. »Wegen außergewöhnlicher Fähigkeiten«, die Neri allerdings nirgends erkennen konnte. Genau das, wovon Neri seit Jahren träumte, war ausgerechnet Alfonso passiert. Diesem Klugscheißer, der Neri schon immer auf den Nerv gegangen war.

Und jetzt war er zurück. Allerdings nur als Urlaubsvertretung für den gutmütigen Mirco, einen sehr angenehmen Kollegen, wie Neri fand.

Das Fest war in vollem Gange. Auf einer hölzernen Bühne mitten auf der Piazza produzierte eine vierköpfige Band in ohrenbetäubender Lautstärke unerträgliche Uff-ta-Uff-ta-Uff-ta-Rhythmen, die einem durch Mark und Bein fuhren und den gesamten Körper erschütterten. Im Festzelt konnte man Frösche verspeisen. Gegrillt oder »umido«, in Knoblauch-Kräutersoße.

Auf der Straße, die durch den Ort bis zur Piazza führte, waren Buden und Stände aufgebaut, wo man Wein kosten und kaufen und Panzanella, Schinken und Käse probieren konnte, wenn einem die Frösche nicht zusagten. Es gab Modeschmuck, selbst gesägte Frühstücksbretter mit eingeschnitzten Namen und Häuser, Schiffe und Spielzeugautos aus plattgeklopften Getränkedosen. Bei einem der Stände konnte man eine Wildschweinsalami gewinnen, wenn man einen Ball dreimal hintereinander in einen Basketballkorb warf.

»Probier es doch mal!«, sagte Neri zu Alfonso und grinste. »So eine Wurst ist doch ganz was Feines. Deine Frau wird sich freuen.«

»Natürlich gewinne ich die Salami«, erwiderte Alfonso mit unerschütterlicher Sicherheit, »aber dann muss ich sie spenden. Dem Kindergarten oder dem Altersheim. Und das ist schwierig, aufwendig, kompliziert und irgendwie nur peinlich. Nein, komm weiter.«

Fast jedem, den sie trafen, nickten sie freundlich zu.

»Hier hat sich ja überhaupt nichts geändert!«, mokierte sich Alfonso. »Wozu braucht man in diesem Nest überhaupt Carabinieri? Das ist vergeudete Energie, rausgeschmissenes Geld. Was machst du bloß den ganzen Tag, Neri?«

Alfonso wusste ganz genau, was Neri den ganzen Tag tat, und Neri verzichtete darauf, auf eine derart blöde Frage zu antworten. Aber Alfonso ließ nicht locker.

»Dieses unsinnige Rumsitzen ist schrecklich, ich weiß, man bewegt sich nicht mehr, und darum ist deine Uniformhose auch eine Nummer größer geworden, Neri, oder täusche ich mich?«

Neri hatte Lust, ihm eine auf die Nase zu hauen. Eine platte stand ihm sicher sehr viel besser.

»Ich sag dir, Neri, in Rom! Da vergeht die Arbeitszeit wie im Fluge. Herrlich. Du brauchst nur in der Innenstadt spazieren zu gehen, da, wo sich alle Touristen herumtreiben und es von Taschendieben nur so wimmelt. Wie im Paradies. Wo du hinguckst, beklaut gerade irgendwer irgendwen. Du brauchst nur zu pfeifen und festzunehmen. Ein Kinderspiel. In der letzten Woche hab ich sechs erwischt, ich sag dir, es hagelt Belobigungen, das nenne ich arbeiten! Aber hier … hier kannst du nur spazieren gehen und dich langweilen. Passiert ja nichts.«

Neri ging dieses dumme Geschwätz unsagbar auf die Nerven. Schade, dass Mirco gerade jetzt in Urlaub war. Mit ihm wäre dieses Streifegehen auf dem Fest vielleicht sogar ein fröhlicher Abend geworden.

Aber Alfonso hörte gar nicht auf mit seinem Gerede.

»Ich hab da so mein System entwickelt, Neri, verstehst du, mein ganz eigenes Erfolgssystem. Echt genial. Funktioniert immer. Du musst nur ein bisschen auf Zack sein. Wenn die Spiele von Juventus Turin, AS Rom, SSC Neapel, AC Florenz, Inter Mailand oder Bavaria Monaco im TV übertragen werden, dann gehst du los. Bei Spielen der Nationalmannschaft oder Europa- oder Weltmeisterschaftsspielen natürlich auch. Logisch. Und ich sag dir, es ist absolut simpel, weil die Einbrecher so einfach gestrickt sind. Vorn im Wohnzimmer sitzt die Familie vor dem Fernseher, von hinten im Garten wird eingebrochen und die Bude ausgeräumt.

Und wenn die Brüder rauskommen, steh ich da und mache: klick. Na, was sagst du?«

Neri schwieg. Mittlerweile hatte er Lust, Alfonso zusätzlich die Zähne auszuschlagen, nur damit er endlich seine Klappe hielt.

»Aber du? Du lieber Himmel, du versauerst und verblödest hier, Kollege.«

Entnervt fragte Neri: »Wie lange dauert eigentlich deine Urlaubsvertretung noch mal genau?«

»Vier Wochen. Gefühlte zehn, und das sind mindestens neun Wochen zu viel.«

Alfonso bog in eine Seitengasse ein und ging in forschem Tempo hinauf in die Altstadt. Neri konnte ihm kaum folgen. Unten auf der Piazza dröhnte die Musik, und Alfonso stiefelte hier in die Altstadt. Was sollte das?

»Wo willst du hin, verdammt?«, keuchte er.

»Wenn unten gefeiert wird, wird oben eingebrochen. Hab ich dir doch eben erklärt. Weil die Leute nicht zu Hause sind. Also sollten wir mal sehen, ob in der Altstadt alles in Ordnung ist.«

»Wenn jemand in einer Wohnung nach Silberlöffeln sucht, siehst du das nicht von außen. Da kannst du stundenlang vor dem Haus auf und ab gehen.«

Alfonso blieb stehen. »Es ist nicht zu übersehen, dass du im Moment keine Lust hast. Aber es ist nun mal unser Job, Kollege.«

Auf so etwas antwortete Neri grundsätzlich nicht. Also trottete er weiter neben Alfonso her, und seine Schultern waren so schwer, als würde er zwei Zementsäcke schleppen.

Als Alfonso zu Neris Entsetzen auch noch die letzten Meter bis zur Kirche hinaufsteigen wollte, klingelte Alfonsos

Telefon. Er blieb stehen, und Neri schnaufte wie nach einem Fünftausendmeterlauf.

»Ja? – Ach, du bist es. – Nun beruhige dich, Giacomo, bitte! – Na klar, wir kommen sofort. Sind schon unterwegs.«

Er legte auf.

»Was ist?«, fragte Neri und hatte gar keine Lust auf die Antwort, die sicher nur Arbeit bedeutete.

»Bei Giacomo haben sie eingebrochen. Er ist völlig am Ende und dreht fast durch. Dabei war er nur eine Stunde weg. Länger nicht. Da haben sie zugeschlagen.«

»So viel zum Thema: Sie brechen in der Altstadt ein, wenn auf der Piazza gefeiert wird. Jetzt fahren wir aufs Land. Und offensichtlich fand der Einbruch statt, als das Fest noch gar nicht begonnen hatte. Oder täusche ich mich da, Kollege?«, sagte Neri grinsend und fühlte sich zum ersten Mal an diesem Tag richtig gut.

Alfonso antwortete nicht.

Giacomo war in Tränen aufgelöst, als sie ankamen. Er raufte sich unentwegt die Haare, konnte gar nicht reden, so aufgeregt war er. Das unterste Fach seines Wohnzimmerschrankes hatte eine abschließbare Tür, doch die war aufgebrochen, und dahinter herrschte gähnende Leere. Immer wieder fuhr Giacomo mit seinen Händen durch die zwei Fächer, weil er es nicht glauben konnte, aber da war nichts. Sie waren und blieben leer.

»Bist du verrückt?«, schrie Alfonso. »Fass da nichts an! Du zerstörst ja alle Spuren! Gerade in dem Fach sind die Fingerabdrücke der Einbrecher hundertprozentig, du Idiot!«

Giacomo zuckte zurück und schlug die Hände vors Gesicht.

»Da drin war alles, was ich besessen und in meinem Leben zusammengespart habe«, schluchzte er, »jetzt habe ich nichts mehr. Gar nichts. Mein Haus ist eine Ruine, und ich besitze keine einzige Hose, die nicht von der Arbeit zerschlissen oder von Motten zerfressen ist. Was soll ich bloß machen? Bitte, helft mir!« Er klammerte sich an Neri und sah ihn mit tränenüberströmtem Gesicht an.

Wir können uns auf den Kopf stellen, aber den Einbrecher finden wir nie, dachte Neri, sagte es jedoch nicht laut. Stattdessen schlug er Giacomo aufmunternd auf die Schulter. »Lass den Kopf nicht hängen, noch ist nichts verloren, wir tun unser Bestes.«

Alfonso war krebsrot im Gesicht. »Ich habe in Rom eine Menge gelernt, wie man sich an einem Tatort benimmt.«

Neri verdrehte die Augen.

»Niemand fasst hier jetzt auch nur irgendetwas an. Keine Türklinke, keinen Tisch, keinen Schrank, nichts. Neri, hast du Plastiküberziehschuhe dabei? Und Atemmasken?«

»Bevor du völlig durchdrehst, hol doch die Spurensicherung«, schlug Neri vor.

»Jetzt am Wochenende?« Alfonso tippte sich an die Stirn. »Die kommen frühestens morgen Nachmittag. Bis dahin ist hier alles zum Teufel.«

Neri nickte.

»Meinst du nicht«, sagte er zu Giacomo, »dass ein Tresor keine schlechte Idee gewesen wäre? So ein verschlossener Schrank bringt doch nichts!«

»Niemals!« Giacomo war regelrecht empört. »Ein Tresor stinkt nach Reichtum und Geld. Und dann kommen die Typen in der Nacht, wenn du zu Hause bist, und schneiden dir die Finger ab, wenn du den Schlüssel nicht rausrückst oder die Codenummer nicht verrätst. Erzähl mir nichts, Neri. Einen Tresor zu haben ist ganz übel und hochgefährlich.«

»Nun hast du zwar deine Finger noch, aber trotzdem ist alles weg.«

Neri wusste im Moment, als er es aussprach, dass der Satz jetzt nicht so klug und mitfühlend gewesen war, denn er sah, wie entsetzt ihn Giacomo anstarrte.

»Entschuldige, ich meine ja nur, es ist verdammt noch mal nicht einfach in den heutigen Zeiten, seine Ersparnisse in Sicherheit zu bringen.«

»Sì, sì«, murmelte Giacomo resigniert.

Alfonso war dabei, die Fingerabdrücke auf der Haustür, die aufgebrochen worden war, abzukleben.

Neri schob Giacomo in die Küche. »Komm, wir werden uns mal ein bisschen unterhalten. Am Küchentisch. Ich nehme nicht an, dass die Einbrecher Kaffee getrunken haben.«

»Neri, schreib ein Protokoll von allem, was er sagt!«, rief Alfonso von der Tür aus. »Alles! Das ist das Wichtigste überhaupt!«

»Ja, ja.« Neri und Giacomo setzten sich in die Küche.

»Kannst du schon ungefähr sagen, was alles gestohlen worden ist?«, begann Neri.

»Zwölf Goldmünzen, mein gesamtes Ersparstes, Neri, das überlebe ich nicht. Ich bin ruiniert, habe nichts mehr. Nichts!«

»Schon gut, Giacomo, bist du sicher, dass es zwölf waren?«

Giacomos Tränen versiegten augenblicklich, und er sah Neri mit großen Augen an. »Moment, ich muss mal nachsehen, ob die Versicherung gestohlene Goldmünzen bezahlt oder nicht. Ich glaube nämlich, es waren achtzehn Goldmünzen und drei Goldbarren.«

Neri seufzte. »Na gut, dann schreibe ich achtzehn.« Er machte sich eine kurze Notiz.

Giacomo verschwand im Wohnzimmer, kramte in einem Schrank und zog drei Aktenordner hervor, die er hektisch durchblätterte. Dann kam er zurück in die Küche.

»Ich hab jetzt meine Unterlagen gefunden. Münzen bezahlt die Versicherung, Goldbarren nicht. Du, Neri, können wir die drei Goldbarren nicht streichen und dafür noch mal sechs Goldmünzen mehr aufschreiben?«

Seine Hände zitterten. Er sah Neri so treuherzig und traurig an, dass Neri sofort weich wurde.

»Na, wenn du mir sagst, dass es vierundzwanzig Goldmünzen waren, dann waren es eben vierundzwanzig Goldmünzen. Basta. Und dann schreib ich das jetzt auf.«

»Du bist ein feiner Kerl, Neri.«

Giacomo sah jetzt gar nicht mehr so fertig aus, und Neri fragte sich ernsthaft, was hier in Ambra aus ihm geworden war.

»Wer wusste denn überhaupt davon, dass du Goldmünzen besitzt?«, fragte Neri weiter.

»Niemand eigentlich. Sieh dich doch mal um: Dieses Haus ist Schrott. Die Einrichtung stammt noch von meiner Großmutter. Ich fahre ein fünfzehn Jahre altes, zerbeultes Auto und renne rum wie ein vagabondo. Wer, bitte, vermutet denn hier irgendwas?«

»Tja, das frage ich mich und dich.«

»Ich weiß es nicht, Neri, ich weiß es wirklich nicht. Ich habe eine ganze Menge Oliven, nun gut, aber das haben viele. Und ich habe noch nie damit geprahlt.«

Du bist ein verdammt armes Schwein, dachte Neri, aber die Versicherung könnte dein Segen sein. Dieser ganze Zirkus, den Alfonso hier mit den Fingerabdrücken macht, ist per niente. Womit sollen wir die Abdrücke vergleichen? Mit irgendeiner Online-Datenbank in Milano? Das wäre ja zum Totlachen.

»Hat irgendjemand einen Schlüssel zu deinem Haus?«

»Meine Schwester und meine Putzfrau. Sie kommt alle zwei Wochen, saugt einmal durch und putzt die Küche. Aber die Tür ist doch aufgebrochen worden!«

»Das könnte ein Trick und ein Ablenkungsmanöver sein«, sagte Neri. »Wenn es nur die beiden Schlüssel gibt, wäre es schön blöd aufzuschließen.«

»Du meinst doch nicht, dass Marzia …«

»Ich meine gar nichts, Giacomo, ich wollte dir damit nur andeuten, dass wir in alle Richtungen ermitteln müssen. Hast du Feinde?«

Giacomo stockte der Atem. »Nein! Ich versteh mich mit allen prima.«

»Hast du irgendwelche Fremden in deinem Garten arbeiten lassen?«

Giacomo schwieg.

»Ich bin Carabiniere, Giacomo, nicht von der Finanzpolizei und nicht vom Ministerium für Arbeit. Schwarzarbeit interessiert mich nicht.«

»Ja«, gestand Giacomo und sah zu Boden. »Da waren zwei Rumänen. Die haben die Bäume beschnitten und zwischen den Oliven gemäht. Die waren sehr fleißig, Neri, wirklich.«

»Hast du die Namen?« Vielleicht war der Fall ja ganz schnell zu lösen. Es würde sich in Ambra in Windeseile herumsprechen, dass er Einbrecher, die einen solchen Coup gelandet hatten, in kurzer Zeit überführt hatte.

Giacomo kritzelte die Namen auf einen Zettel, und Neri stand auf.

»Ich denke, wir haben jetzt alles, was wir brauchen. Lass den Kopf nicht hängen, Giacomo, das wird schon wieder.«

Giacomo nickte und gab Neri die Hand.

Auch Alfonso hatte genug Spuren gesammelt, verabschiedete sich, und gemeinsam gingen sie zum Auto.

»So viel dazu, dass ich hier nur spazieren gehe, Däumchen drehe und verblöde«, bemerkte Neri, als sie ins Auto stiegen. »Wollen wir mal hoffen, dass das nicht der Beginn einer ganzen Einbruchsserie ist.«

Alfonso sagte nichts dazu. Aber sein Mund war nur noch ein schmaler Strich.

16

Es war drückend heiß. Die sandige Straße staubte bei jedem Schritt, trockene Kieselsteine knirschten unter den Sohlen. Mit seinem kleinen Rucksack auf dem Rücken trottete Fabian neben Pater Johannes her, es ging ständig bergauf, und Pater Johannes, der Fabians Koffer schleppte, keuchte.

»Warum fahren wir nicht mit dem Auto?«, fragte Fabian, denn der Pater hatte den Klosterbus vor der Osteria stehen lassen.

»Weil der Wagen zu tief liegt. Ich will mir auf dieser fürchterlichen Piste nicht die Ölpfanne aufreißen.«

Fabian nickte kaum merklich.

Pater Johannes blieb schwer atmend und nach Luft ringend stehen. »Was für ein herrlicher Blick«, sagte er und sah über die Hügel, Täler und mittelalterlichen Dörfer, die wie Waben an den Bergen hingen oder wie eine Kappe aus verschachtelten Häusern die Gipfel bedeckten. »Das alles ist Gottes Schöpfung, mein Junge. Der Herr hat es so geschaffen und so gewollt, damit wir uns an der Schönheit erfreuen, die Liebe Gottes begreifen und unseren Glauben vertiefen. Du solltest jeden Tag einen Moment innehalten und die Größe und Vollkommenheit des göttlichen Willens auf dich wirken lassen. Nirgends kann man es so gut wie hier, in dieser herrlichen Landschaft.«

»Das stimmt«, sagte Fabian leise. »Ich finde es hier auch toll. Besonders im Sommer. Aber noch lieber möchte ich nach Rom.«

Pater Johannes sah ihn überrascht an. »Wieso denn das?«

»Ich will in den Petersdom. Jeden Tag. Der ist noch viel schöner als die Landschaft hier. Der ist der Wahnsinn. Der Hammer. Das kann ich nicht beschreiben. Das kann niemand beschreiben. Du auch nicht.«

»Da hast du recht.« Pater Johannes ging langsam weiter. Vorhin hatte er es zu schnell angehen lassen und das Gewicht des Koffers unterschätzt. »Es gibt auch gute Schulen in Rom, Fabian. Guck doch einfach mal im Internet und dann sprich mit deinen Eltern. Vielleicht gibt es ja eine Möglichkeit zu wechseln.«

Fabian schien von der Idee begeistert. »Es müsste ihnen ja eigentlich egal sein, in welchem Internat ich bin. Und in Rom bin ich viel näher an zu Hause als in Mecklenburg-Vorpommern.«

Der kleine Junge war von der heiligen Stadt ja regelrecht infiziert. So etwas erlebte Pater Johannes nur selten. Er spürte, dass er in diesem sensiblen Kind eine Seele gewonnen hatte, die ihm vertraute und die den Zugang zur Religion suchte. Und in diesem Moment wusste er, dass er alles daransetzen würde, Fabian dabei zu helfen.

»Und wenn meine Eltern nicht wollen? Können Sie mit ihnen reden, Pater Johannes? Bitte!«

»Vielleicht ist es ja gar nicht nötig, aber natürlich kann ich das. Bei Gelegenheit.«

Ein Strahlen ging über Fabians Gesicht. Wenn es irgendjemand schaffte, seine Eltern dazu zu bringen, dass sie ihm erlaubten, in Rom zur Schule zu gehen, dann war es Pater Johannes.

Und Pater Johannes wusste, dass das Thema Rom der Zugang zu Fabians Herzen war.

Eine gute Stunde später standen sie wie zwei erschöpfte Pilger vor dem elektrischen Tor des Kramer'schen Anwesens. Pater Johannes war schweißgebadet und hatte das Gefühl, in einen Pool gefallen zu sein und seine Sachen auswringen zu müssen.

Er drückte auf die Klingel.

Sowohl auf der Terrasse als auch in der Küche und in Rinas Büro schrillte die Klingel vom Tor. Rina stürzte nach draußen, fiel über die lange Stange des Saugers, der noch auf der Terrasse lag, schlug sich das Knie auf, rappelte sich wieder hoch und rannte ins Büro. Dort schaltete sie das Fernsehbild der Überwachungskamera ein und sah einen großen stattlichen Mann, breit grinsend. Das musste Pater Johannes sein. Im Hintergrund klein und zart Fabian, der winkte, denn er wusste, dass seine Mutter ihn sehen konnte.

»Ich bringe Ihnen Ihren Sohn!«, brüllte Pater Johannes in die Gegensprechanlage.

»Oh, wie schön!«, schrie sie zurück und öffnete per Knopfdruck das automatische Tor.

Pater Johannes und Fabian liefen den gepflasterten Weg hinauf.

Nach der zweiten Kurve sahen sie, wie Rina ihnen entgegenrannte. Sie schloss Fabian in die Arme, hob ihn hoch, bedeckte ihn mit Küssen und wiederholte immerzu: »Mein Schatz, mein allerliebster Schatz, ich bin ja so froh, dass du da bist!«

Dann begrüßte sie Pater Johannes. »Ich bin Ihnen unendlich dankbar, dass Sie Fabian hergebracht haben, Pater. War es eine große Mühe für Sie?«

»Nein. Gar nicht. Ich hab es gern gemacht. Außerdem will ich hier ganz in der Nähe noch einen Freund besuchen.«

Gemeinsam gingen sie den Weg hinauf.

Vor dem Haus wartete Eckart.

Fabian schoss auf seinen Vater zu, flog in seine Arme und wurde von ihm durch die Luft gewirbelt. Fabians Beine lagen fast waagerecht in der Luft, als sich Eckart bestimmt fünfmal mit ihm um die eigene Achse drehte.

Pater Johannes beobachtete die Begrüßungsszene und dachte: Mein Gott, was für eine glückliche Familie. Da habe ich in meiner Gemeinde ganz andere erlebt.

»Darf ich Ihnen etwas anbieten, Pater?«, fragte Rina.

»Ja, ein Glas Wasser wäre schön, aber dann will ich mich auch gleich wieder auf den Weg machen. Man braucht schon eine Stunde bis Monte Aglaia, und ich habe heute noch eine Menge vor. Ich will einen Studienkollegen besuchen, der hier in der Nähe Pfarrer ist.«

»Ach? Das ist ja ein Zufall.«

»Ja, wir haben jahrelang zusammen in Rom studiert.«

»In Rom? Wahnsinn. Dann müssen Sie ja perfekt Italienisch können.«

»So einigermaßen, ja.« Pater Johannes lächelte bescheiden. »Darum bin ich auch jedes Jahr derjenige, der die Firmlinge nach Italien begleitet.«

Während Rina das Wasser holte, herrschte zwischen Eckart und Pater Johannes eisiges Schweigen. Auch Fabian schien leicht verunsichert zu sein und sagte kein Wort, sah nur immer zwischen seinem Vater und Pater Johannes hin und her.

Als Rina wiederkam, trank der Pater hastig drei Gläser hintereinander weg. Dann sagte er lächelnd zu Fabian: »Ich wünsche dir wunderschöne Ferien, mein Freund. Und mach dir keine Sorgen. Alles wird gut.«

Als er aufstand, wandte er sich an Rina und Eckart. »Ich weiß nicht, ob es Ihnen schon einmal jemand gesagt hat, aber Sie haben einen ganz sensiblen, liebenswerten und hochintelligenten Sohn.«

Fabian wurde flammend rot, und seine Eltern blieben stumm.

»Wir mögen uns sehr, nicht wahr, Fabian?«

Fabian nickte. »Rom war das Tollste, was ich je erlebt habe.«

Eckart ging das alles furchtbar auf die Nerven, aber er sagte nichts, sondern sah nur fassungslos zu, wie tief Pater Johannes seinem Sohn in die Augen blickte, wie er ihm voller Zärtlichkeit über den Kopf, den Nacken und den Rücken strich und ihn anschließend an sich drückte und dabei die Augen schloss.

»Gut«, sagte Eckart. »Ganz herzlichen Dank, Pater, ich begleite Sie noch hinunter zum Tor.«

Pater Johannes löste sich von Fabian, lächelte und gab Rina die Hand. »Einen schönen Abend noch. Und ich muss Ihnen ein großes Kompliment machen: Sie haben es herrlich hier!«

»Danke, Pater.«

Pater Johannes und Eckart gingen schweigend nebeneinander zurück zum Tor.

17

Von Monte Aglaia konnte Pater Johannes direkt zu dem Anwesen der Kramers hinübersehen. Beide Berge waren nur durch ein tiefes Tal getrennt.

Die Kirche, die zwischen den alten, toskanischen Häusern lag, auch aus Natursteinen gebaut war und extrem kleine Fenster hatte, war auf den ersten Blick gar nicht als Kirche zu erkennen. Sie erhob sich nicht über das Dorf, sie lag ebenso geduckt da und war völlig integriert. Nur wenn man genau hinsah, entdeckte man ein Kreuz auf dem Dach.

Pater Johannes rüttelte an der schweren Holztür, aber sie war abgeschlossen. Das hatte er auch nicht anders erwartet. Im Moment war niemand in dem kleinen Bergdorf unterwegs, Touristen verirrten sich nur selten hierher, es wäre dumm gewesen, die Kirche offen zu lassen.

Es war still. Nirgends ein Mensch, kein Auto fuhr. Ein Raubvogel startete vom Dach eines baufälligen Palazzos, der Kirche gegenüber.

Was für ein prächtiges Haus, dachte er, was könnte man daraus machen, und jetzt verfällt es zusehends.

Dieses gesamte Geisterdorf schien zum Sterben verurteilt.

Da sah er vom Müllplatz her eine Frau heranschlurfen. Von Weitem erschien sie ihm alt, aber je näher sie kam, desto genauer erkannte er, dass sie überhaupt nicht alt, aber völlig verwahrlost war. Sie trug eine ausgebeulte ehemals schwarze, aber im Lauf der Jahre grau verblichene Trainingshose, darüber ein verwaschenes fleckiges T-Shirt, das ihre riesigen, hängenden Brüste und ihre speckigen Bauchfalten in keiner Weise verbarg. Ihre Füße steckten in offenen Latschen, und der Dreck und Staub von Jahren hatte Zehen und Haut derb, hart und widerstandsfähig gemacht. Er schüttelte sich, als sein Blick darauf fiel, aber mit diesen Füßen konnte sie im Sommer und Winter nicht nur durchs Feuer, sondern auch durch die Hölle gehen.

Ihr Gesicht war unglaublich fett und verquollen, und ihre langen grauen Haare standen zu Berge, als würde sie jeden Morgen in die Steckdose fassen, anstatt sie auch nur einmal in diesem Leben durchzubürsten.

Diese Frau war ein Monster. Sie fegte den Staub der Piazza zusammen. Ihre Arbeit war vollkommen sinnlos, und dementsprechend langsam tat sie sie auch. Als sie sich bückte, sah er die nackte Spalte ihres Hinterns, und er schüttelte sich vor Ekel. Ihre Trainingshose rutschte langsam immer weiter hinunter, aber sie machte keinerlei Anstalten, sie wieder hochzuziehen.

Da sie das einzige lebende Wesen in diesem Ort zu sein schien, sprach er sie an.

»Buongiorno, Signora«, begann er.

Sie antwortete nicht, reagierte gar nicht, sondern fegte mit ihrem Besen planlos weiter auf der Straße herum.

»Entschuldigen Sie«, fuhr er fort, »aber ich suche Don Matteo. Wissen Sie, wo er ist und wo er wohnt?«

Sie reagierte wieder nicht.

Da er davon ausging, dass sie ihn nicht verstanden hatte, wiederholte er seine Frage doppelt so laut.

Daraufhin hob sie den Kopf, sah ihn mit wirrem Blick und winzigen Augen misstrauisch an und krähte wütend: »Schrei nicht so, ich bin nicht schwerhörig!«

»Bitte helfen Sie mir und sagen Sie mir, wo ich Don Matteo finden kann«, bat er jetzt erneut in normaler Lautstärke.

»Don Matteo?«, keifte sie mit verzerrtem Gesicht, und er sah, dass sie kaum noch einen Zahn im Mund hatte, »den hat der Teufel geholt.« Sie lachte kurz auf, sah ihn an, und ihre Augen waren so kalt wie die eines Huskys. »Vom Baum gefallen isser. Bei der Olivenernte. Alle Knochen hat er sich gebrochen. Alle. Weil er ein Schwein war, der Scheinheilige. Er hätte mal da drauf fallen sollen« – sie fasste sich in den Schritt –, »damit Ruhe is.«

Pater Johannes war völlig schockiert und wusste nicht, was er von dem, was die Irre gesagt hatte, halten sollte.

»Wo ist er? Lebt er noch?«

»Hä?«

»Ich will wissen, ob er noch lebt! Und wo er ist!«

Sie nickte. »Ja, ja, ja. Lebt noch, aber weiß nicht mehr, ob Sommer oder Winter is.« Sie spuckte verächtlich aus, und er sah angeekelt den dicken gelben Schleim auf dem schönen, alten Speckstein der Piazza.

»Wann ist das alles passiert?«

Sie winkte ab und stützte sich auf ihren Besen. »Im November. Seitdem gibt's hier keine Messe mehr. Nichts mehr. Und die Toten werden irgendwo verscharrt, aber nich hier.«

Die Schlampe war ja mittlerweile regelrecht gesprächig.

Sie hob vollkommen ungeniert eine ihrer Brüste hoch und kratzte sich darunter.

»Wo ist er jetzt?«, fragte Pater Johannes angewidert.

»Weiß nicht. Im Heim. Irgendwo. Frag Don Angelo in Ambra. Interessiert mich nicht. Ich besuch ihn nich, niemand besucht ihn. Schade, dass der Teufel ihn nich gleich ganz mitgenommen hat. Schade, dass er noch nich in der Hölle schmort.«

Pater Johannes stand fassungslos da und wusste nicht mehr, was er sagen oder fragen sollte.

»Geh da runter. Bis zum letzten Haus. Da hat er gewohnt.«

Sie schlurfte davon. Ihre schlabbrige, dreckige Hose hing immer noch viel zu tief. Nur noch wenige Schritte, dann würde sie ganz hinunterrutschen und ihren fetten Hintern völlig entblößen.

Pater Johannes hatte genug von diesem Ort. Er hatte keine Lust, sich das Pfarrhaus anzusehen, wandte sich ab und ging zurück zu seinem Auto.

Don Angelo in Ambra also. Der würde ihm weiterhelfen.

Es brach ihm das Herz, wenn er an Matteo dachte. Matteo war ein lebenslustiger Mensch gewesen, der keinen Rest im Glas ertragen konnte, dem prallen Leben sehr zugetan und der Meinung gewesen war, dass Fressen und Saufen Leib und Seele zusammenhalten. »Wenn ich den Satan bekämpfen will, muss ich ihn ja vorher kennenlernen«, hatte er immer gesagt und auf die Zukunft getrunken.

Er war alles andere als fleißig gewesen, verschlief Termine, Klausuren und Prüfungen, aber wenn man ihn wirklich brauchte, dann stand er auf der Matte. Als Freund konnte man sich hundertprozentig auf ihn verlassen – als Kollege nicht unbedingt.

»Ich möchte Don Matteo besuchen«, sagte Pater Johannes zu Don Angelo, als er eine Stunde später bei ihm war. »Wo ist das Heim, in dem er lebt?«

Don Angelo zögerte, und Pater Johannes spürte, dass er offensichtlich einem Fremden die Adresse nicht gern verraten wollte.

»Bitte, Don Angelo. Don Matteo war mein Freund, wir haben zusammen in Rom studiert und uns eine Zeit lang auch eine Studentenbude geteilt. Ich war so erschrocken, als ich gehört habe, dass er im Heim ist, und möchte ihn unbedingt sehen!«

»In Monteriggioni.« Don Angelo sah zu Boden.

Pater Johannes schrieb sich den Namen des Ortes auf.

»Wissen Sie, wie es ihm geht?«

Don Angelo zuckte die Achseln. »Schlecht. Sehr schlecht.«

»Glauben Sie, dass er wieder gesund wird?«

»Nein. Da müsste schon ein Wunder geschehen. Ich kann mir nicht vorstellen, dass er jemals nach Monte Aglaia zurückkehrt.«

Pater Johannes schwieg entsetzt.

»Jetzt haben wir Juli«, sagte Don Angelo nach einer langen Pause. »Überlegen Sie mal. Fünf Gemeinden sind seit November letzten Jahres, also seit neun Monaten ohne Priester. Und eine Vertretung gibt es nicht.«

»Warum nicht?«

»Keine Ahnung. Rom hat kein Geld, oder was weiß ich. Zu Weihnachten gab es keine Christmette, zu Ostern keinen Karfreitags- und keinen Ostergottesdienst, es finden keine Hochzeiten, keine Taufen, keine Beerdigungen mehr statt. Wer stirbt, wird weit entfernt beerdigt, und manche Hinterbliebenen, die schon sehr alt sind, können ihre verstorbenen Angehörigen nie auf dem Friedhof besuchen. Es ist eine Schande.«

»Das tut mir unendlich leid.«

»Ich kann die Dörfer nicht auch noch alle übernehmen, ich weiß ja selbst nicht mehr, wo mir der Kopf steht. Die Leute sind völlig verstört, aber es ist auch kein Ausweg in Sicht«, verteidigte sich Don Angelo ohne Grund und fuhr fort: »Don Matteos Haus verfällt. Es war schon immer ziemlich heruntergekommen, aber jetzt ist es eine Ruine. Sein Wagen steht noch vor der Tür und ist inzwischen völlig zugewachsen. Ein Bild des Jammers. Ein Armutszeugnis der katholischen Kirche.«

Pater Johannes sah ihn konsterniert an.

»Das liegt daran, dass die Kirche nichts bezahlt«, fuhr Don Angelo fort. »Wer dort arbeitet wie Don Matteo, bekommt kein Geld. Er wohnt kostenfrei in dieser Bruchbude und ist ansonsten auf Spenden angewiesen. Seine Gemeinde muss ihn durchfüttern, indem ihn ständig irgendjemand zum Abendessen einlädt. Und dann arbeitet er in den Oliven, um sich ein paar Euro dazuzuverdienen. Das ist kein Zustand. Das will auch niemand. Aber Don Matteo war ein völlig anspruchsloses Unikum, ein Wunder, dass es ihn hierher verschlagen hat. Und für so jemanden wie ihn gibt es natürlich keinen Ersatz.«

»Ich fahre zu Matteo. Jetzt gleich«, sagte Pater Johannes und stand auf. »Don Angelo, vielen Dank für die Informationen.«

Don Angelo nickte und drückte ihm die Hand. »Kommen Sie jederzeit wieder, Pater, ich würde mich freuen.«

Pater Johannes nickte und verließ das dunkle, kühle Zimmer.

Draußen brannte die Sonne, und als er in seinen Klosterbus stieg, war die brütende Hitze fast unerträglich.

18

Das Riposo für alternde Pfarrer, Patres, Mönche, Nonnen und andere Diener der Kirche war ein schmuckloses, hässliches Altersheim, ein Nullachtfünfzehn-Bau, an dessen Außenfassade der grünschwarze Schimmel hochkroch und der Putz großflächig abplatzte. Die Fenster waren klein, quadratisch und alle durch Fensterläden geschlossen. Augenscheinlich, weil vor dem Heim eine vierspurige, stark befahrene Durchgangsstraße vorbeiführte und der Verkehrslärm der brummenden Lastwagen und knatternden Motorräder unerträglich war.

Pater Johannes' Herz schnürte sich zusammen, als er den hässlichen Bau betrat.

Eine Nonne, die sich als Schwester Odilia vorstellte, begrüßte ihn ehrfürchtig, als wäre er ihr Vorgesetzter. Sie flüsterte bei allem, was sie sagte, offensichtlich hatte sie sich das im Lauf der Zeit im Umgang mit Alten, Kranken und Sterbenden so angewöhnt. Allerdings wirkte sie sehr erfreut, dass Don Matteo überhaupt einmal Besuch bekam, und bat Pater Johannes, ihr zu folgen.

Die Gummisohlen ihrer Schuhe quietschten auf dem Linoleum der Flure, und Pater Johannes hatte Mühe, mit ihr Schritt zu halten.

Im zweiten Stock führte sie ihn in einen verdunkelten Raum. Vom hellen, strahlenden Sonnenschein drang nichts in dieses Zimmer. Außerdem war es ungelüftet und roch unangenehm. In einer Ecke standen Besen, Schrubber und Putzeimer, in einer anderen war ein ungenutztes Bett, mit Folie zugedeckt, und darauf riesige, gefüllte schwarze Plastiktüten. Mülltüten wahrscheinlich.

Pater Johannes brauchte eine Weile, bis sich seine Augen an die Dunkelheit gewöhnt hatten. Und erst dann vernahm er ein leises, gequältes Stöhnen.

Schwester Odilia reagierte nicht darauf, sondern ließ Pater Johannes ohne ein weiteres Wort allein. Er bemerkte es, weil die Tür ins Schloss fiel.

Don Matteo lag im zweiten Bett, unbeweglich und fast aufgebahrt wie ein Toter. Seine Wangen waren eingefallen, ebenso seine Augen, die in tiefen Höhlen lagen. Er sah aus wie eine Mumie und atmete kaum merklich. Sein Körper war abgemagert und ausgetrocknet, seine Haut sah aus, als wäre sie aus gelblichem Pergamentpapier, das – wenn man es anfasste – zwischen den Fingern zerbröselte.

Pater Johannes war erschüttert. In jedem normalen Krankenhaus oder Heim hinge solch ein Mann am Tropf.

Er stellte sich einen Stuhl neben das Bett und nahm Matteos Hand. Gab sich keine Mühe, die Tränen zurückzuhalten.

»Matteo! Hörst du mich? Ich bin's, Johannes!«

Matteo rührte sich nicht, aber das hatte Pater Johannes auch nicht erwartet.

»Was ist dir passiert, mein Lieber?«

Pater Johannes glaubte, ein leises Zucken der Mundwinkel bemerkt zu haben.

Er sah sich um. Auf dem Nachttisch stand ein schmutziges Glas mit abgestandenem Wasser, was ein Hohn war. Don Matteo war niemals in der Lage, es zu nehmen und zu trinken. Er konnte sich nicht bewegen und schon gar nicht aufsetzen. Neben dem Glas lag sein mit angetrockneten, gelblichen Speichelresten verklebtes Gebiss.

Pater Johannes führte ihm das Glas an die Lippen, merkte aber sehr schnell, dass Matteo nicht mehr schlucken konnte. Wenn er ihm Wasser einflößte, würde er daran ersticken.

Pater Johannes wurde wütend. Er hatte Lust, hinauszurennen und dieser selbstgefälligen Schwester Odilia mit ihren Quietscheschuhen und ihrem barmherzigen Flüsterton den Schleier herunterzureißen, sie zu ohrfeigen und sie an den Haaren zu diesem armen Menschen zu schleppen, den sie in einen Abstellraum geschoben hatten, damit er endlich starb. Um Matteo hatte sich sicher schon tagelang niemand mehr gekümmert.

Es zerriss ihm das Herz.

Er hatte Mühe, die Nachttischschublade, die klemmte, aufzuziehen, fand darin aber nur Staubmäuse, einige Centesimi und eine zerbrochene Lesebrille.

Pater Johannes sah sich suchend um. Er brauchte ein Stück Watte, ein Stückchen Stoff oder Ähnliches. Sein Blick fiel auf die Gardine, aber so dunkel vergilbt, wie sie aussah, war sie sicher schon seit zwanzig Jahren nicht mehr gewaschen worden.

Also stand er auf und fand in einer seiner Hosentaschen ein Papiertaschentuch, wovon er einen Zipfel ins Wasser tauchte und damit Don Matteos Lippen benetzte.

»Hej, alter Freund«, sagte er unter Tränen, während er ihm weiterhin Wasser gab, »so wollte ich dich eigentlich nicht wiedersehen. Wenn du willst, nehme ich dich mit. Ich schwör's, wir kriegen dich wieder auf die Beine.«

Don Matteo schüttelte den Kopf. Ganz leicht. Kaum merklich. Und dann öffnete er die Augen. Weit und angsterfüllt.

»Möchtest du beichten?«, fragte Pater Johannes. »Ich gebe dir die Sterbesakramente.«

Don Matteos Lippen kräuselten sich. Es sah aus, als käme eine Woge der Verzweiflung über ihn. Dann nickte er.

Pater Johannes nahm seine Hand. »Sprich. Ich bin bei dir.«

»Ich hab«, röchelte Matteo, »alles falsch gemacht. Es tut mir leid.«

Johannes drückte seine Hand.

Dann holte er aus seiner Jackentasche ein kleines Fläschchen Olivenöl, das in der Chrisammesse am Gründonnerstag in der Stadtpfarrkirche St. Nikolaus in Rosenheim geweiht worden war und das er immer bei sich hatte.

»Ich gebe dir jetzt die Letzte Ölung, Matteo.« Er flüsterte und drückte ein Kreuz auf Matteos Stirn. »Durch diese heilige Salbung und seine mildreichste Barmherzigkeit lasse der Herr dir nach, was du durch das Sehen« – er tupfte ein wenig Öl auf Don Matteos Augen –, »das Hören, Riechen, Schmecken, Reden, Berühren und Gehen gesündigt hast.« Dabei salbte er Don Matteos Ohren, Nase, Mund, Hände und Füße. »Der Herr helfe dir in seinem reichen Erbarmen, er stehe dir bei mit der Kraft des Heiligen Geistes. Der Herr, der dich von den Sünden befreit, rette dich und in seiner unendlichen Gnade richte er dich auf!«

Pater Johannes' Stimme war von Tränen erstickt.

»Johannes«, sagte Matteo, doch es war kaum zu verstehen, denn jeder Laut klang wie ein Stöhnen.

»Johannes, du bist da?«

»Ja, ich bin da. Ich bin bei dir. Hab keine Angst.« Pater Johannes drückte Don Matteos Hand, und jetzt weinte er.

»Johannes, bitte.«

»Was soll ich noch machen? Sag's mir, ich tu alles für dich.«

»Meine Schafe. Kümmere dich um sie. Bis Ersatz kommt. Bitte.« Jedes Wort, das Matteo herauspresste, schien für ihn eine Qual zu sein und war kaum zu verstehen.

»Ja, Matteo. Natürlich.«

»Sie sind so allein.«

»Ja.«

»Versprich mir, dass du hilfst.«

»Ich verspreche es dir, Matteo.«

Matteo entspannte sich sofort, und sein Brustkorb fiel in sich zusammen.

»Danke«, hauchte er. Dann schloss er die Augen.

Pater Johannes streichelte seinen mageren Arm, der sich anfühlte wie ein abgenagter Knochen.

Plötzlich entfuhr Don Matteo ein »Oddio!«, und dann atmete er aus, was wie ein tiefer Seufzer klang.

Pater Johannes fühlte sich plötzlich wie in einem Vakuum.

Der Tod war im Zimmer.

Und hatte Don Matteo mit sich genommen.

Pater Johannes fürchtete sich, aber er hielt noch minutenlang Don Matteos Hand und strich ihm unzählige Male über die Stirn, bevor er die Schwester alarmierte.

Ohne ein weiteres Wort verließ er das Heim.

Voller Grauen dachte er an den verwahrlosten Ort, die Piazza fegende Hexe und das verfallene Haus Don Matteos und hatte den dringenden Wunsch, sofort nach Rosenheim zurückzukehren und niemals wiederzukommen.

Aber er hatte seinem sterbenden Freund auf dem Totenbett ein Versprechen gegeben und wusste, dass er es niemals brechen durfte.

19

Manuel erreichte Castiglione dei Sassi, das gelobte kleine Städtchen, das Rina Kramer in jedem Buch erwähnt hatte und in dem sicher irgendwo auch ihre Spuren zu finden waren. Bei einer großen Apfelschorle saß er in der Bar auf der Piazza und überlegte, wo er mit seiner Suche am besten beginnen sollte.

Es hatte bis zum nächsten Morgen gedauert, ehe der ACI kam und sein Wohnmobil nach Modena abschleppte. Dort stand es zwei Tage auf dem heruntergekommenen und zugemüllten Hinterhof einer keineswegs vertrauenswürdig wirkenden Reparaturwerkstatt, während Manuel versuchte, Toni bei Laune zu halten, und darauf wartete, dass das Wohnmobil wieder flottgemacht wurde.

Als der Wagen endlich fertig war, bezahlte er aus seinen Bargeldvorräten, da die kleine Reparaturwerkstatt keine Kreditkarten akzeptierte.

Er hatte immer noch keine Ahnung, was kaputt gewesen war, aber es interessierte ihn auch herzlich wenig. Er war wieder auf der Autobahn, Toni hatte zu fressen, im Kühlschrank waren wenigstens ein paar Kleinigkeiten – das war das Wichtigste.

In der Bar lag ein Telefonbuch aus, das er nach Rina durchforstete, aber ohne Erfolg. Sie stand nicht drin. Oder sie schrieb unter Pseudonym und hieß in Wirklichkeit ganz anders. Auch das war möglich.

Mithilfe eines Wörterbuchs hatte er sich Sätze zusammengestellt und fragte nun, als er sein Getränk bezahlte, ob hier irgendwo in der Nähe eine Schriftstellerin wohne, eine Rina. Rina Kramer.

Die Frau hinter der Theke sah ihn verständnislos an. »Nein. Den Namen habe ich noch nie gehört. Eine scrittrice? Eine Schriftstellerin? Nein, nicht, dass ich wüsste.«

Er bedankte sich freundlich. Vielleicht war Rina keine große Kaffeetrinkerin und nicht oft hier gewesen. Da musste er sich einfach weiter durchfragen. Irgendwann würde er schon Glück haben.

Als Nächstes fragte er in der Apotheke. Medikamente brauchte schließlich jeder.

Aber auch da konnte man ihm nicht weiterhelfen.

Das kann doch wohl nicht wahr sein, dachte er, in diesen kleinen Dörfern wusste doch jeder über jeden alles!

Endlich hatte er Glück. Die Signora im Alimentari-Laden nickte tatsächlich auf seine Frage und zog ihn am Ärmel mit auf die Straße.

»Sie fahren dort drüben hoch«, sagte sie. »Da lang. Diritto. Immer geradeaus und immer bergauf. Circa drei Kilometer. Dann gibt es eine einzelne, riesengroße Zypresse, da biegen Sie links ab, sinistra, capito? Dann die nächste Straße wieder rechts, a destra, und dann immer geradeaus, sempre diritto.«

Manuel guckte etwas verwirrt.

»Diritto!«, brüllte sie. »Capito? Diritto! Bis zu einem verwitterten Schild, darauf steht: Sassaccio. Da biegen Sie ab, und dann kommen Sie zu einem sehr großen, palastähnlichen Haus, und da wohnt eine Schriftstellerin. Ich glaube, sie hat gern Besuch. Fahren Sie ruhig hin.«

Manuel wäre vor der Verkäuferin am liebsten auf die Knie gefallen, so glücklich war er, und kaufte aus Dankbarkeit ein großes Stück Pecorino für sich und Toni und ein frisches Brot. Frisch würde er es essen, und wenn es trocken und hart war, war es eine Delikatesse für Toni.

Er lief zurück zu seinem Wohnmobil und fuhr den Berg hinauf, so, wie es die Verkäuferin beschrieben hatte. Er hoffte, dass die unbefestigte Straße nicht so eng werden würde, dass er nicht mehr weiterkonnte und die ganze Strecke rückwärts zurückfahren musste.

Aber die Straße machte ihm keine Schwierigkeiten, und auch das Schild mit »Sassaccio« sah er sofort und bog ab.

Ein etwa fünfhundert Meter langer Kiesweg, aus dem das Unkraut wucherte, führte ihn bis vor ein etwas verwahrlostes, aber ehemals sicher sehr schönes, stolzes Haus mit hohen Torbögen und Säulen. Die frühere Pracht konnte man durchaus noch erahnen, auch wenn die Fensterläden teilweise kaputt oder nicht mehr zu öffnen waren, weil Efeu sie zugewuchert hatte.

Er hielt vor dem Haus.

»Buonasera!«, rief er laut.

Niemand reagierte, aber mehrere Hunde begannen alarmiert zu bellen.

»Buonasera!«, rief er erneut, während er ausstieg und sich umsah.

Das Hundegebell ebbte nicht ab.

Hinter einem Fenster im oberen Stock bewegte sich eine Gardine.

Er wartete ab.

Schließlich erschien auf einer oberen Terrasse eine uralte Frau mit weißem, wirrem Haar, im Nacken mit einer Spange zusammengehalten. Sie war klapperdürr, trug ein labbriges, geblümtes Kleid und stützte sich auf einen Stock. Um sie herum wuselten mehrere Hunde, lauter Promenadenmischungen, die bellten und immer wieder zu ihr aufsahen, ob sie zum Angriff blies und vielleicht die Pforte am Ende der Terrasse, die zur Treppe führte, öffnete.

Sie sagte keinen Ton und sah Manuel misstrauisch an.

Dass diese Frau nicht Rina Kramer war, war deutlich. Vielleicht war es ihre Mutter. Oder wahrscheinlich einfach nur eine unangenehme Hausangestellte, die das Haus bewachte, wenn Rina auf Lesereise war.

»Buonasera, Signora«, grüßte er freundlich, und dann sagte er auf Italienisch den Satz, den er sich mithilfe eines Wörterbuchs mühsam zusammengesucht hatte: »Entschuldigen Sie, aber ich möchte zu einer deutschen Schriftstellerin. Ich bin ein Bewunderer ihrer Kunst.«

»Aber ja!«, rief sie auf Deutsch. »Sind Sie Deutscher?«

Manuel nickte.

»Dann können Sie ruhig deutsch mit mir reden, ich bin doch auch eine Deutsche! Bitte, junger Mann, kommen Sie herein, keine Angst, die Hunde tun nichts, ich pflege sie nur, es sind ganz arme, vernachlässigte Kreaturen … Bitte, kommen Sie!«

Dann war es augenscheinlich Rina Kramers Mutter. Eine Hausangestellte wäre sicher Italienerin gewesen.

Sie öffnete die Pforte. Keiner der Hunde machte Anstalten loszustürmen. Alle blieben brav auf der Terrasse sitzen.

»Kommen Sie! Bitte, kommen Sie!«

Manuel wusste nicht so recht, was das Ganze zu bedeuten hatte, aber er ging die Treppe hinauf und folgte ihr ins Haus. Die Hunde wuselten um ihn herum und beschnupperten ihn neugierig.

Vielleicht riechen sie Toni, dachte er und wünschte sich zurück in sein Wohnmobil.

Die Alte führte ihn in eine große, dunkle Bibliothek, öffnete die schweren, verstaubten Brokatvorhänge vor den Fenstern einen Spaltbreit, so dass fahles Licht hereinschien und die staubige, fast neblig wirkende Luft sichtbar machte.

Dann deutete sie auf ein durchgesessenes Sofa vor dem Fenster.

»Bitte. Nehmen Sie Platz. Ich mache uns schnell einen Kaffee.«

Manuel schwieg und setzte sich. Riesige Spinnweben hingen von der Decke. In den Regalen standen ausschließlich antiquarische Bücher, italienische und deutsche durcheinander. Ein System konnte er nicht erkennen, aber der Raum war interessant. Hatte etwas ganz Besonderes.

Mit zwei Espressi und zwei Gläsern Mineralwasser kam die Frau wieder herein. »Ich hoffe, Sie haben ein bisschen Zeit mitgebracht. Dann können wir uns ausführlich und in aller Ruhe unterhalten. Wissen Sie, ich bekomme nicht viel Besuch, kann mich nur selten austauschen, bin halt, na ja« – sie lächelte und legte den Kopf schief – »ein bisschen allein. Es ist nicht leicht, im Alter so einsam zu wohnen, wenn einen alle vergessen haben ...« Sie sah ihn an und fuhr fort: »Fast alle. Wie heißen Sie denn, junger Mann?«

»Manuel.«

»Was für ein schöner, ausgefallener Name!«

Manuel nickte. Das interessierte ihn alles nicht.

»Sie können also fließend Italienisch und Deutsch?«, fragte er höflicherweise.

Sie strahlte. »Ja. Ich bin zweisprachig aufgewachsen. Aber ich hab immer in Deutsch geschrieben.« Sie sprang auf, bewegte sich plötzlich vor lauter Begeisterung sogar ohne Stock erstaunlich schnell und zog ein Buch aus dem Regal. »Hier. Dies ist mein letztes.«

Er las den Namen auf dem Einband des Buches. »Eva Bruccoletti – das sind Sie?«

»Ja!« Sie lächelte geschmeichelt.

Der Name sagte ihm nichts, doch jetzt war ihm klar, dass es sich nicht um Rina Kramers Mutter handelte, sondern um eine völlig andere Schriftstellerin, von der er noch nie etwas gehört hatte.

»Der Espresso ist übrigens sehr gut«, log er, denn er war kalt. »Aber warum ich hier bin: Entschuldigen Sie bitte vielmals, aber ich suche eine andere Schriftstellerin. Rina Kramer. Kennen Sie sie? Haben Sie von ihr gehört? Wissen Sie, wo sie wohnt?«

Er sah, wie der alten Frau die Gesichtszüge entgleisten. Alle Freundlichkeit war wie weggeblasen, ihre Augen wurden hart und kalt.

»Rina Kramer? Du lieber Himmel, ja, ich habe irgendwann mal irgendwas von ihr gehört, aber ich kenne sie nicht sehr gut, weiß auch nicht, wo sie wohnt. Und wenn Sie mich fragen, dann will ich sie auch nicht näher kennenlernen und will auch nicht wissen, wo sie wohnt.«

Während sie sprach, kraulte sie einen ihrer Hunde, der ein bleiches, blindes Auge hatte. »Junger Mann, Rina Kramer ist keine angenehme Person. Nehmen Sie sich vor ihr in Acht. Sie ist eingebildet und hochnäsig. Suchen Sie sie, wenn es für Sie so wichtig ist, aber lassen Sie mich mit dieser Frau in Ruhe. Rina Kramer schreibt Bücher, die die Welt nicht braucht.«

»Haben Sie ihre Bücher gelesen?«

»Genug, um zu wissen, dass das, was sie schreibt, billigste Kolportage ist«, keifte sie. »Ich kann sie auch nicht als Kollegin bezeichnen, bei aller Liebe nicht, und als Literatin schon gar nicht, für mich ist sie nur eine läppische Schreiberin!«

Allmählich wurde er böse. Wie redete die alte Hexe denn über ihre, über *seine* Bücher? Wahrscheinlich war sie von Neid zerfressen, weil sie selbst nichts Vernünftiges zustande gebracht hatte.

»Wie viel haben Sie denn wirklich von ihr gelesen?«, hakte er nach.

»So was liest man nicht, so was verbrennt man!«, schrie die Alte, und ihr leichenblasses Greisinnengesicht lief rot an. »Sie ist eine Dilettantin, ihre Geschichten sind vorhersehbar und banal, primitiv gestrickt, ihre Figuren sind platt.«

Ihm stockte der Atem. Diese garstige Alte machte die Bücher dermaßen runter, ohne sie gelesen zu haben? Das war ja nicht zu glauben.

»Wissen Sie, junger Mann«, schimpfte sie weiter, »ich bin alt. Und ich werde den Teufel tun und die kostbare, wenige Zeit, die mir noch bleibt, mit diesem Schund von Rina Kramer verplempern. Da ist ja ein Dreigroschenroman erbaulicher als dieser unsägliche, unlesbare Schwachsinn!«

»Halten Sie den Mund!«, sagte er scharf, weil er spürte, dass er sich kaum noch unter Kontrolle hatte. Kleine graue Kreise schwammen vor seinen Augen, von rechts nach links, von oben nach unten und durcheinander, und irritierten ihn, weil er kaum noch etwas sah. Sein Mund fühlte sich an, als habe er tagelang nur trockenen Sand und Steine gekaut.

»Wenn ich drei Seiten lese, weiß ich, was passiert. So dumm sind ihre Geschichten. So ohne jede Spannung, ohne Überraschung. Wo ist die Poesie? Die Kraft der Sprache und der

Bilder? Sie hat sie jedenfalls nicht. Und das will eine Schriftstellerin sein? Ha!«

In diesem Moment brannten bei ihm alle Sicherungen durch. Das ließ er sich nicht gefallen.

Er sprang auf, riss das Kissen, das direkt neben ihr auf dem Sofa lag, hoch und drückte es der Alten mit aller Kraft aufs Gesicht. Sie kippte zur Seite, lag jetzt und versuchte, ihn mit den Händen abzuwehren. Aber gegen seine entfesselte Wut hatte die schwache Frau keine Chance.

»Halt dein verdammtes Maul, du alte Hexe!«, schrie er. »Halt endlich deine dumme Fresse.«

Er drückte und drückte.

Sie zappelte erstaunlich lange.

Minuten vergingen, bis sie endlich erschlaffte.

Manuel war schweißgebadet, stand auf und schob sich die feuchten Haare aus der Stirn.

»Verdammt«, murmelte er.

In der Tür saß ein Hund, begriff nicht so recht, was geschehen war, und machte »Wuff«.

Manuel vergewisserte sich, dass die Frau wirklich tot war, was ihn mit ungeheurer Befriedigung erfüllte, dann nahm er ein Taschentuch, wischte seine Espressotasse und sein Wasserglas sorgfältig sauber, brachte beides in die Küche, stellte die Espressotasse zu anderen auf die Maschine und das Glas in den Wandschrank, überlegte in Ruhe, ob er noch irgendetwas angefasst hatte, und als er sicher war, dass alles in Ordnung war, verließ er das Haus.

Die Tür ließ er offen, damit die lieben Hundchen nach draußen konnten, bis die Alte gefunden wurde, und mit ihrem Gebell nicht die ganze Nachbarschaft verrückt machten und niemanden alarmierten.

Dann fuhr er zurück nach Castiglione.

Das hatte also nicht funktioniert.

Es musste andere Wege geben, Rina Kramer zu finden.

Was ist eigentlich, wenn hier in dieser Gegend etwas passiert? Wenn jemand die Carabinieri anruft, um Hilfe schreit oder in seiner Not nur noch seinen Namen ins Handy röcheln kann?, überlegte er, während er auf der meist einspurigen Straße abwärtsbrauste und vor jeder Kurve betete, dass ihm niemand entgegenkam.

In so einem Fall müssten die Carabinieri doch wissen, wo sie hinfahren?

Sie müssten einfach jeden kennen.

Das war die Lösung.

Die Carabinieri-Station von Ambra, die für sämtliche umliegenden kleinen Orte und somit auch für Castiglione zuständig war, lag direkt neben einem großen Parkplatz, wo er sein Wohnmobil abstellte.

Die Tür der Carabinieri-Station war offen, er ging hinein, rief »Buonasera« und hörte ein wenig erfreutes »Sì« aus einem der Zimmer, gleich vorne links.

Manuel klopfte an und öffnete vorsichtig die Tür.

In einem quittegelben Büro saß ein Carabiniere mit gebräuntem Gesicht und grauem, fast weißem Haar, was einen, wie Manuel fand, interessanten Kontrast bildete.

Der Carabiniere stand auf und versuchte, seine Uniformjacke zu schließen, was ihm aber nicht ganz gelang, sie war einfach zu eng, und so ließ er es bleiben.

»Buonasera«, sagte er, »mein Name ist Neri. Commissario Donato Neri. Was kann ich für Sie tun?«

Und dann stellte Manuel zum wiederholten Male mühsam seine Frage nach Rina Kramer.

Neri, der das Gefühl hatte, in Arbeit zu ersticken, weil er immer noch in Sachen der gestohlenen Goldmünzen von Giacomo ermittelte, lächelte erleichtert und atmete tief aus. Er hatte schon vermutet, dass dieser Tourist die nächste Anzeige präsentierte, der er nachgehen musste.

Die Frage dieses freundlichen Deutschen war leicht zu beantworten, was ihn direkt sympathisch machte.

Ein Lächeln zog über Neris Gesicht. »Rina Kramer! Eine sehr nette Frau, ich kenne sie, ich hab ein paarmal auf ihrem Grundstück Pilze gesucht. Sie selbst isst keine Pilze, weil sie Angst hat, sich zu vergiften.« Er lachte. »Hat eine blühende Fantasie, die Signora, na ja, geht ja auch nicht anders, sie ist ja Schriftstellerin.«

Manuel schwieg.

»Warum suchen Sie denn Rina Kramer?«, fragte Neri eigentlich nur, um die ganze Sache ein bisschen wichtiger erscheinen zu lassen.

»Sie ist eine alte Freundin von mir. Wir haben uns vor zwanzig Jahren aus den Augen verloren, und jetzt habe ich gehört, dass sie hier in der Nähe wohnen soll, und würde sie gern wiedersehen.«

Neri hatte von dem italienischen Kauderwelsch bis auf »alte Freundin« kaum ein Wort verstanden, aber das reichte ihm.

»Es ist nicht ganz leicht zu finden«, sagte er zu dem Fremden und versuchte, ihm anhand der Karte, die in seinem Büro an der Wand hing, den Weg zu erklären.

Manuel nickte unaufhörlich, und Neri hatte das Gefühl, dass er alles begriffen hatte.

Schließlich gab er ihm die Hand. »Viel Glück. Hoffentlich finden Sie Ihre alte Freundin.«

Manuel bedankte sich, verließ das Büro und setzte sich ins Auto.

Er war seinem Ziel ganz nah.

20

Dragos Badi hatte von seiner Mutter aus Bukarest mal wieder einen Bettelbrief bekommen und war dementsprechend schlecht gelaunt und gestresst, als er zu Eva Bruccoletti fuhr. Er hatte zudem fast überhaupt nicht geschlafen, weil sein Kleiner einen Magen-Darm-Virus aus dem Kindergarten mit nach Hause gebracht hatte, die ganze Nacht weinte, nur unterbrochen von den Momenten, wenn er sich über sein Bett, auf den Teppich, in den Flur oder genau neben die Toilette erbrach. Seine Frau würgte, während sie das Erbrochene wegwischte, und zweimal musste auch sie sich übergeben. Dragos war in dem Chaos fast wahnsinnig geworden und nun völlig übermüdet, als er Evas Haus erreichte.

Schon als er auf den Schotterweg eingebogen war, hatte er die Hunde bellen gehört. Das war ungewöhnlich, denn normalerweise fingen sie mit der Bellerei erst an, wenn sein Wagen auf dem Kies bremste.

Er stieg aus, lief die Treppe hinauf, öffnete das Tor und ging zur Eingangstür, die sperrangelweit offen stand.

Die Hunde rannten auf ihn zu und begrüßten ihn schwanzwedelnd.

»Was ist los? Alles in Ordnung? – Eva!«, rief er laut. »Ich bin's!«

Normalerweise antwortete sie immer – heute nicht.

Es blieb alles still. Die Hunde legten sich auf die Erde und sahen ihn abwartend an.

»Eva?«

Wieder nichts.

Er öffnete die Tür zur Bibliothek.

Und da sah er sie. Leblos auf der Couch. Ihr geblümtes Kleid war bis zu den Oberschenkeln hochgerutscht, und er hätte etwas darum gegeben, ihre Beine nicht sehen zu müssen. Ihr Mund stand offen, ihre weit offenen Augen starrten an die Decke, und er sah in ihnen die schreckliche Angst, die sie gehabt haben musste.

Friedlich eingeschlafen war sie ganz bestimmt nicht, aber er ging davon aus, dass alle Menschen im Augenblick des Todes Angst bekamen.

Dragos' Herz begann wie wild zu schlagen.

Sie war tot. Endlich tot.

Ganz ruhig, sagte er sich. Jetzt nichts falsch machen.

Er stand da, starrte die leblose Eva an und wusste nicht, was er tun sollte.

Und dann beschloss er, zuerst einmal an sich und seine Familie zu denken.

Handschuhe brauchte er nicht, seine Fingerabdrücke waren sowieso überall.

Er musste auch nicht suchen, denn er wusste ganz genau, wo Eva ihre Wertsachen aufbewahrt hatte.

In der Küche unter der Spüle lagen einige sorgfältig zusammengefaltete Plastiktüten. Er beruhigte, so gut es ging, die hungrigen Hunde, die ihn nicht in Ruhe ließen, nahm eine der Tüten, leerte die Schublade mit dem Silberbesteck, ging anschließend in Evas Schlafzimmer, öffnete die Schatulle im Wandschrank, in der sich der Familienschmuck befand. Drei Perlenketten sortierte er aus und schüttete dann den gesamten Inhalt der Schatulle in die Tüte. Die Uhrensammlung mit Uhren von Evas Mann, ihrem Vater, ihrer Mutter und von ihr selbst hatte sie ihm selbst stolz gezeigt, sie befand sich in einer Kommode im Ankleidezimmer, und er stopfte auch sämtliche Uhren in die Tüte. Dann holte er das Geld, das Eva fein säuberlich zu jeweils tausend Euro zusammengerollt in einer Keksbüchse hinter ihren Blusen im Kleiderschrank hortete. Nur einmal im Jahr fuhr sie zusammen mit ihrer Kusine zur Bank und hob das Geld ab, das sie für zwölf Monate benötigte. Die Kusine besuchte sie immer zu Ostern, jetzt im Juli war also noch eine Menge übrig.

Mit ihm war sie nicht ein einziges Mal zur Bank gefahren. Aber um Hundefutter einzukaufen – dafür war er ihr als Chauffeur gut genug gewesen.

Das Geldversteck hatte er einmal durch Zufall entdeckt und war oft in Versuchung gekommen, aus der Keksbüchse wenigstens eine einzige kleine Rolle mitzunehmen, aber er hatte es nie gewagt, weil er nicht wusste, wie genau Eva über ihre Geldbestände Bescheid wusste.

Jetzt nahm er alles. Und jubilierte innerlich. Noch nie hatte er sich so gut, so sicher und so reich gefühlt.

Achtzehntausend Euro. Für rumänische Verhältnisse ein unfassbares Vermögen.

Die Hunde hatten sich in der Küche versammelt und warteten immer noch aufs Fressen. Aber er dachte gar nicht daran, sie zu füttern, er musste weg, und zwar so schnell wie möglich.

Auf der Kommode im Flur lag ihr Portemonnaie. Er rührte es nicht an. Niemand sollte merken, dass überhaupt etwas gestohlen worden war.

Von der Terrasse aus hatte er einen ziemlich guten Rundumblick und überprüfte kurz, ob auch wirklich kein Wagen die Auffahrt heraufkam, dann rannte er die Treppe hinunter, indem er immer drei Stufen auf einmal nahm, verstaute die Tüte mit Geld, Schmuck, Uhren und dem Besteck im Auto hinter dem Fahrersitz, legte eine Decke darüber und fuhr los.

An diesem Morgen achtete er auf kein Schlagloch und raste derart, dass sein Wagen in jeder Kurve schleuderte.

Dragos war Rumäne, lebte seit acht Jahren in Italien und hatte eine Frau und zwei kleine Kinder. Seit zwei Jahren arbeitete er zwei- bis dreimal in der Woche bei Eva Bruccoletti. Er mähte den Rasen, zupfte Unkraut, beschnitt die Rosen, fegte den Hof, hackte das Holz für den Winter, kaufte für Eva ein und kutschierte sie durch die Gegend. An den übrigen Tagen hatte er ähnliche Jobs bei einem Amerikaner, Henry Jacobs, bei dem Italiener Giacomo und der Deutschen Rina Kramer. Er war der Mann für alle Fälle und fürs Grobe und derjenige, den man auch mitten in der Nacht anrief, wenn man mit einer Gallenkolik ins Krankenhaus gefahren werden musste.

Er hatte Eva Bruccoletti gehasst, die nie ein Wort des Dankes für ihn übrighatte, eine Salonkommunistin war, die Gleichbehandlung aller Menschen predigte und ihm vier Euro die Stunde zahlte. Natürlich schwarz. Tag für Tag hörte er sich das ganze Gelaber an, lächelte und hielt den Mund. Und er war sich ziemlich sicher, dass sie alles andere als erfreut gewesen wäre, wenn der Chirurg, der ihr vor zwei Jahren eine neue Hüfte eingesetzt hatte, auch nur vier Euro Stundenlohn bekommen hätte. Aber dennoch wurde sie nicht müde, diesen ganzen Schwachsinn von der Gleichmacherei aller Menschen zu predigen.

Eine Stunde später befand er sich auf dem Weg zu den Carabinieri. Vorher war er noch schnell zu Hause vorbeigefahren, hatte seiner Frau, die gerade Wäsche aufhängte, einen Kuss gegeben, hatte »hab noch was vergessen« gemurmelt, die Plastiktüte mit seiner Beute in einen Schrank gestopft und war wieder losgebraust, ohne Romina auch nur einen Ton davon zu sagen, dass Eva tot war. Er fühlte sich einfach nicht in der Lage, ihre tausend Fragen zu beantworten, mit denen sie ihn bombardieren würde.

Und so betrat er um zehn Uhr siebenundzwanzig Donato Neris Büro.

Er spielte den Betroffenen, der vor Aufregung zitterte.

»Commissario«, begann er atemlos. »Eva Bruccoletti, die alte Dame in dem Palazzo, ist eine gute Freundin von mir. Ich helfe ihr manchmal ein bisschen im Haus oder im Garten und kaufe auch mal was für sie ein ...«

Neri erinnerte sich dunkel. Eva Bruccoletti war nicht alt, sie war uralt, und Neri war davon ausgegangen, dass sie schon seit Jahren tot war.

»Ja und?«, fragte er.

»Ich bin heute Morgen zu ihr gefahren, und da ...« Er stockte.

»Ja – was – und da?«, fragte Neri ungeduldig und wippte unter dem Schreibtisch mit dem Fuß auf und ab. Warum kam nicht mal jemand, der eine klare Aussage machte, warum immer nur dieses Gestammel und Gestotter, das einen jede Menge Zeit kostete.

»Und Eva lag da und war tot.«

Jetzt verschlug es Neri die Sprache, und jetzt stotterte *er*. »Wie: tot?«

»Ich hab keine Ahnung. Sie lag da und war eben tot.«

»Hier.« Neri gab Dragos einen Zettel und einen Kugelschreiber. »Schreib mal deinen Namen, Telefonnummer und

Adresse auf. Damit wir wissen, wo wir dich erreichen können.«

Dragos schrieb und schob den Zettel zu Neri über den Schreibtisch.

Neri las den Namen und versuchte, sich nicht anmerken zu lassen, dass er stutzte. Denn den Namen Dragos Badi hatte ihm auch Giacomo aufgeschrieben.

»Wenn Sie wollen, kann ich auch mitkommen. Ich kenn mich da ja aus«, sagte Dragos und sah aus, als könnte er kein Wässerlein trüben.

»Ja, das ist eine gute Idee. Komm mit!«

Neri sprang auf, stürmte in den Flur und riss Alfonsos Bürotür auf. »Abmarsch, Kollege. Wir haben eine tote alteDame. Ganz in der Nähe. Auch das wieder zum Thema, dass ich hier nur spazieren gehe, Däumchen drehe und verblöde. Also los, komm!«

21

Alfonso untersuchte auch Eva Bruccolettis Haus akribisch, während Neri auf der Terrasse stand und die Aussicht genoss.

»Neri!«, schrie Alfonso.

»Bitte warte hier«, sagte Neri zu Dragos, »ich muss mit meinem Kollegen was besprechen, bin gleich wieder da.«

Dragos nickte, setzte sich und überlegte, was es wohl Wichtiges zu besprechen gab.

»Guck mal, Neri«, sagte Alfonso. »Ich habe alles durchsucht. Eva Bruccoletti muss ein wirklich tolles Silberbesteck gehabt haben. Ziemlich schwer. Und richtig schön. Davon habe ich nur zwei benutzte Gabeln und ein benutztes Messer gefunden. Und wo ist der Rest? Betuchte alte Damen haben so ein Besteck in der Regel für zwölf Personen, aber doch nicht nur drei armselige Teile!«

»Vielleicht finden wir den Rest noch irgendwo im Haus.«

»Blödsinn. Wenn sie die Gabeln und das Messer in der Küche benutzt hat, dann müsste auch der Rest hier irgendwo sein. Sie rennt doch nicht für jede Gabel die Treppe rauf und kramt in irgendeinem Schrank!«

Neri schwieg.

»Ich habe das ganze Haus durchsucht, Neri, während du dumm rumgesessen hast.«

»Nun mach mal halblang, Alfonso! Ich habe unseren Zeugen und Hauptverdächtigen nicht aus den Augen gelassen. Und einfach war das nicht, das kann ich dir sagen!«

Alfonso kommentierte es nicht, sondern sagte: »Nirgends im Haus habe ich Familienschmuck gefunden. Nirgends. Nur ein paar hässliche Perlenketten. Die lagen vereinsamt in einer Schatulle. Und ich weiß, dass Eva Bruccoletti manchmal behängt war wie ein Christbaum, wenn sie früher ab und zu ins Dorf kam. Nicht immer, aber manchmal. Wo ist das ganze Zeug? Vielleicht war es ein Raubmord, Neri, und der Mörder hat alles, was sich irgendwie zu Geld machen lässt, mitgehen lassen.«

Neri war da ganz anderer Meinung. Für ihn gab es gar keinen Zweifel, dass Eva Bruccoletti eines natürlichen Todes gestorben war.

»Alfonso«, sagte er leise, »ich weiß nicht, wie alt die Bruccoletti war. Irgendwas zwischen fünfundachtzig und fünfundneunzig. Wir werden im Büro mal nachgucken. In so einem Alter stirbt man eben irgendwann. Das ist völlig normal. Du brauchst jetzt hier nicht wieder die ganz große Nummer mit der Spurensicherung zu veranstalten und irgendwelche Gerüchte von einem Raubmord in die Welt zu setzen. Ich rufe Dottore Notturni aus Bucine an, und der kommt und wird uns eine ganz natürliche Todesursache bestätigen. Bloß keinen Stress jetzt hier!«

»Großartig, Neri«, konterte Alfonso wütend. »Hervorragend. Und bevor sie so friedlich eingeschlafen ist, hat sie noch schnell all ihre Wertsachen vernichtet. Damit die Nachwelt nichts bekommt und ein bisschen was zu suchen hat, oder wie? Ist es nicht merkwürdig, dass offensichtlich wertvolle Dinge gestohlen werden, und zur selben Zeit stirbt die Frau? Meinst du nicht, dass es zusammenhängen könnte?«

Neri überlegte. »Schon. Vielleicht hat sie ja einen Einbrecher gesehen und sich so erschrocken, dass ihr Herz stehen geblieben ist.«

»Oder der Einbrecher hat ein bisschen dabei nachgeholfen, dass ihr Herz stehen geblieben ist«, meinte Alfonso schnippisch. »Aber das wird die Gerichtsmedizin klären.«

»Oh Gott, Alfonso, jetzt mach doch nicht so einen Aufstand!« Neri schloss die Augen und rieb sich entnervt die Stirn. »Bei einer fast Hundertjährigen!«

»Doch, das mach ich! Und es ist im Übrigen völlig egal, ob jemand fünfundachtzig oder fünfunddreißig ist, wenn er ermordet wird. Mord ist Mord.«

Neri seufzte. Dann ging er zurück auf die Terrasse und wandte sich an Dragos. »Erzähl doch mal, wie das heute Morgen war, als du hier ankamst.«

Dragos registrierte, dass Neri ihn duzte, wie schon vorhin im Büro. Aber das war hier eben so. Die Leute duzten sich fast alle untereinander, nur wenn es ganz förmlich wurde, benutzte man das Sie. Es lag nicht daran, dass er Rumäne war, wenn er geduzt wurde, unter Italienern lief es ganz genauso.

»Ich hab mich gewundert, dass die Hunde so viel bellen. Dann bin ich reingegangen und hab sie da liegen sehen. Ich hab sofort gewusst, dass sie tot ist. So sieht man irgendwie nur aus, wenn man tot ist, und nicht, wenn man schläft. Und dann bin ich gleich ins Auto und weg und zu Ihnen. Ich hab noch nicht mal die Hunde gefüttert in der Aufregung, die armen Tiere.«

»Es ist gut, dass du nichts angefasst hast«, murmelte Neri und machte sich Notizen.

»Obwohl meine Fingerabdrücke ja sowieso überall sind. Schließlich hab ich hier alles für die Signora gemacht. Hunde gefüttert, Essen gekocht, den Garten gepflegt, Fenster geputzt, alles.«

»Stimmt. Aber es ist trotzdem gut, dass du nichts angefasst hast.«

Dragos kapierte zwar nicht, was Neri meinte, aber er sagte nichts.

»Wie fühlte sich denn die Signora in letzter Zeit?«

»Sie fühlte sich prima.«

»Hatte Sie Feinde?«

»Nicht, dass ich wüsste. Sie kannte ja kaum jemanden. War immer allein. Denn freundlich war sie nicht gerade.«

»Warum hast du dann bei ihr gearbeitet?«

»Weil ich nichts anderes habe, und ich muss meine Familie ernähren. Aber, Commissario …«

Neri schloss die Augen. »Ich weiß. Du arbeitest schwarz. Das ist jetzt nicht mein Problem.«

Dragos atmete erleichtert aus, und es klang wie ein entspannter Seufzer.

»Hast du hier irgendjemand in der Nähe des Hauses bemerkt?«, fragte Neri und winkte gleichzeitig ab. »Natürlich nicht, sonst hättest du es mir ja schon längst erzählt. Oder nicht?«

»Ich hab niemand gesehen. Hier ist nie jemand. Nur im Winter die Jäger.«

»Und die konnte die Signora nicht leiden?«

Dragos grinste. »Überhaupt nicht. Wenn Jagd war, stand sie selbst mit einem Gewehr vor dem Haus und schrie, dass sie jeden auf der Stelle erschießen würde, der ihren Hunden zu nahe käme. Sie sagte, sie hätte keine Skrupel, sie wäre alt genug, sie könne es sich leisten, einen Jäger abzuknallen.«

Neri grinste auch. »Wieso das denn?«

»Weil man in ihrem Alter in Italien nicht mehr in den Knast kommt.«

»Konntest du sie leiden?«

»Na ja, nicht besonders, denn sie war verdammt geizig. Vier Euro hat sie mir gezahlt, und dann immer das Gerede vom Weltkommunismus, das ist mir ganz schön auf die Nerven gegangen.«

»Verstehe.« Auch Neri hatte die Signora mit ihrer Besserwisserei noch nie leiden können.

»Aber ich hab sie reden lassen und einfach meine Arbeit gemacht. Das war das Einfachste.«

»Verstehe«, sagte Neri schon wieder. »Hatte sie Freunde? Verwandte? Leute, die sie regelmäßig besuchten?«

Dragos zuckte die Achseln. »Nicht, dass ich wüsste. Sie hat nie von jemandem erzählt. Sie hat nie telefoniert. Und sie war immer allein. Nur einmal im Jahr kam ihre Kusine für ein paar Tage.«

»Danke, Dragos«, sagte Neri und lächelte. »Du hast uns sehr geholfen. Du kannst jetzt nach Hause gehen. Ich melde mich, wenn wir noch Fragen haben.«

Dragos machte den Ansatz eines altmodischen Dieners, bevor er zurück zu seinem Auto ging.

Als Dragos nach Hause kam, nahm ihn Romina wortlos an die Hand und zog ihn ins Schlafzimmer. An ihrem wütenden Blick sah er, dass sie dies ganz sicher nicht tat, um ihn zu verführen.

Auf dem Ehebett lagen die erbeuteten Wertsachen. Geld, Uhren, Ringe, Ketten und jede Menge Silberbesteck. Sie hatte die Tüte also gefunden. In der kurzen Zeit, in der er mit den Carabinieri bei Eva gewesen war. Es war zum Verzweifeln.

»Was ist das?«, zischte Romina. »Sag's mir. Ehrlich. Und sofort. Sonst verlasse ich auf der Stelle die Wohnung. Die

Kinder nehme ich mit. Und du siehst uns nie wieder, das schwöre ich.«

Er konnte Drohungen dieser Art auf den Tod nicht ausstehen, aber sie waren Rominas ständige Strategie. Er fragte sich zwar, wo sie mit den Kindern hingehen würde, ihm fiel niemand ein, bei dem sie unterkommen könnte, aber egal. Romina fand immer einen Ausweg.

»Eva ist tot«, murmelte er. »Ich hab sie heute Morgen gefunden. Und die paar Sachen hab ich mitgenommen. Ich hab – verflucht noch mal, Romina, kapierst du das nicht? – jetzt keinen Job mehr bei ihr. So haben wir wenigstens etwas.«

Aber es kam kein Beifall von Rominas Seite. »Bist du verrückt?«, fragte sie scharf. »Verlierst du manchmal den Verstand? Wenn irgendjemand diesen ganzen Plunder bei uns findet, sind wir dran. Dann wanderst du ins Gefängnis, mein Lieber.«

»Ich fahre nach Rumänien und verkaufe das Zeug. Dort krieg ich 'ne Menge Geld dafür.«

Romina tippte sich an die Stirn. »Ein altes Auto, eine Tür oder einen Kühlschrank kannst du in Rumänien verkaufen. Aber wer hat denn Geld für Schmuck? Niemand. Du machst dich nur verdächtig. Etwas Blöderes gibt es gar nicht.«

Ihre Worte versetzten ihm einen Stich. Daran hatte er gar nicht gedacht. Romina hatte fast immer recht, und die Freude über den unerwarteten Reichtum war dahin. Jetzt hatte er ein Problem.

»Wo um Himmels willen sollen wir das ganze Zeug denn verstecken, hast du dir das mal überlegt? Es war schon schwierig genug, die Goldmünzen irgendwo verschwinden zu lassen!«, schleuderte Romina ihm wütend entgegen.

»Wo sind die Münzen jetzt?«

»In Vadims Kinderbett. Unter der Matratze.«

»Sehr originell.«

»Ja.« Rominas Augen blitzten wütend. »Weil nämlich kein Mensch ein Bett durchsucht, in dem ein kleines Kind friedlich schläft. Aber was machen wir jetzt mit dem ganzen anderen Zeug? Mit dem Schmuck? Dem Silber?«

»Tu das Silber in die Schublade. So, als würden wir jeden Tag davon essen.«

»Das glaubt uns kein Mensch, Dragos!«

»Warum nicht? Wir könnten es geerbt haben.«

»Und der Schmuck?«

»Den legst du zu deinem dazu.«

»Auch geerbt? Mein gesamter Schmuck hat einen Wert von fünfzig Euro, mein Lieber.«

»Meine Güte, ich weiß es doch auch nicht!«, schrie Dragos. »Mach irgendwas. Du wirst schon eine Lösung finden. Was auch immer ich vorschlage, du weißt doch ohnehin alles besser. Also versteck das Zeug irgendwo. Und wenn es unter den Scheuerlappen ist! Aber hör auf, mir Vorwürfe zu machen. Ich hab die Alte beklaut. Gut. Warum sollte ich das da alles rumliegen lassen? Das ist immerhin besser als nichts. Jetzt müssen wir es nur noch zu Geld machen. Und da kannst du dir ja – bitte schön – auch mal ein bisschen den Kopf zerbrechen!«

Romina schwieg. So war es immer. Sie musste alles ausbügeln, was er verbockte.

»Woran ist Eva denn gestorben? Einfach so?«, fragte sie.

»Ja. Einfach so. Sie war schließlich alt. Und, Romina, niemand wird merken, dass etwas fehlt. Ich hab den Carabinieri geholfen, und ich glaube, ich war dem Commissario sehr sympathisch, und er war mir sehr dankbar.«

»Hoffentlich hast du recht«, sagte Romina skeptisch. »Hoffentlich regnet uns das Ganze nicht irgendwann in die Bude. Dann ist Schluss mit Italien. Dann müssen wir zurück.«

»Niemals«, sagte Dragos und nahm sie in den Arm. »Hier ist unsere Heimat, hier werden wir immer bleiben.«

Romina nickte, aber sie glaubte ihm kein Wort.

22

Manuel saß in Monte Aglaia in Marios Trattoria und hatte vor sich eine Flasche herrlich kühles und prickelndes Mineralwasser.

Sein Wohnmobil parkte direkt neben der Kirche. So verdeckte es zwar den einzigen Briefkasten, aber das störte in diesem verschlafenen Örtchen sicher keinen. Hier schien niemand zu wohnen, denn bisher war er außer Mario noch keiner Menschenseele begegnet. Er hatte Mario gefragt, ob er auf der Piazza stehen bleiben könne, und Mario hatte genickt. Und so wie Mario wirkte, war er bestimmt Chef der Trattoria, Bürgermeister, Carabiniere und Seelsorger von Monte Aglaia in einer Person.

Carabiniere Donato Neri in Ambra hatte ihm erklärt, dass der Weg, auf dem man zu dem Anwesen der Schriftstellerin kam, direkt an Marios Terrasse vorbeiführte.

»Möchten Sie etwas essen?«, fragte Mario und reichte ihm die Karte. Da er gemerkt hatte, dass Manuel mit dem Italienischen erhebliche Schwierigkeiten hatte, schaltete er sofort auf Englisch um. »Tortelloni, Cannelloni, Fagottini, Lasagne, Pappardelle ... alles frisch und von mir gemacht. Nach einem alten, typisch toskanischen Rezept von meiner Mutter. Mit Fleisch- oder Tomatensoße. Wie Sie wollen.«

»Ich weiß noch nicht ...«

»Ganz besonders kann ich Ihnen empfehlen: meine Girasoli. Gefüllte Nudelsonnentaschen. Spezialität von meiner

Großmutter. Hmmm!« Er küsste sich selbst auf die Fingerspitzen. »Mit fantastischer Soße. Ein Gedicht, ich schwöre, etwas Besseres finden Sie in der ganzen Toskana nicht!«

»Gut. Dann nehme ich die Girasoli mit Tomatensoße«, antwortete Manuel jetzt ebenfalls auf Englisch.

»Gerne.« Mario verbeugte sich leicht. »Dazu vielleicht noch Salat oder Gemüse?«

»Nein danke.«

»Oder eine schöne Vorspeise? Toskanische Vorspeisenplatte, Bruschetta oder Crostini? Alles frisch zubereitet.«

»Nein danke. Aber bitte noch ein Glas Wasser.«

»Sehr gern.« Mario verschwand in der Küche. Er öffnete die Tiefkühltruhe, holte eine Packung Girasoli aus dem Supermarkt heraus, legte zwei Stück in die Mikrowelle und begann, die Tomatensoße zu erhitzen.

Manuel war fasziniert von dem Blick auf den gegenüberliegenden Berg.

Da drüben wohnte sie also. Im Licht der Mittagssonne lag ihr Haus, das zwischen den gewaltigen Zypressen winzig wirkte, direkt auf dem Gipfel. Es schien ihm ziemlich weit weg zu sein. Aber der Carabiniere hatte gemeint, von Marios Trattoria aus brauche er ungefähr zehn Minuten mit einem Jeep und eine Dreiviertelstunde zu Fuß. Mit einem Wohnmobil komme er gar nicht hoch. Völlig unmöglich.

Na gut, dann würde er eben laufen. Es gab Schlimmeres. Wenn er wusste, dass er auf dem richtigen Weg war, war es erregend zu wissen, dass er ihr immer näher kam.

Bald würde es so weit sein.

Bald würde sie ihre Betrügereien bitter bereuen.

Als Manuel gegessen hatte, kam Mario an seinen Tisch, hielt die Hände hinter seinem Rücken zusammen, verbeugte sich leicht und fragte freundlich, wie die Girasoli geschmeckt hätten.

Manuel fehlten die italienischen Vokabeln, aber er küsste theatralisch wie Mario seine Fingerspitzen, sagte laut und lange »Hmmm« und blickte entzückt zum Himmel.

Mario errötete vor Stolz, bedankte sich für das Lob und erzählte von seiner Großmutter, die eine große Köchin gewesen war und dieses außergewöhnliche Pastarezept erfunden hatte.

Manuel verstand nur die Hälfte von dem Redeschwall, aber es interessierte ihn auch nicht im Geringsten.

Anschließend bestellte er noch ein weiteres Wasser und wollte gerade zur Toilette gehen, als ein großer Landrover direkt vor der Terrasse hielt. Rina Kramer ließ ihr Fenster hinunterfahren und begrüßte Mario herzlich. Sie sprach mit ihm einige Sätze auf Italienisch, die Manuel nicht verstand, dann winkte sie Mario zum Abschied kurz zu und fuhr weiter.

Das freundschaftliche Verhältnis zwischen den beiden war nicht zu übersehen gewesen.

»Wer war denn das? Sie kam mir irgendwie bekannt vor«, fragte er Mario anschließend, obwohl er ganz genau wusste, dass er sie endlich gefunden hatte.

»Rina. Eine deutsche Schriftstellerin. Vielleicht kennen Sie sie deshalb und haben ihr Bild schon einmal gesehen. Außerdem ist sie eine sehr, sehr gute Freundin von mir.«

»Wohnt sie hier?«

»Ja. Da drüben.« Mario deutete auf das Haus auf dem Berg, das Manuel auch vorhin schon im Visier gehabt hatte. »Sie hat dort oben zwei Häuser. Ein Haupthaus und eine Villa nur für Gäste. Traumhaft.«

»Kann man diese Villa vielleicht mieten?«

»Sicher, wenn sie gerade frei ist. Ich weiß nicht, ob Rina im Moment Gäste hat oder nicht.«

Das werden wir sehen, dachte Manuel.

Er bedankte sich bei Mario, bezahlte und machte sich zu Fuß auf den Weg.

ZWEITER TEIL

MANUEL

23

Freitag, noch siebzehn Tage

Manchmal überlegte sie, ob es wirklich einen Unterschied machen würde, ob Eckart auf einem seiner vielen Flüge abstürzte oder nicht. Und tief in ihrer Seele spürte sie, dass es *keinen* großen Unterschied machen würde.

Daher hatte sie es auch gelassen hingenommen, als er ihr eine Mail schickte, dass er gut gelandet sei. Paris sei laut, voll, heiß und unerträglich stickig, schrieb er. Und das Verkehrschaos auf den Straßen unvorstellbar. Sei froh, dass du nicht hier bist, du würdest verrückt werden.

Das alles tröstete sie wenig. Er war also gut angekommen. Wie schön. Dann lebten sie jetzt wieder ihre zwei unterschiedlichen Leben in zwei verschiedenen Welten.

Seit gestern Mittag war sie mit Fabian allein, und sie genoss jede Minute. Er war so ein liebes, zärtliches, freundliches Kind, dass sie ihr Glück gar nicht fassen konnte. Wenn sie eine Bitte hatte, rannte er sofort los. Stöhnte und maulte nie rum, wenn sie irgendetwas sagte.

Es war später Nachmittag, als ein leichter Wind aufkam. Fabian goss gerade die Blumen, und Rina bereitete das Risotto für das Abendessen vor, als es unten am Tor klingelte.

Sie wunderte sich.

Normalerweise wusste sie vorher immer, wann ein Freund oder Handwerker kam, in all den Jahren hatte nur ein Mal ein Jäger am Tor geläutet, der ihr mitteilen wollte, dass am kommenden Sonntag eine Jagd stattfinden würde ... Und ein zweites Mal die Carabinieri, die sie baten, auf ihrem Grundstück ein paar Steinpilze suchen zu dürfen.

Ansonsten war nie jemand überraschenderweise unten vor dem Tor gewesen.

Doch nun läutete es laut und anhaltend.

Sie lief hinunter ins Büro und schaltete die Überwachungskamera und das Mikrofon ein.

»Pronto?«, fragte sie.

Auf dem winzigen Monitor sah sie einen Mann um die vierzig, der freundlich lächelte. »Sprechen Sie Deutsch?«

»Ja.«

»Entschuldigen Sie vielmals«, sagte er, »aber ich habe von Mario in der Osteria gehört, dass Sie eine sehr schöne Gästevilla vermieten. Ich suche etwas für ein, zwei Wochen, vielleicht auch für länger. Könnte ich sie mir vielleicht einmal ansehen?«

Rina war angenehm überrascht. Die nächsten fest gebuchten Gäste kamen erst in zwei Wochen, und dann hätte sie auch noch in der Zwischenzeit einen Gast? Das wäre ja wunderbar.

»Gut, kommen Sie!«, antwortete sie und drückte auf den Summer, der das automatische Tor öffnete.

Im selben Moment überlegte sie, ob sie verrückt geworden war. Noch nie hatte sie an jemanden vermietet, der einfach vorbeikam, hatte immer nur sorgfältig ausgewählte Gäste gehabt, die sich auf Inserate in exklusiven Journalen meldeten und den Preis, den sie für die Villa verlangte, auch zahlen konnten. Natürlich waren auch schräge Vögel dabei gewesen.

Oscarpreisträger, die das Haus innerhalb einer halben Stunde in ein Schlachtfeld verwandelten und den Inhalt ihrer Koffer gleichmäßig auf dem Fußboden verteilten; Anwälte, die ihre gesamten Schnapsvorräte von zu Hause mitbrachten; Musiker, die so viele Gummitiere aufbliesen und im Pool schwimmen ließen, bis das Wasser gar nicht mehr zu sehen war; Radiologen, die den ganzen Tag aßen und tranken und die gesamte Küche mit einem Fettfilm überzogen; Künstler, die auf der Wiese vor dem Haus fünf mal fünf Meter große Leinwände bemalten; Homöopathen, die grundsätzlich nur Walser lasen und von zu Hause ein Töpfchen Rosmarin und eins mit Salbei mitbrachten, obwohl davon unzählige Büsche vor dem Haus wucherten; Adlige, die vom Berg nicht mehr hinunterfanden, und Intellektuelle, die jeden Abend die Matratze vor die große verglaste Tür schleppten, Wasserpfeife rauchten und in den Mond guckten. Rina hatte immer befürchtet, sie würden eines Nachts im herrlichen Rausch gemeinsam Selbstmord begehen. Aber das war zum Glück nie geschehen.

In den ersten fünf Minuten wusste sie normalerweise, ob sie die Gäste mochte oder nicht, ob sie mit ihnen nur höflichkeitshalber irgendwann einmal ein Glas Wein trinken oder ob sie sie zum Essen einladen würde. Letzteres war die höchste Auszeichnung.

Und jetzt hatte sie einfach auf den Türöffner gedrückt, obwohl irgendein Hergelaufener vor dem Tor stand.

Sie hatte wirklich den Verstand verloren.

Aber irgendwie freute sie sich auch über ein wenig Gesellschaft auf dem einsamen Berg. Eckart würde sie zwar für total bescheuert erklären, aber im Grunde ging ihn das nichts an. Er konnte in Paris tun und lassen, was er wollte – sie in der Toskana.

Zum Glück war ihr der Mann, der wenige Minuten später vor ihr stand und sie begrüßte, durchaus sympathisch. Er war schlank, trug einen lässigen, beigefarbenen Leinenanzug und wirkte auf den ersten Blick wie ein Künstler, der sich mit seiner Staffelei in die Weinberge setzte und malte. Sein Lächeln war charmant, und er hatte einen Blick, der auf einen introvertierten, verträumten Menschen schließen ließ.

Aber es war nicht nur das, was sie an ihm anziehend fand. Es war vor allem die Art, wie er durch die Capanna ging. Wie vorsichtig er die Türklinken anfasste und die Türen öffnete, wie sanft und bewundernd er über den schweren Brokatstoff strich, der den Schlafraum vom Wohnraum trennte, wie überrascht er vom Weinkeller war und wie begeistert vom Bad.

»Dieser Weinkeller ist übrigens eine ehemalige Krypta«, erzählte Rina. »Vor Hunderten von Jahren war das große Haus ein Castello und dieses hier die dazugehörende Kapelle mit einem kleinen Friedhof. Ein guter Ort, um die Toten zu begraben, da ihre Seelen hier am höchsten Punkt der ganzen Gegend frei und ungehindert davonfliegen konnten. Wir haben beim Umbau des Hauses viele Knochen und Skelettteile gefunden und sie dann alle zusammen an einem anderen Ort feierlich bestattet. Sie werden spüren, dass dies hier ein guter Ort ist, mit einer ganz besonderen Aura.«

»Davon bin ich überzeugt«, sagte Manuel und spürte, wie sich alle Härchen auf seinen Unterarmen aufstellten. Dieses Haus lieferte ja in Form des Weinkellers eine Art Kerker gleich mit. Ein Gefängnis ohne Fenster, schalldicht in den Berg gebaut. Wenn die schwere, bestimmt acht Zentimeter dicke Tür ins Schloss fiel, gab es kein Entrinnen.

Er konnte sein Glück kaum fassen und hoffte, nicht unbewusst gegrinst zu haben. »Und diese Balkenkonstruktion an der Decke?«, fragte er. »Die ist wunderschön, aber auch sehr ungewöhnlich. Ich habe so etwas noch nie gesehen.«

»Wir haben dies mal in einer Enoteca in der Nähe von Montalcino gesehen. Mein Mann hat sofort ein Foto gemacht, und genauso haben wir es dann hier gebaut. Der Parallelbalken scheint zu schweben, und das Holz kann arbeiten. Das ist genial.«

Ja, das ist genial, dachte er, und sein Herz schlug schneller. Hier habe ich alles, was ich brauche, muss noch nicht einmal improvisieren.

Und es war nicht irgendwer, der ihm das Haus anbot, nein, es war Rina Kramer selbst. Hier würde er nicht die geringsten Probleme haben, seine Pläne in die Tat umzusetzen.

Am liebsten hätte er laut gelacht.

Und dann stand er in der Küche, die vom Wohnraum etwas erhöht nur durch einige Stufen getrennt war, und sah durch das hohe, verglaste Tor übers Land.

»Es ist ein Geschenk des Himmels«, sagte er leise. »So etwas habe ich noch nie gesehen. Bitte, ich möchte bleiben. Hier in diesem Haus ist wirklich eine gute Energie. Hier kann ich zur Ruhe kommen. Und ich werde Sie ganz bestimmt nicht stören, das schwöre ich. Was kostet diese Capanna denn?«

»Tausendfünfhundert die Woche.« Sie war darauf vorbereitet, dass er bei dem Mietpreis zusammenzucken würde.

Aber Manuel lächelte. »Wunderbar. Ich würde die Villa gern mieten.«

»Da haben Sie Glück«, sagte Rina, »zwei Wochen ist das Haus noch frei, dann kommen die nächsten Gäste.«

»Gut. Dann nehme ich es für zwei Wochen.« Er strahlte. »Hier zu wohnen ... Da geht ein Traum von mir in Erfüllung.« Er wischte sich seine feuchte Hand an seiner Hose ab, reichte sie ihr, und sie schlug ein.

»Wäre es Ihnen vielleicht möglich, in diesen zwei Wochen die Blumen zu gießen?«, fragte sie vorsichtig. »Dann muss ich nicht andauernd hierherkommen und Sie stören.«

»Aber sicher. Das mach ich gern.«

»Ansonsten kommt Samstagvormittag, also nicht morgen, sondern nächsten Samstag, die Putzfrau, bezieht Ihr Bett neu und bringt frische Handtücher. Entweder morgens um neun oder gegen zwölf. Wie Sie wollen.«

»Gegen Mittag wäre besser.«

»In Ordnung. Aber ich habe ganz vergessen zu fragen, wie Sie heißen«, sagte Rina.

»Manuel Gelting.«

»Und woher kommen Sie?«

»Aus München.«

»Aber Sie sprechen kein bisschen Bayerisch?«

»Nein, ich bin auch erst vor fünf Jahren dorthin gezogen. Früher habe ich in Hannover gelebt, und da spricht man ziemlich dialektfreies Hochdeutsch. Sagen Sie, aus dem Weinkeller kann ich mich bedienen?«

»Natürlich. Die Preise stehen dran. Bei Ihrer Abreise rechnen wir ab. Apropos Abrechnung: Ich hätte gern einen Vorschuss von tausend Euro. Die gesamte Summe wird dann am Schluss fällig. Ist Ihnen das recht?«

»Aber natürlich. Warten Sie, ich muss mal sehen, ob ich so viel dabeihabe.« Er zog seine Brieftasche aus dem Jackett und sah hinein. »Ja, das müsste reichen.« Und dann blätterte er Rina zehn Hunderteuroscheine auf den Küchentisch. »Bitte schön.«

Rina sah ihn erstaunt an. »Tragen Sie immer so viel Geld mit sich herum?«

Manuel hob die Schultern. »Meistens ja. Vor allem auf Reisen. Ich bilde mir ein, in der Brieftasche direkt am Körper ist es am sichersten.«

Rina nahm das Geld und schob es in ihre Hosentasche. »Danke.«

Manuel lächelte. »Ich habe zu danken.«

»Haben Sie eigentlich ein Auto?«, fragte sie. »Denn Sie werden ja wohl nicht von Deutschland oder vom Flughafen aus hierhergewandert sein?«

»Einen Pkw habe ich nicht, aber ein Wohnmobil. Es steht auf dem Parkplatz unterhalb von Monte Aglaia. Damit komme ich hier nicht rauf.«

Rina war irritiert. »Das verstehe ich nicht. Warum mieten Sie sich dann überhaupt ein Ferienhaus und wohnen nicht in Ihrem eigenen Wohnmobil?«

Manuel lächelte und machte eine kleine Pause, ehe er sagte: »Ich hatte vor einigen Jahren ein großes Haus am Stadtrand von Hannover. Vollgestopft mit Kunst und wertvollen Dingen. Wenn ich auf Reisen war, bin ich gestorben vor Angst, dass ich ausgeraubt werden könnte. Diese Angst vor dem Ruin hat mich ganz verrückt gemacht. Schließlich hab ich kurzerhand alles verkauft und mir ein Wohnmobil angeschafft. Darin wohne ich jetzt. Sehr reduziert, auf engem Raum, aber ohne Verlustängste. Verstehen Sie? Und ab und zu miete ich mir mal für eine gewisse Zeit ein schönes Haus. Irgendwo auf der Welt. Es ist selten, dass ich eins mit einem so unglaublichen Weitblick finde wie dieses hier. Das ist dann Urlaub. Ich kann mich ausbreiten, muss nicht ständig in einer engen Dusche duschen … Ach, es gibt tausend Dinge, die ich mal eine kurze Zeit genießen will, aber nicht immer haben muss.«

»Aha«, murmelte Rina, obwohl sie das, was er sagte, ziemlich verrückt fand.

»Ich biete Ihnen wie allen meinen Gästen einen kleinen Jeep an. Damit können Sie problemlos die holprige Bergstrecke rauf und runter bis zu Ihrem Wohnmobil fahren. Sie haben dreißig Freikilometer pro Tag, wenn Sie weitere Touren mit dem Auto machen, kostet Sie das fünfundfünfzig Cent pro Kilometer.«

»Einverstanden. Ganz großartig. Das nehme ich gern an. Und mit dem Internet ist alles in Ordnung?«, fragte er.

»Kein Problem. Sie haben in der Gästevilla WLAN, und wenn es nicht gerade gewittert und ich alle Stecker rausziehen muss, funktioniert es perfekt.«

»Danke. Das ist wichtig. Wissen Sie, was ich brauche, ist Stille. Absolute Ruhe. Ich will mich konzentrieren. Laute Stimmen oder Straßenverkehr machen mich krank. Da kann ich nicht denken.«

»Hier hören Sie den ganzen Tag das Zwitschern der Vögel, die Schreie der Fasane, das Kreischen der Eichelhäher und das Hupen der Wiedehopfe. Am Abend zirpen die Grillen, quaken die Frösche, und nachts ruft das Käuzchen. Das alles kann ziemlich laut sein.«

»Das ist etwas anderes. Entweder ich höre es nicht, oder es ist Musik in meinem Ohr.«

Das gefiel ihr. »Na, dann gehe ich jetzt wieder nach oben«, sagte sie freundlich. »Mein Sohn fragt sich sicher schon, wo ich so lange bleibe. Ihn müssen Sie ja auch noch kennenlernen.«

»Ach, Sie leben hier gar nicht allein?«

»Nein. Aber mein Mann ist zurzeit auf Geschäftsreise, und mein Sohn verbringt seine Ferien hier. Er geht in ein Internat.«

Manuel nickte. »Verstehe.« Er lächelte.

»Kommen Sie doch bei Gelegenheit mal auf ein Glas Wein vorbei, wenn Sie sich eingelebt haben«, sagte Rina gut gelaunt. »Sie sehen mich ja auf der Terrasse sitzen. Dann können Sie mich jederzeit stören.«

»Gerne. Sehr gern. Vielen Dank für die Einladung.«

Rina hatte die ganze Zeit überlegt, ob sie diesen Mann nicht schon mal irgendwo gesehen hatte, aber sie wusste nicht, wo, und war sich überhaupt nicht sicher.

»Sagen Sie … sind wir uns vielleicht schon mal irgendwo begegnet?«

Manuel lachte und meinte charmant. »Was für eine reizvolle Vorstellung. Aber ich glaube nicht, nein. Leider nein. Aber wenn Sie mir auch eine Frage gestatten?«

»Bitte.«

»Sie leben immer hier? Ich meine, das ganze Jahr über?«

»Ja.«

»Und kümmern sich um das Anwesen und die Gäste?«

»Vor allem schreibe ich Bücher. Romane. Reine Fantasie«, antwortete sie.

»Oh, das ist interessant. Unglaublich spannend. Mein ganzes Leben habe ich davon geträumt, Romane zu schreiben!«

Sie lachte. »Na, das ist ja ein Zufall. Aber darüber können wir uns sicher ein andermal unterhalten.«

Rina reichte ihm ein Schlüsselbund. »Hier ist der Schlüssel zum Haus, zum Tresor und für das Auto, das auf dem Parkplatz steht. Und das hier ist die Fernbedienung fürs Tor. Ich werde jetzt Ihr Bett beziehen und die Handtücher rauslegen, und dann können Sie meinetwegen gleich einziehen.«

»Das ist prima. Vielen, vielen Dank. Ich hole jetzt meine Sachen und komme noch heute Abend zurück.«

In diesem Moment fiel Rina noch etwas ein. »Ach, Herr Gelting, eine Sache wäre noch wichtig: Bitte kommen Sie mal mit ins Bad.«

Manuel folgte Rina.

Sie nahm die Badezimmergardine zur Seite. »Hier, dieser rote Knopf ist der Notschalter für die Therme. Wenn ein Gewitter kommt, drücken Sie ihn bitte, dann ist die Therme vom Netz, und es kann nichts passieren. Wir sind hier oben der höchste Punkt der Gegend, und jeder Blitz schlägt bei uns ein. Es wäre fatal, wenn der Blitz die Therme zerhaut und Sie tagelang kein warmes Wasser haben. Also bitte, denken Sie an den Knopf und drücken Sie ihn bitte auch, wenn Sie weggehen.«

»Das werde ich tun. Kein Problem. Sie brauchen sich keine Sorgen zu machen.«

»Danke. Tja, dann wünsche ich Ihnen noch einen schönen Abend und eine Gute Nacht. Und denken Sie daran: Was Sie in dieser Nacht träumen, geht in Erfüllung!«

»Ich werde versuchen, auf meine Träume zu achten«, sagte Manuel und trat aus dem Haus. »Also dann, bis später!«

Er ging den Berg hinauf zum Haupthaus, um mit dem Gästejeep nach Monte Aglaia zu fahren und um Toni, sein Laptop und ein paar Sachen zu holen.

Als Rina die frische Bettwäsche aus der Truhe genommen hatte und anfing, das Bett zu beziehen, bemerkte sie, dass die weiße Rose vor dem Schlafzimmerfenster während ihrer Abwesenheit fast das gesamte Fenster zugewuchert hatte. Sie musste es unbedingt frei schneiden.

Aber nachdem sie den ersten Zweig abgeknipst hatte, sah sie das Nest, in dem ein brauner Vogel brütete. In diesem Moment startete ein weiterer Vogel, der eine helle Brust hatte, und flog davon.

Rina war fasziniert, dass ein Vogelpaar so dicht am Fenster nistete, obwohl sie fand, dass das Pärchen ziemlich spät dran war. Der Frühling war lange vorbei, aber sicher war es kein Problem, die Jungen noch bis zum Winter großzuziehen.

24

»Der pathologische Bericht ist gekommen«, sagte Alfonso und rückte seine Brille zurecht. »Signora Bruccoletti ist nicht an Altersschwäche gestorben, sondern erstickt worden. Mit dem Kissen, das direkt neben der Leiche lag. Auf ihrem Gesicht und in der Mundhöhle sind haufenweise Fasern des Kissenstoffes gefunden worden. Augenscheinlich hat sie versucht zu schreien, während ihr das Kissen aufs Gesicht gedrückt wurde.«

»Vielleicht hat sie ja drauf geschlafen? Dann hat man sicher Fasern im Gesicht und vielleicht auch im Mund. Wenn man schlecht träumt.« Irgendwie war Neri auf Krawall gebürstet. Er konnte einfach nicht anders, sondern musste jedem Satz, den Alfonso sagte, widersprechen. So sehr ging ihm der Kollege auf die Nerven.

»Das kann schon sein, Neri«, entgegnete Alfonso eisig, »aber man hat außerdem in den Ober- und Unterlidern der Augen jede Menge punktförmige Einblutungen festgestellt. Und das ist nun mal ein eindeutiges Zeichen für einen Tod durch gewaltsames Ersticken oder auch Erdrosseln, Erwürgen oder irgendetwas anderes Widerliches, das die arme alte Frau am Atmen gehindert hat. Sie ist also nicht friedlich eingeschlafen und hat vom lieben Gott geträumt, sondern sie hat kurz vor ihrem Tod den Teufel gesehen, mein Lieber.«

»Tja, wenn es da so steht, dann wird es wohl so sein«, meinte Neri resigniert. Da hatten sie ja jetzt ein verdammtes, riesiges Problem an der Backe.

»Im Übrigen war die alte Dame kerngesund«, fuhr Alfonso fort. »Herz und Lunge standen in Saft und Kraft. Wie bei einer Vierzigjährigen. Sie hätte noch dreißig Jahre leben können.«

»Kein Wunder. Hexen ernähren sich ja auch nur von Heilkräutern, und wenn andere Menschen ein Gebet zum Himmel schicken, murmeln sie einen Zauberspruch.«

Zum ersten Mal sah Alfonso Neri an. »Sag mal, Donato, kann es sein, dass du nicht alle Tassen im Schrank hast?«

Neri stand auf. »Ich glaube, ich kenne diese sympathische Lady ein bisschen besser als du. Sie ist es, die nicht alle Tassen im Schrank gehabt hat. Aber egal. Was sollen wir tun?«

»Normalerweise würde Rom diesen Fall übernehmen, aber jetzt bin ich ja hier«, sagte Alfonso so ganz nebenbei, und Neri hatte Lust, sich zu übergeben. »Wir befragen die Nachbarschaft. Alle Häuser in der Umgebung. Vielleicht hat irgendwer irgendjemand in der Nähe des Hauses gesehen. Wir sollten aber vor allem mit Jägern sprechen. Die krauchen ja überall herum, auch wenn keine Jagdzeit ist. Und mit Pilzesuchern. Und mit Touristen, die vielleicht in dieser Gegend spazieren gegangen sind. Vielleicht hat die Signora ja auch schon gestern Abend Besuch bekommen? Und wir sollten auch die Alibis ihrer Familie überprüfen. Vielleicht wollte irgendwer seine Erbschaft beschleunigen ... Es gibt 'ne Menge zu tun, Neri.«

»Ich finde, wir sollten diesen Rumänen, diesen Dragos Badi, verhaften«, erwiderte Neri betont gelassen, »bevor wir hier so einen fürchterlichen Aufstand machen. Der Mann hat ein dickes Motiv und ist hochgradig verdächtig. Die, die die Leiche ›finden‹, sind immer die Suspektesten. Sie denken, sie sind aus dem Schneider, wenn sie die Sache melden. Aber

Pustekuchen. Dragos kannte sich aus, Dragos wurde von der Alten ständig schikaniert und konnte sie nicht ausstehen. Er hatte die Faxen dicke. Ihr Tod wäre nicht nur eine Erlösung, sondern auch ein Segen für ihn gewesen. Und irgendwann sah er dann rot und drückte ihr den Saft ab. Kann man doch verstehen. Und ist mehr als logisch. Findest du nicht?«

»Nein. Weil ich es *nicht* verstehen kann. Im Gegensatz zu dir. Außerdem ist die Signora am Nachmittag zwischen vierzehn und achtzehn Uhr erstickt worden, und nicht erst am nächsten Morgen um acht, als Dragos kam.«

Neri lächelte milde. »Dragos ist raffiniert und nicht blöd. Er bringt die Alte am Nachmittag um und geht nach Hause. Wenn die Leiche am Abend jemand findet – bitte schön. Auch nicht schlecht. Wenn nicht – findet er sie am Morgen. In jedem Fall fühlt er sich vollkommen sicher.«

Alfonso sah Neri direkt in die Augen. »Was hast du gegen Dragos, Neri? Hat er dir was getan?«

»Überhaupt nicht. Ich habe diesen Kerl vielleicht zweimal flüchtig gesehen. Aber es gibt niemanden, der so einen engen Kontakt zu der Bruccoletti hatte. Niemanden, der sich bei ihr so gut auskannte. Vielleicht war die Alte auf dem Sofa eingeschlafen, Dragos versuchte zu klauen, sie wachte auf, schrie Zeter und Mordio, und er verlor die Nerven und hat sie umgebracht. Alles ist möglich. Und du weißt ganz genau, Alfonso, dass die meisten Morde im allerengsten Umkreis der Freunde und Familie stattfinden.

Dragos nicht zu verdächtigen wäre alles andere als professionell, Kollege Alfonso. Übrigens hat Dragos auch bei Giacomo im Garten gearbeitet, und komischerweise sind Giacomos Goldmünzen geklaut worden. Zufall? – Aber was willst du? Wollen wir den armen erschöpften Wandersmann suchen, der um ein Glas Wasser bitten möchte, die offene Tür bemerkt, hineingeht und auf einmal Lust hat, eine uralte Tante mit einem Kissen zu ersticken? Einfach so? Wie bescheuert ist das denn, Alfonso? Wenn du ganz ehrlich bist, dann weißt du auch, dass es auf der ganzen Welt keinen anderen Menschen gibt, der ein Motiv hätte, die Strega di Sassaccio zu ersticken, als Dragos.«

Alfonso schwieg. Es gab Dinge, die konnte man mit dem Kollegen Neri einfach nicht besprechen und noch weniger klären.

»Und noch was, Alfonso«, fügte Neri hinzu, »nur zu deiner Information: Zigeuner klauen keine Perlen! Das bringt nämlich Unglück! Und hast du nicht ein Schmuckkästchen gefunden, in dem alles fehlte, nur die Perlen waren noch da?«

Alfonso runzelte die Stirn. »Woher weißt du das?«

»Ich hab mich informiert. Außerdem leb ich hier, wo es von Rumänen nur so wimmelt. Da kriegt man einiges mit, Kollege. In Rom hat man es ja nur mit überkandidelten Touristen zu tun!«

Alfonso kommentierte das nicht. Aber der Pfeil hatte ihn getroffen. »Befrag du die Nachbarschaft«, sagte er daher zu Neri, »ich kümmere mich um die Jäger. Morgen früh tragen wir unsere Ergebnisse zusammen. Okay?«

»Wenn du meinst ... Meinetwegen.«

Neri verließ das Büro. Im Grunde war es ihm egal, womit er seinen Tag verbrachte, Hauptsache, die Zeit verging möglichst schnell.

»Wenn Mirco hier wäre und nicht gerade Urlaub machen würde, hätte ich den Mörder der alten Bruccoletti schon längst verhaftet. Diesen Dragos Badi, diesen Verbrecher. Aber nein, der dämliche Alfonso will erst die ganze Welt befragen und darauf warten, dass ihm der gemeine Feldhase zuraunt, wer der Mörder war. Bis er auf den richtigen Trichter kommt, ist Badi längst über alle Berge. Ich könnte wahnsinnig werden bei so viel Sturheit, Blindheit und Dummheit.«

Gabriella sah ihn mit großen Augen an. Sie hatte Neris Bericht atemlos zugehört und war begeistert, dass er schon wieder in einem Mordfall ermittelte.

»Und du bist dir wirklich ganz sicher?«

»Natürlich bin ich mir sicher. Würde ich sonst so reden? Ich hab mal ein bisschen recherchiert. Dieser Dragos Badi hat auch mal bei Giacomo gearbeitet. Vor einem Dreivierteljahr ungefähr. Ich sag dir, der ist vom Stamme Nimm. Fährt überall seine Antennen aus, wo was zu holen ist. Und wenn ihm einer in die Quere kommt, schlägt er zu. Wahrscheinlich hat er auch die Alte beklaut, aber es kann leider keiner präzise sagen, was genau fehlt. Wir wissen ja gar nicht, wonach wir suchen sollen.«

»Dann mach doch mal eine Hausdurchsuchung bei diesem Dragos.«

»Ja. Wenn ich die richterliche Erlaubnis bekomme, würde ich das gerne machen. Aber das kann Wochen dauern. Und bis dahin ist die ganze Beute in Rumänien, und niemand kann ihm was nachweisen. Gabriella, es ist zum Verzweifeln. Ich könnte alles kurz und klein schlagen.«

»Bitte nicht, Neri! Nicht hier. Dein Büro kannst du zu Kleinholz verarbeiten, aber nicht unser Haus!«

»Ich meine ja auch nur. Jedenfalls ist es frustrierend, mit so einem lethargischen Dilettanten wie Alfonso zusammenarbeiten zu müssen. Und dann passiert hier gerade an jeder Ecke was!«

»In Ambra reden sie über nichts anderes als über diese beiden Fälle, Neri. Und alle wissen, dass du dran arbeitest.«

»Das ist ja das Schlimme. Wie geht's Oma?«

»Gut, aber sie hat heute die Tageszeiten nicht mehr so ganz auf die Reihe gekriegt. Nach dem Mittagessen hat sie sich hingelegt, weil sie dachte, es ist Nacht, und als sie dann einige Stunden später aufwachte, dachte sie, es ist Morgen. Dann hat sie nur ein Marmeladentoast gegessen und sich gewundert, warum es vormittags draußen dunkel ist.«

Neri sagte nichts dazu. »Und was hast du den ganzen Tag gemacht, Cara?«

»Ich war in Siena. Wollte mir eine leichte, helle Sommerbluse kaufen, hab aber nichts gefunden. Muss morgen noch mal hin.«

»Va bene. Was gibt's denn heute zum Abendbrot?«

»Zucchini-Tomaten-Gemüse mit Ei, amore. Reicht dir das?«

»Mir reicht es schon lange«, murmelte Neri und drückte Gabriella einen Kuss aufs Haar. »Und bitte, tu mir den Gefallen, lass Oma weiterschlafen!«

25

Samstag, noch sechzehn Tage

Auf der Rückfahrt von Rom nach Rosenheim im Klosterbus war Pater Johannes ungewöhnlich schweigsam. Er hatte weder Lust, die Gegend, durch die sie fuhren, zu kommentieren, noch, Witze zu erzählen. Stumm saß er auf seinem Platz, sah aus dem Fenster, grübelte und hatte die dumpfe Ahnung, dass sich sein Versprechen noch zu einem riesigen Problem auswachsen würde. Zumal er nicht die geringste Lust hatte, in einer Halbruine zu hausen und in kleinen, italienischen Bergdörfern, in denen er niemanden kannte, Sakramente zu spenden.

Darüber hinaus gab es noch ein zweites Versprechen, das er einhalten musste. Und darum wollte er schnellstens wieder zurück nach Italien: Fabian und sein sehnlicher Wunsch, in Rom zur Schule zu gehen.

Bisher hatte er keine Gelegenheit gehabt, mit der Mutter zu sprechen, und fühlte sich wie ein Verräter, dass er dies noch nicht getan, sondern das Ganze eher auf die lange Bank geschoben hatte.

Fabian.

Der kleine Junge fehlte ihm. Er dachte unentwegt an ihn.

Und wenn er ganz ehrlich zu sich selbst war, dann war Fabian vielleicht sogar der wahre Grund, warum er das Versprechen, das er Don Matteo gegeben hatte, unbedingt einlösen wollte.

Denn noch hatte Fabian ein paar Wochen Ferien …

Vierundzwanzig Stunden später stand er im Büro von seinem Abt, Pater Lukas, und schilderte sein Anliegen. Sachlich, aber auch so eindringlich wie möglich.

Als er fertig war, sprang Pater Lukas hinter seinem Schreibtisch auf und begann im Büro hin und her zu gehen. Er schien kurz davor, die Fassung zu verlieren.

»Sie sind ja völlig wahnsinnig geworden!«, schrie er.

So aufgeregt hatte Pater Johannes seinen Mitbruder noch nie erlebt. Daher schwieg er lieber.

Pater Lukas blieb stehen. »Wie heißt das Nest?«

»Monte Aglaia. Es liegt zwischen Arezzo und Siena. Wenn Sie eine Karte haben, kann ich es Ihnen zeigen.«

Pater Lukas winkte ab. Er hatte keine Lust, erst eine Karte und dann darauf diesen italienischen Winzlingsort zu suchen. Er schnaufte.

»Können Sie nicht verstehen«, sagte Pater Johannes leise, »dass ich ein Versprechen, das ich einem Sterbenden auf seinem Totenbett gegeben habe, nicht brechen darf?«

»Ja, schon, aber …« Pater Lukas rang nach Luft. »Haben Sie denn, bevor Sie das Versprechen gegeben haben, keine Sekunde daran gedacht, dass Sie auch hier Verpflichtungen haben? Da können wir ja froh sein, dass Sie nicht versprochen haben, die nächsten zwanzig Jahre allein in einem Iglu zu beten! Sie können doch Ihren Orden nicht einfach im Stich lassen! Wo kommen wir denn da hin, wenn das jeder täte?«

»Der Vergleich ist nicht ganz fair, Pater, es hat nicht jeder von uns einen besten Freund, der von gottesfürchtigen Nonnen verlassen elendig zugrunde geht und fünf völlig verwaiste Gemeinden zurücklässt. Aber bitte. Wenden Sie sich an Rom. Fragen Sie nach, warum es dort seit neun Monaten keinen Ersatz gibt. Wenn die unverzüglich jemanden schicken, bleibe ich hier.«

Pater Lukas schnaufte noch lauter. In Rom die Pferde scheu zu machen, sich tagelang von einem vatikanischen Sekretär zum nächsten durchstellen zu lassen, auf Englisch zu radebrechen, um schließlich immer wieder abgewimmelt zu werden, nichts zu erreichen und am Ende dazustehen wie ein Idiot ... Und das alles für irgendwelche verschlafenen Bergdörfer, die er nicht kannte und die ihn nichts angingen? Nein, das hatte er ganz gewiss nicht vor. Da konnte er seine Zeit sinnvoller verbringen.

»Wo liegen diese Nester, wo Don Matteo gearbeitet hat, noch mal genau?«

»Das sagte ich schon. Dreißig Kilometer von Siena entfernt. In den Wäldern, auf den Bergen. In absoluter Einsamkeit. Wo sich die Füchse Gute Nacht und auch die Wölfe wieder Guten Tag sagen. Dort sind neuerdings einige gesichtet worden.«

»Wie schön«, bemerkte Pater Lukas trocken. »Und wie stellen Sie sich das Ganze vor?«

»Ich fahre hin und wohne dort, wo auch Don Matteo gewohnt hat. Und dann werde ich den Leuten helfen, für sie da sein und das Nötigste aufarbeiten, was aufgearbeitet werden muss.«

»Sie bekommen auch dort nur Ihr Taschengeld. So wie hier.«
»Selbstverständlich.«
»Aber dort gibt es niemanden, der Sie verpflegt, wenn ich Sie richtig verstanden habe.«

»Ich werde schon irgendwie klarkommen. Schließlich habe ich auch Armut geschworen, Pater.«

Pater Lukas war fassungslos. Dieser Mann war ihm ein Rätsel und nahm ihm sämtlichen Wind aus den Segeln.

»Und was ist, wenn auch in fünf Jahren noch kein offizieller Ersatz gekommen ist?«

»Das wird nicht passieren. Ich werde pausenlos in Rom intervenieren. Zur Not fahre ich hin. Es wird mir schon gelingen, dort ein bisschen Dampf zu machen, Italienisch ist für mich ja Gott sei Dank kein Problem.«

»Wer soll Sie denn hier ersetzen? Wie stellen Sie sich das vor? Sie helfen einer italienischen Gemeinde und stürzen dafür Ihre eigene ins Unglück.«

»Wollen Sie mich nicht verstehen, oder können Sie es nicht, Pater? Diese Menschen dort haben niemanden. Gar niemanden. Sie können nicht heiraten, ihre Kinder nicht taufen lassen, keine Sakramente empfangen, keine Beichte ablegen und keine heilige Messe erleben. Und ihre Toten müssen sie in weit entfernten Dörfern oder Städten begraben. Das ist kein Zustand. Hier müssen Sie die Andachten vielleicht ein wenig reduzieren und die sonntäglichen Messen auch. Und Pater Sebastian und Sie haben ein bisschen mehr Arbeit. Alles gegeneinander abzuwägen wäre eine Sünde. Das darf einem noch nicht mal in den Kopf kommen!«

Pater Johannes beherrschte sich mühsam. Er hatte nicht damit gerechnet, dass Pater Lukas derartig stur war.

»Und wie wollen Sie sich dort bewegen? Ich meine, so von Dorf zu Dorf?«

»Vor der Tür von Don Matteos Haus steht ein verbeultes, ziemlich zugewachsenes Auto. Ich bringe es schon irgendwie wieder in Gang. Keine Angst, ich werde Ihnen und dem Orden nicht auf der Tasche liegen.«

Pater Lukas seufzte. »In Gottes Namen, dann fahren Sie, Pater Johannes. Und sehen Sie zu, dass Sie so schnell wie möglich zurückkommen. Auch wenn Sie es nicht glauben, aber wir brauchen Sie hier!«

Pater Johannes ging zu Pater Lukas und umarmte ihn.

»Danke, Pater. Bekomme ich noch Ihren Segen?«

»Den haben Sie«, sagte Pater Lukas und empfand wider Willen in diesem Moment eine enorme Hochachtung vor diesem Mann.

26

Montag, noch vierzehn Tage

Der Himmel verdunkelte sich. Schwarze Gewitterwolken schoben sich vor die Sonne, Wind kam auf, und die ersten schweren Tropfen klatschten auf die Terrasse. Rina rannte die Treppe hinunter und ums Haus herum bis zum Wäscheplatz. Hastig nahm sie die Bettwäsche ab. Sie war fast trocken, und Rina wollte nicht, dass sie jetzt, da ein Gewitter im Anmarsch war, noch einmal nass wurde.

Der Wind wurde stärker, Rina fröstelte in ihrer dünnen Bluse und war heilfroh, als sie wieder im Haus war.

Auch der Regen nahm zu, es schüttete, und aus der übervollen Regenrinne floss sturzbachartig das Wasser. In der Ferne donnerte es bereits, und am Himmel zuckte der erste Blitz.

»Fabian!«, rief sie. »Zieh die Stecker raus, wir haben ein Gewitter!«

Als sie keine Antwort hörte, lief sie zu Fabians Zimmer und riss die Tür auf.

Fabian saß ungerührt vor dem Fernseher und spielte mit seiner Playstation Autorennen.

»Fabian!«

Jetzt erst drückte er auf Stopp und drehte sich zu ihr um. »Was ist denn?«

»Es blitzt und donnert. Also mach den Fernseher und den Computer aus und zieh alle Stecker raus!«

»Ja, gleich …«

»Nein, sofort!«, sagte sie scharf. »Es kann jeden Moment der Blitz einschlagen, und dann ist alles kaputt. Da erzähl ich dir ja nichts Neues. Dann hast du die längste Zeit einen Fernseher, einen Computer und eine Playstation gehabt! Also los! Mach hinne!«

Fabian verzog das Gesicht, tat aber, was seine Mutter gesagt hatte.

Als Nächstes schaltete Rina auch in ihrem Büro den Computer und alle elektronischen Geräte aus und zog Tisch- und Stehlampen aus der Steckdose.

Anschließend lief sie durchs ganze Haus und nahm sämtliche elektrischen Geräte vom Netz.

Das Gewitter wurde stärker, der Regen verwandelte sich in Hagel, die Geranientöpfe auf der toskanischen Treppe wurden von den Stufen geweht und zerbrachen. Ein Zitronenbaum in einem großen Terrakottatopf kippte um und fiel auf einen Oleander, dessen Blütenblätter wie Schnee durch die Luft wirbelten. Ein Liegestuhl wurde in den Pool geweht und schwamm mit geblähtem Sitzstoff im Wasser wie das Relikt eines Schiffsuntergangs.

Fabian kam in die Küche, als Rina gerade die Fenster, in die es reinregnete, mit Handtüchern abdichtete.

Er öffnete den Kühlschrank und nahm sich eine Cola heraus. »Du hast gesagt, da unten wohnt einer«, sagte er. »Wo ist der denn? Ich hab ihn noch nie gesehen.«

Rina blieb stehen und sah Fabian an. »Ja, stimmt, ich hab ihn auch schon zwei Tage lang nicht gesehen. Du lieber Himmel! Hoffentlich hat er daran gedacht, den Notfallknopf zu drücken!«

In diesem Moment gab es gleichzeitig einen Blitz und einen heftigen Knall, sodass Rina und Fabian zusammenzuckten.

»Jetzt hat es irgendwo eingeschlagen. Was alles kaputt ist, werden wir merken, wenn das Gewitter vorbei ist. Hoffentlich ist in der Gästevilla alles in Ordnung.«

Fabian sah aus dem Fenster. »Das Gästeauto steht nicht auf dem Parkplatz. Dann ist der Typ wohl nicht da.«

»Wer weiß, wann er weggegangen ist, da hat er bestimmt nicht den Knopf gedrückt.« Rina seufzte. »Was machen wir denn jetzt?«

»Wir rennen runter und tun es selbst. Vielleicht ist ja noch nichts passiert.«

Rina hatte Angst, bei einem derartigen Gewitter über die Wiese zu laufen, aber sie nickte. »Gut, dann mach ich das. Bleib hier, ich bin gleich wieder da.«

Sie nahm den Zweitschlüssel für die Gästevilla vom Schlüsselbrett.

»Kann ich mitkommen?«, fragte Fabian.

»Na gut, komm mit. Wenn du unbedingt nass werden willst …?«

Rina und Fabian rannten, so schnell sie konnten, über die Wiese hinunter zur Gästevilla. Fenster und Türen konnte man vom Haupthaus aus nicht sehen, nur die Rückseite der Villa, die sich in den Berg schmiegte.

»Hallo!«, rief Rina. »Herr Gelting?«

Sie zögerte, an dem großen, doppelflügeligen verglasten Tor vorbeizugehen. Wer weiß, was dieser Gelting gerade tat, da wollte Rina nicht neugierig und indiskret erscheinen. Aber dann rief sie lauter: »Hallo! Herr Gelting! Sind Sie da?«

Rina und Fabian blieben stehen und lauschten.

Im Haus war nichts zu hören, nur der Donner krachte.

Jetzt wagten sie sich weiter vor und sahen, dass die Gardinen vor den riesigen Torfenstern zugezogen waren. Dann konnten sie sich ja getrost vorbeiwagen.

Rina fiel sofort auf, dass alle Fenster und auch die inneren Fensterläden geschlossen waren. Er war also wirklich nicht zu Hause.

Mittlerweile waren Mutter und Sohn vollkommen durchnässt.

Beide grinsten sich an, als sie wie die nassen Katzen vor der Tür standen, dann sagte Rina: »Okay. Dann wolln wir mal.«

Sie schloss die Tür auf.

Im Haus war es stockdunkel. Nur durch die jetzt offene Tür drang etwas Tageslicht.

»Hallo«, flüsterte sie schon beinah automatisch, obwohl sie wusste, dass es Blödsinn war.

Dann ging sie zum Fenster und öffnete den inneren Fensterladen.

In diesem Moment schoss Manuel in seinem Bett hoch.

Rina schrie auf, Fabian stürzte vor Schreck nach draußen.

»Was ist hier los?«, schrie Manuel. »Raus! Aber sofort!« Seine Stimme überschlug sich.

Rina sagte kein Wort, noch nicht einmal eine Entschuldigung, sondern floh wie ein aufgescheuchtes Reh.

Zusammen mit Fabian rannte sie den Berg hoch, so schnell sie konnte.

Keuchend ließ sie sich in der Küche auf einen Stuhl fallen.

»Ist der nicht mehr ganz dicht?«, hauchte sie.

Fabian antwortete nicht, aber sie sah, dass er genauso zitterte wie sie selbst.

27

»Die zwei Wochen, die der Typ hier ist, gehen schnell rum, Mama«, meinte Fabian, und sie wusste, dass er das nur sagte, um sie zu beruhigen. »Drei Tage haben wir ja schon geschafft.«

Er lächelte, und sie nahm ihn in den Arm. »Du hast völlig recht.«

»Vielleicht hat er auch einfach nur geschlafen und sich genauso erschrocken wie wir.«

Rina schwieg. Dann sagte sie: »Ja, das stimmt. Wir müssen jetzt nicht so viel hineingeheimnissen, aber wir sollten unser Haus ab jetzt nachts immer abschließen. Und in elf Tagen ist er weg.«

Sie ging planlos in der Küche herum, als wüsste sie nichts mit sich anzufangen, war immer noch verstört.

»Hast du eigentlich Hunger?«, fragte sie schließlich.

»Ja.«

»Was möchtest du denn?«

»Haben wir noch Pizza?«

»Ja. In der Gefriertruhe im Magazin. Hol dir eine.«

»Für dich nicht?«

»Nein. Danke.«

Fabian rannte runter, holte eine Pizza und deckte den Tisch, während Rina den Ofen anschaltete.

»Warum schaffen wir uns nicht einen Hund an, Mama?«, fragte er. »Das wäre doch toll! Dann hast du keine Probleme mehr. Der bellt immer, wenn einer kommt oder übers Grundstück geht, und du weißt Bescheid.«

Rina blieb mitten in der Küche stehen und hielt inne. »Verdammt noch mal, das ist eine fabelhafte Idee, Fabian! Ich glaube, das werde ich tun. Das hilft uns jetzt nicht bei diesem komischen Kauz da unten, aber generell ist das vielleicht eine Lösung.«

Sie ging zu ihm und gab ihm einen Kuss. »Warum bin ich da noch nicht selbst drauf gekommen?«

»Weil du mich hast, Mama.«

In diesem Moment klopfte es an die Glasscheibe der Küchentür.

Rina ließ vor Schreck die Gabel fallen, die sie in der Hand hatte.

Vor der Tür stand Manuel mit einem selbst gepflückten Blumenstrauß.

»Ich wollte mich entschuldigen«, sagte er lächelnd. »Und alles erklären. Die sind für Sie.«

Er drückte Rina die tropfnassen Blumen in die Hand.

»Danke.« Sie war vollkommen perplex und stellte sie in eine Vase.

Er sah ihr lächelnd dabei zu, und dann holte er aus seiner Hosentasche zwanzig Hunderteuroscheine und legte sie auf den Tisch. Es waren seine gesamten Ersparnisse.

»Das ist zusammen mit der Anzahlung das Geld für zwei Wochen, Frau Kramer«, sagte er lächelnd. »Jetzt brauchen Sie sich keine Sorgen mehr zu machen, auch nicht, wenn ich mal ein paar Tage weg bin.«

Alles hatte sie erwartet, aber das nicht. Es war ihr fast peinlich, das Geld zu nehmen.

»Danke, vielen Dank«, stotterte sie, »aber Sie hätten wirklich nicht gleich die ganze Summe …«

»Ich weiß, aber so ist es mir lieber. Ich habe die gesamte Miete bezahlt, und Sie können sich beruhigt zurücklehnen.«

»Es tut mir leid, dass ich bei Ihnen so reingeplatzt bin«, murmelte Rina. »Es tut mir wirklich furchtbar leid und wird auch nicht wieder vorkommen. Möchten Sie eine Quittung?«

»Nein! Ich bitte Sie! Ich vertraue Ihnen völlig.«

»Wissen Sie, da war dieses fürchterliche Gewitter, Ihr Auto stand nicht auf dem Parkplatz, und da dachte ich, Sie wären nicht da und hätten vielleicht vergessen, den Notfallknopf zu drücken …«

»Ich hab einfach sehr lange geschlafen, weil ich in letzter Zeit ziemlich viel Stress hatte und mich mal richtig erholen will. Und den Katastrophenknopf hatte ich gedrückt. Keine Angst, es ist alles in Ordnung.«

Während er sich lächelnd in ihrer großen Küche umsah, überlegte er, dass es gut war, wenn er den Gästejeep nie mehr vor dem Haus parkte. Er hatte es dieses erste Mal aus einer Laune heraus gemacht, er wurde nun mal nicht gern kontrolliert, aber von nun an würde er es immer so halten. Sie sollte nie wissen, ob er da war oder nicht.

»Bitte, setzen Sie sich doch!«, sagte Rina. »Möchten Sie eine Kleinigkeit mitessen?«

»Nein danke.«

»Ein Glas Wein vielleicht?«

»Nein danke. Ich trinke keinen Alkohol. Aber ein Glas Wasser – gerne.«

Rina schenkte ihrem Gast ein Glas Wasser ein und bemerkte, dass er Fabian vollkommen ignorierte. Er sprach ihn nicht an, fragte nichts, sah noch nicht einmal in seine Richtung.

Sie stellte ihm das Glas auf den Tisch und wiederholte noch einmal: »Bitte, setzen Sie sich.«

Manuel nahm das Glas, sah Rina, ohne zu lächeln, in die Augen und sagte: »Zum Wohl.«

Sie stieß mit ihm an. »Zum Wohl.«

Rina registrierte, wie extrem blass Manuel war und dass er schwarze Augenringe hatte.

Krampfhaft überlegte sie, was sie sagen sollte, hatte aber keine Idee, wie sie ein Gespräch in Gang bringen konnte.

Manuel saß da und sah aus dem Fenster. »Was für ein traumhafter Platz«, sagte er leise. »Es ist wirklich großartig, dass Sie hier schreiben ...«

»Haben Sie eigentlich schon mal was von mir gelesen?«, fragte sie.

»Nein«, sagte er lächelnd. »Aber das werde ich nachholen. Haben Sie vielleicht ein Buch für mich? Sie erhalten doch sicher Freiexemplare?«

»Aber natürlich. Bitte, kommen Sie, nebenan ist meine Bibliothek.«

Wie selbstverständlich ging er voran, und sie konnte ihm nur noch folgen.

»Das ist ja fantastisch!«, staunte er. »Wie viele Bücher sind das?«

»Keine Ahnung. Ich hab sie nicht gezählt.«

Sie zog aus einem Regal ein Belegexemplar der »Witwe« und gab es ihm. »Bitte. Ich hoffe, Sie haben Spaß daran.«

»Bestimmt.« Er lächelte. »Ganz herzlichen Dank. – Und wo schreiben Sie? Wo entstehen Ihre Meisterwerke? Hier?«

»Nein, mein Arbeitszimmer ist unten.«

Er war schon auf dem Weg zur Treppe. Rina war äußerst irritiert über seine Unverfrorenheit, konnte jedoch nichts anderes tun, als ihm zu folgen.

»Zweite Tür rechts!«, rief sie, als er den Flur im Erdgeschoss betrat.

Er öffnete die Tür und blieb stehen.

»Traumhaft«, flüsterte er.

»Ja«, sagte sie. »Das ist ein guter Ort zum Arbeiten.«

Er drehte sich zu ihr um. »Es ist schön bei Ihnen«, sagte er und begann plötzlich zu flüstern. »Ich wünschte, ich wäre immer hier. Ich wünschte, ich könnte jeden Tag von Ihrem Fenster aus den Himmel und jede Nacht die Sterne sehen«, hauchte er leise. »Spüren, wie Ihr Atem meine Wange streift und mir Ihre Stimme wohlklingender erscheint als jede Musik. Ich wünschte, ich könnte rund um die Uhr bei Ihnen sein.«

Er lächelte. »Adieu, Rina.«

Manuel nahm Rinas Hand, verbeugte sich leicht und deutete einen Handkuss an.

Dann verließ er das Haus, ging über die Wiese hinunter zur Gästevilla und verschwand in der Dunkelheit.

Diese geschraubten Worte ließen Rina den ganzen Abend nicht mehr los. Die Art, wie er geredet hatte, erinnerte sie an Klaus Kinski, der aus seinem Buch »Ich bin so wild nach deinem Erdbeermund« zitierte.

Aber was genau hatte dieser Manuel Gelting noch mal gesagt?

Sie grübelte beim Zähneputzen und auch noch, als sie im Bett lag.

Die Worte kamen ihr bekannt vor.

Die ganze Nacht zermarterte sie sich das Hirn, aber sie kam nicht drauf.

28

Von Don Angelo hatte Pater Johannes Haus- und Autoschlüssel bekommen, und nun stand er vor der schweren, verwitterten Holztür mit den verrosteten Beschlägen und versuchte, sie zu öffnen. Er wollte den dicken, eisernen Schlüssel im Schloss drehen, aber es tat sich nichts. Als er schon daran dachte, ein Fenster einzuschlagen und hineinzuklettern, versuchte er es noch einmal mit roher Gewalt. Und siehe da: Es knirschte, der Schlüssel bewegte sich mühsam Zentimeter für Zentimeter.

Endlich kapitulierte die Tür. Beim Aufdrücken quietschte sie warnend, und mehrere vertrocknete Skorpione fielen ihm auf den Kopf, als er vorsichtig eintrat.

Der Flur war dunkel. Der Lichtschalter funktionierte nicht, offensichtlich waren die Sicherungen herausgeschraubt. Pater Johannes hoffte, dass der Strom nicht gänzlich abgeschaltet war, denn er wusste nicht, wie lange es dauerte, wenn man bei der italienischen Stromversorgungsgesellschaft, der ENEL, als Neukunde eine Neuschaltung beantragte. Wahrscheinlich Monate.

Er hatte eine Taschenlampe dabei, aber wegen des durch die Tür hereinfallenden Tageslichtes brauchte er sie noch nicht. An der Flurgarderobe hingen vier oder fünf verdreckte Jacken, die so klamm und steif waren, dass man sie hätte in die Ecke stellen können. Darunter ein Berg von Arbeitsschuhen und Gummistiefeln, der fließend in die Müllberge überging, die sich im Flur häuften und bestialisch stanken. Pater

Johannes wusste gar nicht, wie er in eines der Zimmer gelangen sollte.

Aber das war ja vielleicht auch nicht das Wichtigste. Draußen vor der Tür hatte er eine altersschwache, verrostete Schubkarre stehen sehen. Die holte er und brauchte wahrhaftig eine ganze Stunde, um den ganzen Dreck zu den nächsten Mülltonnen zu karren, die ungefähr hundertfünfzig Meter entfernt standen.

Nun hatte er Platz und konnte jetzt auch die übrigen Türen öffnen.

In der Küche roch es muffig. Die Fensterläden waren geschlossen, es war stockdunkel. Er klappte die inneren Läden auf und versuchte die Fenster zu öffnen, aber es war unmöglich. Durch monatelange Feuchtigkeit war das Holz so verquollen, dass die Fenster klemmten. Aber was er im Tageslicht sah, das durch die Tür in die Küche fiel, ließ ihn erschauern. Die Wände waren vom Fußboden bis zur Decke grau verschimmelt, die Ecken schwarz, dort konzentrierte sich der Schimmel.

Pater Johannes wusste, dass es gesundheitsschädlich war, in diesem Raum auch nur kurz Luft zu holen.

In der Mitte der Küche stand ein wackliger Holztisch mit zwei Stühlen, zur Linken ein uralter Küchenschrank, an der Außenwand unter dem Fenster ein steinerner, offensichtlich seit Jahrzehnten fettverklebter Spülstein und ein ebenso verdreckter zweiflammiger Gaskocher, an den eine Gasflasche angeschlossen war, in der offensichtlich noch ein Rest Gas war, denn als er den Kocher ausprobierte, sprangen beide Flammen an. Wenigstens etwas.

Auf dem Fußboden überall haufenweise Rattenschiss. Neben dem Schrank eine kleine Kommode mit einem Fernseher.

In der Kommode lagen jede Menge Kerzenstummel von nicht ganz heruntergebrannten Altarkerzen, und auch Streichhölzer fand er.

Auf einem Regal über der Spüle standen drei angeschlagene Kaffeebecher, fünf unterschiedliche Frühstücksteller, zwei Suppenteller, ein großer flacher Teller und vier milchige Wassergläser. Als er eins davon in die Hand nahm, klebten seine Finger daran fest.

Pfui Teufel, dachte er angewidert und bekreuzigte sich sofort.

Dem Tisch gegenüber hing ein vergilbtes Porträt von Pater Pio aus Pietrelcina, dem wohl berühmtesten Heiligen Italiens. Offensichtlich hatte Matteo ihn verehrt. Pater Johannes wusste von Pater Pio nur, dass bei ihm die Stigmata des Herrn aufgetreten waren, aber bis zu seinem Tod gab es Zweifler, die davon ausgingen, dass er sich die Wunden selbst zugefügt hatte. Die vielen Wunder jedoch, die er vollbracht hatte, wurden nicht angezweifelt und waren Voraussetzung für seine Heiligsprechung gewesen. Pater Pio konnte hellsehen, dem jungen siebenundzwanzigjährigen Priester Wojtyla sagte er sowohl das Papsttum als auch das Attentat 1981 voraus, er war in der Lage, zu heilen und sogar Tote auferstehen zu lassen.

Wunder dieser Art gab es hundertfach, aber Pater Johannes musste zu seiner Schande gestehen, dass er nicht so recht wusste, was er davon halten sollte, ihm fehlte der Glaube. Don Matteo hatte damit wohl keine Probleme gehabt.

Neben der Kommode gab es eine Tür, zu der drei Stufen hinaufführten. Pater Johannes öffnete sie und stand in einem Bad, das bestimmt hundert Jahre alt war. Ein steinernes, vergilbtes und mehrfach gesprungenes Waschbecken, darüber ein blinder Spiegel, von dem das untere rechte Drittel herausgebrochen war. Die Toilettenschüssel war durch Urin und Kalk braun verkrustet, was mehr als unappetitlich aussah.

Der Höhepunkt war die emaillierte, verrostete Badewanne, in der die Emaille großflächig abgeplatzt war. Darüber ein Warmwasserbehälter, der mit Holz angefeuert werden musste, bevor man baden oder duschen konnte.

»Na, halleluja!«, rief Pater Johannes. »Was ist das bloß für ein verdammter Saustall!« Und in diesem Moment war es ihm egal, ob der Herr seiner Sündenkartei einen Minuspunkt hinzufügte.

Er ging zurück in die Küche, stieg eine hölzerne Stiege hinauf ins obere Stockwerk und wusste nicht, was schlimmer war: das Bad, die Küche oder das, was er jetzt sah. Es war ein Raum, in dem es nichts gab außer einer Matratze am Boden, einer Holzkiste daneben, die wohl als Nachttisch diente, denn darauf stand ein Wecker, und ein Kreuz an der Wand. Die Spinnen hatten diesen Raum längst erobert und alles durch ihre Netze verbunden und miteinander verwoben. Die Matratze sah aus, als läge sie unter einem Moskitonetz, so eingesponnen war sie. Auf dem derben Holzfußboden lag zentimeterdick der Staub, und das Fenster war blind vor Dreck.

Pater Johannes reichte es, und er ging wieder nach unten.

Was ihm jetzt noch fehlte, war der Keller. Aber schlimmer konnte es eigentlich nicht mehr kommen, zumal er im Keller ja nicht wohnen und schlafen musste.

Eine krumme, ausgetretene Steintreppe führte nach unten. Seine Taschenlampe war stark genug, um den Kellerraum zu erleuchten. Der Fußboden bestand aus festgetretenem Lehm, hatte kein Fundament und keine Isolierung. Das hatte er auch nicht erwartet. Und auch hier blühte der Schimmel, genau wie in Küche, Bad und Schlafzimmer.

Er öffnete eine schwere, aber von Würmern zerfressene Holztür und kam in einen dunklen Flur, schmal und niedrig, aus Felssteinen gehauen. Langsam und gebückt ging er los, leuchtete mit der Taschenlampe und hatte keine Ahnung, was ihn erwartete.

Es waren ungefähr zehn Meter. Dann stand er erneut vor einer Holztür, und auch diese ließ sich mühelos öffnen.

Er befand sich in einem Kellerraum voller Fässer, öffnete sie mit spitzen Fingern und stellte fest, dass die auf der linken Seite voll mit Wein und die auf der rechten voller Olivenöl waren. Da hatte Don Matteo also schon ziemlich viel der Ernte eingebracht, bevor er vom Baum gefallen war. Das war ja nicht schlecht. Vielleicht konnte er zumindest etwas davon zu Geld machen.

Auch der Wein war eine willkommene Perspektive, denn dieses Haus musste man sich dringend schönsaufen, hier konnte man eine Nacht nur im Vollrausch überstehen.

In der hintersten Ecke gab es eine Tür. Er öffnete sie mit Gewalt und gelangte in eine Krypta mit zwei steinernen Särgen. Offensichtlich befand er sich direkt unter dem Kirchenschiff. Mit weichen Knien stieg er eine steinerne Wendeltreppe hinauf, drückte eine Falltür auf und stand in der kleinen Kirche von Monte Aglaia. Sehr schlicht, sehr einfach, sehr ärmlich, aber schön.

Pater Johannes fiel auf die Knie, schloss die Augen und drückte die gefalteten Hände gegen sein Kinn.

»Vater unser im Himmel, geheiligt werde dein Name. Dein Reich komme, dein Wille geschehe, wie im Himmel, so auf

Erden. Aber was mutest du mir zu, Herr? Wie soll ich hier hausen? Was habe ich getan, dass du mir solch eine Buße auferlegst, oh Herr! Bitte, gib mir Kraft, Gleichmut und eine gute Gesundheit, dies hier irgendwie zu überstehen. Diese Bruchbude widert und ekelt mich an. Ich war auf große Aufgaben eingestellt, aber du prüfst mich in den kleinen, normalen Dingen des Alltags, die zu riesigen Problemen werden. Wenn ich schon beim Zähneputzen kämpfe, keine Nacht in Frieden schlafen kann und mir etwas einfallen lassen muss, damit ich nicht verhungere, wie soll ich dann die Kraft finden, all die Aufgaben zu bewältigen, die hier noch auf mich warten? Oh Herr, hilf mir! Bitte zeige mir, wie ich meine Zeit hier gestalten soll. So hilflos und allein hab ich mich noch nie gefühlt. Bitte, hilf mir, Herr. Amen.«

Jetzt ging es ihm ein wenig besser. Irgendwie würde er schon klarkommen. Don Matteo hatte es schließlich auch geschafft, und er war nicht in diesem Dreck an irgendeiner Seuche eingegangen, sondern er war jämmerlich verreckt, weil er am Hang von einem blöden Olivenbaum gefallen war.

Er ging hinaus, um sich auch draußen ein bisschen umzusehen.

Der wildromantische, von einer Natursteinmauer eingefasste Kirchengarten war völlig verwildert, aber Pater Johannes entdeckte einige Gemüserelikte aus dem vergangenen Jahr. Ein paar Tomaten an einer Staude, die sich selbst ausgesamt hatte, von Unkraut durchsetzte, hochgeschossene Petersilie und ein paar verkümmerte Gurken und Paprika.

Da hab ich ja wenigstens was zum Abendbrot, dachte er.

Ein paar Meter weiter stand ein alter, verwitterter Schuppen, der aussah, als würde er einem auf den Kopf fallen, wenn man die Tür öffnete.

Pater Johannes war durch nichts mehr zu erschüttern. Die hohe, hölzerne, wacklige Tür ließ sich erstaunlich leicht öffnen, und gleich darauf stand er wie vom Donner gerührt da. Musste sich am Türrahmen festhalten, um nicht umzufallen.

In dieser baufälligen Scheune befand sich ein himmelblauer Porsche 924. Liebevoll gepflegt, das sah man sofort, natürlich eingestaubt, aber auf den ersten Blick von außen total in Schuss. Ohne eine einzige Delle, ohne Kratzer, ohne Rost.

Offensichtlich hatte den jemand hier untergestellt, und vielleicht hatte Don Matteo ein paar Euro dafür bekommen.

Pater Johannes ging zurück zum Haus. Sein Rucksack lag immer noch vorn unter der großen Kastanie, und sein Magen knurrte. Heute Morgen hatte er auf dem Flughafen ein Brötchen mit Käse gegessen und seitdem nichts mehr. Er besaß zwar noch hundertfünfzig Euro, die er sich von seinem klösterlichen Taschengeld von fünfzig Euro pro Monat zusammengespart hatte, aber solange er nicht einen der beiden Wagen in Gang bekam, konnte er nichts einkaufen. Bis nach Ambra brauchte er zu Fuß mindestens drei Stunden.

Es wurde bereits Abend, die Sonne ging unter, heute konnte er sich nicht mehr auf den Weg machen. Das hatte alles Zeit bis morgen.

Im Flur beschäftigte er sich mit dem Sicherungskasten. Sämtliche Sicherungen waren rausgeflogen, wahrscheinlich bereits irgendwann im Winter bei einem heftigen Gewitter. Er drehte sie wieder hinein, und tatsächlich: Im Flur brannte eine armselige Glühbirne. Er hatte zumindest Strom.

Jetzt sprang auch die Wasserpumpe an. Er drehte den Wasserhahn in der Küche auf, der zu röcheln und zu spucken begann, dann kam braune Brühe, die sich aber nach einer Weile in klares Wasser verwandelte.

Oh, Herr ich danke dir, murmelte er in Gedanken. Du hast mein Flehen erhört.

In der Küche stand er einen Moment unschlüssig herum, seufzte, und dann kniete er sich hin und öffnete alle Schränke. Auf der Suche nach einem Lappen.

29

Dienstag, noch dreizehn Tage

Noch hing ein Tief über der Toskana, und das Wetter hatte sich nur wenig beruhigt. Der Wind rauschte im Nussbaum vor dem Fenster.

Manuel lag auf dem Bett und sah nach draußen, Toni turnte auf ihm herum.

Das war das Allerschönste für ihn.

Leise summte er vor sich hin. Für seine Pläne hatte er alle Zeit der Welt, musste sich nicht beeilen. Das war gut. Sehr gut sogar. Die Capanna hatte er nur pro forma für zwei Wochen gemietet, aber er würde lange bleiben. So lange, bis alles erledigt war.

Sein Handy klingelte. Es war Iris, seine Redakteurin.

»Gott sei Dank kann man dich endlich mal erreichen!«, schnauzte sie sofort los. »Wo bist du?«

»In Italien.«

»Wie schön für dich. Ich hab dir vor vier Tagen zehn Anfragen geschickt. Morgen früh um sieben ist Redaktionsschluss, mein Lieber. Wie sieht's denn aus? Bekomme ich die Antworten heute noch, oder hat dir die italienische Sonne deinen Verstand jetzt vollkommen weggebrannt?«

»Morgen früh um sieben hast du den ganzen Blödsinn auf dem Tisch.«

»Na, na, na. Wer wird denn! Hast du da, wo du bist, Internet?«

»Hab ich.«

»Na prima. Wo ist das Problem?«

»Es gibt keins.«

»Wunderbar. Dann beeil dich. Du weißt, dass ich nervös werde, wenn ich am letzten Tag noch nichts habe. Dann krieg ich diese miesen Albträume von einer leeren Seite im Blatt. Wenn du nicht endlich in die Gänge kommst, sind wir geschiedene Leute, Schatzi. Das weißt du.«

»Das weiß ich.« Oh Mann, ging ihm dieses Weib auf den Sack. Sie hatte gottverdammtes Glück, dass er weit weg und nicht in ihrer Nähe war …

»Schönen Tag noch, Iris«, sagte er betont freundlich und legte auf.

Seine Augenbrauen zuckten vor Zorn. Er nahm die kleine Vase, die mit einer einzelnen Rose auf dem Tisch stand, und warf sie mit aller Kraft gegen die Natursteinwand. Dabei zischte er durch die geschlossenen Zähne und brauchte zwei Minuten, bis er sich wieder beruhigt hatte.

»Toni, Süße, ich muss jetzt mal kurz arbeiten, sonst dreht diese vertrocknete Zicke durch, und ich verliere meinen Job«, sagte er und klappte seinen Laptop auf.

Dieser Job war für ihn lebenswichtig, seine einzige magere Einnahmequelle.

Die »vertrocknete Zicke« war ein ganz mieses Klischee von einer vertrockneten Zicke: einen Meter fünfundsechzig groß, unförmige Figur, aber mager gehungert, was die Sache nicht besser machte, glattes, halblanges, blond gefärbtes und stets hinters Ohr geklemmtes Haar, schmale, dunkle, viereckige Brille, ungeschminkte Augen, aber grässlicher, orangefarbener Lippenstift. Jeden Tag ein akkurates Kostüm in wechselnder gedeckter Farbe, dazu langweilige Blusen. Halbhohe Pumps. Eine Frau zum Schwulwerden, die ihm aber im Grunde egal sein konnte. Er wollte nur seine Ruhe haben. Und er brauchte diesen Job.

Der Laptop fuhr hoch und machte »pling«, als er alle Programme geladen hatte.

Nichts passierte. Er kam nicht ins Internet, und ihm wurde klar, dass das WLAN in der Gästevilla noch nicht funktionierte. Ihm fehlte das Passwort.

Am liebsten hätte er den Laptop in den Pool geschmissen und Iris angerufen, um ihr zu sagen, dass sie ihn ein für alle Mal am Arsch lecken und sich eine neue »Tante Erika« suchen könne, aber natürlich tat er das nicht, sondern wanderte den Berg hinauf zum Haupthaus.

Es war niemand zu sehen.

»Hallo!«, rief er, und: »Frau Kramer! Sind Sie da?«

Als keine Antwort kam, ging er die Treppe zum Portico hinauf und sah in die Küche. Rina stand am Herd und kochte. Fabian war nirgends zu sehen.

Er öffnete die Tür.

Sie erschrak wieder furchtbar, fuhr herum und funkelte ihn wütend an.

»Himmeldonnerwetter, haben Sie mich erschreckt! Was ist?«

»Entschuldigung, dass ich störe, aber ich bräuchte mal bitte das Passwort zum WLAN.« In der Küche roch es betörend nach gebratenen Zucchini und Tomaten mit Zwiebeln und Knoblauch und Parmesan …

»Ja, natürlich«, sagte sie verunsichert. »Na klar.« Sie drehte das Gas kleiner, und Manuel sah, dass ihre Hände zitterten.

»Also, das Passwort ist: unupupaamattina. Das heißt: ein Wiedehopf am Morgen. Ich schreib's Ihnen auf.«

Sie kritzelte es auf einen Zettel. »Weil im Mai die Wiedehopfe nämlich jeden Morgen mit ihren langen Schnäbeln ans Fenster klopfen und hereingelassen werden wollen.«

Er schwieg.

Jetzt hatte sie sich so weit wieder gefangen, dass sie sogar ein Lächeln zustande brachte und nur aus Höflichkeit fragte: »Möchten Sie mit uns essen? Ist genug da und ungefähr in zehn Minuten fertig.«

Er schüttelte den Kopf und meinte: »Nein, ich habe noch viel zu tun. Danke.«

Sie nickte leicht und sagte nichts mehr.

Manuel verließ die Küche, zog die Tür hinter sich zu und lief zurück zur Capanna, die Wiese wieder hinunter.

Jetzt kam er problemlos ins Internet und öffnete Iris' Mail.

Anfrage 1: *Sehr geehrte Frau Erika, ich weiß nicht mehr, was ich denken soll. Ich bin seit dreiundzwanzig Jahren verheiratet, und in letzter Zeit ist mein Mann kaum noch zu Hause. Er ist auch abweisend und sehr still. Jetzt fand ich vor ein paar Tagen in seiner Brieftasche das Foto einer jungen, blonden Frau. Ich bin todunglücklich. Was um Himmels willen soll ich tun? Können Sie mir bitte einen Rat geben? Herzlichen Dank, Marianne Menke aus Gütersloh.*

Er seufzte. Die Leute waren doch allesamt so bescheuert, bastelten selbst an ihrem eigenen Unglück, und wenn sie dann in der Sackgasse steckten und nicht mehr weiterwussten, schrieben sie ihm, beziehungsweise der Briefkastentante Frau Erika, und warteten auf ein Wunder. Alle durch die Bank glaubten, dass er hexen konnte. Warum, zum Teufel, durchsuchte diese dumme Nuss die Brieftasche ihres

Mannes? Was wollte sie denn? Hätte sie nichts gefunden – wäre sie enttäuscht gewesen. Jetzt hatte sie was gefunden – und war auch enttäuscht, sogar verzweifelt. Hätte sie die ganze Aktion gelassen, wäre nichts passiert, und die Welt wäre in Ordnung gewesen. Die Leute waren einfach zu blöde. Es machte ihn richtig wütend.

Liebe Frau Menke, schrieb er, *Sie haben einen schweren Vertrauensbruch begangen, und jetzt bekommen Sie dafür die Quittung. Vielleicht wollte Ihr Mann Sie nur testen, und Sie haben den Test nicht bestanden. Am besten, Sie halten die Klappe und vergessen das Ganze.*

Er haute auf die Enter-Taste und las sein Geschriebenes noch einmal durch. Das ging ja überhaupt nicht. Er löschte es wieder.

Liebe Frau Menke, das Foto ist Beweis genug. Ziehen Sie die Konsequenzen und trennen Sie sich von Ihrem Schürzenjäger. Lieber ein Ende mit Schrecken, als ein Schrecken ohne Ende.

Auch das war unmöglich. Was war denn heute mit ihm los? Bekam er jetzt auch als »Frau Erika« eine Blockade?

Liebe Frau Menke, ich glaube nicht, dass es viel bringt, wenn Sie Ihren Mann zur Rede stellen. Er wird Ihnen eine plausible Ausrede präsentieren und in Zukunft sehr viel vorsichtiger sein. Außerdem wird er wahnsinnig wütend auf Sie sein, weil Sie herumgeschnüffelt haben. Nein, sagen Sie einfach nichts. Vermeiden Sie jeden Streit. Seien Sie liebenswert, zuvorkommend, überraschen Sie ihn mit einem tollen Abendessen oder einem besonderen Outfit. Erinnern Sie ihn nicht mit Worten, sondern mit Ihrem Verhalten daran, dass Sie sein Leben und seine Liebe, seine Vergangenheit, seine Gegenwart und seine Zukunft sind. Irgendwann wird es ihm bewusst werden. Männer sind manchmal blind und brauchen oft wesentlich länger, bis ihnen die Augen aufgehen. Versuchen Sie nicht zu kämpfen. Kampf bedeutet Streit, und den können Sie nur verlieren. Viel Glück und Kopf hoch. Ihre Erika.

Na also. Es funktionierte ja wieder.

Vor einigen Jahren hatte er bei »Auf Sendung«, einer Film- und Fernsehzeitung mit Prominentenklatsch, Kochrezepten und Lebenstipps, hospitiert, hatte drei Monate lang Kaffee gekocht, fotokopiert, protokolliert und recherchiert und hatte überall rumerzählt, er habe Psychologie studiert, habe lange als Psychologe in einer Behinderteneinrichtung gearbeitet, wolle jetzt aber umsatteln und eventuell im Journalismus Fuß fassen. Es klang ganz unaufdringlich, setzte sich aber in den Köpfen der Redakteure fest, und irgendwann bekam er die Chance, zumindest versuchsweise auf die Fragen, die an »Frau Erika« gingen, zu antworten. Er machte seine Sache gut, schüttelte die Antworten aus dem Ärmel. Noch dazu machte es ihm Spaß, und irgendwann war er »Frau Erika«. Dass er in seinem Leben keine fünf Minuten Psychologie studiert und eine Behinderteneinrichtung noch nie von innen gesehen hatte, interessierte niemanden, und Zeugnisse musste er nicht vorlegen, als er seinen Vertrag unterschrieb.

Er war ein »Quereinsteiger«, was niemand wusste, aber schon allein das Wort gefiel ihm.

Der nächste Brief.

Vor ein paar Monaten hat mich meine Freundin in meinem neuen, wirklich sehr schönen, großen Haus besucht. Sie wollte eine Woche bleiben. Wir haben einen wundervollen, gemütlichen Abend verbracht, und am nächsten Morgen ist sie völlig überraschend abgereist und hat mir dann zu verstehen gegeben, dass sie mich nie wiedersehen will. Wie soll ich denn das verstehen? Alle

Versuche, sie zu kontaktieren, sind ohne Erfolg. Es gab keinen Streit, nichts. Ich bin fassungslos. Haben Sie eine Idee? Danke für eine Antwort. Emma Lösche.

Die Frau hörte sich gar nicht so doof an, aber in dem Fall war er mit seinem Latein auch fast am Ende. Was war denn in diese blöde Freundin gefahren? Irgendwie war das ja überhaupt nicht die feine englische Art. So ließ man keine Freundin fallen. Diese Unverschämtheit machte ihn schon wieder sauer.

Er seufzte, stand auf und ging im Zimmer hin und her. Der Fall interessierte ihn in Wahrheit nicht die Bohne, diese blöden Fragen kotzten ihn alle an, und er fand es extrem anstrengend, sich die Antworten aus den Fingern zu saugen.

Liebe Frau Lösche, schrieb er, *ich kann gut nachvollziehen, wie Sie sich fühlen. Verlassen zu werden tut weh, aber wenn man nicht weiß, warum, ist es unerträglich. Ich kann nur spekulieren, ich weiß nicht, was mit Ihrer Freundin los ist. Ich nehme mal an, dass sie sich Ihr Haus soo groß und soo schön nicht vorgestellt hat und vor Neid fast geplatzt ist. Das hält sie nicht aus. Sie ist eine kleingeistige, missgünstige Natur, die anderen nichts gönnt. Ich weiß, wie Sie sich fühlen, ich weiß, dass Sie traurig und unglücklich sind, aber ich gebe Ihnen einen guten Rat: Vergessen Sie sie. Diese Frau hat Ihre Freundschaft nicht verdient. Sie werden bessere Freunde finden, die nicht so engstirnig sind und Ihre menschlichen Werte erkennen. Vergessen Sie's. Alles Liebe, Erika.*

Er arbeitete noch bis nach Mitternacht. Toni knabberte entzückt an einem großen Stück Pecorino, während er seine Antworten abschickte. Als er ins Bett ging, kroch sie ihm unter den Schlafanzug und schmiegte sich wie immer in seine säuerlich riechende Achsel.

Es tat beinah weh, so sehr liebte er Toni.

30

November 1984

Eigentlich wäre seine Mutter prädestiniert dafür gewesen, sich auch einmal an Frau Erika, Frau Irene, Herrn Dr. Hubertus Poschl, oder wie sie alle hießen, zu wenden. Aber ob sie es jemals getan hatte, wusste er nicht.

Beinah süchtig verschlang sie die verheerenden Schicksalsberichte, die verzweifelten Fragen und die scheinbar mitfühlenden Antworten in den Zeitschriften der Yellow Press und legte die Magazine erst ins Wartezimmer, wenn sie sie ausgelesen hatte.

Jeden Morgen stand seine Mutter um halb sieben auf, um ihm Frühstück zu machen. Sie trug immer einen beigefarbenen, fließenden, seidenen Morgenmantel mit Spitze, den er wunderschön fand und der verbarg, dass sie klapperdürr war. Mit zitternden Händen versuchte sie, ihm einen Teller und eine Tasse auf den Tisch zu stellen, ohne alles fallen zu lassen. Und dann fragte sie ihn jeden Morgen dasselbe: »Was möchtest du, Liebling? Toast oder Ei? Oder Marmelade? Oder wie oder was oder gar nichts?«

»Wie immer, Mama«, flüsterte er dann und hauchte ihr einen Kuss aufs blonde Haar, das sie nach dem Aufstehen flüchtig zu einem wüsten Nest auf dem Hinterkopf zusammengesteckt hatte. »Zwei Toast mit Honig. Und dazu Tee.«

Sie toastete das Brot, stellte Margarine und Honig auf den Tisch, reichte ihm ein Messer, goss den Tee auf, setzte sich ihm gegenüber und fragte ihn wie jeden Morgen: »Geht es dir gut?«

»Ja, Mama, alles klar.«

»Und in der Schule? Kommst du mit?«

»Na logo.«

»Und deine Mitschüler können dich leiden?«

»Ja.«

»Und du magst deine Lehrer?«

»Ja, Mama. Mach dir keine Sorgen, es ist wirklich alles o. k., glaub mir!«

Gespräche dieser Art wiederholten sich ständig. Dann stand seine Mutter auf, hielt sich am Tisch, an der Spüle und an der Arbeitsplatte fest, um es bis zur Tür zu schaffen, drehte sich um und lächelte: »Mach's gut, Tiger. Viel Spaß in der Schule, ich leg mich noch ein Stündchen hin, war anstrengend gestern.«

Dann ging sie nach oben ins Schlafzimmer, und wenn er aus der Schule kam, schlief sie meist immer noch.

Wenn sie dann aufstand, war sie übellaunig und unleidlich. »Mach dir was zu essen!«, schnauzte sie Manuel an, der in der Küche herumstand. »Du wirst es ja wohl schaffen, dir ein paar verdammte Ravioli aus einer Büchse in einen Topf zu schütten und warm zu machen. Bist ja schließlich kein Baby mehr.«

»Hast du denn schon was gegessen?«, fragte er vorsichtig.

»Ja!«, log sie. »Reste von gestern. Und jetzt lass mich in Ruhe, ich habe Kopfschmerzen.« Sie strich sich die wirren Haare aus der Stirn, und Manuel sah ihre blutunterlaufenen

Augen und ihr von roten Flecken übersätes Gesicht. Wenn seine Mutter ungeschminkt war, sah sie hässlich aus.

Seine Mutter war eine verdammt einsame Frau, die rund um die Uhr soff, und sein Vater war ein verdammt einsamer Mann, der fast rund um die Uhr arbeitete.

Aufgeflogen war alles am 17. November 1984, zwei Tage vor Manuels fünfzehntem Geburtstag. Als Manuel aus der Schule kam, war seine Mutter weder im Wohnzimmer noch in der Küche, und Manuel ging davon aus, dass sie – wie so oft – noch schlief. Er schmierte sich zwei Käsebrote und verzichtete darauf, das Radio oder den Fernseher anzuschalten, um sie nicht zu wecken.

Dann verschwand er in seinem Zimmer.

Als Dr. Gelting am Abend nach der Sprechstunde aus seiner Praxis kam, wunderte er sich, dass niemand zu sehen war. Und es war auch nichts zu essen vorbereitet. Seine Frau schlief wohl, und Manuel hockte wie immer über seinen Büchern.

»Wo ist deine Mutter?«, fragte er Manuel, als er zu ihm ins Zimmer kam.

»Keine Ahnung.« Manuel zuckte die Achseln. »Schläft wahrscheinlich. Ich hab sie nach der Schule noch gar nicht gesehen.«

»Wollen wir uns was auftauen und kochen?«

»Ja, klar, warum nicht.« Manuel klappte sein Buch zu.

»Dann komm mit runter, wir suchen uns was aus.«

Im Keller war es dunkel und still.

Manuel knipste das Licht an und schrie laut auf.

Seine Mutter lag inmitten von einem Berg von Flaschen, zerbrochenen Gläsern und Scherben. Gesicht und Arme waren blutverkrustet, und es stank nach Alkohol. Sie sah aus wie tot.

»Mama!«, schrie und weinte Manuel gleichzeitig.

Dr. Gelting räumte hektisch Flaschen beiseite, kniete sich hin, fühlte seiner Frau den Puls und atmete erleichtert auf, als er ihn spürte.

»Hol meine Tasche«, sagte er über die Schulter zu Manuel. »Schnell.«

Manuel rannte die Treppe hoch und in die Praxis.

Ferdinand Gelting klatschte seiner Frau auf die Wange. »Komm zu dir, Josefa, komm zu dir! Ich bin's, Ferdinand. Hörst du mich? Sag was, bitte sag was!«

Josefa schlug mühsam die Augen auf und sah ihn mit glasigem Blick an.

»Was is?«

»Ein ganzes Regal mit Schnaps-, Wein- und Sektflaschen ist über dir zusammengebrochen. Du bist verletzt. Kannst du aufstehen? Ich bring dich nach oben.«

Ferdinand hatte keine Ahnung davon gehabt, dass seine Frau hier im Keller heimlich alkoholische Getränke in rauen Mengen hortete. Jede Menge Gin, Whisky, Weinbrand, Grappa und Wodka, aber auch Sekt- und Weinflaschen, Gläser, Korkenzieher ... genug, um eine gut florierende Bar damit auszustatten.

Provisorisch und vorsintflutlich hatte sie eine Paneelwand davorgebaut, eher eine notdürftig befestigte Attrappe. Regal und Wand waren mehr als instabil, der Einsturz war vorprogrammiert. Da er sich um den Haushalt überhaupt nicht kümmerte und daher nur selten in den Keller ging, war ihm das gar nicht aufgefallen.

Manuel kam mit der Arzttasche angerannt.

»Danke. Aber ich glaube, wir versuchen jetzt lieber, sie nach oben zu bringen.«

Vorsichtig richteten sie Josefa auf, jeder legte sich einen Arm von ihr um die Schulter, und gemeinsam halfen sie ihr langsam die Kellertreppe hinauf.

Dr. Gelting wusste, dass seine Frau zu viel trank und in Gesellschaft peinlich schnell betrunken wurde, aber er hatte nicht geahnt, dass ihre Krankheit bereits dieses Ausmaß angenommen hatte.

»Liebling«, sagte er am nächsten Abend nach dem Essen, »geht es dir heute besser?«

»Es geht mir ausgezeichnet.« Sie hatte Schnittwunden im Gesicht, an den Armen, an den Handinnenflächen und ein blaues Auge und sah zum Fürchten aus.

»Du hast wieder so gut wie gar nichts gegessen. Ich finde, du wirst immer dünner. Und das macht mir Sorgen.«

»Da irrst du dich.« Sie lächelte mühsam. »Im Gegenteil, ich habe in der letzten Woche sogar ein Kilo zugenommen.«

»Was hast du denn heute gemacht?«

»Nichts. Geschlafen. Ich war müde.«

Ferdinand Gelting machte eine Pause. Dann lehnte er sich zurück, sah seine Frau an und sagte sehr bestimmt: »Josefa, so geht es nicht weiter.«

Josefa brach in Tränen aus.

»Ich habe heute den ganzen Tag telefoniert und einen Therapieplatz in einer Entzugsklinik für dich bekommen. Morgen früh bringe ich dich hin. Du wirst sehen, in ein oder zwei Monaten bist du ein ganz anderer Mensch, fühlst dich wie neugeboren, und wir beide können noch einmal ganz von vorn anfangen.«

Er schwieg, sah sie nur an und streichelte ihren Arm.

Josefa weinte noch heftiger.

Als sie sich beruhigt hatte, sah sie ihn mit tränenverhangenen Augen an. »Bitte, gib mir ein Glas Wein. Wenn du mich morgen wegbringst, ist ja heute alles egal.«

Dr. Gelting wusste im ersten Moment nicht, was er machen sollte, aber dann ging er zum Schrank, nahm eine teure Flasche Rotwein heraus und öffnete sie.

Monique kam nur einige Tage später, Ende November. Sie war ein neunzehnjähriges Au-pair-Mädchen aus Paris, wollte sechs Monate bleiben und ihre Deutschkenntnisse verbessern.

Ferdinand empfand das als beste Lösung. So war jemand zu Hause, wenn Manuel aus der Schule kam, sie konnte sich um das Essen und ein wenig um den Haushalt kümmern, und gleichzeitig verbesserten sich durch sie hoffentlich auch Manuels Französischkenntnisse.

Ferdinand und Manuel holten sie vom Bahnhof ab.

Der Zug hatte siebzehn Minuten Verspätung. Vater und Sohn standen klappernd vor Kälte auf dem Bahnsteig, dennoch waren Manuels Hände schweißnass, und er versuchte pausenlos, sie in seinen Jackentaschen trocken zu wischen.

Sein Vater hielt ein großes Schild in den Händen. »Monique« hatte er in Großbuchstaben mit einem Filzstift daraufgeschrieben.

Die beiden sagten keinen Ton. Standen nebeneinander, die Hände tief in den Jackentaschen vergraben, und warteten.

Als Monique strahlend auf sie zukam, war Manuel im ersten Moment fast ein wenig enttäuscht. Er hatte sich eine schmale Französin mit großen dunklen Augen und langen schwarzen Haaren vorgestellt, und jetzt stand eine kleine rundliche Person vor ihnen, mit rotem lockigen Haar, jeder Menge Sommersprossen und einem fröhlichen Funkeln in den grünen Augen. Ihr Lächeln war breit und umwerfend, ihre Zähne strahlend weiß.

»'allo!«, sagte sie. »Bonjour, isch bin Monique.«

»Und ich bin Manuel«, stotterte Manuel und gab ihr etwas steif und unbeholfen die Hand. Über seinen Rücken zog ein wohliger Schauer, und er hatte das Gefühl, in eine Steckdose zu fassen, so elektrisierte ihn die Berührung mit ihren kleinen Fingern. Sie hatte einen ungemein festen Händedruck.

»Isch freu misch«, hauchte sie.

»Ich bin Manuels Vater, Ferdinand«, beeilte sich Dr. Gelting zu sagen und war auch erstaunt über den kleinen Schraubstock, der sich um seine Finger schloss.

»Wie schööön! Das hat ja wunderrbar geklappt!« Sie schenkte den beiden ein strahlendes Lächeln. »Wohin gähen wir?«

»Nach Hause.« Dr. Gelting nahm Moniques Gepäck und lief voran, Manuel und Monique folgten. Monique lächelte Manuel zu, was ihn völlig aus der Fassung brachte. Er war kaum noch in der Lage zu atmen und hatte Probleme, einen Fuß vor den anderen zu setzen.

Niemals hätte er gedacht, dass ein Mädchen, das aussah wie die Kreuzung zwischen einem Troll und einer Elfe aus dem irischen Hochmoor, ihn so verzaubern könnte.

Monique bezog ihr Zimmer unterm Dach, wobei sie ständig, während sie sich umsah, Wörter ausstieß wie: »Mon Dieu!«, »Magnifique!«, »Oh, oh, oh, das iist – wie sagt man – fantastique!« und Ähnliches.

Dann stopfte sie ihre Sachen in die Schränke und erschien bester Laune zum Abendessen. Voller Energie und mit großen, hungrigen Augen.

Das Abendessen war sehr schlicht und karg. »Ich hatte keine Zeit, was Besonderes zu kochen«, entschuldigte sich Ferdinand, »aber ich hoffe, es schmeckt dir trotzdem.«

»Es iiist sensationelllll! Und keine Sorrge, Ferdinon ... ab morgen koche iisch! So wie wir essen in Paris! Iiisch darf doch sagen Ferdinon?«

»Aber natürlich, na klar, sehr gern!«, antwortete Ferdinand.

Manuel hatte überhaupt nicht zugehört. Er starrte sie an und bekam keinen Bissen herunter.

»Was genau willst du in Deutschland tun? Ich meine, wozu hast du am meisten Lust?«, fragte Ferdinand.

»Deutsch spreschen. Mit euch. Jeden Tag. Immer, wenn geht. Das iist gut. Hilft mir sähr bei Sprache lernen. Und dann ein bisschen studieren. Literatur. Goethe. Schillär. So etwas. Aber keine Angst, isch kann auch arbeiten hier im Haus. Bin nischt viel unterrwegs. Nein nein nein, sischer nischt.«

Sie ist wunderbar! Ein Glücksfall!, dachte Ferdinand.

Und Manuel versuchte sich nicht anmerken zu lassen, dass sich sein Pulsschlag verdreifachte, sein Atem streckenweise aussetzte und Tausende von Schmetterlingen in seinem Bauch zum Leben erwachten.

So etwas hatte er noch nie erlebt.

»'allo?«

Jeden Nachmittag klopfte sie zwischen fünfzehn und sechzehn Uhr an seine Tür. Er konnte gar nichts anderes mehr tun oder denken, wartete jeden Tag nur auf diesen Moment.

»Ja, ja, ja!«, rief er. Sie hätte jederzeit reinkommen dürfen, auch ohne anzuklopfen, aber es rührte ihn, dass sie es tat, und es machte ihn ganz stolz. Sie nahm ihn ernst.

Er träumte davon, dass sie blieb, bis er sein Abitur hatte, obwohl er ahnte, dass dies nicht möglich war. Am liebsten würde er mit ihr gehen. Nach Paris oder nach Kanada, Neuseeland, Australien ... irgendwohin.

Jeden Nachmittag setzte sie sich auf den Stuhl neben seinem Schreibtisch und strahlte. »Chéri, was iist los? Was iist passiert? Alles gut?«

Und dann lächelte er und sagte jedes Mal: »Alles gut. Alles prima, Monique.« Auf keinen Fall wollte er sie mit irgendwelchen kleinen Problemchen langweilen. Aber er ahnte, dass er sie vielleicht noch mehr langweilte, wenn er gar nichts zu erzählen hatte.

Er wollte alles richtig machen, aber wusste nicht, wie.

Alle paar Tage bat sie ihn um ein neues Buch, er sollte ihr etwas empfehlen, und wenn sie es gelesen hatte, redeten sie stundenlang darüber.

»Chéri«, sagte sie, »du weißt sooo viel, du biist sooo klug, das ist unglaublich! Aber du muuust nischt immer nur Goethe lesen, auch mal Saint-Exupéry, chéri!«

Manuel lachte. Monique tat ihm so gut. Er sonnte sich in der Aufmerksamkeit, die sie ihm schenkte, und fasste immer mehr Vertrauen.

Irgendwann wagte er es, ihr seine allergeheimsten Geheimnisse preiszugeben: Er gab ihr eines seiner Gedichte zu lesen.

Sie setzte sich ganz still ans Fenster, wandte sich ab, nahm das Blatt dicht vor die Augen und las.

hör, wie die räder quietschen
sie rollen irgendwohin,
sieh, wie die luft sich spiegelt,

mal blass, mal gelblich, mal grün
fühl, wie sekunden verfliegen
meine angst fliegt nicht mit dahin

hör, wie der schall des echos
in dir immer wieder erklingt
sieh, wie ergrauter tropfen
gen morgen als regen rinnt,
fühl, wie ein leises zeichen
auch in der stille schwingt

hör, wie das stete ächzen
der äste die nerven zerrt
sieh, wie das langsame kriechen
der zeit mir die freude versperrt
ich fleh den tag »ungewiss« an
dass du wiederkommst, irgendwann

Monique stieß einen kurzen, hohen Schrei aus, legte den Zettel zur Seite und lächelte.

»Komm mal 'er, Manüel!«, sagte sie. »Isch muss dich einfach drücken. An mein 'erz.« Sie nahm ihn in den Arm, drückte ihn fest an sich und küsste ihn auf die Stirn.

»Chéri, das iist wunderrvoll! Das iist Poesie! Deine Worte zwitschern wie Vögelein. Isch könnte weinen, weißt du das? Und wenn du misch meinst, isch komme wieder. Immer wieder. Nur wegen dir, chéri, du bist eine große Dichter, bestimmt, du wirst berühmt werden in Zukunft mit deine Gedischte, du bischt ein Phänomen, eine große Künstler, chéri! Isch 'ab disch so lieb!«

Es zerriss ihm das Herz vor Glück.

Ja, ja, ja, er würde ein großer Schriftsteller werden! Wenn Monique an ihn glaubte, dann konnte er auch die ganze Welt überzeugen.

Eine Kältewelle überzog das Land. In Berlin lag Schnee und gefror zu Eis. Eine Woche lang blieb das Thermometer unter minus zehn Grad.

Manuel und Monique gingen spazieren, schlenderten im Schlosspark nebeneinander her, so vertraut, als würden sie sich schon Jahre kennen.

»Isch 'abe es gelesen, wie du gesagt hast, den Lenz von Büschner«, begann sie. »'at misch sehr berührt. Sehr tief. Aber isch 'abe eine Frage, chéri.«

Er blieb stehen. Liebte es, wenn sie etwas fragte.

»Was, chéri, was bitte explodiert im Hof am Schluss? Isch dachte, Lenz bringt sich um, aber das tut er nischt, er iist in seine Zimmer, er iist die Stiege 'inaufgegangen, und es knallt im Hof. Was iist das, chéri? Er lebt weiter, unglücklisch, sischer, in Depression, aber er lebt. Was 'at da geknallt?«

Er sah sie mit großen Augen an und antwortete nicht.

»Da steht: Die Kindsmagd kam todblass und ganz zitternd … Das verstehe isch nicht. Was iist passiert? Es macht misch ganz verrückt, chéri.«

Auch Manuel las den Absatz, den sie meinte, noch einmal.

»Er ist aus dem Fenster gesprungen. Das hat so geknallt. Er ist nicht tot, aber er hat versucht, sich umzubringen, Monique.«

Ein eisiger Schauer zog ihm über den Rücken, und er musste sich schütteln.

»Oh, oh, oh«, stöhnte Monique. »Schrecklisch. Wenn du etwas schreibst, es iist immer klar und deutlisch, chéri, das verstehe isch vollkommen, du bist eine wunderbare Schriftsteller. Ein Genie, chéri. Und ganz ähnlisch dem armen Lenz, mon Dieu. Immer so allein, so traurisch, so tief in Träume versunken!«

Manuel schossen die Tränen in die Augen. Das waren die schönsten Sätze, die er je in seinem Leben gehört hatte.

Sie sah ihn an und lächelte. Dann legte sie die Arme um ihn, zog ihn an sich und küsste ihn auf den Mund. Zaghaft, vorsichtig, zärtlich.

Manuel wusste nicht, wie ihm geschah.

31

Dezember 1984

Manuel ging nicht, er schwebte. Er lebte nicht, er träumte. Monique veränderte seinen Alltag völlig. Zu seinen Mitschülern hatte er kaum noch Kontakt, Monique war sein Kosmos, seine Welt. Neben ihr existierte nichts mehr.

Noch nie war ihm so eine Aufmerksamkeit zuteilgeworden.

Schon als kleiner Junge hatte er angefangen, Gedichte zu erfinden, aufzuschreiben und aufzusagen.

»Gott, ist das süß!«, sagten Oma und Opa, Onkel, Tante und letztendlich auch Mama und Papa, obwohl sie eher gelangweilt und peinlich berührt dasaßen, wenn er vor dem Fernseher stand und seine Verse auswendig vortrug. Sie klatschten noch nicht einmal, so wie es Oma und Opa und Onkel und Tante immer taten.

Eines seiner ersten Gedichte wusste er noch bis heute:
Kleine Blume du
Geh zur Ruh
Mach die Blätter zu
Hör dem Uhu zu
Und der Muhe-Kuh.
Gute Nacht
Liebe Blume, ach.
Das »ach« hatte er nur noch hinten drangeklebt, damit es

sich reimte, aber glücklich war er damit schon als Kind nicht gewesen.

Aber jetzt war alles anders. Monique hörte ihm wirklich zu und konnte ihn verstehen.

Es war kurz vor dem zweiten Advent. Manuel war früher als gewöhnlich in seinem Zimmer verschwunden, um für die letzte Biologieprüfung vor den Weihnachtsferien zu lernen. Das Thema war Fotosynthese, er verstand davon kein Wort.

»Niemand versteht davon ein Wort, chéri«, hatte Monique gesagt, »nur die Chemiker und so. Das muust du einfach lernen, weißt du, auswendiig. Dann schreibst du, und dann vergisst du, und dann ist es vorbei, chéri.«

Und jetzt saß er in seinem Zimmer und versuchte sich das alles einzuhämmern, was ihm nichts, aber auch gar nichts bedeutete: Wasser plus Kohlenstoffdioxid plus Licht ergibt Sauerstoff und Glucose. Glucose braucht die Pflanze für die Synthese von Fett und Eiweiß, den Sauerstoff gibt sie an die Umwelt ab.

$6H_2O + 6CO_2 + Licht = 6O_2 + C_6H_{12}O_6$

Das alles prügelte er in seinen Kopf, während sein Vater und Monique im Wohnzimmer saßen, Wein tranken und sich unterhielten.

Ferdinand schenkte Monique Wein nach. Sie saß sehr aufrecht auf der Sofakante, und ihre Wangen glühten.

»Isch 'abe Sehnsucht nach Paris, Ferdinon, isch 'abe 'eimweh nach meine Eltern, meine Freunde, es macht misch ganz krank!«

»Oh, das ist schlimm, das kann ich nachvollziehen. Das tut mir auch leid. Kann ich dir irgendwie helfen?«

»Müsike hilft bestimmt. Wollen wir auflegen Müsike?«

»Was willst du denn hören?«

»Charles Aznavour, ›La Mama‹, wenn du hast. Mein Lieblingschanson …«

»Sicher.« Ferdinand wühlte in seinen Platten und legte »La Mama« auf.

Die sehnsuchtsvolle, vibrierende Stimme Aznavours erklang. Monique schloss die Augen, warf den Kopf in den Nacken und sprang auf.

»Wollen wir tanzen, bitte?«

Dazu hatte Ferdinand nun überhaupt keine Lust, aber er tat ihr den Gefallen.

Während er sie langsam über den Teppich schob, sah er, dass ihr die Tränen übers Gesicht liefen.

Erschrocken blieb er stehen. »Was hast du denn?«

»Oh, Ferdinon, in meine Bauch und in meine Kopf iist alles durscheinanderr, ich bin verliebt, Ferdinon, mein 'erz spiel verrückt!«

»Aber das ist doch wunderbar! In wen denn?« Insgeheim hoffte er, dass sie sich in Manuel verliebt hatte, das würde aus ihm sicher einen fröhlicheren, mehr dem Leben zugewandteren Menschen machen.

Sie schmiegte sich fest an ihn.

Dann reckte sie sich ein bisschen und flüsterte ihm ins Ohr: »Isch 'abe misch verliebt in dir, Ferdinon, excuse moi …«, und drückte ihm einen weichen, warmen Kuss auf den Hals.

Das war der Moment, in dem Ferdinands Körper ein heftiger Schauer durchzog, und er dachte sich, warum nicht? Wir sind beide erwachsen, die Nacht gehört uns, was soll schon sein? Außerdem ist einmal keinmal.

Er beugte sich zu ihr und küsste sie.

Manuel war noch immer mit der Fotosynthese beschäftigt, als er ein Geräusch hörte. Es war relativ eindeutig das lustvolle Stöhnen eines Mädchens. Ihm wurde heiß, und sein Herzschlag dröhnte in seinen Ohren. Er klappte das Buch zu und ging hinaus auf den Flur.

Die Geräusche wurden lauter und kamen eindeutig aus dem Schlafzimmer seiner Eltern. Er blieb bewegungslos stehen.

Manuel wusste ganz genau, was los war, aber er konnte nicht anders, er trat noch einen Schritt näher und legte sein Ohr an die Tür.

Moniques Stöhnen schnitt ihm direkt ins Herz. Ab und zu schrie sie leise. Dann hörte er Wortfetzen wie: »Oh, mon amour, je t'aime, Ferdinon, isch liebe disch, ja, chéri, bitte, chéri, ja, lass misch nie wieder los …«

Dann stöhnte sein Vater. Erst leise, dann immer lauter. Und irgendwann schrien beide leise und unterdrückt.

Manuel stürzte in sein kleines Bad und übergab sich.

Am nächsten Tag bekam er Fieber und blieb im Bett.

Monique war sehr besorgt. »Mon Dieu, was iist mit dir, chéri? Sag mir, was ich kann tun für disch? Was ich dir kann kochen? Worauf du hast Appetit?«

Manuel drehte den Kopf zur Wand und schwieg. Er hatte die Augen geschlossen, denn wenn er sie ansah, musste er weinen.

»Soll ich dir lesen vor? Was möchtest du 'ören?«

Manuel schüttelte den Kopf. »Lass mich.«

Tagsüber schlief er, und nachts las er allein für sich. Seine Bücher spendeten ihm Trost.

Nach einer Woche stand Manuel auf. Blass, hohlwangig und schwach.

Er konnte seinem Vater nicht in die Augen sehen, konnte nicht mit ihm reden und brach innerlich in Panik aus, wenn dieser ihn etwas fragte.

Und auch hier flüchtete er in seiner Not in die Literatur.

Die Spannung im Haus war unerträglich. Ferdinand sah den Hunger in Moniques Augen, aber für ihn war dies eine einmalige Sache gewesen, er hatte nicht vor, die Affäre fortzusetzen, beziehungsweise erst richtig zu beginnen. Er war Arzt in einem gehobenen Viertel Berlins und konnte keinen Skandal gebrauchen.

»Was haltet ihr davon, wenn wir am nächsten Wochenende mal etwas gemeinsam unternehmen?«, fragte Ferdinand betont fröhlich zwei Tage später beim Abendessen. »Einfach mal raus aus der Stadt. Irgendwohin, wo es schön ist. Vielleicht an einen See. Das wird uns allen guttun.«

Monique strahlte. »Oh oui! Fantastique!«

Manuel presste die Lippen aufeinander und schüttelte den Kopf. »Nein.«

»Warum nicht? Ich finde, es ist eine fabelhafte Idee. Und für Monique ist es auch mal eine Abwechslung.«

»Dein Weg ist krumm, er ist der meine nicht.«

Ferdinand Gelting verdrehte die Augen. »Was ist denn das jetzt schon wieder für 'ne neue Macke? Hör doch mal auf mit deinem Scheiß-Goethe und deinen blöden Versen! Kannst du auch noch reden wie ein Mensch?«

»Das war nicht Goethe, das war Schiller.«

»Was hast du gegen ein Wochenende auf dem Land?«, fragte Gelting scharf. »Du musst mal an die Luft, Junge! Nur der Weg zur Schule und einmal um den Block ist nicht genug!«

»Ein Genie lernt auf einem Spaziergang mehr als ein Tor auf einer Reise um die Welt«, konterte Manuel.

»Weißt du was?« Sein Vater beugte sich weit vor. »Du kannst mich mal mit deinem Schiller. Er hängt mir zum Hals raus!«

»Das war Goethe.«

»Ich lass mich von dir hier nicht zum Affen machen, mein lieber Freund. Also, reize mich nicht!« Die Gesichtsfarbe seines Vaters war inzwischen dunkelrot.

»Das Wort ist frei, die Tat ist stumm, Gehorsam blind. Doch große Seelen dulden still. – Schiller.«

Manuel ging hinaus und zog die Tür leise hinter sich ins Schloss.

Ferdinand blieb fassungslos zurück.

»Du must mit ihm spreschen, mon amour. Er iist unglücklisch. Vielleicht weiß er von unsere wundervolle Nacht …«

»Woher soll er das denn wissen? Hast du ihm was gesagt?«

»Natürlisch nicht! Was denkst du? Aber Manüel iist sensibel … Vielleicht spürt er von unsere amour …?«

Ferdinand runzelte die Stirn. Er musste sich etwas überlegen.

Am nächsten Tag ging Dr. Gelting zu seinem Sohn ins Zimmer, der auf dem Bett saß und »Effi Briest« las.

»Gut«, begann Ferdinand, »du hast keine Lust auf ein Wochenende am See. O. k. Aber ich will mal mit dir reden. Wir haben schon ewig nicht mehr miteinander geredet. Ich weck dich morgen früh um sechs. Um halb sieben fahren wir los. Wir gehen auf die Jagd. Nur du und ich.«

Manuel sah seinen Vater mit großen, erschreckten Augen an.

»Zieh dir was Warmes an.«

Manuel blieb stumm.

»Nun schau mich nicht an wie ein waidwundes Reh!«

Manuel holte tief Luft. Dann sagte er: »Des Vaters Rede wundert mich – doch füg ich mich bescheiden, stumm, des lieben Friedens willen, denn Sieg im Streite kommt der Niederlage gleich.«

Ferdinand starrte seinen Sohn an. »Also bis morgen früh?«

Manuel nickte.

»Und von wem war das jetzt?«

»Von mir.«

Es war eine kalte, aber schneefreie Nacht. Noch war es stockdunkel.

Halb schlafend und völlig mechanisch stand Manuel auf, nachdem sein Vater an die Tür geklopft hatte, und zog sich an. In der Küche trank er einen heißen Tee, essen konnte er um die Zeit noch nichts. Dann zogen sie los.

Als sie aus dem Haus traten, kroch Manuel augenblicklich die klirrende Kälte in die Knochen und ließ ihn frösteln. Ihm grauste davor, jetzt Stunden reglos im Freien hocken zu müssen.

Während der Autofahrt schwiegen sie lange.

Dann fragte sein Vater: »Alles klar?«

Manuel nickte.

»Hast du eigentlich keine Freunde?«

»Doch.«

»Aber du bringst nie jemanden mit.«

Manuel zuckte die Achseln.

»Du vergräbst dich nur in deinen Büchern, mein Junge. Du musst mal raus! Was unternehmen!«

Manuel reagierte nicht.

Zwanzig Minuten später erreichten sie ein Waldgebiet, in dem sein Vater für einige Bereiche eine Jagdlizenz hatte.

Als sie ankamen und sein Vater seine Jacke anzog, sein Gewehr schulterte und eine Tasche aus dem Kofferraum hob, war Manuel gar nicht wohl in seiner Haut. Er hätte sich nicht darauf einlassen sollen. Die Jagd war so ganz und gar nicht seine Welt.

»Komm«, sagte sein Vater und grinste. »Wir gehen heute auf Ricken. Du kriegst auch einen Schuss, wenn du willst …« Ferdinand gab ihm ein zweites Gewehr.

»Warum?«, fragte Manuel flüsternd und wollte die Antwort eigentlich gar nicht hören.

»Wie warum?«

»Warum muss das sein?«

»Weil das Damwild überhandnimmt, wenn wir es nicht dezimieren. Es frisst vorzugsweise die jungen Pflanzen von Fichten, Buchen und Tannen, der Wald kann sich nicht verjüngen und nachwachsen, und außerdem verhindert es die Mischwaldbildung. Würden wir Jahre und Jahrzehnte kein Damwild erlegen, gäbe es den Wald nicht mehr, Manuel, sondern nur noch kahle Steppe.«

Es war ungewöhnlich still im Wald. Allmählich dämmerte es, aber noch sang kein Vogel. Nebel lag meterhoch wie Watte zwischen den Bäumen.

Nach nur wenigen Schritten bog sein Vater vom Hauptweg auf einen schmalen Pfad ins Unterholz ab, und Manuel folgte ihm.

Auch hier liefen sie schweigend.

Nach einer knappen halben Stunde, in der sie unzählige Male in irgendwelche Wege abgebogen waren, erreichten sie eine Lichtung. Eine weite abschüssige Wiese.

»So, da wären wir«, flüsterte Ferdinand, »circa fünfzig Meter von hier, am Waldrand, ist mein Hochstand.«

Manuel wünschte sich mit einem Buch in sein Bett.

»Die Zeit ist gut. Bald wird es hell«, fügte sein Vater leise hinzu.

Der Hochstand gefiel Manuel entgegen allen Erwartungen. Er war nicht so windig und wacklig, wie er schon einige gesehen hatte, sondern stabil und rustikal. Der Leiter konnte man bedenkenlos vertrauen, und der überdachte, quadratische Platz oben war fantastisch. Beinah gemütlich. Er stellte sich vor, die offenen Stellen mit Decken zu verhängen, auf Fellen zu sitzen, eine Lampe und Bücher mitzubringen und dort die Nacht zu verbringen. Kein Mensch ahnte auch nur, dass man dort war. Ein Ort zum Verschwinden. Zum totalen Abtauchen. Wunderbar.

In einer Ecke standen zwei Kisten, die an einer Kette gesichert waren. Ferdinand zog sie vorsichtig und leise hervor und bedeutete Manuel mit Zeichensprache, sich zu setzen.

Manuel setzte sich auf die eine Kiste, Ferdinand kniete sich auf die andere, lud Manuels Gewehr, drückte es ihm wieder in die Hand, legte die Finger auf die Lippen und gebot ihm, still zu sein, brachte sein Gewehr in die richtige Position und beobachtete sein Jagdgebiet.

Allmählich zeigte sich ein heller Streifen am Horizont. Die Sonne ging auf.

»Hoffentlich verschwindet dieser verdammte Nebel!«, hauchte Ferdinand leise Manuel ins Ohr.

Manuel schüttelte sich vor Ekel. Der Mund seines Vaters an seinem Ohr war ihm unerträglich.

Dann betete er, dass der Nebel bleiben möge, und wartete ab, was geschah.

Bewegungslos verharrte sein Vater in seiner unbequemen knienden Position.

Minutenlang geschah nichts.

Es war so still, dass Manuel glaubte, den Nebel ziehen zu hören.

Plötzlich machte ihm sein Vater ein Zeichen, hob drei Finger und deutete in die Ferne.

Nur ungefähr zwanzig Meter entfernt ästen drei Ricken.

Bitte nicht, Papa!, flehten Manuels Augen.

Sein Vater nahm eine der Ricken ins Visier, korrigierte mit ruhigen Bewegungen das Gewehr und schoss.

Der Schuss hallte wie ein Donnerschlag durch den nebligen, immer heller werdenden Morgen.

Die Ricke brach zusammen, die anderen beiden flohen in den Wald.

»Neeeeiiiinn!«, schrie Manuel.

Sein Vater hastete die Hochstandleiter hinunter, rannte über die Wiese zu dem Reh. Es strampelte mit den Hinterläufen, sein Kopf zuckte hin und her.

Ferdinand nahm sein Messer, zog es ihm kraftvoll durch die Kehle und wischte das blutige Messer an seiner Hose ab.

Das Reh starb augenblicklich.

Manuel nahm das Gewehr, das sein Vater ihm gegeben hatte.

Er begriff, dass sich etwas verändert hatte. Ein neues, starkes Gefühl erfüllte seinen Körper und seinen Verstand und nahm ihm die Angst.

Es ging nicht nur um Monique.

Es ging um alles.

In ihm wuchs der Hass. Langsam hob er das Gewehr und legte an. Zielte auf seinen Vater, der das Reh über die Wiese zog und immer näher kam.

Ganz deutlich spürte er den Abzug an seinem Finger.

Er hielt den Atem an, zögerte nur den Bruchteil einer Sekunde und drückte ab.

Aber es löste sich kein Schuss, er hatte nicht daran gedacht, das Gewehr zu entsichern.

Er fing dermaßen an zu zittern, dass das Gewehr in seiner Hand und vor seinen Augen tanzte. Um ein Haar hätte er seinen Vater erschossen.

Manuel ließ die Waffe sinken und wischte sich die Tränen aus dem Gesicht.

32

Pater Johannes blinzelte in das blasse, milde Morgenlicht, als er erwachte, aber die Sonnenstrahlen drangen durch die verdreckten Scheiben nicht bis ins Zimmer. Ob es ein schöner oder bedeckter Tag werden würde, konnte er nicht sehen.

Als Erstes juckte sein Fuß, und er begann ihn mit dem anderen zu kratzen, dann biss es ihn in der Kniekehle. Er tastete nach der Stelle und bemerkte eine dicke Quaddel. Und in diesem Moment spürte er, dass sein gesamter Körper juckte und brannte.

Er sprang von der Matratze und sah, dass seine Haut mit rotem, wässrigem Ausschlag und unzähligen Wanzenbissen nur so übersät war.

Unter seiner Wolldecke kroch eine Spinne hervor.

Pater Johannes war überwältigt vor Ekel und Entsetzen. Er wusste nicht, was er machen sollte, wünschte sich ein Alkoholbad, in dem er sich komplett desinfizieren konnte.

Dabei hatte er ja noch nicht mal die Möglichkeit, vernünftig zu duschen, um sich die ganzen Viecher und Parasiten von der Haut und aus den Haaren zu waschen.

Eigentlich hätte er einen Arzt aufsuchen müssen, aber er wusste, dass es hoffnungslos war. Er konnte nicht vierzig Kilometer bis ins Krankenhaus von Siena wandern. Allein war er diesem versifften Haus vollkommen ausgeliefert.

Die Matratze, auf der er gelegen hatte, hatte er zwar am vergangenen Abend von Spinnweben befreit, aber sie war eigentlich nicht mehr als Matratze zu bezeichnen. Er schätzte, dass sie mindestens dreißig oder vierzig Jahre auf dem Buckel hatte. Vollkommen durchgelegen, war sie mit riesigen Flecken der unterschiedlichsten Farben übersät. Wahrscheinlich Körperflüssigkeiten aller Art, die hier in den vergangenen Jahrzehnten versickert waren und deren Ausdünstungen vom Schläfer Nacht für Nacht eingeatmet wurden.

Don Matteo hatte immer ohne Laken geschlafen, aber Pater Johannes hatte im Stall noch eine alte, staubige Pferdedecke gefunden, die er über die Matratze legte. So fühlte er sich ein klein wenig wohler. Ein labbriges, graues Bettzeug von Matteo hatte er in einem verschimmelten Wandschrank gefunden und benutzt, weil ihm nichts anderes übrig blieb. Es war feucht und klamm gewesen, und auch durch seine Körperwärme war es die ganze Nacht nicht getrocknet.

Aber zumindest hatte er die erste Nacht *überlebt*.

Vorsichtig und sehr langsam ging er die steile, hölzerne Stiege zur Küche hinab, da seine Knochen noch steif von der Nacht auf der durchgelegenen Matratze waren, und öffnete die Tür zum Garten. Dort holte er tief Luft, sah in den blauen Himmel und lobte den Herrn, der ihm einen so schönen Tag bescherte.

Anschließend pinkelte er hinter dem Haus gegen das bröcklige, verwitterte Mauerwerk.

Er pflückte sich zum Frühstück ein paar Tomaten und ging zurück ins Haus. Heute würde er mit dem großen Hausputz beginnen, gestern Abend war er so erschöpft gewesen, dass er dazu keine Lust mehr gehabt hatte. Außerdem war es bereits zu dunkel gewesen, denn alle Glühbirnen bis auf die im Flur waren kaputt, und als sonstige Lichtquelle blieb ihm nur eine Kerze.

Unter der Spüle hatte er einen alten, zerfledderten Lappen gefunden, und ein bestimmt jahre- oder jahrzehntealtes, an der Tülle verklebtes Abwaschmittel gab es auch.

Den ganzen Tag wusch und schrubbte er nun Tische und Stühle, Schrank und Spüle, Herd und Regale, einfach jeden Zentimeter, den er ohne Leiter erreichen konnte. Auf dem Gaskocher, der an eine Gasflasche angeschlossen war, in der sich offensichtlich noch ein kleiner Rest Gas befand, hatte er einen großen Topf mit Wasser heiß gemacht, damit er überhaupt eine Chance hatte, das jahrealte, vertrocknete, festgeklebte Fett von Möbeln und Geschirr abzubekommen.

Gegen Mittag aß er bei Mario ein billiges Nudelgericht, dann machte er weiter.

Seine Matratze hatte er ausgeklopft und in die Sonne gestellt und hoffte, in der kommenden Nacht nicht wieder von derart vielen und aggressiven Insekten überfallen zu werden.

Er liebte die Ordnung und die Sauberkeit, hier in diesem Haus bestand er nur noch aus Ekel. Es brauchte einen Priester ganz anderen Kalibers, um diese Gemeinden zu retten. Vielleicht einen, der jahrelang die Menschen im Urwald des Amazonas missioniert hatte, aber nicht ihn, der im Kloster zwar nicht im Überfluss gelebt, aber zumindest jede Nacht in sauberer Bettwäsche geschlafen, sich jeden Tag geduscht und drei Mahlzeiten täglich zu sich genommen hatte.

Er hatte sich überschätzt. Hatte ein Versprechen gegeben, ohne diesen Dreckstall gesehen zu haben.

Das hier war schlimmer als der Dschungel. Schlimmer als eine primitive Lehmhütte im Regenwald. Das war das Allerletzte, und niemand in Deutschland würde ihm glauben, dass ein Priester in Italien so leben musste.

Er beschloss, Fotos zu machen. Aber vorher wollte er noch einmal in den Keller. Auf dem Schrank in der Küche stand eine Kanne, die mindestens fünf Liter fasste. Er spülte sie aus, wusch von außen Staub und Fett ab und ging hinunter, bis in den Weinkeller, tief unter dem Kirchenschiff.

Dort füllte er die Kanne, fest entschlossen, sich diese Bruchbude wenigstens schönzusaufen.

Aber dazu kam es nicht, denn nach Einbruch der Dunkelheit – Pater Johannes saß bei Kerzenschein am derben, jetzt aber sauberen Tisch und starrte dumpf und müde in die Nacht – klopfte es an sein Fenster.

Er öffnete die Tür. Erst nach einer Weile erkannte er mithilfe der Kerze, dass es die Schlampe war, die die Piazza gefegt hatte.

Sie nickte nur stumm und setzte sich so selbstverständlich an den Tisch, als hätte sie Don Matteo jeden Abend besucht.

»Wie heißt du?«, fragte er sie nach einer langen Pause.

»Primetta.«

So einen Namen hatte er noch nie gehört, aber er lächelte und sagte: »Buonasera, Primetta. Was kann ich denn für dich tun?«

»Hast du Wein?«

»Aber sicher.« Er holte eins der vergilbten Gläser und schenkte es ihr voll.

Sie nahm es, trank es beinahe leer und schlürfte dabei so laut wie bei einer kochend heißen Suppe.

Er wartete ab und sah sie nur an. In seinem ganzen Leben hatte er noch nie einen hässlicheren Menschen gesehen.

»Bleib hier nicht«, murmelte sie schließlich. »Das ist ein verfluchter Ort. Ein verfluchtes Haus. Don Matteo ist hier verrückt geworden.«

»Wieso?«

Sie rülpste laut, und er bekam ihren warmen, stinkenden Atem ins Gesicht.

»Hast du den Wagen im Schuppen gesehen?«

Pater Johannes nickte.

Primetta beugte sich vor und flüsterte. »Alle wissen es. Alle. Nur du nich.«

Pater Johannes schenkte ihr das Glas noch einmal voll.

»Was wissen alle und nur ich nicht?«

Primetta trank wieder einen großen Schluck. »Ich war im Heim, verstehst du? Immer. Meine Mutter war eine Nutte. Hat mich wie einen Haufen Dreck vor dem Heim abgelegt. Da gab's wenigstens ein Bett und was zu fressen.«

Plötzlich riss sie ihr T-Shirt hoch, entblößte ihre Brust und legte ihre dicke Titte vor Pater Johannes auf den Tisch.

»Na, was is?«

Pater Johannes war völlig entgeistert und unfähig zu reagieren.

»Was is los? Willst du nich?«

Pater Johannes schaffte es mit Müh und Not, den Kopf zu schütteln.

»Warum nich?«

Pater Johannes schwieg. Er wusste einfach nicht, was er sagen sollte.

»Bin ich dir nicht fein genug? Hä? Bist du Besseres gewohnt? Aber was willst du denn hier? Hier is nix. Die alte Sina hat den Verstand verloren, Teresa hat einen krummen Rücken und schreit vor Schmerzen. Manchmal den ganzen Tag. Stell dich bei Ostwind hinter die Kirche, dann kannst du es hören. Und Elena hat einen ansteckenden Ausschlag. Der hat vor Jahren bei den Füßen angefangen und ist langsam den ganzen Körper hochgekrochen. Niemand konnte ihr helfen. Jetzt is er schon an den Schultern. Also, was willst du?«

»Primetta«, fragte Pater Johannes ruhig, »was wissen alle, nur ich nicht?«

Primetta packte ihre schwammige, dicke Brust wieder ein. »Du willst nicht. Aha. Don Matteo hat das gemocht. Don Matteo hat immer gern dran genuckelt. Zweimal die Woche. Du bist ja ganz anders als Don Matteo. Dann bringst du auch keine Kinder weg?«

»Wohin?«

»Irgendwohin. Zum Conte, zum Sindaco, zu irgendeinem reichen Fettsack eben.«

»Wovon redest du?«

»Ach, vergiss es. Gib mir noch einen Schluck Wein!«

Pater Johannes schenkte ihr ein, und sie schüttete das Glas in einem Zug hinunter.

»Halt die Nase nicht zu hoch, Pater, sonst gehst du vor die Hunde.«

»Wieso?«

»In diesem Ort ist der Teufel zu Hause.«

Sie stand auf. »Ich geh jetzt.«

»Willst du noch ein Glas Wein?«

»Nein.«

»Kommst du wieder?«

»Vielleicht.«

In der Tür drehte sie sich noch einmal um. »Du bist verflucht noch mal ganz anders als Don Matteo.«

Dann ging sie hinaus und verschwand in der Nacht.

33

Toni quiekte.

Er tastete nach ihr, fand sie aber nicht.

»Toni, komm her! Bitte, komm! Sonst muss ich das Licht anmachen!«

Er wurde immer hektischer in seinen Bewegungen, kniete auf der Erde, wischte schließlich mit den Armen über den ganzen Boden.

»Toni!«, schrie er.

Aber Toni kam nicht, sondern quiekte.

Und dann hörte er ein Hecheln vor dem Haus.

Er blieb still auf dem kalten Boden liegen und horchte.

Es war wirklich ein Hecheln.

Er hatte Mühe aufzustehen, öffnete einen Fensterladen nur einen Spaltbreit und sah nach draußen. Da lief ein Hund ums Haus und schnüffelte alles ab. Ein Hund, den er noch nie gesehen hatte.

Es war eine große, kompakte Promenadenmischung, irgendein Mix aus Labrador, Retriever, Rottweiler und einer Prise Schäferhund. Er wirkte stark und respekteinflößend.

Hatte diese Idiotin sich jetzt etwa einen Hund angeschafft, oder war die Töle nur zu Besuch?

Das würde er klären müssen.

Er schaltete das Licht an und sah, dass Toni über den Fußboden durch den ganzen Raum flitzte, sich ins Bett flüchtete und unter der Decke verschwand.

Und wieder löschte er das Licht. Dass sich dieses Haus durch die inneren Fensterläden hundertprozentig abdunkeln ließ, war einfach unglaublich. Perfekt! In seinem Wohnmobil gab es keine Chance, das Tageslicht vollständig auszusperren.

Er starrte in die Dunkelheit, sein Atem wurde flacher.

Irgendwann war er davon überzeugt, gar nicht mehr zu atmen. Und da durchzuckte ihn ein befremdlicher, aber faszinierender Gedanke: Ich lebe gar nicht mehr.

Ob er zwanzig Minuten oder zwei Stunden so dagelegen hatte, wusste er nicht. In der kompletten Dunkelheit verlor er jegliches Zeitgefühl, was ihn regelrecht euphorisch machte.

Es wird mir gelingen, sie zu besiegen und zu vernichten, dachte er, ja, es wird mir gelingen.

Sie hatte angefangen, ihn zu zerstören, als sie ihm seinen ersten großen Roman »Und draußen stirbt ein Vogel«, seine Hommage an Monique, gestohlen und veröffentlicht hatte. Seitdem war alles aus. Er hatte nicht mehr schreiben können, weil sie es immer wieder getan hatte. All seine Ideen hatte sie niedergeschrieben und seine Kreativität, sein Leben zerstört.

Aber noch war es nicht zu spät.

Er musste verhindern, dass sie schrieb. Keinen Satz durfte sie mehr zu Papier bringen. Dann wäre seine Schreibblockade beendet, und er konnte endlich als Schriftsteller weiterleben. So wie er es sich, seit er denken konnte, erträumt hatte.

»Toni«, flüsterte er und pfiff leise.

Toni kämpfte sich durch die Bettdecke nach oben und huschte wie immer in seine Achselhöhle.

»Du bist da«, flüsterte er und strich ihr zart mit dem Zeigefinger über den Kopf.

Er rollte sich aus dem Bett, fiel auf den Boden und kroch, sich langsam vorantastend, auf allen vieren ins Badezimmer.

Dort zog er sich auf die Toilette, pinkelte, spülte und versuchte dann aufrecht, vorsichtig aus dem Bad zu gehen, indem er seine Umwelt nur tastend wahrnahm.

Wand – Wand – Wand – hier kam die Ecke, dann ein Stückchen weiter links musste die Türklinke sein – wunderbar – jetzt – Vorsicht, die Schwelle – ein großer Schritt und weiter nach links zum Bett …

Er fühlte sich wie in einer anderen Welt. So fremd und so großartig.

Als Kind hatte er sich im Dunkeln gefürchtet und in ständiger Angst gelebt zu erblinden.

Jetzt war die Angst verschwunden. Er würde lernen, in absoluter Finsternis zu sehen und sich zurechtzufinden, er würde Geräusche hören, die er noch nie wahrgenommen hatte. Er würde seine Sinne und seinen Verstand schärfen.

Er würde ihr überlegen sein.

Und er würde ihr alles nehmen: das Sehen, das Hören und das Leben.

Sein Herz schlug schneller.

Ich muss es beschreiben, dachte er, all das, was hier mit mir passiert. Ich erlebe es doch, ganz direkt, ich habe es in meinem Kopf, in meinem Bewusstsein und in meinem Unterbewusstsein. Ich kann es immer wieder nachempfinden. Dann kann ich es auch aufschreiben. Sekunde für Sekunde. Alles, was ich gedacht und gespürt habe.

Ich werde einen Roman über einen blinden Mörder schreiben. Er wird eine Sensation werden, ein Welterfolg. Alle werden mich kennen und bewundern.

Mich!

Und nicht Rina Kramer.

34

Freitag, noch zehn Tage

Es war immer noch dunkel um ihn herum, als er langsam zu sich kam. Er hatte nicht die geringste Ahnung, wie viel Zeit vergangen war, seit er abgetaucht war, aber er spürte, dass es genug war.

Es war ein gutes und beruhigendes Gefühl zu wissen, dass er nichts brauchte: keinen Menschen, kein Licht und keine Nahrung. Er war ein Perpetuum mobile, das nur mit Wasser betrieben wurde.

Er war stolz auf sich und schaltete das Licht ein.

Minutenlang blinzelte er, bis sich seine Augen wieder an die Helligkeit gewöhnt hatten.

Dann stand er auf und schwankte leicht.

Auf der Arbeitsplatte im Küchenteil hatte er ein großes Stück Käse, ein halbes Brot und einen flachen Teller mit Wasser für Toni stehen lassen. Es war nicht mehr viel davon da, er musste bald zum Einkaufen ins Dorf fahren. Vielleicht, wenn diese nervige Putzfrau kam. Rina hatte gesagt, immer samstags um neun. Wenn es ihm lieber sei, könne sie auch oben im Haupthaus anfangen und dann so gegen zwölf zu ihm kommen.

Natürlich war es mittags besser, aber lieb war ihm das alles nicht. Warum ließen sie ihn nicht einfach alle in Ruhe?

Er musste jetzt seine Gedanken ordnen und alles, was er in der Dunkelheit gedacht und erlebt hatte, aufschreiben.

Seine Gedanken und Gefühle waren so groß, so gewaltig gewesen. Es gab nichts, was ihm fremd war, er wusste ganz genau, wie die menschliche Psyche funktionierte. Und sein Kopf war voller Geschichten. Dort explodierte der menschliche Wahnsinn geradezu. Es war großartig, er hatte die Macht, alles geschehen zu lassen.

Aber dort oben saß diese Lügnerin. Sie hatte eine mentale Gabe, aber kein schriftstellerisches Genie. Sie konnte in ihn hineingucken und sog ihm die Ideen aus dem Kopf, bevor er die Chance hatte, sie selbst aufzuschreiben. Sie arbeitete blitzschnell, auch über tausend Kilometer Entfernung hinweg.

Sie war wahnsinnig. Und gefährlich.

Er ging ins Bad, zog sich aus und stellte sich unter die eiskalte Dusche. So lange, bis er es nicht mehr aushielt. Bis Nieren und Lunge schmerzten, seine Muskeln sich verhärteten und sein ganzer Körper unkontrolliert zitterte.

Als er kaum noch stehen konnte, schaltete er die Dusche ab und legte sich aufs Bett.

Keinen einzigen Satz schrieb er auf. Nicht ein einziges Wort.

Die Gedanken, die er in der Dunkelheit gehabt hatte, waren im Licht wieder ausgelöscht.

Zwei Stunden später verließ er das Haus, war geblendet von dem gleißenden Sonnenlicht, setzte seine Sonnenbrille auf und sah, dass Rina auf der Terrasse saß. Er ging langsam hinauf und lächelte.

»Hallo, Frau Kramer!«

»Buonasera, Herr Gelting! Wie geht es Ihnen? Funktioniert alles? Fehlt Ihnen irgendetwas?«

Aha, es musste also schon Nachmittag sein.

»Ja, ja, danke, es ist alles prima. Aber könnten Sie mir vielleicht sagen, wie spät es ist? Meine Uhr spielt irgendwie verrückt.«

»Na klar.« Sie sah auf ihre Armbanduhr. »Es ist jetzt fünfzehn Uhr sechsundvierzig.«

»Danke.« Manuel tat, als stelle er seine Uhr, dabei war er begeistert, wie genau sie ging. Jetzt musste er nur noch herausfinden, welcher Tag heute war.

»Tut mir leid, ich hab es vergessen, anscheinend bin ich urlaubsreifer, als ich dachte: Wann kommt noch mal die Putzfrau?«

Rina lächelte. »Immer samstags. Also morgen. So gegen Mittag, o. k.?«

»Ja, ganz prima.« Heute war also Freitag.

In diesem Augenblick kam Fabian zusammen mit dem Hund den Weg heraufgerannt. Der Hund war begeistert von der Toberei und versuchte, nach dem Stöckchen zu springen, das Fabian in der Hand hielt.

»Das ist übrigens Beppo, unser neues Familienmitglied. Ein ganz lieber Hund. Wir haben ihn hier aus dem Tierheim geholt, er ist eine Labrador-Rottweiler-Mischung, und ein bisschen von einer Dogge ist wahrscheinlich auch noch drin. Darum ist er auch so groß. Die Besitzerin ist vor Kurzem gestorben, und jetzt dämmerte er todunglücklich in einer winzigen Zelle im Tierheim vor sich hin. Und da haben wir ihn kurzerhand mitgenommen, denn Fabian hat sich schon immer einen Hund gewünscht, und ich finde es auch schön, hier nicht so allein zu sein. Ich hoffe, Sie haben kein Problem mit Hunden?«

»Aber überhaupt nicht!« Manuel bemühte sich zu lächeln, denn in diesem Moment stürmte der Hund auf ihn zu, beschnupperte ihn von oben bis unten und versuchte, ihm die Hände zu lecken, aber Manuel steckte sie schnell in die Jackentaschen. Er stand da wie ein Stock, und es gelang ihm nicht, seinen Horror vor dem großen Hund vollständig zu verbergen.

»Er ist ganz lieb«, sagte Fabian, »und er ist zu allen Leuten freundlich.«

»Davon bin ich überzeugt«, erwiderte Manuel, obwohl ihm jedes Wort fast im Halse stecken blieb.

»Es tut mir jetzt leid, dass Sie offensichtlich doch ein wenig ängstlich sind«, bemerkte Rina vorsichtig, »aber das müssen Sie wirklich nicht. Der Hund ist eine Seele. Das haben uns auch im Tierheim alle Mitarbeiter bestätigt.«

»Ja, natürlich, machen Sie sich keine Sorgen.« Manuel lächelte immer noch tapfer, und da er auf den Hund in keiner Weise reagierte, verlor dieser das Interesse an ihm, rannte wieder zu Fabian und sprang an ihm hoch.

Fabian schloss ihn in die Arme, drückte ihm einen Kuss auf den Kopf und kraulte ihm den Hals.

Manuel reichte es. Was er wissen wollte, hatte er erfahren. Er verabschiedete sich, stieg in den kleinen Gästejeep und fuhr nach Monte Aglaia zu seinem Wohnmobil.

Auf dem Weg musste er anhalten, weil sein Herz raste. Er atmete tief ein und aus, um sich zu beruhigen, trank einen Schluck lauwarmes Wasser aus einer zerbeulten Flasche, die sicher schon seit Ewigkeiten im Auto lag, aber es wurde nicht besser. Es kann nicht sein, dass ich hier in dieser Wildnis einen Herzinfarkt bekomme, dachte er mit aufsteigender Panik, das ist einfach absurd.

Er trank noch mehr, lehnte sich zurück, versuchte, sich zu entspannen, aber es half alles nichts. Diese beängstigende innere Unruhe blieb.

Ich fahre jetzt in die nächste Trattoria und esse eine Pizza oder ein Nudelgericht. Wahrscheinlich bin ich einfach nur völlig ausgehungert und verdurstet, und mein Herz streikt. Wenn ich etwas im Magen habe, wird es sicher besser, sagte er sich und ließ den Wagen langsam weiterrollen.

Auf dem Parkplatz in Monte Aglaia stand das Wohnmobil an Ort und Stelle, aber Manuel hielt nicht an, sondern fuhr weiter nach Ambra. Dort fand er nur ein paar Schritte von der Piazza entfernt eine Trattoria, ging hinein und bestellte eine Pizza Funghi, einen Liter Mineralwasser, einen gemischten Salat und als Nachtisch eine doppelte Portion süße Cremespeise mit Mascarpone, Schokolade und Pistazien.

Nach dem Essen fühlte er sich besser, er zitterte nicht mehr, und auch die Stiche im Rücken waren verschwunden. Aber die innere Unruhe war immer noch da.

Und nach einer Weile wusste er auch, warum: Die Vorstellung, dass Rina gerade jetzt in der Gästevilla seine Sachen durchsuchen könnte, machte ihn ganz krank. Vielleicht ließ sie ja auch die Tür offen, und Toni haute ab. Ein fürchterlicher Gedanke.

Im Alimentari kaufte er in Windeseile Brot, Käse, Mortadella und Salat. Ein paar Nüsse zum Knabbern und ein paar Eier. Es war für Toni ein riesiger Spaß, ein gekochtes Ei, das noch in der Schale war, zu knacken und zu fressen.

Vielleicht hätte er noch mehr gekauft, aber er hatte keine Ruhe und brauste zurück. Auf dem Parkplatz kontrollierte er kurz Türen und Fenster seines Wohnmobils und fuhr weiter. Morgen würde er wieder vorbeikommen, wenn die Putzfrau in seinem Häuschen den Scheuerlappen schwang. Heute hatte er es eilig.

Hinter Monte Aglaia kam ihm in einer engen Kurve auf steinigem Gelände ein wild gewordener Mountainbike-Fahrer entgegen. Beinah hätte er ihn auf die Haube genommen und erkannte erst, als der Wahnsinnige vorbeibrauste, dass es Fabian gewesen war.

35

Samstag, noch neun Tage

Am nächsten Morgen war Manuel im Stress. Er räumte auf. Bücher, Laptop und alle privaten Kleinigkeiten, die in irgendeiner Weise mit ihm zu tun hatten, verstaute er im Schrank, schloss ihn ab und steckte den Schlüssel in seine Hosentasche.

Das Gefühl, dass diese wildfremde Person hier in seinen Sachen herumschnüffeln könnte, war unerträglich. Er stellte sich vor, wie sie alles anfasste, seine Bettdecke in der Hand hielt oder in seinem Waschbecken herumwischte. Es war nicht nur eine Störung, sondern eine Bedrohung. Wie ein Einbruch in seine private Welt. Sie putzte nicht – sie entweihte sein kleines Domizil, in dem er sich so beschützt gefühlt hatte.

Schließlich resignierte er, setzte sich Toni unters Hemd und verließ die Capanna.

Was für ein Irrsinn. Nur damit diese Idiotin einmal den Fußboden absaugen konnte.

Er stieg ins Auto und fuhr nach Monte Aglaia zu seinem Wohnmobil.

Rossella war eine resolute Frau mit einem ungeheuren Faible für Fußböden. Sie wischte grundsätzlich keinen Staub, entdeckte Spinnweben an der Decke nur, wenn sie mal aus Versehen nach oben sah, und dann interessierten sie sie nicht weiter. Denn ihr Blick war grundsätzlich auf die Erde gerichtet. Sie fegte, saugte, schrubbte, wischte, wachste, ölte und polierte für ihr Leben gern, konnte stundenlang auf den Knien herumrutschen und jede einzelne Fliese liebevoll behandeln. War der Dreck eingetreten, eingebrannt oder festgefressen, schreckte sie auch vor giftigen, gefährlichen und ätzenden Substanzen nicht zurück, arbeitete stets ohne Mundschutz und trug nur äußerst selten ein Paar Arbeitshandschuhe.

Von Woche zu Woche vergrößerte sich ihr Lappenvorrat, den sie zusammen mit unzähligen Putzmitteln und Chemikalien in zahlreichen Eimern hortete und wie einen Schatz hütete. Als Rina noch selbst geputzt hatte, hatte sie drei Lappen und drei Putzmittel besessen und war damit wunderbar zurechtgekommen. Aber Rossella war stolz auf ihre »prodotti«, wie sie sie liebevoll nannte, und für jeden neuen, unerklärlichen Fleck kam ein neues Mittel hinzu.

Rina ließ sie wüten, sie war froh, wenn sich jemand so ausgiebig um die Fußböden kümmerte, Staub wischen konnte sie allein. Sie wollte sowieso nicht, dass Rossella auf ihrem Schreibtisch ihre Notizen durcheinanderbrachte, am Ende vielleicht sogar ihre vielen kleinen, wohl geordneten Papierstapel zu einem großen Haufen zusammenschob.

Insofern kamen die beiden glänzend miteinander klar, und Rossella wusste, wenn sie kam, immer ganz genau und von allein, was zu tun war.

Diesmal staunte Rossella nicht schlecht, als sie aus dem Auto stieg und neben Rina einen großen Hund sitzen sah, der sich genüsslich hinter den Ohren kraulen ließ.

»Ihr habt euch einen Hund angeschafft!«, rief sie und klatschte in die Hände. »Rina, das find ich großartig, dann bist du nicht immer so allein, wenn Fabian im Internat ist.«

Rina lächelte. »Ja, ich weiß auch nicht, warum wir nicht schon früher draufgekommen sind. Er heißt Beppo.«

Rossella streichelte den Hund, und Beppo genoss die Aufmerksamkeit, die ihm zuteilwurde.

»Wir haben in der Gästevilla einen Gast, Rossella, er ist gerade weggefahren. Am besten, du fängst jetzt gleich dort unten an.«

Rossella nickte.

»Er bleibt noch bis nächste Woche.«

»Ach, das ist ja prima.«

»Das finde ich auch.«

»Nur *ein* Gast? Oder ein Paar?«

»Nein, nur ein Mann. Allein.«

»Ah ja.« Rossella verzog den Mund und tätschelte Beppo über den Kopf. »In Monte Aglaia ist auch ein Neuer!«, sagte sie und genoss es, dass Rina die Stirn kräuselte und so gar keine Ahnung hatte, wovon sie sprach. »Stell dir vor, Rina, wir haben einen neuen Pfarrer. Vielleicht nur ein paar Monate übergangsweise als Aushilfe, niemand weiß es, aber immerhin.« Sie strahlte, als hätte Rina ihr gerade dreihundert Euro Weihnachtsgeld bezahlt. »Am Sonntag um zehn ist seine Antrittsmesse. Kommst du auch? Mit Fabian?«

»Mal sehn. Vielleicht.«

»Wir in Monte Aglaia gehen alle hin. Damit er sieht, dass er gebraucht wird.«

»Gut, Rossella, ich werd's mir überlegen.«

Rossella wirkte schon ein klein wenig zufriedener. »Na, dann werd ich mich mal um die Gästevilla kümmern.«

Sie holte mehrere Eimer, Schrubber, Besen und den Staubsauger und schaffte es, all das gleichzeitig zur Capanna zu schleppen.

»Hallo, Papa!«, schrie Fabian in den Computer. »Kannst du mich hören?«

In diesem Moment erschien Eckarts Gesicht auf dem Bildschirm, und er grinste. »Ich versteh dich sehr gut, Fabian, einfach unglaublich, dass das so gut klappt!«

Fabian saß an Rinas Schreibtisch im Arbeitszimmer. Er hatte auf seinem eigenen kleinen Laptop Skype heruntergeladen und versucht, seinen Vater anzurufen. Jetzt grinste er auch. Voller Stolz, dass er das geschafft hatte.

»Bist du nicht am Set?«, fragte Fabian.

»Heute nicht. Wenn nicht was Außergewöhnliches ansteht, drehen wir samstags nicht. Da hast du Glück gehabt. Also sitze ich hier im Büro und erledige den Papierkram. Und? Gibt's bei euch was Neues?«

»Ich hab einen Hund, Papa! *Wir* haben einen Hund! Beppo. Mama und ich haben ihn aus dem Tierheim geholt, und er ist ganz, ganz lieb. Ich glaube, es gefällt ihm hier bei uns. Und Mama ist froh, dass sie nicht immer so allein ist, wenn ich weg bin.«

Das war ja wohl das Letzte! Eckart spürte, dass er wütend wurde. Solche Dinge besprach man innerhalb der Familie, so eine Entscheidung musste gemeinsam gefällt werden, aber Rina hatte keinen Ton davon gesagt. Sie hätte ja zumindest eine Mail schicken können. Dass sie vorhatte, sich einen Hund anzuschaffen, hatte sie bisher noch mit keiner Silbe erwähnt.

Eckart ärgerte sich furchtbar. Aber das war eine Sache zwischen ihm und Rina, Fabian hatte nichts damit zu tun.

Und wie glücklich er über den Hund war, war ja nicht zu übersehen und nicht zu überhören.

»Das ist ja prima!«, sagte er deshalb mit Mühe. »Das freut mich aber für dich. Kannst du ihn nicht mal holen, dass ich ihn sehen kann?«

»Na klar! Bleib dran, ja?«

»Gut, ich warte.«

Fabian stürzte aus dem Zimmer, kam kaum eine Minute später mit Beppo wieder und drehte die Laptop-Kamera so, dass Beppo, der ganz interessiert in den Bildschirm guckte, voll im Bild war.

»Wie findest du ihn? Ist er nicht hübsch?«

»Ich find ihn toll, Fabian. Aber ist er nicht ziemlich groß?«

»Ja, aber Mama sagt, ein richtiger Hund fängt erst bei vierzig Kilo an. Und Beppo wiegt zweiundfünfzig.«

»Kann Mama ihn denn halten, wenn sie mit ihm über die Straße geht?«

»Man muss ihn nicht festhalten, er ist ganz lieb und setzt sich sofort hin, wenn man es ihm sagt.«

»Na, da habt ihr ja einen Superhund gefunden.«

Fabian nickte, nahm Beppos Riesenkopf in den Arm und drückte ihn fest an sich.

Beppo seufzte wohlig.

»Was macht denn euer Mieter?«, fragte Eckart. »Ist er nett? Kommt ihr mit ihm klar?«

Fabian zuckte die Achseln. »Nee, nicht wirklich. Der ist irgendwie komisch. Versteckt sich andauernd. Macht in der Capanna alle Fensterläden zu und kommt tagelang nicht raus. Is schon schräg.«

Eckart durchzuckte es heiß. Er hatte die ganze Zeit ein blödes Gefühl dabei gehabt, dass Rina einfach an jemanden vermietete, der am Tor geklingelt hatte. Was, wenn sie sich einen Irren ins Haus geholt hatte?

»Wie heißt er noch mal?«

»Manuel. Wie weiter, weiß ich nicht. Au, du, Mama ruft gerade, ich muss mal runter.«

»Gut. Ruf mich wieder an, ja? Wenn du es am Montag gegen neunzehn Uhr probierst, dann hab ich Drehschluss und bin noch mindestens eine Stunde im Büro. Da erreichst du mich ganz bestimmt. Und wenn irgendwas ist, sag meiner Sekretärin Bescheid, dann ruf ich zurück, o. k.?«

»Alles klar, Papa. Tschüss!«

Eckart kam gar nicht mehr dazu, Tschüss zu sagen, da hatte Fabian schon aufgelegt.

»Kannst du bitte die Hundenudeln noch zwei Minuten kochen lassen und dann abgießen?«, fragte Rina, als Fabian in die Küche kam. »Ich muss mal runter zu Rossella in die Capanna.«

»Ist irgendwas?«

»Nein, alles klar. Sie hat angerufen und will mich nur was fragen.«

Rina lief den Hang hinunter.

»Was gibt's denn?«, fragte sie, als sie die Capanna betrat. Sie wunderte sich, wie ordentlich alles war, keine persönlichen Sachen ihres Gastes lagen herum, es schien überhaupt nicht so, als ob hier irgendjemand wohnte.

Rossella machte ein höchst besorgtes Gesicht. »Rina, ich habe überall Rattenköttel gefunden. Überall! Auch auf der Arbeitsplatte in der Küche und im Bett. Vor allem im Bett! Das ist ja ekelhaft. Was sollen wir denn da machen?«

Rina sank auf einen Stuhl.

»Oh, wie schrecklich! Wir müssen Fallen aufstellen, Rossella, hinter dem Schrank, hinter der Kommode und hinter der Stereoanlage. Überall dort, wo man es nicht sieht. Unser Mieter muss ja gar nichts davon mitbekommen, wahrscheinlich hat er die Ratte bisher überhaupt noch nicht bemerkt. Ich habe noch mindestens drei Fallen im Magazin. Hol sie bitte und leg Käse rein. Und wenn du hier fertig bist, dann gieße draußen bitte auch noch die Geranien.«

Rossella nickte, schaltete den Staubsauger ein, und Rina verließ das Haus.

Draußen sah sie noch einmal vorsichtig nach dem Nest in der weißen Rose. Ein nacktes Junges lag darin, Mutter und Vater waren ausgeflogen, wahrscheinlich war ihnen der Krach des Staubsaugers zu heftig.

Aber Rina bemerkte, dass rund um das Nest mehrere tote Käfer und Würmer auf Dornen gesteckt waren.

36

Den Vormittag hatte Pater Johannes im Haus verbracht und sich auf die morgige Einstandsmesse in Monte Aglaia vorbereitet, denn der Himmel war bedeckt, und es sah nach Regen aus.

Jetzt riss die Wolkendecke auf, die Sonne kam heraus, und Pater Johannes beschloss, sich draußen auf die kleine verwitterte Gartenbank zu setzen und sein Brevier zu beten.

Als er aus dem Haus trat, blieb er überrascht stehen, denn die Gartenbank war schon besetzt.

Mit ihrem beinah zahnlosen Mund grinste ihn Primetta an. »Buonasera, padre. Bel tempo, äh?«

»Buonasera, Primetta. Wie geht's dir?«

Sie zuckte nur die Achseln. »Hast du 'ne Zigarette für mich?«

»Leider nein. Ich rauche nicht.«

»Oder ein Glas Wein? Komm, setz dich!« Sie schlug mit der flachen Hand auf den schmalen Platz neben sich. Ihr fülliges Hinterteil nahm zwei Drittel der Bank in Anspruch.

»Moment. Ich hol dir den Wein.«

Pater Johannes ging ins Haus und kam mit einem Stuhl und einem Glas Wein zurück. Er gab es Primetta und setzte sich ihr gegenüber in die Sonne.

»Was gibt es Neues im Dorf?«

»Nichts Besonderes. Nur, dass Pino sich den Daumen abgehackt hat.«

»Beim Holzhacken?«, fragte Pater Johannes.

Primetta nickte. »Pino ist ein selten dummer Hund. Dem ist nicht zu helfen.«

Sie hielt ihm ihr leeres Glas unter die Nase.

Pater Johannes nahm es nicht, sondern sagte: »Du wolltest noch etwas von Don Matteo und Kindern und dem Conte oder irgendwelchen reichen Fettsäcken sagen, Primetta. Erzähl mir die Geschichten, Primetta, dann bekommst du das nächste Glas.«

Primetta nickte, und Pater Johannes holte eine halb gefüllte Kanne mit Wein.

Er goss ihr ein. »Na los. Was war mit Matteo und dem Conte?«

Sie schlürfte bedächtig. »Don Matteo und der Conte – alles eine Wichse. Sind alle Schweine gewesen.«

Primetta räusperte sich und verschluckte sich an ihrer eigenen Rotze.

»Ich war da in dem Heim in Mercatale. Auch mit zwanzig noch. Und mit fünfundzwanzig. Wo sollte ich auch sonst hin? Hab abgewaschen, gewischt und die Klos geputzt. Hab die Kotze, die Pisse und die Scheiße von den Kindern weggemacht. Kinder sind widerlich.«

Pater Johannes fand es unerträglich, dies alles hören zu müssen, und er fragte sich, was es mit Don Matteo zu tun hatte.

»Aha. Und dann?«

»Dann kam Don Matteo in das Heim. Er war nett. Ja, doch, er war nett. Ab und zu hab ich was gekriegt. Ein paar Lire. Nur so. Weil ich ja nichts hatte. Gar nichts. Und dann haben wir Messwein getrunken. War immer genug davon da. Und dabei hat er mich jedes Mal angefasst. Und hat ihn reingesteckt.«

Sie warf den Kopf in den Nacken und lachte schallend. »Warum willst du nich? Was is?« Sie lächelte anzüglich und zeigte dabei wieder ihre Zahnlücken. »Ich weiß was, was dir gefällt. Wusste auch, was Don Matteo gefällt.«

»Das glaub ich dir. Aber erzähl weiter. Was passierte, als Don Matteo kam? Ich nehme an, er war für das Heim zuständig?«

»Weiß ich nich. Irgendwie ja.« Sie nickte schnell und zehnmal nacheinander. »Vielleicht war er auch der Chef. Kann sein. Is ja auch egal.«

»Da hast du recht. Ist völlig egal. Erzähl weiter.«

Primetta nahm die Kanne und schenkte sich selbst nach. Dann kratzte sie sich langsam und bedächtig die Kopfhaut, und Pater Johannes sah gegen die Sonne, wie massenhaft Schuppen zu Boden rieselten.

»Na ja, und dann hatte Don Matteo einen kennengelernt. Einen steinreichen Pinkel. Den Conte. Der fand Kinder toll. Und plötzlich gab es eine Schaukel fürs Heim. Und eine Tischtennisplatte. Und Wolldecken. Und Holz fürn Kamin. Und alle waren glücklich. Und ich bekam noch ein paar Lire mehr. Hab den Conte nie kennengelernt. Nur Don Matteo is immer hingefahren.«

Sie stand auf und kratzte sich am Hintern. Pater Johannes sagte nichts, um sie nicht zu unterbrechen. Dann ließ sie sich wieder breitbeinig auf die Bank fallen, trank hastig und redete weiter: »Und dann hat er das erste Mal Anna-Maria zum Conte mitgenommen, weil der so einsam und allein war. Und nach einer Woche hat er sie wieder abgeholt. Sie hatte eine neue Puppe im Arm, aber war ganz krank. Hat nur geweint. Ich hab sie dann geduscht, aber sie hat gar nich mehr aufgehört zu heulen. Ab und zu hat sie geschrien. Und hat sich an die Muschi gefasst. Ich hab ihr Milch zu trinken gegeben und ihr gesagt, sie soll aufhören, sie weckte ja das ganze Heim auf.

Don Matteo hat dann jeden Samstag ein neues Kind hingebracht und das alte wieder abgeholt.

Und dann bekamen wir von dem Conte einen Bus fürs Heim. Da konnten wir Ausflüge machen, endlich mal.

Und dann bekam das Heim einen neuen Anstrich. Und neue Duschen und einen Pool. Der Conte war ein Segen, und Don Matteo hat Fürbitten für ihn gebetet.«

Primetta hatte die Kanne auf dem Schoß und goss ihr Glas wieder voll.

»Erzähl weiter, Primetta, bitte.«

»Na ja«, grunzte sie, »is schwierig.«

»Versuch es. Bitte. Was geschah dann?«

»Anna-Maria hat dann nich mehr gegessen. Sie war elf, sah aus wie sieben und war nur noch Haut und Knochen. Ich hab ihr Bananen gebracht und Rosinen, die hat sie sonst immer gemocht, aber sie hat nichts mehr angerührt. Don Matteo wollte sie nicht ins Krankenhaus bringen, sagte, das wird schon wieder. Zwei Wochen später war sie tot. Ich hab sie am Waldrand verbuddelt. So, wie Don Matteo es befohlen hatte.«

Pater Johannes versuchte, sich nicht anmerken zu lassen, wie übel ihm war.

Primetta legte eine Pause ein, bohrte in der Nase und schien zu überlegen. Ihr Blick ging in die Ferne, als würde sie sich erinnern und alles noch einmal vor sich sehen.

»Don Matteo hat gesagt, ich soll beim Duschen gucken. Wenn bei den Mädchen der erste Flaum um die Muschi wächst, will der Conte sie nich mehr. Da hab ich geguckt und immer gesagt, welche noch geht.

Eloisa war so süß. So klein, so zart. War mein Püppchen. War die Einzige, die ich lieb gehabt hab. Und dann sollte sie zum Conte. Ich wollte nich. Nich meine süße kleine Eloisa. Hab Don Matteo angebettelt, bitte nich Eloisa, aber er hat gesagt, das muss so sein, wir brauchen neue Betten, die alten fallen schon auseinander.

Dann hat er sie weggebracht.

Und sie is nich wiedergekommen. Don Matteo is hingefahren, aber da war sie nich. Der Conte hat gesagt, sie hat sich an 'ner Rose verletzt und böses Blut gekriegt ... Daran is sie gestorben, und er hat sie im Park beerdigt.

Ich hab dann den andern Kindern erzählt, sie hat neue Eltern gefunden und wohnt jetzt in Livorno am Meer. Dabei isse im Himmel, meine Eloisa ...

Dann hat den Conte der Schlag getroffen. Einfach so, aus heiterm Himmel. Auf dem Klo. Als er gefunden wurde, war er schon tot. Aber das Kinderheim hat Geld gekriegt und Don Matteo den Porsche. Als Dank für alles. Da siehst du mal. Der Teufel hat ihn sich geholt.«

Pater Johannes schüttelte den Kopf und raunte: »Ich kann es kaum glauben.«

»Certo.« Primetta grinste. »Aber du musst es wissen, wenn du hier in diesem Drecksloch haust und wenn du zu den Leuten predigst. Du kannst ja nichts dafür. Ich bin eine arme Sau, aber du auch, Pater, du auch.«

Sie hielt ihm ihr Glas hin, denn die Kanne war leer.

Pater Johannes ging in die Küche, um neuen Wein zu holen.

Als er wieder nach draußen trat, war Primetta verschwunden.

37

Als er nach Hause kam, war es bereits dunkel. Er hatte das Auto an einer gut zugewachsenen Ausweichstelle im Wald geparkt und war die letzten zehn Minuten bis zum Tor und dann den Weg hinauf zur Gästevilla zu Fuß gegangen.

Rinas Haus war hell erleuchtet. In fast allen Fenstern brannte Licht, und er war darauf vorbereitet, dass dieser widerliche Köter jederzeit auf ihn zustürzen und ein Heidengebell veranstalten konnte. Er vermied es, über den Kies zu gehen, und schlich lieber durchs feuchte Gras. Eine winzige Billig-Taschenlampe mit aufgedruckter Firmenadresse von der Reparaturwerkstatt in Modena, die er dort geschenkt bekommen hatte, beleuchtete seinen Weg.

Alle paar Sekunden blieb er stehen, hielt den Atem an und horchte.

Aber nichts geschah. Keine Tür öffnete sich, kein Hund kam angerannt, und vollkommen unbehelligt und unbemerkt erreichte er die Capanna.

Er schloss die Tür auf, betrat im Dunkeln das Haus und würgte, als ihm der Geruch von Putzmitteln in die Nase stieg. Dann tastete er sich von Fenster zu Fenster und verschloss die inneren Fensterläden, bevor er die Nachttischlampe einschaltete.

Das Bett war frisch bezogen, aber jetzt nur noch für eine Person und nicht wie zuvor für zwei. Schade, aber nicht zu ändern.

Er setzte Toni unter seine Decke. »Schlaf ein bisschen«, murmelte er, »heute war ja 'ne Menge los. Wenn ich uns beiden Abendbrot gemacht habe, hol ich dich.«

Den ganzen Tag hatte er Toni unterm Hemd an seinem Körper getragen. Das musste für so ein kleines Tier auch ziemlich anstrengend sein.

Manuel schaltete eine Lampe in der Küche über dem Herd an und sah sich um. Ein Unterschied zu vorher fiel ihm nicht auf, und das machte ihn schon wieder wütend. Für die ganze Qual hätte er gern etwas gesehen. Zumindest den angelaufenen Silberteller, auf dem die Gewürze standen, hätte die Putzschlampe blitzblank und auf Hochglanz polieren können.

Mit seiner winzigen Taschenlampe leuchtete er die Decke ab und entdeckte zwei kleine Spinnweben in den Ecken neben der hohen Tür. Es war doch zum Verrücktwerden, und er fragte sich, was diese Putze hier überhaupt getan hatte. Rumspioniert wahrscheinlich.

Er stand in der Mitte des Raumes, sah sich um, drehte sich dreimal um die eigene Achse, spürte seine wachsende innere Unruhe und überlegte, woran es lag. An den Putzmittelgeruch hatte er sich schon gewöhnt.

Schließlich setzte er sich an den Tisch und wartete. Minutenlang. Ohne sich zu bewegen.

Und dann wusste er, dass es die Stille war. Er hörte nichts, gar nichts, und das war unerträglich. Kein Vogel sang, keine Grille zirpte, noch nicht einmal der Wind rauschte in den Bäumen. So bewusst war ihm das noch nie geworden. Vielleicht stand schon wieder ein Unwetter unmittelbar bevor.

Es machte ihn ganz leer und dumpf, ihm war, als würde er durch den Ozean tauchen, in dem alle Gefahren, die hinter ihm lauerten, genauso unendlich waren wie die Gefahren, die vor ihm lauerten. Nur dass er sie nicht auf sich zukommen sah.

Er sprang auf, drückte in Panik alle möglichen Knöpfe der Stereoanlage, da er nicht wusste, wie er sie einschalten konnte, bis urplötzlich dunkle Bässe durch den Raum krachten wie Donnerschläge. Er erschrak zwar fürchterlich, aber das Krachen war ihm allemal lieber als die erdrückende Stille.

Der Knopf zum Leiserdrehen war leicht zu finden, und auch die CD ließ sich problemlos auswerfen. Manuel nahm wahllos eine andere aus dem Regal und schob sie in den Apparat.

Als das Orchester erklang, legte er sich auf den Boden. Und dann sang eine Frauenstimme. Ein greller, schriller Sopran. Obwohl er den Gesang von Opernsängerinnen nicht ausstehen konnte, drehte er lauter. Bis zum Anschlag. Die Lautsprecher klirrten, vibrierten und bewegten sich auf dem Fußboden.

Die hohen Töne waren wie ein Skalpell, das all die dumpfe Trägheit und den undurchdringlichen Gedankenbrei aus seinem Kopf herausschnitt. Sein Hirn würde klar werden, er würde denken und schreiben können.

Monique, dachte er voller Schmerz. Monique, mon amour ...

38

Februar 1985

Ferdinand Gelting öffnete gerade das automatische Garagentor, als Monique aus dem Haus kam. Sie hatte Jacke und Stiefel an, ihre Handtasche über der Schulter und eine dicke Wollmütze über ihre wilde, rote Lockenmähne gestülpt.

»Hej!«, rief Ferdinand. »Wo willst du hin? In die Stadt?«

Monique nickte. »Bin mit einer Freundin zum Kino verabredet. Niimmst du misch mit?«

»Na klar. Steig ein.«

Das Haus der Geltings lag am Eichkamp, im Grünen, beinah mitten im Wald, aber durch die Stadtautobahn, die wie eine dröhnende Wand zwischen City und Wald lag, von der Innenstadt abgeschnitten. Mit dem Auto war man über die Stadtautobahn in Windeseile am Ku'damm, zu Fuß oder mit dem Rad wurde es problematisch.

Ferdinand hielt direkt vor dem Zoo-Palast. »Soll ich dich nachher wieder irgendwo abholen?«, fragte er. »Ich habe den ganzen Abend in der Stadt zu tun.«

»Oh, oui, das wäre fantastique!« Sie sah auf die Uhr. »Nach dem Film wir reden noch. Kommst du um 'alb zwölf?«

»Ist gut. Wo?«

»Hier.«

Er nickte, sie küsste ihn auf den Mund, und er ließ den Motor an. Sie sprang aus dem Auto und warf ihm noch eine Kusshand zu.

Punkt halb zwölf stand Ferdinand im Halteverbot vor dem Kino. Es waren keine zwei Minuten vergangen, da wurde die Beifahrertür aufgerissen, und Monique ließ sich auf den Sitz fallen. Ihre Augen leuchteten, ihre Wangen glühten, sie strahlte und umarmte ihn stürmisch.

»Mon amour, es war unglaublisch! Magnifique. So, so, so schön! Isch bin ganz glücklisch, der Film war eine Gedischt!«

Jetzt erst sah er, dass ihre Wimperntusche völlig zerlaufen war.

»Hast du geweint?«

»Natürlisch! Unentwegt 'abe isch geweint. Es war traurisch. Wundervoll. Isch bin zerflossen.« Sie lachte. »Fahr los, Ferdinon!«

»Du sagst ja gar nichts«, sagte sie eine Weile später, da ihr seine Schweigsamkeit aufgefallen war.

»Ich weiß nichts. Das heißt, mir geht so viel im Kopf rum, dass ich nicht weiß, was ich sagen soll.«

Sie lächelte. »Das kann isch gut verstehen.«

Als er die Innenstadt hinter sich gelassen und von der Autobahn abgefahren war, begann der Wald. Die Straßenbeleuchtung wurde spärlicher, dann hörte sie ganz auf.

Nur noch fünfhundert Meter bis zu der kleinen Siedlung, in der sie wohnten und wo auch die Straßenbeleuchtung wieder einsetzte.

»Warum 'ältst du?«, fragte sie irritiert. »Wir sind doch gleisch da?«

»Weil ich mit dir reden will. Ganz in Ruhe. Ohne dass mein Sohn uns hören kann.«

Sie drehte sich zu ihm um und lächelte ihn an.

Er lächelte nicht.

»Monique«, sagte er ruhig, »ich will dir nicht wehtun, aber nächste Woche kommt meine Frau aus der Klinik. Ich weiß es auch erst seit gestern. Und darum ist es besser, wenn du nach Paris zurückfährst, bevor alles noch komplizierter wird, als es ohnehin schon ist. Gleich diese Woche. Am besten morgen. Und dann werden wir uns nie wiedersehen.«

Monique saß wie erstarrt und sagte keinen Ton. Sie atmete kaum. Und dann riss sie plötzlich die Autotür auf, sprang hinaus und rannte die stockdunkle, nicht beleuchtete Landstraße hinunter, immer am Waldrand entlang.

Ferdinand unternahm nichts. Er atmete erleichtert aus und blieb einen Moment unbeweglich sitzen.

Dann startete er den Motor und fuhr nach Hause. Überholte sie, hielt aber nicht an, um sie mitzunehmen. Es waren ja nur noch fünfhundert Meter. Und wahrscheinlich wollte sie jetzt allein sein.

So wie er.

Sie ging durch die Nacht. Sah, wie er davonfuhr, wie die Rücklichter seines Wagens immer kleiner und undeutlicher wurden.

Es war alles verloren.

Sie wollte nicht zurück nach Paris. Sie wollte überhaupt gar nichts, wusste nicht, was sie wollte, aber sie war unendlich wütend.

Der Schlag, der sie wenige Sekunden später traf, war brutal, völlig überraschend und absolut tödlich.

Ulrich Kaufmann war todmüde. Er hatte fünf Tage auf dem Bock hinter sich und war jetzt bei Dunkelheit und Dauerregen endlich in Berlin eingetroffen. Er sehnte sich nur nach einem Kaffee, einer Bratwurst und ausgiebig Schlaf. Die Parkplätze auf den Autobahnrastplätzen waren an einem Samstagabend wie heute restlos überfüllt, und daher fuhr er neben der Autobahn den Eichkamp entlang, weil er wusste, dass es im Grunewald hier und da große Parkplätze gab, die bei Nacht leer waren und wo er seinen Vierzigtonner bequem abstellen konnte. Der altersschwache Scheibenwischer kratzte über die Scheibe und hinterließ breite Schlieren. Feuchter Nebel beeinträchtigte die Sicht. Immer wieder rieb Ulrich seine Augen, um wach zu bleiben, noch zehn Minuten vielleicht, dann konnte er endlich anhalten und schlafen.

Plötzlich gab es einen dumpfen Schlag. Ein tiefes, hartes »Bumm«. Sehr laut. Beängstigend.

Ulrich spürte es bis ins Mark. Das war nicht normal, der Laster hatte irgendetwas erwischt.

Er bremste. Die Landstraße war leer, hinter ihm kam kein Auto.

Ulrich hielt an, sprang aus dem Wagen, lief ein paar Meter zurück und sah das Mädchen am Straßenrand liegen. Es bewegte sich nicht. Ulrich packte es an der Schulter und versuchte es zu drehen, es kam keinerlei Reaktion.

»Scheiße«, schrie Ulrich voller Verzweiflung, rannte zum Wagen, sprang auf den Bock und fuhr davon.

Scheiße, Scheiße, Scheiße.

Was mache ich bloß? Mehr konnte er nicht denken.

Er war jetzt hellwach. Jede Müdigkeit war wie weggeblasen. Auf einem verlassenen Parkplatz kurz vor der Stadtgrenze hielt er an.

Er hatte keine Ahnung, wo er war, es war ihm auch gleichgültig, er sah nur immer die tote junge Frau am Straßenrand vor sich und konnte es einfach nicht glauben, dass er daran schuld war.

Umgefahren hatte er sie nicht. Sie war nicht unter die Räder gekommen. Wenn er sie überfahren oder mitgeschleift hätte, hätte er das gemerkt. Da war nichts gewesen.

Nur dieser dumpfe Schlag.

Die einzige Möglichkeit war, dass sie im Dunkeln an der Landstraße langgegangen war. Die Straße war nicht beleuchtet, sie hatte dunkle Sachen angehabt, und Ulrich hatte sie noch nicht einmal schemenhaft gesehen. Nichts hatte er gesehen. Nur tiefes Schwarz rechts und links neben der Straße.

Und dann musste er sie erwischt haben. Mit dem Seitenspiegel hatte er ihr vermutlich den Schädel zerschlagen.

Er hätte dableiben und auf die Polizei warten sollen. Jetzt bekamen sie ihn auch noch wegen Fahrerflucht dran.

Ulrich löschte das Licht. Zog sich die Decke über die Ohren und versuchte zu weinen. Ihm war klar, dass sich in dieser Nacht sein gesamtes Leben änderte. Schön wäre es gewesen, wenn er jetzt jemanden gehabt hätte, den er anrufen und um Rat hätte fragen können, aber ihm fiel niemand ein.

Seine Frau regte sich zu sehr auf, er konnte ihr das nicht antun.

Ulrich schlief schlecht, wachte immer wieder auf und war von Albträumen geplagt.

Früh um sieben ließ er den Motor an und fuhr zurück nach Berlin. Zur Polizei, um sich selbst anzuzeigen.

»Wo ist Monique?«, fragte Manuel am nächsten Tag, als ihr Platz beim Mittagessen frei blieb.

Ferdinand zuckte die Achseln. »Keine Ahnung. Ich hab sie heute überhaupt noch nicht gesehen. Hast du mal bei ihr geklopft?«

»Ja, klar. Gefrühstückt hat sie auch nicht, und ihr Bett sieht aus, als ob sie heute Nacht gar nicht drin geschlafen hätte.«

Ferdinand wurde heiß. Das kann nicht sein, dachte er. Es waren doch nur noch fünfhundert Meter.

Bereits anderthalb Stunden später standen zwei sehr freundliche, zurückhaltende Polizisten vor der Tür.

»Kennen Sie eine Monique Dupont?«

Ferdinand nickte.

»Dürfen wir hereinkommen?«

Ferdinand nickte erneut und bat die beiden Polizisten ins Wohnzimmer.

Manuel stand leichenblass in der Tür.

»Monique Dupont wohnte als Au-pair-Mädchen bei Ihnen?«

Ferdinand nickte stumm.

»Seit wann?«

»Seit Ende November.«

»Wissen Sie, was sie gestern Abend vorhatte?«

»Sie wollte mit einer Freundin ins Kino.«

»Und?«

»Ich hab keine Ahnung. Ich hab eben erst gemerkt, dass sie heute Nacht offenbar nicht nach Hause gekommen ist. Vielleicht hat sie bei ihrer Freundin übernachtet. Sie ist schließlich erwachsen.«

Manuel konnte sich kaum noch auf den Beinen halten, so übel war ihm.

»Es tut mir außerordentlich leid«, sagte der Polizist, »aber ich habe eine schlechte Nachricht. Monique Dupont wurde gestern Abend gegen vierundzwanzig Uhr von einem Lastwagen erfasst und tödlich verletzt.«

Manuel wurde nicht schwarz vor Augen, sondern grau. Alles drehte sich, löste sich auf und wurde zu einem undurchsichtigen, farblosen Brei. Er hörte nicht mehr, was sein Vater und die Polizisten noch sagten, er sah nichts mehr, die Konturen verschwammen, die Welt gab es nicht mehr.

Monique war tot.

Er fühlte nichts mehr, verlor die Kontrolle und stürzte zu Boden.

39

Als Manuel wieder zu sich kam, spürte er, wie seine vor Angst quiekende Ratte völlig hysterisch auf seinem Bauch Kreise drehte.

Toni war in Panik. Manuel griff sie und sprang auf. Schaltete die Stereoanlage aus und im ganzen Haus Licht an. Festbeleuchtung. Das hatte er noch nie getan.

Denn Toni hatte normalerweise keine Angst. Vor nichts und niemandem.

Zentimeter für Zentimeter suchte er das gesamte Haus ab. Sah auf und unter jeden Schrank, unter Waschmaschine, Spülmaschine und Kommode, hinter die Lautsprecher, unter die Gardine, hinter den Korb für das Kaminholz und den Mülleimer.

Und tatsächlich fand er drei Rattenfallen. Eine war ausgelöst, aber Toni war ihr entkommen.

Diese Schweine.

Er nahm die Fallen, brachte sie nach draußen und stellte sie auf die steinernen Fensterbänke.

Dann ging er zurück ins Haus, kraulte Toni den Bauch, aber er selbst beruhigte sich nicht. Er glühte, war kurz davor zu explodieren, hielt es nicht mehr aus, riss sich die Sachen vom Leib, bis er vollständig nackt war, öffnete die Haustür und rannte hinaus. Rannte ums Haus und schrie, so laut er konnte, Toni eng an seine nackte Brust gedrückt.

Immer und immer wieder. Bis er keine Kraft mehr hatte.

Beppo gab Alarm. Seine Rolle als Wachhund von *Stradella* hatte er offenbar intuitiv und ohne jedes Training übernommen.

Rina war allein in der Bibliothek, denn Fabian lag längst im Bett. Jetzt trat sie ans Fenster, um zu sehen, warum Beppo so aufgebracht war.

Und da sah sie ihren Gast splitterfasernackt und schreiend ums Haus laufen. Immer und immer wieder.

Neben ihr der vor Wut und Aufregung zitternde Hund.

Und während sie da stand, kamen ihr wieder die Sätze in den Sinn, die Manuel zitiert hatte und die ihr irgendwie bekannt vorgekommen waren: »Ich wünschte, ich wäre immer hier. Ich wünschte, ich könnte jeden Tag von Ihrem Fenster aus den Himmel und jede Nacht die Sterne sehen. Spüren, wie Ihr Atem meine Wange streift und mir Ihre Stimme wohlklingender erscheint als jede Musik. Ich wünschte, ich könnte rund um die Uhr bei Ihnen sein.«

Sie zermarterte sich das Gehirn, aber sie wusste immer noch nicht, woher sie diese Sätze kannte.

Und dann tat sie etwas, was sie noch nie getan hatte, seit sie hier auf diesem Berg lebte: Sie ging durchs Haus und schloss alle Außentüren ab.

»Lass gut sein, Beppo«, sagte sie schließlich, »es ist alles in Ordnung.«

Dabei ahnte sie, dass nichts, aber auch gar nichts in Ordnung war.

40

Sonntag, noch acht Tage

In den vergangenen Tagen hatte Rina einen kleinen »Lauf« gehabt, den sie bei jedem Buch flehentlich herbeisehnte, und in dieser Phase ließ sie sich gar nicht gerne unterbrechen oder von der Arbeit abhalten. Sie hatte die Idee für ein neues Buch gehabt und einfach angefangen zu schreiben. Ob sie wirklich auf dem richtigen Weg war, konnte sie noch nicht beurteilen, aber es war gut, schreiben zu können, und es beruhigte sehr, wenn sich jeden Abend ein paar Seiten gefüllt hatten.

Sie wusste, dass sie dadurch für Fabian noch weniger Zeit hatte, aber gleichzeitig war ihr klar, dass der Lauf schlagartig beendet sein würde, wenn sie sich drei Tage nicht an den Schreibtisch setzte. Und das wollte sie nicht riskieren.

Deshalb hatte sie eigentlich nicht die geringste Lust, aber Fabian bettelte so lange und inständig, dass sie schließlich nachgab und einwilligte, mit ihm in die Einstandsmesse des neuen Pfarrers in Monte Aglaia zu gehen.

Manuel war gerade aufgestanden und öffnete die große, torähnliche Glastür, als er sah, wie Rina ihr Auto startete und losfuhr. Fabian saß auf dem Beifahrersitz, auf dem Rücksitz thronte, begeistert über den Ausflug, der hechelnde Köter.

Der Wagen rollte die Auffahrt hinunter.

Sie waren weg.

Das war eine einmalige Gelegenheit, denn meistens blieben die beiden ständig hier oben, als wären sie auf ihrem verdammten Berg festgewachsen. Und wenn Rina mal einkaufen fuhr, dann meist allein, weil Fabian wohl lieber Videospiele machte, als in Supermärkten herumzulaufen.

Er überlegte, wohin sie gefahren sein könnten. Wenn sie Lust hatten, einen Spaziergang zu machen, brauchten sie das Auto nicht und konnten direkt von hier aus loslaufen. Er war mit dem kleinen Gästejeep schon ein bisschen herumgefahren. Das Anwesen war von einer herrlichen, einsamen Gegend umgeben, wo man stundenlange Spaziergänge machen konnte, ohne einen Menschen zu treffen.

Vielleicht waren sie auch eingeladen, würden zum Mittagessen bleiben und erst nachmittags zurückkommen.

Oder sie machten einen Ausflug und guckten sich irgendwo eine Kirche, ein Kloster, eine Burg oder ein Schloss an. Gingen eventuell sogar ins Museum.

Möglich war auch, dass sie heute, am Sonntag, in die Kirche fuhren. Er wusste nicht, ob Rina religiös war. Das war die schlechteste aller Möglichkeiten, denn dann hätte er nur ein bis zwei Stunden Zeit.

Während bereits jetzt, um elf Uhr vormittags, die Hitze brütete und die Sonne die Piazza vor der kleinen Dorfkirche in Monte Aglaia zum Glühen brachte, war es im Innern der Kirche, die nicht viel größer als eine Kapelle war, angenehm kühl.

Als Rina und Fabian die Kirche betraten, war sie erst zu drei Vierteln gefüllt, aber auf der Piazza standen noch so viele Menschen und unterhielten sich, dass der Platz im Kirchenschiff niemals ausreichen würde.

Rossella saß in der ersten Reihe, winkte ihnen aufgeregt zu und deutete mit großen Gesten an, dass in der Reihe hinter ihr noch zwei Plätze frei waren.

Rina tat ihr den Gefallen und setzte sich mit Fabian dorthin.

Der Altarraum war mit Wiesenblumen geschmückt, in Monte Aglaia hatte niemand das Geld, für den Kirchenschmuck Blumen zu kaufen. Der leuchtend rote Mohn in den Vasen stand im reizvollen Kontrast zu den schäbigen Kirchenwänden, von denen großflächig der Putz abplatzte.

Rina war in Gedanken bei ihrem Buch. Sie wollte die Zeit nutzen und darüber nachdenken, wie sie am Nachmittag weiterschreiben würde.

Die schwergewichtige Primetta schlurfte herein und zündete auf dem Altar die Kerzen an.

Die Kirche war mittlerweile bis auf den letzten Platz gefüllt, selbst in den Gängen standen die Leute, und das Gemurmel ebbte ab.

Alle warteten gespannt auf den neuen Pfarrer.

Pater Johannes war es gewohnt, in großen Kirchen zu sprechen, in denen es hallte, in denen er ein Mikro brauchte und nicht erkennen konnte, wer heute an der Orgel saß. Große Kirchen waren seine Welt, und er liebte es, wenn so viele Gläubige da waren, dass die Ausgabe der heiligen Kommunion eine Viertelstunde dauerte.

Und jetzt stand er hier in der winzigen Sakristei der stark renovierungsbedürftigen Dorfkirche, in die vielleicht fünfzig Gläubige passten, in der der Putz von den Wänden fiel und Spinnweben von der Decke hingen, in der das Altargemälde bis zur Unkenntlichkeit verblasst war und der Staub von Monaten auf den Kirchenbänken lag.

Er stand da in einem beigefarbenen Messgewand, das sich an den Nähten schon bräunlich verfärbt hatte, viel zu klein war und über dem Bauch spannte. Die rot-goldenen Stickereien waren zerfranst und hatten durch jahrelangen Schmutz ihren Glanz verloren.

Ihm war klar, dass er ein erbärmliches Bild abgab, und bereitete sich darauf vor, zu der kleinen Gemeinde zu sprechen.

Und ausgerechnet hier kam er fast um vor Nervosität.

Die Leute unterhielten sich leise.

Pater Johannes wusste, dass es keinen Zweck hatte, länger zu warten, und ging einfach hinaus, so wie man irgendwann den einen entscheidenden Schritt macht, um in den Abgrund zu springen.

In der kleinen Kirche war es augenblicklich totenstill. Niemand räusperte sich, niemand scharrte mit dem Fuß, kein Kind krähte.

Er sah sich um. Sah in die Gesichter der kleinen Gemeinde, die er retten, der er helfen wollte.

Da saßen gekrümmte Alte, die ihm die Köpfe entgegenreckten, mit hoffnungsvollen, gläubigen Blicken, Frauen, die den Rosenkranz drehten, so wie sie es wohl schon die letzten zehn Jahre lang getan hatten, Bauern, die Arme vor der Brust verschränkt und voller Erwartung, was jetzt kommen würde, Primetta mit einem süffisanten Lächeln, Debile, die grundlos vor sich hin grinsten und den Oberkörper vor und zurück schaukeln ließen und Kinder neben ihren Eltern mit ordentlich gekämmten Haaren.

Lächelnd ließ er seinen Blick wandern, und da entdeckte er ihn: Fabian und seine Mutter.

Mein Engel ist ja auch da, dachte er, und ihm wurde warm ums Herz. Seine Nervosität verflog augenblicklich.

Als sich sein und Fabians Blick trafen, zwinkerte er ihm kaum merklich zu.

»Liebe Gemeinde«, begann er auf Italienisch, »mein Name ist Pater Johannes, ich bin Franziskanerpater aus Deutschland, und Don Matteo war mein Freund. Schon seit fünfunddreißig Jahren, als wir zusammen in Rom Theologie studiert haben. Sein Tod hat mich, wie euch alle hier, vollkommen überrascht und schwer getroffen. In der Stunde seines Todes war ich bei ihm, und er hat mir das Versprechen abgenommen, mich um seine Schäfchen, um euch, zu kümmern. So sehr hat er euch geliebt.« Pater Johannes fühlte sich – schon während er sprach – gar nicht wohl in seiner Haut. Er sah Primetta an, die grinsend in der ersten Reihe saß, und kam sich vor wie ein Lügner.

Einige Dorfbewohner glucksten, andere schnauften, ein paar kicherten in ihre Taschentücher.

»Und darum bin ich hier«, fuhr Pater Johannes fort und versuchte, sich von den Reaktionen nicht beirren zu lassen. »Ich werde euch helfen, ich werde für euch da sein, ich werde eure Kinder taufen, die Liebenden vermählen und die Toten zu Grabe tragen. Und sonntags und zu den Feiertagen treffen wir uns zur heiligen Messe. Ihr könnt mich jederzeit ansprechen, wenn ihr etwas auf dem Herzen habt. Ihr wisst, wo ich wohne.«

Die Gemeinde war jetzt still, alle sahen ihn erwartungsvoll an.

»Nun lasset uns beten.«

Den Text der Liturgie hatte er in einer Schublade in Don Matteos Haus gefunden, aber bisher noch nicht auswendig lernen können. Daher begann er abzulesen: »Gloria a Dio nell'alto dei cieli ...«

Und wie ein einstudierter Chor antwortete automatisch die ganze Dorfgemeinde: »... e pace in terra agli uomini di buona volontà. Noi ti lodiamo, ti benediciamo, ti adoriamo, ti glorifichiamo, ti rendiamo grazie per la tua gloria immensa, Signore Dio, Re del cielo, Dio Padre onnipotente ...«

Minutenlang stand Pater Johannes da, hörte zu und war beeindruckt. Das war ja großartig. Die Gemeinde konnte die gesamte Liturgie der Messe auswendig.

Staunend machte er weiter.

Fabian hörte nicht hin, denn er verstand sowieso kein Wort. Er hatte nur Augen für Pater Johannes.

41

Manuel ging einmal ums Haus herum und sah in jedes Fenster. Nichts. Alles ruhig und verlassen. Türen und Fenster waren verschlossen, nur das Küchenfenster im ersten Stock stand sperrangelweit offen. Zur Not würde er mit einer Leiter einsteigen müssen, aber dann musste er auch das Fliegengitter vor dem Fenster zerstören, und der Einbruch war offensichtlich.

Das wollte er in jedem Fall vermeiden.

Er ging noch einmal ums Haus. Das Gästebad hatte eine innere Tür zu einem kleinen Schlafzimmer und eine äußere zur Terrasse. In der oberen Hälfte der Tür war ein kleines, vergittertes Fenster. Es stand offen. Er sah hinein. Ein schönes Bad. Und die Porzellanfigur einer nackten Frau in der Nische gefiel ihm ausgezeichnet.

Irgendeinen Weg in dieses Haus musste es geben! Es konnte doch nicht sein, dass er hier dumm herumstand und nicht hineinkam!

Noch einmal sah er durch das vergitterte Fenster ins Bad. Und da bemerkte er, dass der Schlüssel der Tür von innen steckte.

Die gute Frau schreibt Thriller und hat keine kriminelle Fantasie, dachte er und musste laut lachen. Aber wie sollte sie auch, wenn sie in ihrem Leben bisher nur in seinen Kopf geguckt hatte.

Die Gitterstäbe waren weit genug auseinander, sodass er seinen Arm locker hindurchstecken und den Schlüssel abziehen konnte.

Dann schloss er die Tür von außen auf und ging hinein.

Gästezimmer, Schlafzimmer, Bäder, Ankleidezimmer, Küche – das alles interessierte ihn nicht, er wollte nur ins Büro.

Ihre Schreibstube war ein wunderschöner Raum. Lichtdurchflutet, mit einem herrlichen Blick über das Grundstück und die Hügel der Toskana.

Er schaltete den Computer an, der, verbunden mit einem außergewöhnlich großen Bildschirm, auf dem Schreibtisch stand. Aber er kam nicht weit, denn der Computer war passwortgeschützt. Verdammt! Er hatte nie gedacht, dass sie hier auf diesem einsamen Berg so einen Zirkus mit ihrem albernen Computer machte.

Seufzend kapitulierte er und schaltete ihn wieder aus. Er konnte zwar einigermaßen mit Rechnern umgehen, aber er war kein Hacker und nicht in der Lage, ein Passwort zu knacken.

Er merkte, dass er schon wieder wütend wurde. Seine Fantasie war nicht passwortgeschützt, sie guckte ihm völlig ungeniert in den Kopf und klaute seine Gedanken, und wenn sie sie dann niederschrieb, trickste sie, wo es nur ging.

Es machte ihn krank.

An der Wand hing ein Kalender. Drei Monate nebeneinander.

Heute war der dreizehnte Juli. Die Zeit vom fünften bis neunzehnten Juli war grün markiert, die Zeit vom neunzehnten Juli bis dreiundzwanzigsten August rot.

Aha. Vom fünften bis neunzehnten war die Gästevilla noch frei gewesen, da war er gekommen, die kommenden Wochen waren besetzt.

Die jeweiligen rot gekennzeichneten Zeiträume waren eingerahmt, und darin standen die Namen, Telefonnummern und Mailadressen der künftigen Mieter.

Wunderbar.

Er nahm einen Zettel und notierte sich: 19.7.–2.8. Heidi und Gernot Wiesner, Tel. 05 51 65 43 98, hgwiesner@live.de — 2.8.–9.8. Marlies und Herrmann Hoppe, Tel. 089 7 65 00 87, zweimalhoppe@living.de — und vom 9.8.–23.8. Rita und Joop Ketels, Tel. 040 43 85 61, info@ketelskonsortium.com.

Er brauchte noch ein bisschen Zeit und würde Heidi und Gernot Wiesner gleich morgen unter einem Vorwand absagen. Dann hatte er seine Ruhe.

Ihm wurde ganz leicht ums Herz.

Da sah er neben ihrem Notizzettel, der als Mouseunterlage diente, einen kleinen Stapel ausgedruckter Seiten.

Er warf einen Blick auf das erste Blatt.

Ihm wurde schlagartig heiß. Das konnte doch alles nicht wahr sein.

In ihm kochte die Wut, sodass er andauernd schlucken musste. Er sah sich um. Ah ja, in der Ecke stand ein Fotokopierer. Wenn man so einsam wohnte, brauchte man so etwas.

Er fotokopierte die gesamten dreizehn Seiten. Wollte unten in der Capanna in Ruhe alles genau studieren.

Die Messe war zu Ende.

Pater Johannes stand vor der Kirchentür und schüttelte unzählige Hände. Jeder wollte sich bedanken und ihm Glück wünschen, manche hatten sogar Wein oder ein kleines Fläschchen Olivenöl dabei, das sie ihm verstohlen in die Hand drückten.

»Alles Gute, Pater! Wie schön, dass Sie hier sind!«, hörte er überall.

Primetta grinste mit ihren wenigen verbliebenen, schiefen Zähnen, machte ein trauriges Gesicht und hielt ihre schwieligen Hände auf. »Bitte«, flüsterte sie ab und zu leise. »Bitte, nur ein klein wenig. Ich hab weniger als nichts.«

Der eine oder andere gab ihr ein paar Cent, und es war deutlich zu merken, dass Primetta vor Erleichterung jedes Mal tief durchatmete.

Irgendwann war sie verschwunden.

Rina und Fabian warteten, bis der größte Trubel vorbei war.

»Wir dachten, wir trauen unseren Augen nicht«, sagte Rina statt einer Begrüßung. »Aber ich freue mich! Ich freue mich wirklich, Sie hier zu sehen! War das nicht schwierig, dass Sie sich in Deutschland loseisen und hier helfen?«

»Sicher. Das war nicht einfach, und es ist eine ziemlich lange Geschichte.«

Fabian stand nur da und strahlte ihn an.

»Und bei dir, Fabian? Alles gut? Hast du immer noch Ferien?«

Fabian nickte, errötete, und Pater Johannes fuhr ihm durchs Haar. Mein Gott, dachte er in diesem Moment, hat man in diesem Alter wirklich noch so weiches Engelshaar?

»Bitte, Pater, haben Sie Lust und Zeit, morgen Abend zu uns zum Essen zu kommen? Es würde mich sehr freuen. Und Fabian auch.«

»Ich komme gerne! Ganz herzlichen Dank für die Einladung.«

»Sagen wir um acht?«

»Wunderbar. Um acht bin ich da.«

Damit wandte er sich wieder anderen Dorfbewohnern zu, und Rina und Fabian verließen die Piazza.

Die dreizehn Seiten hatte er fotokopiert, aber jetzt durchsuchte er alles, weil es ihm einfach keine Ruhe ließ. Er gab sich Mühe, keine Unordnung zu machen, aber er kramte in jeder Schublade und blätterte durch jeden Papierstapel. Uralte elektronische Geräte, haufenweise Kabel, Adapter, Akkus, Stifte, Klebezettel, Batterien, Sicherheitsnadeln, Radiergummis, Kartons voller Fotos, Verlagskataloge, Zeitschriften, in denen Artikel über Rina erschienen waren, herausgerissene Bestsellerlisten, alte Manuskripte, Schmierpapier, Gitarrennoten, Nachschlagewerke, stapelweise Briefe und ausgedruckte private Mails, Schnellhefter, Briefumschläge, Klarsichtfolien … Es war zum Verrücktwerden. Da brauchte er noch Jahre, um alles durchzusehen.

Er musste alles von ihr wissen. Alles, alles, alles.

Im Raum drehte er sich gerade einmal um die eigene Achse, um zu sehen, welchen Schrank er als Nächstes durchsuchen wollte, als er ganz entfernt ein leises Geräusch hörte. War das ein Motor? Kamen sie etwa schon zurück?

Verdammt, er musste hier raus.

Panik erfasste ihn. Er nahm die fotokopierten Seiten, stopfte sie sich unters Hemd, um die Hände frei zu haben, sah sich hektisch im Zimmer um, ob noch irgendetwas daran erinnerte, dass er hier gekramt hatte, und als er glaubte, dass alles in Ordnung war, rannte er nach unten.

Er verließ das Haus wieder durch das Gästebad, schloss ab und nahm den Schlüssel mit. Wenn sie das nächste Mal wegführen, würde er wiederkommen.

Irgendwann würden sie den Schlüssel vermissen, aber da konnten sie ewig suchen.

Als er um das Haus herumrannte, hörte er schon das charakteristische knirschende Geräusch, wenn ein Auto auf Kies fuhr. Rina hielt also direkt vor dem Haus.

So schnell er konnte, verschwand er hinter dem Haus im Unterholz, um sich ungesehen bis zur Capanna durchzuschlagen.

Das war verdammt knapp gewesen.

42

Manchmal sind es die kleinen, alltäglichen Dinge, denen wir gar keine Beachtung schenken, die aber unser ganzes Leben verändern. Meistens begreifen wir erst Jahre später, wie schicksalsweisend eine Kleinigkeit gewesen war und wie ausschlaggebend, dass wir an der Kreuzung nicht rechts, sondern links abgebogen sind.

Adeles unglaubliche Geschichte begann mit der letzten Lesung aus ihrem Buch »Der Fremde im Tal«. Sie war erschöpft und froh, dass sie den Marathon von siebenundzwanzig Lesungen in siebenundzwanzig verschiedenen Städten bald überstanden hatte, aber dies alles war überlagert von einer tiefen Traurigkeit. In den nächsten ein bis zwei Jahren würde es nur einsames Schreiben und keinen Kontakt mehr zu ihren Lesern geben.

Als sie mit ihrer dunklen, warmen Stimme las, war es absolut still in der Buchhandlung. Niemand räusperte oder schnäuzte sich, keiner hustete oder knisterte mit Bonbonpapier, und auch von der Straße hörte man keinerlei Geräusche.

Absolute Konzentration, Adele hatte die Zuhörer auf ihrer Seite, sie waren vollkommen im Bann ihres Textes.

Und dann passierte es: Ein Handy klingelte.

Natürlich an der spannendsten Stelle.

Für Adele war es der Supergau. Niemand bewegte sich, niemand kramte in seiner Tasche und suchte nach seinem

Handy, um es abzuschalten. Alle taten, als wären sie unschuldig.

Das Handy klingelte unaufhörlich.

Adele las nicht weiter, sie schwieg und starrte in den dunklen Raum.

»Wäre es vielleicht möglich, das Handy zum Schweigen zu bringen?«, fragte sie nach einer Weile leise.

Aber auch darauf reagierte niemand.

Bis plötzlich ein Mann, den sie nicht erkennen konnte, weil er ziemlich weit hinten, vielleicht sogar in der letzten Reihe saß, explodierte: »Welcher Idiot hat sein verdammtes Handy angelassen und ist jetzt noch nicht mal in der Lage oder zu feige, es auszuschalten?« Er schrie wie ein Wahnsinniger, regte sich richtig auf, und Adele fand es mutig.

Jetzt erst bewegte sich eine Frau in der dritten Reihe, murmelte eine Entschuldigung und stellte das Handy aus.

Adele atmete tief durch, versuchte, sich wieder zu konzentrieren, und las weiter.

Das war ja wohl das Letzte. Die Zettel in seiner Hand flatterten, so zitterte er. Selbst die Lesungen, ihre gemeinsamen Erlebnisse, verarbeitete sie sofort, damit er keine Gelegenheit mehr dazu hatte.

Er musste sich beherrschen, um nicht sofort nach oben zu gehen und sie zur Rede zu stellen.

Die Tür des Weinkellers stand offen. Sein Blick fiel auf die Weinflaschen im Regal.

Es kostete ihn ungeheure Kraft, sich mit einem Glas und einem Korkenzieher in den Weinkeller zurückzuziehen und die Tür zu schließen. Er würde jetzt in dieser winzigen Gruft anfangen zu trinken. Eine Flasche nach der anderen, wenn es sein musste. So lange, bis er an diese unverfrorene, dreiste Autorin dort oben nicht mehr denken musste und konnte.

Er setzte sich auf die Erde, öffnete die erste Flasche und las weiter.

43

Nach der Messe hatte Pater Johannes noch mit einigen Dorfbewohnern geredet, hatte die Kirche und die Sakristei aufgeräumt und anschließend bei Mario Spaghetti aglio, olio e peperoncino gegessen.

Für Mario war der Pater der Star des Tages. Sie hatten wieder einen Pfarrer, Monte Aglaia war endlich wieder komplett und ein Ort wie alle anderen. Er spendierte ihm nach dem Essen drei mehr als gut eingeschenkte Grappa, und als Pater Johannes schließlich die Dorfstraße hinunter zu seiner Bruchbude ging, lief er nicht mehr so richtig präzise geradeaus.

Primetta wartete schon auf ihn und saß wieder auf der Gartenbank. Es schien mittlerweile ihr Lieblingsplatz zu sein.

»Du warst großartig«, begrüßte sie ihn. »Ich hab mich mal rumgehört: Die Leute lieben dich.«

»Oh!«, sagte Pater Johannes. »Das freut mich. Du willst wahrscheinlich ein Glas Wein?«

»Oder auch zwei«, sagte Primetta und strahlte.

Pater Johannes ging ins Haus, holte Wein, zwei Gläser und einige Scheiben trockenes Brot.

»Wir zwei haben was zu feiern«, sagte er, als er sich zu ihr setzte und die Gläser füllte. »Meine erste Messe in Monte Aglaia. Das ist doch was.«

»Wir sind alle glücklich, dass du da bist, wirklich«, sagte Primetta, erhob sich leicht und drückte Pater Johannes einen dicken, feuchten Kuss auf die Wange.

Er zuckte unwillkürlich zurück, und im selben Moment tat es ihm leid.

Primetta kicherte. »Mit dir ist es so wie mit Don Matteo. Jedenfalls so ähnlich.« Sie trank einen großen Schluck, beugte sich zu Pater Johannes und flüsterte fast: »Weißt du, irgendwann is Don Matteo im Heim in meine Kammer gekommen und hat gesagt, ich hab jetzt eine Gemeinde, Primetta. Vier kleine Dörfer. Wir gehen weg von hier, du hilfst mir in meiner Gemeinde. Kümmerst dich um die Sakristei, meinen Haushalt und was so anfällt. Ich hab ja sonst niemand. Und ich hab Ja gesagt. Das Kinderheim kotzte mich schon lange an. Na ja, und so sind wir hier gelandet. Ich wollte nich bei ihm wohnen, lieber in diesem Abbruchhaus auf der Piazza. Drei Treppen über der alten Nella. Kennst du bestimmt. Eine miese Kammer und ein Waschbecken, mehr nicht. Zum Scheißen bin ich vor Tagesanbruch in den Weinberg gegangen, gepinkelt hab ich ins Waschbecken, aber immerhin. Und irgendwann fing es an. Nach der Abendandacht gab es ein Glas Wein oder auch zwei oder drei, dann redeten wir über dies und das, und dann hat er mich mit raufgenommen. Und der Herr Pfarrer war nicht zimperlich, das sag ich dir.«

Primetta kratzte sich schon wieder dicke, fettige Schuppen von der Kopfhaut und redete weiter.

»Ich hatte ja niemanden. Hatte in meinem ganzen verdammten Leben nie jemanden gehabt. Nur Don Matteo. Der teure Wagen vom Conte stand immer in der Scheune. Einmal im Monat is er damit nach Florenz gefahren. Abends, wenn es dunkel war und im Ort kein Fensterladen mehr offen stand. Und am nächsten Abend is er zurückgekommen. Bei Nacht und Nebel, wenn alles schlief.«

»Was wollte er denn in Florenz?«

Jetzt flüsterte Primetta noch leiser und beugte sich so weit vor, dass Pater Johannes schielen musste, um in ihre Augen zu sehen. »Er holte sich kleine Kinder. Verstehst du? Keiner wusste es, aber ich weiß es.«

Aus irgendeinem Grund glaubte Pater Johannes ihr und schenkte ihr Wein nach.

Sie lehnte sich zurück, trank, bohrte lange und ausgiebig in der Nase und schmierte sich das Ergebnis an die Hose. »Ich habe in diesem verfluchten Nest und durch Don Matteo alles verloren. War mal jung und schön und nich doof. Jetzt trau ich niemandem mehr und bin am Ende. Wie alle hier in Monte Aglaia.«

Dann fragte sie: »Verdammt, wie heißt du noch mal?«

»Pater Johannes.«

»Verschwinde, Pater. Das ist kein guter Ort. Über kurz oder lang werden hier alle verrückt. Hau ab, bevor es zu spät ist. Bevor du genauso am Ende bist wie ich. Sieh mich an …«

Sie stand so plötzlich auf, dass die Gartenbank umfiel und ihr noch halb volles Glas umkippte. Tränen standen ihr in den Augen. Aber sie registrierte es gar nicht, sondern ging ins Haus, und Pater Johannes folgte ihr.

Wie eine Schlafwandlerin stieg sie die hölzerne Treppe hoch.

»He, he!«, rief Pater Johannes. »Primetta, wo willst du hin?«

Sie drehte sich um und sah ihn an. Völlig konsterniert. »Du willst also wirklich nich?«

Als er nicht reagierte, zuckte sie mit den Achseln. »Na gut, dann geh ich. Bist wirklich ein komischer Priester. Aber mit dir hätt ich's gerne gemacht.«

Sie kam die Treppe wieder herunter, kratzte sich im Schritt und drehte sich in der Tür noch einmal um.

»Ich mag dich, weil du gute Augen hast. Aber ich weiß auch bei dir nicht, ob ich dir trauen kann. Und ich sage es nur noch ein einziges Mal: Verschwinde, bevor es zu spät ist.«

Dann lief sie mit ihren dicken Beinen hinauf zu ihrem alten Abbruchhaus auf der Piazza, drei Treppen über der alten Nella.

44

Montag, noch sieben Tage

Rote Lampen blinkten, es piepte und klingelte unaufhörlich. Dann hörte er einen lang anhaltenden Ton. Er versuchte sich zu bewegen und auf sich aufmerksam zu machen, aber er konnte weder die Augen öffnen noch die Zunge hinausstrecken, noch einen Finger heben. Nichts ging mehr, sein Körper war gelähmt.

Vielleicht bin ich jetzt tot, dachte er, und das ist einfach nichts anderes als eine grenzenlose Hilflosigkeit, denn ein lang anhaltender Ton bedeutete ja normalerweise, dass nichts mehr funktionierte. Atemstillstand, Herzstillstand, aus.

Bitte, Schwester, komm, hol mich zurück, betete er, hörst du denn dieses Klingeln nicht? Warum bist du nicht hier und hilfst mir? Ich habe noch zwei Minuten. Vielleicht drei, dann werde ich auch aufhören zu denken.

Die Verzweiflung war so übermächtig, dass er schrie.
Und dadurch erwachte.

Er lag im Weinkeller auf der kalten Erde in seinem Erbrochenen. Es stank, und er ekelte sich vor sich selbst. Seine Haare klebten an der Haut seiner Wangen, und sein Kopf explodierte fast vor Schmerz.

Langsam setzte er sich auf, und allmählich dämmerte ihm, dass er großes Glück gehabt hatte, an seiner eigenen Kotze nicht erstickt zu sein.

Drei leere Weinflaschen lagen auf dem Fußboden, eine vierte war noch halb voll und schwamm in einer Rotweinpfütze. Er wollte das alles gar nicht sehen. Es widerte ihn an. Nie mehr würde er auch nur einen Tropfen Wein anrühren. Dieses eine Mal hatte gereicht.

Und wieder hörte er dumpf und entfernt ein Klingeln und begriff, dass er den Klingelton seines Handys in seine Träume eingebaut hatte.

Langsam kroch er auf die Tür zu, und dabei überlegte er, wie es sein würde, immer hier in diesem fensterlosen Loch eingesperrt zu sein. Tage. Wochen. Monate. Vielleicht sogar Jahre. Abhängig von dem Goodwill eines anderen, der über Leben und Tod entschied. Der etwas zu essen vorbeibrachte oder auch nicht. Der einen Eimer für die Notdurft und einen zweiten mit Wasser in das Verlies stellte oder auch nicht.

Es wäre die Hölle.

Aber er war nicht eingesperrt, er war ein freier Mensch, öffnete die Tür und kroch hinaus.

Toni schoss unter dem Bett hervor und sprang ihm auf den Rücken. Sie hatte ihn vermisst und wahrscheinlich fürchterlichen Hunger.

Das Handy lag auf dem Tisch. Er hob ab, ohne etwas zu sagen.

»Hallo, hier ist Iris«, sagte die vertrocknete Zicke aus der »Frau Erika Redaktion« in einer Lautstärke und so gewollt munter, dass er es schon als Frechheit empfand. »Wie geht's dir?«

»Blen-dend!«

»Bist du immer noch in Bella Italia?«

»Ja. Wenn du erlaubst.«

»Aber natürlich, Schätzchen, du kannst machen, was du willst, wenn die Arbeit nicht leidet. Weißt du doch. Im Anhang findest du die neuen Fragen. Den Redaktionsschluss kennst du. Und schönen Gruß vom Alten: Versuch mal, dich auf dein Studium zu besinnen und wie ein Psychologe zu antworten und nicht wie die Freundin im Fitnessstudio oder der Stammtischbruder nach dem zwölften Bier. Wir wollen, dass die Leute von uns, beziehungsweise von dir, Lebenshilfe bekommen, die sie von den ganzen Unterbelichteten in ihrem Bekanntenkreis nicht kriegen. Ist das klar?«

»Kein Thema. Mach ich.«

»Wunderbar. Dann gehe ich davon aus, dass du mich verstanden hast. Und wenn du ein Problem hast – du weißt, dass du mich jederzeit anrufen kannst. Bussi Bussi!«

Manuel legte auf. Es wurde ja immer schlimmer mit dieser eingebildeten Ziege. Warum schrieb sie ihr hochtrabendes, psychologisches Gequatsche nicht selbst? Wahrscheinlich, weil bei ihr die Kreativität nur für den Vor- und Nachnamen reichte.

Er schlug mit der flachen Hand auf den Tisch, dass seine Fingerknochen krachten.

Mühsam schwankte er zum Kühlschrank. »Toni, komm, Futter!« Es gab das Übliche. Käse, Brot und Tomate.

Dann klappte er noch einmal sein Handy auf, sah das Datum und die Uhrzeit und begriff, dass er im Weinkeller siebzehn Stunden saufend und schlafend verbracht hatte. Verflucht. Jetzt musste er sehen, dass er wieder in die Spur kam. Duschen, Zähne putzen, frühstücken und dann die Sauerei im Weinkeller beseitigen.

Unter der warmen Dusche entspannte er sich, und er spürte, wie die Kopfschmerzen nachließen und sein Kopf freier wurde.

Als er einen heißen Kaffeebecher in der Hand hatte, wusste er plötzlich, was er tun würde. Genau, das war die Lösung: Er würde einfach aufhören zu denken. Dann konnte sie nicht mehr weiterschreiben, dann hatte sie endlich eine Schreibblockade.

Er nahm einen Block und einen Stift und fing an zu schreiben:

»Ich denke nicht mehr, dann wird ihr nie wieder etwas einfallen …«

»Ich denke nicht mehr, dann wird ihr nie wieder etwas einfallen …«

»Ich denke nicht mehr, dann wird ihr nie wieder etwas einfallen …«

Immer und immer wieder schrieb er das, bis ihm das Handgelenk schmerzte.

Als er nicht mehr konnte, goss er sich ein Glas Wasser ein.

»Wenn ich nicht denke, kann sie nicht schreiben!«, brüllte er und fing an zu lachen, bis ihm die Tränen kamen.

45

»Wie geht's Beppo, deinem Hund?«, begann Eckart das Telefonat mit seinem Sohn. »Kommt ihr miteinander klar?«

Fabian sprudelte sofort los. »Du kannst es dir nicht vorstellen, er ist so süß, so lieb und immer brav. Er kapiert genau, was man von ihm will, und tut es sofort. Ich glaube, er ist irre glücklich, hier bei uns und nicht mehr in diesem widerlichen Tierheim zu sein. Das hat er total begriffen. Nachts ist er bei mir in meinem Zimmer und schläft vor meinem Bett. Und manchmal leckt er meine Hand. Damit will er mir sagen, dass er mein Freund ist.«

So überschäumend glücklich hatte Eckart seinen Sohn noch nie erlebt.

»Wie wird das denn, wenn du wieder zurückmusst ins Internat?«

Fabian verstummte sofort. Nach einer Weile sagte er: »Ich weiß nicht. Das halten wir beide nicht aus. Beppo nicht und ich auch nicht. Wir werden beide den ganzen Tag nur heulen.«

»Aber Mama kümmert sich doch um ihn.«

»Schon. Aber er ist mein Hund, und ich liebe ihn, und er liebt mich. Papa, so einen Hund findet man im ganzen Leben nur ein Mal. Wir sind *eine* Seele, sagt Mama. Das sieht man sofort.«

»Oh, das freut mich wirklich sehr für dich.«

Insgeheim war Eckart heilfroh, dass er weit weg war und nicht auch noch einen Hund ertragen musste.

Fabian druckste herum. Das spürte Eckart.

»Was ist sonst noch los?«, fragte er. »Du hast doch noch was auf dem Herzen. Spuck's aus!«

Und dann schien Fabian regelrecht zu explodieren.

»Papa, bitte! Pater Johannes hat erzählt, dass es in Rom eine fantastische Schule gibt. Ein Internat für Ministranten im Vatikan. Die hat einen tollen Ruf, da macht man ein sehr anerkanntes Abitur, und man kann im Petersdom Ministrant sein. Das finde ich soooo toll! Bitte, Papa, bitte, lass mich auf die Schule im Vatikan gehen, dann bin ich auch viel näher an *Stradella* dran und an Beppo und kann euch viel öfter besuchen! Kann auch am Wochenende nach Hause kommen. Das wünsch ich mir so sehr!«

»Nun mal ganz langsam und der Reihe nach.« Eckart schluckte, trank einen Schluck Wasser und versuchte, sich zu konzentrieren. Er hatte in einem Bistrot Weinbergschnecken in Knoblauchsoße gegessen, und es ging ihm nicht gut. Eckart hatte pausenlos das Gefühl, sich übergeben zu müssen, und ihm war, als drehe sich sein Magen um sich selbst. »Ist denn dieser komische Pater immer noch da? Ich dachte, der wäre schon lange abgereist?«

»Ja, war er auch. Aber jetzt ist er wiedergekommen und hat die Gemeinde in Monte Aglaia übernommen, weil der Pfarrer, der vorher da war, gestorben ist und weil er ein Freund von ihm war und weil sie keinen andern haben.«

»Das heißt, er ist jetzt ständig in Monte Aglaia?«

»Ja.«

»Du lieber Himmel.«

»Wieso? Er ist doch irre nett! Und außerdem ist er mein Freund.«

»Ach ja? Schon gut. Was hat denn Mama dazu gesagt?«

»Sie hat gesagt, ich soll *dich* fragen. Sie kann das nicht allein entscheiden, sonst kriegt sie wieder eins aufs Dach.«

»Wieso das denn?«

»Weiß ich nicht, aber das hat sie gesagt.«

Eckart schnaufte. Natürlich, das war Rinas Strategie. Ihn schlechtmachen, durch kleine, unüberprüfbare Spitzen. Er war ja weit weg und konnte sich nicht wehren. Eine ganz fiese Art.

»Fabian, hör zu. Diese Schule im Vatikan mag ja gut und auch sehr interessant sein, aber du kannst kaum Italienisch. Wie stellst du dir das vor? Du wirst mit Pauken und Trompeten untergehen!«

»Ich werde lernen wie verrückt. Das schwöre ich!« Fabian schien den Tränen nahe.

»Kommt nicht in die Tüte, mein Schatz. Schlag dir diesen Schwachsinn aus dem Kopf!«

»Wieso ist das denn Schwachsinn?«, kiekste Fabian, und seine Stimme rutschte ganz hoch. »Wieso bist du so gemein? Du weißt ja gar nicht, was da los ist, du sagst immer nur Nein, Nein, Nein. Bei allem, was man dich fragt. Immer Nein. Bei mir in der Klasse gibt es ganz viele, die haben echt coole Eltern, die hören sich das alles wenigstens an, wenn man sie fragt. Aber du sagst gleich Nein.«

»Fabian, schlag dir das aus dem Kopf! Studiere meinetwegen in Rom, wenn du mit der Schule fertig bist. Aber jetzt – nein! Und wenn du es tausendmal uncool findest. Es interessiert mich nicht.«

»Der Vatikan wäre mein Traum«, schluchzte Fabian, »ich möchte da so gerne hin! Und wenn ich Tag und Nacht nur lernen muss, das ist mir ganz egal. Papa, bitte, ich lerne Italienisch, und ich lerne im Vatikan, ein Ministrant zu werden. Ich schaff das schon, Papa, bitte!«

Allmählich reichte es Eckart. Das konnte doch wohl nicht wahr sein, was dieser verdammte Pope seinem Sohn für Flöhe in den Kopf gesetzt hatte. Er erkannte Fabian ja nicht wieder! Was war denn los mit ihm? Andere machten zu Hause Killerspiele am Computer, und sein Sohn wollte Ministrant im Vatikan werden? Du lieber Himmel, der war ja reif für den Psychiater, und mit dem Popen würde er sich wohl mal fünf Minuten unterhalten müssen, wenn der jetzt weiterhin die Gegend und die Atmosphäre mit seinen hirnrissigen Ideen vergiftete und kleine Jungen verrückt machte.

»Hör mal gut zu, mein Engel«, sagte Eckart und versuchte, sich zu beherrschen. »Das, was dir Pater Johannes erzählt hat, ist alles Quatsch und einfach nicht machbar. Außerdem erlaube ich es dir nicht, Schluss, aus, Ende. Du gehst in Deutschland auf ein wundervolles Internat mit einer ausgezeichneten Schule, du kommst gut zurecht, hast da deine Freunde, magst deine Lehrer, warum solltest du jetzt alles über den Haufen schmeißen und anfangen, in irgendwelchen Provisorien in einem fremden Land herumzuwursteln?«

»Weil ich nach Rom will, Papa. Rom ist die Heilige Stadt, und da will ich hin.«

Eckart seufzte. »Wir wiederholen uns. Geh nach Rom, wenn du dein Abi in der Tasche hast. Vorher nicht. Und jetzt ist Feierabend, jetzt brauchen wir über diesen Blödsinn nicht länger zu diskutieren. Meinetwegen kannst du deinem tollen Pater sagen, er soll mich mal anrufen. Dann werd ich ihm einen Schwank aus meiner Jugend erzählen, damit er aufhört, meinem Sohn Flausen ins Hirn zu setzen. Am besten, du unterhältst dich gar nicht mehr mit ihm. Der Mann ist ein Demagoge, Fabi, er ist nicht gut für dich. Geh ihm aus dem Weg.«

Fabian konnte kaum sprechen, so enttäuscht war er. »Was ist ein Demagoge?«, hauchte er.

»Ein Verführer. Ein Lügner. Ein Mensch, der andere beeinflussen will, um sie ins Verderben zu stürzen.«

»Das ist nicht wahr«, sagte Fabian, musste aber unwillkürlich an den Trick mit dem Holz denken, den ihm Pater Johannes verraten hatte.

»Doch, das ist wahr, Fabian. Und irgendwann wirst du mich verstehen. Und darum verbiete ich dir, Pater Johannes noch einmal zu sehen.«

»Aber Mama hat ihn zum Essen eingeladen!«

»Ich werde mit ihr sprechen, Schatz, verlass dich drauf.«

»Tschüss, Papa«, flüsterte Fabian, klickte Skype weg und schlug mit den Fäusten gegen die Wand, bis seine Handgelenke so wehtaten, als wären sie gebrochen.

46

Dienstag, noch sechs Tage

Rina Kramer ging langsam Stufe für Stufe die toskanische Treppe hinauf und knipste die verblühten Geranien von den Stielen. Dies musste sie regelmäßig tun, damit die Pflanzen Kraft hatten, neue, kräftige Blüten zu entwickeln.

Der gestrige Abend war richtig schön gewesen, was sie vorher niemals vermutet hätte. Pater Johannes war äußerst locker und entspannt, schien sich über das Essen riesig zu freuen, aß viel mehr, als sie einkalkuliert hatte, und was sie besonders bemerkenswert fand: Er unterhielt sich mehr mit Fabian als mit ihr. Das gefiel ihr, denn normalerweise war Fabian, wenn zwei Erwachsene am Tisch saßen, das fünfte Rad am Wagen.

Die kategorische Absage seines Vaters, was eine Schule in Rom betraf, hatte Fabian schwer getroffen. Er war enttäuscht und unglücklich, aber Pater Johannes schaffte es, ihn wieder aufzubauen.

»Sobald ich kann, fahre ich nach Rom«, sagte er. »Ich verspreche es dir. Ich habe dort sowieso noch einige Dinge zu regeln. Und dann werde ich mich genau informieren, ob es Internatsschulen für deutsche Schüler gibt. Ich werde das alles eruieren. Die italienischen Internetseiten sind ja wirklich nicht sehr informativ, aber ich werde das alles vor

Ort klären. Und auch diese Ministrantenschule im Vatikan werde ich aufsuchen, Fabian, und werde mir ganz genau ansehen, ob da ein Junge aus Deutschland, der kein Wort Italienisch spricht, überhaupt eine Chance hat. Wenn ich wiederkomme, sind wir alle schlauer. Und wenn es eine gute Möglichkeit geben sollte, werde ich sicher auch deinen Vater davon überzeugen können. Vertrau mir. Ich tu das für dich. Aber vielleicht komme ich auch wieder und sage: Fabian, bei aller Liebe, aber es geht wirklich nicht. Das ist nichts für dich, da machst du kein vernünftiges Abitur.«

»Kein Problem«, sagte Fabian voller Hoffnung und wie elektrisiert. »Echt, wenn du das sagst, dann ist es o.k. Dann glaub ich es. Aber mein Vater wischt immer alles so vom Tisch, ohne dass er genau weiß, worum's geht. Tu das, bitte, tu das, und dann ist alles gut. Ganz egal wie.«

Pater Johannes lächelte. »Das ist prima, Fabian. Das ist eine gute Einstellung und erleichtert mir meine Mission.«

Gegen zehn kippte Fabian vor Müdigkeit fast vom Stuhl, und Rina schickte ihn ins Bett. Anschließend leerte sie mit Pater Johannes die zweite Flasche Wein, sie begannen sich zu duzen, und Rina erzählte ihm von dem merkwürdigen Vogel, der im Dorngestrüpp seine Beutetiere aufspießte.

Pater Johannes lächelte. »Das ist wahrscheinlich der Neuntöter. Ein sehr seltener, außergewöhnlicher Vogel. Es ist richtig, er legt Vorräte an, indem er sie auf Dornen spießt, teilweise sogar kleine Mäuse, wenn er in einer Hecke mit langen Dornen oder in einem Limonenbaum nistet. Du kannst dich glücklich schätzen, so einen Vogel hier am Haus zu haben. Er ist wirklich etwas ganz Besonderes.«

Rina beschloss, den Neuntöter mal in Ruhe zu googlen, und fand ihn erschreckend und faszinierend zugleich.

»Es ist unglaublich, dass der Neuntöter bei dir wohnt, Rina. Absolut unglaublich.«

Rina sah ihn an und lächelte. »Das finde ich auch.«

Erst in der Nacht, als Pater Johannes längst gegangen war, wurde ihr bewusst, wie schrecklich das alles war, was er erzählt hatte. Im Grunde war er ein armer Hund, der in dieser Bruchbude in Monte Aglaia unter erbarmungswürdigen Umständen hausen musste.

Alles in allem war es aber ein wunderschöner Abend gewesen, und Rina hatte das Gefühl, einen Freund gefunden zu haben. Sogar einen, der ganz in der Nähe wohnte und jederzeit für sie da war. Und sie freute sich schon auf das nächste Abendessen mit ihm.

Als sie auf der obersten Treppenstufe angekommen war, streckte sie ihren vom ständigen Bücken schmerzenden Rücken und sah hinunter zur Capanna.

Der Wind trug Wagnerklänge zu ihr herauf, Manuel musste die Stereoanlage voll aufgedreht haben.

Das riesige, hölzerne, schwere Tor vor dem Fenster, das die ehemalige große Kirchentür simulierte, ging auf.

Das war ja etwas ganz Neues. Normalerweise schloss sie die schweren Türflügel, die aus fünf Zentimeter dickem Eichenholz bestanden, nur im Winter. Aber Manuel hielt sie immer geschlossen und öffnete sie nur ganz selten.

Lediglich mit einer Unterhose und einem weiten, seidenen Morgenmantel bekleidet, trat er aus dem Haus und drückte beide Türflügel gegen die Natursteinwand.

Die Musik schwoll an.

In der prallen Sonne stand er breitbeinig da, warf den Kopf in den Nacken, breitete die Arme aus und stieß einen langen, schrillen Schrei aus.

Dann drehte er sich mit ausgebreiteten Armen ein paarmal um die eigene Achse.

Manuel drehte sich. Die ganze Welt lag ihm zu Füßen. Er fühlte sich wie die Jesusstatue hoch über Rio de Janeiro. Es war berauschend. Sagenhaft. Einmalig. Die Musik drang ihm durch jede Pore, er spürte sie in seinen Knochen, in seinen Adern, auf der Haut. Er war eins mit diesem Moment.

Als ihm leicht schwindlig wurde, ging er wieder ins Haus und schloss nicht nur die Glas-, sondern auch die schwere Holztür wieder hinter sich. Kühle, gewohnte Dunkelheit umfing ihn, und die Lautstärke der Musik wurde unerträglich.

Er schaltete sie aus.

Rina war fassungslos. Es war ja Gott sei Dank abzusehen, wann der Spinner abreiste, und dann würde sie dafür sorgen, dass er sich niemals wieder in der Capanna einmietete.

Da sie dringend darauf wartete, dass ihr ihre neue Kreditkarte endlich zugeschickt wurde, beschloss sie, nach Monte Aglaia zu fahren, um die Post zu holen.

»Ich fahr mal kurz zum Briefkasten!«, rief sie.

»Ja!«, brüllte Fabian zurück, und sie stieg ins Auto und fuhr los.

Während sie über die Straße rumpelte, musste sie unentwegt an ihren Feriengast denken. Er war ja grundsätzlich sehr nett und höflich, aber dann verkroch er sich tagelang im dunklen Haus, beschallte sich mit ohrenbetäubender Musik, erschien wie ein Geist auf der Terrasse und schrie oder rannte nackt ums Haus. Er hatte sie wirklich nicht alle.

Nur noch drei Nächte – dann reiste er ab. Das war ja auszuhalten.

Ihr Briefkasten auf dem Parkplatz in Monte Aglaia war leer. Natürlich. Sie ärgerte sich, dass sie den Weg umsonst gemacht hatte, und spürte, dass sie schlechte Laune bekam.

Nur wenige Meter entfernt parkte ein Wohnmobil mit deutschem Kennzeichen. Das musste das ihres Mieters sein. Die Gardinen vor den kleinen Fenstern waren nicht zugezogen. Es interessierte sie schon, wie die »Wohnung« dieses Verrückten so aussah.

Sie hielt die Hand über die Augen, damit die Sonne nicht blendete, und sah hinein. Eine winzige Kochzeile mit kleiner Spüle, darüber Hängeschränke aus hellem Holz, ein Esstisch mit zwei Sitzmöglichkeiten, ein Doppelbett.

Und dann hörte sie vor Schreck auf zu atmen: Im Regal standen zwölf Bücher. Alle nebeneinander.

Ausschließlich ihre Bücher. Ihre Romane.

Er wusste also ganz genau, wer sie war.

Rina merkte, wie ihr fast die Beine wegknickten. Sie zitterte am ganzen Körper.

Was wollte er von ihr? Warum hatte er so getan, als wüsste er nicht, dass sie Bücher schrieb? Warum hatte er nicht einfach gesagt: »Ich habe alle Ihre Bücher gelesen, ich finde sie toll…« Daraus wäre bestimmt ein Gespräch entstanden, und sie hätten so manches Glas Wein zusammen geleert.

Das hatte er nicht getan. Er hatte sie belogen. Aber warum bloß?

Rina stand in der prallen Sonne bei knapp dreißig Grad im Schatten und begann zu frieren.

Vor Angst, denn sie spürte eine unmittelbare Bedrohung.

Auf ihrem Grundstück und in ihrem Haus war ein Mann, von dem sie nicht wusste, was er vorhatte.

Was sollte sie tun? Zu den Carabinieri gehen?

Sie würden sagen: »Signora, bitte! Ihr Gast hat alle Ihre Bücher gelesen und hat es Ihnen nicht erzählt. Das ist doch nicht schlimm! Das ist doch kein Verbrechen! Seien Sie doch froh! Freuen Sie sich, dass Sie einen Fan haben! Wo ist denn das Problem? Vielleicht ist Ihr Gast ein bisschen schüchtern und wollte sich nicht als Verehrer offenbaren. So was gibt es. Und das ist nun wirklich kein Fall für uns, die Carabinieri.«

So in der Art würde es klingen, und sie würde dastehen und sich genieren.

Nein. Sie musste die letzten drei Tage irgendwie durchhalten.

Langsam ging sie zu ihrem Auto und ließ den Motor an.

Aber als sie losfahren wollte, merkte sie, dass sie kaum in der Lage war, die Kupplung zu treten, so sehr zitterte ihr Bein.

Und während sie nach Hause rollte, wünschte sie sich nichts sehnlicher, als zu begreifen, was mit diesem Manuel Gelting wirklich los war.

47

Lange hatte Manuel auf ihn gewartet, aber er kam. Pünktlich um halb sieben, auf seinem abendlichen Rund- und Kontrollgang. Mit seinem tänzelnden, lockeren Gang, bei dem es schien, als würde er seine entspannten Gelenke durch die Gegend schlackern. Er schnüffelte am Haus entlang und wirkte regelrecht überrascht, als er Manuel auf der Terrasse sitzen sah.

»Da bist du ja! Guten Abend, Beppo! Komm mal her, mein Schatz, und mach Sitz! Lass dich streicheln.« Schwanzwedelnd kam Beppo langsam und durchaus ein bisschen misstrauisch näher.

Manuel hielt ihm die Hand hin, Beppo beschnupperte sie, fasste Vertrauen und legte sich neben Manuels Stuhl auf die Erde. Manuel streichelte ihn. »Du bist ja ein ganz feiner, ein ganz lieber, ein ganz süßer Hund! Was für ein Schätzchen! Und so brav! So einen Hund wie dich hätte ich auch gerne. Aber ich hatte in meinem Leben nur zwei Hunde. Die waren wesentlich kleiner als du. Der eine hat den ganzen Tag gekläfft, dass man es kaum aushalten konnte, und der andere hat jeden, der kam, in die Füße, in die Beine, in die Hose oder in die Schuhe gebissen. Ohne Grund und ohne Vorwarnung. Eine ganz widerliche, heimtückische Töle. Aber du bist ein Lieber, ein großer Schatz und ein guter Wächter, stimmt's?«

Beppo grunzte wohlig und schloss die Augen.

»Und weil du so ein braver Hund bist, bekommst du von mir jetzt auch eine Belohnung. Bleib mal schön hier, ich bin gleich wieder da.« Manuel stand auf und ging in die Küche.

Beppo sah ihm interessiert hinterher, atmete tief aus und legte den Kopf auf die Pfoten.

Als Manuel wieder nach draußen kam, hatte er ein paar Buletten in der Hand. »Hier, mein Süßer, sollst doch nicht leben wie ein Hund, das schmeckt dir bestimmt. So ein braver Kerl muss auch mal eine Belohnung bekommen!«

Er legte Beppo die erste Bulette vor die Nase, und der zögerte nicht, sondern verschlang sie beinah mit einem einzigen Bissen. Und dann die zweite, die dritte und die vierte.

Manuel lächelte. »Das hat geschmeckt, nicht? Prima. Und jetzt geh mal nach Hause zu Frauchen, ja? Ab! Los, lauf!«

Beppo stand wahrhaftig auf und lief schwanzwedelnd davon.

Rina und Fabian aßen Abendbrot auf dem Portico. Es war ein herrlich warmer Abend, und erst gegen neun Uhr dreißig versank die Sonne wie eine pralle Blutorange hinter den Bergen. Rina zündete Mückenkerzen an und stellte sie auf die Balustrade. Beppo lag still unter dem Tisch.

»Möchtest du noch etwas?«, fragte sie Fabian.

»Nein danke. Bin pappsatt.«

»Bist du in Gedanken immer noch bei der Schule in Rom?«

Fabian nickte. »Es könnte so schön sein! Ich wäre ganz nah, ich könnte viel öfter bei dir und bei Beppo sein. Mit dem Zug sind es nur zweieinhalb Stunden. Das ist doch gar nichts! Ich versteh nicht, was Papa dagegen hat. Und ich versteh auch nicht, wieso er das bestimmt. Er selbst ist ganz weit weg, lässt sich nur alle paar Monate blicken, und wir müssen hier ausbaden, was Papa will. Das ist gemein. Das kotzt mich an.«

Rina schwieg. »Da kann ich dir noch nicht mal widersprechen.«

Während Fabian gesprochen hatte, hatte er die ganze Zeit Beppo unter dem Tisch gekrault. »Was ist denn mit Beppo los?«, fragte er. »Sonst bettelt er immer um ein Stück Käse, heute gar nicht. Ist doch komisch, oder? Beppo!«

Beppo reagierte nicht.

Fabian kroch unter den Tisch und schrie auf. »Mama! Hier ist alles voller Blut!« Er richtete sich auf, und seine Augen flackerten vor Angst. »Mama! Bitte! Guck mal! Beppo zittert ganz doll! Er ist krank, Mama, wir müssen zum Arzt!«

Jetzt sah auch Rina unter den Tisch. Sie erkannte mit einem Blick, dass der Hund apathisch und todkrank war. Sein Atem ging unregelmäßig, mal flatternd flach, mal setzte er ganz aus, und er spuckte immer wieder Blut.

»Du lieber Himmel«, stöhnte sie, »was hat er bloß? Beppo, Lieber, was ist?«

Aber Beppo reagierte nicht.

»Komm, hilf mir, wir müssen ihn hochziehen und dann irgendwie ins Auto tragen, um zum Tierarzt zu fahren.«

Beppo wog über fünfzig Kilo. Als sie seinen Kopf hoben, sahen sie, dass die Augen bereits glasig waren und ins Leere blickten, und als Rina ihn in die Arme nahm, in der Hoffnung, ihn heben zu können, erbrach er sich erneut und spuckte verdaute Nahrung vermischt mit Blut.

»Beppo, bitte!« Rina fing an zu weinen, wiegte das kranke Tier in ihren Armen, und Fabian schrie laut um Hilfe.

Aber niemand hörte ihn.

Rina und Fabian versuchten mit vereinten Kräften, den schwachen, röchelnden Hund die Treppe vom Portico zur Terrasse hinunterzuhieven, legten ihn kurz ab, und Rina holte das Auto.

Fabian kniete über dem Tier, heulte und schrie, umarmte den schlaffen Körper und bedeckte ihn mit Küssen. Er flehte ihn an, wieder gesund zu werden, und betete unaufhörlich. »Bitte, bitte, bitte, lieber Gott, mach, dass er wieder gesund wird, bitte, bitte, bitte, er darf nicht sterben, lieber Gott, bitte hilf mir, hilf Beppo, bitte …«

Sie schafften es schließlich gemeinsam, den Hund ins Auto zu heben, und fuhren los. Bis zur Tierklinik würden sie fast eine Stunde unterwegs sein.

Manuel sah, dass sie aufbrachen. Mit der Ratte auf der Schulter stand er vor dem großen Tor und wusste, dass sie den Hund in die Klinik brachten. Und er war sich ganz sicher, dass sie ohne Hund zurückkehren würden.

Er war äußerst zufrieden mit sich.

Alle hatten wieder ihren Frieden.

Fabian saß hinten bei Beppo, hatte seinen Hund im Arm, streichelte ihn und redete mit ihm. Seine Tränen tropften Beppo aufs Fell.

Beppo sah Fabian an, so traurig und verzweifelt, wie nur ein Hund gucken kann, seufzte tief, schloss die Augen und starb.

Fabian spürte nicht, dass bereits kein Leben mehr in seinem geliebten Hund war, und betete unaufhörlich. Rina raste durch die Nacht.

In der Tierklinik in Arezzo rannte Rina in die Notaufnahme und kam wenige Minuten später mit einem Arzt zurück.

Dieser sah den Hund, untersuchte ihn kurz, horchte ihn ab und sagte: »Es tut mir wahnsinnig leid, aber das Tier ist tot. Bestimmt schon seit einer halben Stunde. Da kann ich nichts mehr machen.«

»Aber was ist denn passiert? Was hat er denn? Warum ist er denn gestorben? Er war ein ganz gesunder, fröhlicher Hund.«

»Möchten Sie eine Autopsie?«

»Ja, bitte.«

Rina stützte sich gegen die Wand, um nicht umzufallen. Es war ihr egal, auch wenn die Autopsie tausend Euro kosten würde, sie wollte wissen, woran Beppo so jämmerlich verreckt war.

Fabian schlotterte am ganzen Körper. Rina musste ihn fest umklammern, damit er nicht einfach in die Nacht rannte. Er war nicht mehr bei sich. Er weinte und schrie und tobte, wie er es noch nie getan hatte. Der Schmerz zerriss ihm das Herz, Beppo war das Liebste, das er auf der Welt gehabt hatte, und Beppo gab es nicht mehr.

Rina spürte, was ihr Kind durchlitt.

Sie saßen auf dem Flur, hielten sich an den Händen und warteten.

»Vielleicht kann ihn der Arzt ja wiederbeleben«, hauchte Fabian unter Tränen. »Bitte, bitte, bitte, lieber Gott, mach, dass Beppo wieder lebt. Bitte, mach es. Du bist doch allmächtig, du kannst es doch, bitte, bitte mach es.«

Nach einer knappen Stunde erschien der Arzt wieder auf dem Flur.

»Ich bringe keine guten Nachrichten«, sagte er leise und sah Rina an. »Wollen wir uns vielleicht allein unterhalten?«

Rina schüttelte den Kopf. Alles, was der Arzt jetzt sagte, würde sie Fabian ohnehin erzählen müssen.

»Also gut.« Der Tierarzt sah Mutter und Sohn voller Mitleid an. »Es tut mir so unendlich leid, aber Beppo hatte einen völlig zerfetzten Magen-Darm-Trakt. Er hat irgendetwas gefressen, was gespickt war mit Stacheldraht, Rasierklingen und Glasscherben.«

Fabian schrie auf.

Der Arzt ging zu ihm und nahm ihn in den Arm.

»Du bekommst sicher einen neuen Hund. Es gibt so viele vernachlässigte, traurige Hunde, die Liebe und Fürsorge brauchen.«

Fabian schüttelte den Kopf und schluchzte. »Nie wieder gibt es einen Hund wie Beppo. Nie wieder.«

»Es ist schwer für ihn«, flüsterte Rina unter Tränen. »Beppo war wirklich außergewöhnlich.«

»Soll er hierbleiben?«, fragte der Arzt leise, aber Rina schüttelte den Kopf.

»Wir nehmen ihn mit. Können Sie uns helfen, ihn ins Auto zu legen?«

Der Arzt nickte und trug zusammen mit einem Kollegen Beppos Leichnam in den Kofferraum.

Fabian saß auf dem Beifahrersitz, hatte den Kopf im Nacken, die Augen geschlossen und wirkte doch so, als sähe er in den schwarzen Nachthimmel. Und sein kleiner Körper schüttelte sich im Weinen und in diesem unendlichen Leid.

Beppos Tod hatte eine Wunde in seine kleine Seele gerissen, die nie wieder heilen würde.

Ich habe so doll gebetet, dachte Fabian, aber der liebe Gott hat mir nicht geholfen.

Rina nahm ihn in den Arm, sagte aber nichts. Sie wusste nicht, was sie tun konnte.

Behutsam schnallte sie Fabian an und fuhr mit dem weinenden Kind, das nur noch krampfte und verzweifelt nach Luft schnappte, zurück nach *Stradella*. In das Haus, das ohne Beppo leer und leblos erschien.

Wer hatte Beppo Stacheldraht, Rasierklingen und Scherben zu fressen gegeben? Ihr Untermieter? Dass er Hunde nicht mochte, war offensichtlich. Aber war er zu so einer Schweinerei in der Lage? Oder hatte irgendjemand etwas über den Zaun geworfen?

In der Nachbarschaft waren schon ein paarmal Hunde vergiftet worden, weil sich die Jäger ärgerten, dass sie das Wild verscheuchten.

Aber Beppo? Er war kein Beller gewesen, und dann schon nach so kurzer Zeit?

Rina wusste nicht, was sie denken sollte.

48

Mittwoch, noch fünf Tage

In der Nacht schlief Manuel tief und fest, hörte die Schreie der Käuzchen nicht und wurde zum ersten Mal auch nicht durch den Kontrollgang des Hundes am frühen Morgen gestört.

Die zaghaft rufende Stimme vor dem Haus baute er zuerst in seine Träume ein, bis er allmählich begriff, dass es Realität war und da draußen vor dem Fenster tatsächlich jemand nach ihm rief.

Ungläubig wartete er noch eine Weile ab. Dann hörte er es ganz deutlich: »Hallo! Herr Gelting!«

Das war ja das Allerletzte! Er mochte es grundsätzlich nicht, wenn ihn jemand störte oder rief – aber wenn er dabei auch noch geweckt wurde, hörte der Spaß auf. Wahrscheinlich war es wieder diese Kramer, diese Wahnsinnige, die ihn einfach nicht in Ruhe lassen konnte. Diesmal ging es garantiert um den blöden Köter.

Er stand auf, zog den Bademantel über, der den Gästen der Villa zur Verfügung gestellt wurde, ging zum Fenster und öffnete die Läden.

Wahrhaftig. Vor dem Fenster stand eine ziemlich verstörte und noch zerbrechlicher als sonst wirkende Rina Kramer.

»Bitte entschuldigen Sie vielmals«, begann sie, »oh mein Gott, hab ich Sie geweckt?«

»Ja. Was ist denn los?«

»Ich konnte ja nicht ahnen« – sie sah auf die Uhr –, »es ist kurz vor zwölf, tut mir wirklich leid.«

»Schon gut. Was gibt's denn?«

»Unser Hund ist tot«, stotterte sie und hatte Mühe, die Tränen zurückzuhalten. »Beppo. Sie haben ihn ja kennengelernt.«

Er versuchte ein erstauntes Gesicht zu machen. »Ja, natürlich. Beppo. Aber was ist denn passiert? Er war doch noch gar nicht so alt?«

»Nein. Er ist umgebracht worden. Irgendjemand hat ihm etwas zu fressen gegeben, worin Stacheldraht, Glasscherben und Rasierklingen waren.«

Manuel tat so, als verschlüge es ihm die Sprache. »Wie schrecklich! Was kann ich denn tun?«

»Bitte«, sagte sie und brach nun doch in Tränen aus, »bitte, der Hund liegt im Kofferraum, wir möchten ihn hier auf dem Grundstück begraben. Aber er ist zu schwer, wir kriegen ihn da nicht raus. Könnten Sie uns vielleicht helfen und mit anpacken?«

»Ja, klar. Aber ich bin noch nicht angezogen. Ich komme in einer halben Stunde. O. k.?«

»Das ist sehr freundlich von Ihnen. Ganz herzlichen Dank!« Sie wandte sich ab und ging den Berg hinauf zum Haupthaus.

Manuel jubilierte innerlich. Er stand vor dem Haus, rieb sich die Hände und strahlte. Das war ja großartig, er war Ehrengast auf der Beerdigung desjenigen, den er umgebracht hatte. Was für ein Festtag! Etwas Schöneres konnte er sich nicht vorstellen.

Dann ging er zurück ins Haus und trank aus dem Stand einen halben Liter Wasser.

Er fühlte sich so gut wie schon lange nicht mehr, ging ins Bad, putzte sich die Zähne, duschte, cremte sich ein und benutzte sein Lieblingsparfum. Dann zog er sich Shorts und T-Shirt an, kämmte sich sorgfältig, benutzte dabei ein klein wenig Gel, lächelte seinem Spiegelbild noch einmal zu und ging hinauf zum Haupthaus.

Mutter und Sohn erwarteten ihn schon am Auto. »Es tut mir so leid, dass wir Sie bitten müssen …«, stammelte Rina erneut. Sie hatte ständig versucht, Dragos anzurufen, um nicht unbedingt diesen Gelting fragen zu müssen, der Beppo vielleicht sogar auf dem Gewissen hatte, aber hatte ihn nicht erreicht.

»Schon gut.«

Fabian stand da wie erstarrt.

Noch nie hatte Manuel ein Kind gesehen, das so kalkweiß war wie dieser kleine Junge. Wenn sie jetzt die Hundeleiche aus dem Kofferraum hoben, würde er sicher einfach umfallen.

Manuel ertappte sich bei dem Gedanken, wie es wäre, Hund und Kind gleich zusammen zu beerdigen. Eigentlich keine schlechte Idee.

Rina öffnete die Kofferraumklappe.

Und da lag Beppo. Ganz still, ganz friedlich, ganz weich. Als würde er schlafen. Die Totenstarre hatte sich bereits wieder gelöst.

In diesem Moment stürzte sich Fabian auf ihn, kroch zu ihm in den Kofferraum, umschlang ihn mit seinen dünnen Ärmchen, drückte ihn an sich und sagte immer wieder: »Er ist nicht tot. Er schläft nur. Mama, er ist nicht tot, wir dürfen ihn nicht beerdigen, dann kriegt er keine Luft mehr!«

Rina war am Ende ihrer Kräfte. »Doch, Fabi«, sagte sie leise, »er ist tot. Glaub mir. Du wirst sehen, er steht nicht mehr auf. Könnten Sie mal bitte mit anfassen?«

»Ja, natürlich. Wo?«

»Ich vorne, Sie hinten. Und dann tragen wir ihn in die Schubkarre da.«

»Gut.«

Behutsam hoben sie den schweren Leichnam aus dem Kofferraum und legten ihn in die Schubkarre.

Fabian weinte zwar nicht, bewegte seine Hände aber wie ein Spastiker, verdreht, verschlungen gespreizt, hoch und runter und von rechts nach links, als wolle er seinen Hund fassen, greifen, aber es ging nicht. Ging nicht mehr.

»Wo soll er hin?«, fragte Manuel.

»Da nach drüben. Zum Gemüsegarten. Dort ist die Erde weich, dort können wir graben.«

Wir, dachte Manuel. Wie wunderbar.

Sie arbeiteten zwei Stunden. Die meiste Zeit schweigend.

Neben dem offenen Grab stand die Schubkarre, nur dass Rina den toten Beppo mit einer Tischdecke zugedeckt hatte, um es für Fabian erträglicher zu machen.

Fabian stand daneben, sah zu und bewegte sich nicht.

Die Vorstellung, dass sein geliebter Hund bald in diesem Erdloch verschwinden sollte, war für ihn unvorstellbar und nicht auszuhalten.

Er glaubte fest daran, dass noch irgendetwas geschehen würde, um das Fürchterliche zu verhindern. Irgendein Wunder. Gott konnte Tote zum Leben erwecken. Warum nicht auch Beppo?

Schließlich war das Loch tief genug, und Rina kippte Beppo vorsichtig hinein. Die Tischdecke ließ sie ihm.

Fabian schrie auf. »Der Pfarrer muss kommen!«, brüllte er. »Pater Johannes aus Monte Aglaia! Bitte, Mama, ruf ihn an, er muss Beppo beerdigen, das können wir nicht allein!«

»Gut. Mach ich.«

Sie zog ihr Handy aus der Hosentasche und entfernte sich. Ging bis zum Parkplatz, wo Fabian sie nicht mehr hören konnte. Es war ihr klar, dass Pater Johannes auf keinen Fall wegen der Beerdigung eines Hundes den langen Weg von Monte Aglaia bis hinauf nach *Stradella* kommen konnte. Sie wagte es gar nicht, ihn danach zu fragen. Also tat sie so, als würde sie telefonieren, und kehrte danach zu Fabian und dem sehr schweigsamen Manuel zurück.

»Pater Johannes hat keine Zeit, Fabian«, sagte sie. »Er ist unterwegs. Natürlich hätte er Beppo gern beerdigt, aber er schafft es einfach nicht und schickt ihm aber seinen Segen. Sobald er kann, wird er dich besuchen. Oder du ihn.«

Fabian nickte traurig.

»Bleiben Sie noch einen Moment?«, fragte Rina flüsternd. »Dann beerdigen wir ihn jetzt.«

Manuel nickte. »Lassen Sie mal, ich übernehme das.«

Er stellte sich dicht an Beppos Grab, Fabian genau gegenüber, und faltete die Hände. Fabian und seine Mutter taten dies daraufhin ebenfalls. Dann begann er sehr salbungsvoll zu reden und musste sich Mühe geben, ernst zu bleiben. »Es ist immer schwer, einen Freund zu verlieren. Und noch dazu einen so guten, treuen und liebevollen Freund wie Beppo. Der immer da war, wenn man ihn brauchte, der gern gestreichelt wurde, aber die Liebe tausendfach zurückgab.«

Fabian schluchzte auf, und Rina legte den Arm um seine Schultern.

»Freund Beppo begleitete euch überallhin, er passte aufs Haus und auf euch auf, und im Ernstfall hätte er sein Leben für euch gegeben. Beppo war wirklich ein Schatz, aber es gibt viele Schätze auf der Welt, und du wirst sicher einen neuen Freund finden, Fabian.«

Fabian schüttelte in sich gekehrt den Kopf.

»Es ist der Lauf der Welt, jeder muss sterben, leider auch liebe Hunde. Aber Beppo ist ja nicht für immer weg, er lebt im Hundehimmel weiter, und wenn du, Fabian, eines Tages in den Himmel kommst, kannst du ihn dort abholen.«

Manuel bemerkte, dass ein Funken Hoffnung in Fabian aufkeimte, und innerlich musste er grinsen.

»Mit anderen Worten hat es auch Hermann Hesse ausgedrückt:

Und die Seele unbewacht
will in freien Flügen schweben,
um im Zauberkreis der Nacht
tief und tausendfach zu leben.
Mach's gut, Beppo!«

Rina schenkte Manuel ein dankbares Lächeln. Dann fügte sie noch ein paar Worte hinzu. »Beppo, du warst der tollste Hund der Welt. Immer freundlich, immer lieb und so ungeheuer gehorsam. Du hast dich deines Lebens gefreut, und das hat auch uns das Leben schöner gemacht. Wir sind froh, dass wir dich hatten, obwohl es leider nur so kurz war.«

Fabian liefen die Tränen übers Gesicht.

»Ruhe in Frieden, Beppo, wir sind sicher, dass du im Hundehimmel ein wundervolles Leben haben wirst. Wir werden dich nie vergessen.«

Rina füllte die Schaufel, mit der sie das Grab ausgehoben hatte, mit Erde und warf die Erde ins Grab. Sie landete direkt auf Beppos Brustkorb, wodurch die allerletzte Luft aus seinen Lungen entwich und er ein »Wuff« von sich gab, das wie ein Seufzer klang.

Fabian schrie auf. »Er lebt!«, brüllte er. »Beppo lebt! Oder der liebe Gott hat ihn wieder lebendig gemacht!«

Rina hatte Mühe, ihren Sohn, der in diesem Moment nicht wusste, ob er lachen oder weinen sollte, davon abzuhalten, zu Beppo ins Grab zu springen. Sie nahm Fabian in den Arm und drückte ihn ganz fest an sich.

Jetzt weinte Fabian und warf wie seine Mutter ein wenig Erde auf Beppo.

»Tschüss, Beppo«, flüsterte er erstickt.

»Leb wohl, Beppo«, sagte auch Manuel und warf ebenfalls eine Handvoll Erde ins Grab.

Dann schaufelten Rina und Manuel das Grab zu.

Fabian lief ins Haus.

Als sie fertig waren, reichte Rina Manuel die Hand. »Danke.«

Manuel nickte. »Es tut mir so leid, ich weiß, wie Sie und Fabian sich fühlen müssen.«

»Es ist kaum auszuhalten.«

Rina sah ihn an, wie er da liebenswürdig lächelnd und gleichzeitig mit Bedauern in den Augen vor ihr stand. Er war es. Er hatte Beppo umgebracht, da war sie sich plötzlich ganz sicher. Eine andere Möglichkeit gab es einfach nicht. Jetzt im Sommer waren keine Jäger unterwegs, und Beppo hatte niemanden gestört. Niemanden außer Manuel Gelting.

»Aber auf jeden Fall danke ich Ihnen sehr für Ihre Hilfe«, sagte sie und war um einen sachlichen Ton bemüht, denn ihr Herz war voller Hass.

»Keine Ursache.«

Er drehte sich um und ging zurück zur Capanna.

49

Donnerstag, noch vier Tage

Der Pool glitzerte bereits in der Morgensonne, als Manuel am nächsten Morgen aus dem Haus trat. Hoch am Himmel ließ ein Passagierflugzeug einen weißen Streifen am blauen Himmel zurück, und Manuel war heilfroh, dass er nicht mitfliegen musste, sondern hier an diesem herrlichen Ort sein durfte. Es würde ein heißer, traumhafter Sommertag werden, und er beschloss, einen Ausflug zu machen. Da war noch so manches, was er sich ansehen und kontrollieren wollte.

Mit »Das Lächeln des schwarzen Mannes« wollte er beginnen. Er hatte das Buch mindestens zwanzig Mal gelesen, aber immer ein gewisses Unbehagen verspürt. Dem wollte er jetzt auf den Grund gehen.

Unbemerkt verließ er das Grundstück, denn es gab keinen Köter mehr, der bellte oder ihm hinterhersprang. Entspannung pur.

Nach einem Spaziergang von einer Viertelstunde erreichte er sein Auto und fuhr los.

Den Weg zur Schlucht, den Rina detailliert beschrieben hatte, fand er fast auf Anhieb bereits nach einer Dreiviertelstunde. Er ließ den Wagen im kleinen Ort auf der Piazza stehen und ging zu Fuß.

Als er das Tal erreicht hatte, war er in einer völlig anderen Welt.

In seiner Welt.

Die Natur hatte Haus und Zivilisation zerstört und zurückerobert. Denn dieses Tal war Wildnis. Sein morbider Charme wucherte hinter jeder Hausecke und drang durch jede Ritze. Gras und Unkraut standen bestimmt einen Meter hoch, Bäume waren umgefallen, und aus ihrer vermoderten Rinde quollen Pilzkolonien. Der hässliche Kies, den man in jedem Baumarkt kaufen und sich vor die Haustür schütten konnte, war aufgebrochen, Kräuter sprossen hervor, Wiesenblumen hatten fast die gesamte Terrasse erobert. Der kleine Naturpool war versandet und bis zum Rand mit Schlamm gefüllt. Da auch seine steinerne Umrandung zugewuchert war, musste man unheimlich aufpassen, dass man nicht einfach hineintrat und im Pool versank wie in einem Moor.

Ein Traum. Dieses Tal war ein einziges Abenteuer. Zugewachsen wie ein Aztekentempel in Mexiko.

Der Briefkasten am Haus hing schief und quoll vor Werbung über. Er sah nicht hinein, die Briefe interessierten ihn nicht. Aber die schweren Holztüren vor den verglasten Türen ließen sich öffnen, und er blickte in die Küche. Ein provisorischer Campingtisch war vollgestellt mit schmutzigem Geschirr, mehrere Stühle standen übereinandergestapelt in der Mitte des ohnehin engen Raumes, wahrscheinlich waren es die Terrassenstühle. Vor seinem inneren Auge spielten sich augenblicklich Szenen ab. Der kleine Junge, der das Geschirr zusammenstellte, abwusch, vor Angst zitternd, um brav zu sein, um seinen Mörder milde zu stimmen und nicht zu verärgern.

Im Badezimmer sah Manuel drei alte Putzeimer in der Dusche, Handtücher lagen auf der Erde. Wahrscheinlich hatte der Mörder versucht, Blut aufzuwischen und das Bad zu säubern.

Herrlich.

Die gläserne Badezimmertür war zerbrochen, mit ziemlicher Sicherheit lebten Tiere im Haus. Schlangen schlängelten sich vermutlich die Wände empor, verschwanden in Mauerritzen und legten sich am Abend um die verwitterte Figur eines steinernen Löwen, der halb zerborsten im Wohnzimmer stand. Die armdicken, langen Schlangen erschreckten das Kind, das im Zimmer allein und eingesperrt war, fast zu Tode. Es beobachtete die Schlangen, die sich an und um den Stein schmiegten und miteinander rangen wie im Liebesspiel. Der Junge überlegte, wohin er flüchten könnte, wenn die Schlangen auf ihn zukamen – aber ihm fiel nichts ein.

Auf der obersten Terrasse, direkt vor dem Schlafzimmer, stand Manuel eine Weile still. Sah in das tiefdunkle Grün des Waldes und spürte das Geheimnis, das er in sich barg. Viele unterschiedliche Tiere lebten dort, aber alle lautlos und im Verborgenen.

So wie das Leben auch hier in diesem Tal sein sollte: lautlos und im Verborgenen.

Schließlich ging er hinunter zu der kleinen Mühle.

Auf der völlig zugewachsenen, dem ehemaligen Naturpool zugewandten untersten Mühlenterrasse kämpfte er sich durch die riesigen Unkraut- und Sumpfpflanzen vor bis zur Tür und sah völlig überrascht, dass sie offen war, nur noch morsch und an einem Scharnier herausgebrochen in den Angeln hing.

Er ging hinein. Im unteren Mühlenraum lehnte lediglich eine verschimmelte Matratze hochkant an der Wand. Hier hatte das Kind wohl gelegen. Tagelang. Hatte geweint, gewimmert, gebetet und nach seinem Vater geschrien. Aber niemand war gekommen. Der Einzige, der den versifften, klammen Raum ab und zu betrat, war sein Folterer und Mörder.

Auf dem Fußboden lagen die Überreste einer vertrockneten Kröte.

Im feuchten Badezimmer klebten Nacktschnecken im Waschbecken, und am Fenster und auf den Fliesen schliefen Skorpione.

Er hatte das Gefühl, an einer heiligen, historischen Stätte zu sein, und stieg ehrfürchtig die schmale Holztreppe hinauf zum oberen Stockwerk.

Direkt vor dem Kamin stand ein Bett mit grünlich vermoostem Bettzeug, hier war jahrelang niemand mehr gewesen. Durch das halb offene Mühlenfenster hatte sich ein Mammutbaum geschoben und wuchs jetzt im Zimmer weiter. Auf dem Sofa unter dem Fenster hatten hereingewehte und vermoderte Blätter eine fruchtbare Erdschicht gebildet, auf der das Unkraut wucherte.

Es war wahrhaftig paradiesisch und ließ ihm vor Rührung Tränen in die Augen steigen.

Als er wieder nach draußen trat, atmete er tief durch. Genauso hatte er sich das Paradies vorgestellt. Hier trieb ein Mörder sein Unwesen, hier lebte er versteckt wie eine Kröte unter dunklem Laub zusammen mit seinen Opfern.

Was konnte man in solch einer Kulisse für gewaltige Szenen schreiben! Das ganze Chaos und der gesamte Irrsinn der menschlichen Psyche zeigten sich in dieser ungezähmten, wuchernden, zerstörerischen Wildnis!

Aus Manuels schweißnassen Haaren tropfte das Wasser, als wäre er in einen See gesprungen und in diesem Moment wieder aufgetaucht.

Er rannte hin und her, von links nach rechts, schob sich durchs Gestrüpp, kletterte den Hang rauf und runter, riss sich Arme und Beine blutig, sah in jede Mauerritze, wurde immer hektischer. Beinah hysterisch. »Hier, diese herausgebrochene Wand!«, brüllte er laut, denn seine Gedanken waren ihm zu still und zu sanft, wenn er sie nur für sich behielt, »diese allein erzählt schon eine Geschichte, ich spüre die Aggression, den Verfall ... oder hier, seht her, das Fensterkreuz, das im Wind hin und her schlägt«, schrie er und wurde von Wort zu Wort und von Satz zu Satz immer lauter und verzweifelter. »Das ist ein Symbol für die Hilflosigkeit, für das Ende, den Tod! Das ist Spannung! Das ist essenziell, da erahne ich die Gewalt, die Brutalität und das Leid. Ich sehe vor mir bis aufs Blut abgebrochene Fingernägel, die verzweifelt am Mörtel kratzen, um eventuell einen Ausweg zu finden ... Eine Kreatur, die auf Rettung hofft! Auf ein Wunder, um doch noch der Folter und dem Sterben durch diesen Sadisten zu entkommen. Das alles gibt es hier! Das ist großartig! Einmalig! Außergewöhnlich! Das ist Atmosphäre! Das sind meine Gedanken! Das waren meine Gedanken!« Er brach zusammen, fiel auf die Knie, weinte und rang die Hände.

Aber sie hatte alles kaputt gemacht.

Hatte stattdessen in ihrem Roman Blumen gepflanzt und den Rasen gemäht, hatte die Küche blitzblank geputzt, und der Pool lud ein zum Bade. Sie hatte ein Allerweltshaus beschrieben, aber nicht *sein* Paradies. Sie hatte sich ihr kleinbürgerliches Vorstadt-Idyll vorgestellt, hatte ihn manipuliert und bestahl ihn nicht nur, sondern stellte ihn dann auch noch so abgrundtief falsch dar.

Sie war klein in ihren Gedanken. Brav und nicht originell. Sie war kein Genie, so wie er. Sie zerstörte ihn. Zu mehr war sie nicht in der Lage.

Schluchzend lag er auf dem Kies, konnte sich kaum noch beherrschen, so sehr hasste er sie, diese Lügnerin.

Rina wusste, dass er weg war. Sie hatte ihn zu Fuß fortgehen sehen, und dann hatte sie geduldig gewartet. Bestimmt zwanzig Minuten oder länger, bis sie mit dem Fernglas den kleinen Gästejeep unterhalb von Monte Aglaia am Hang entlangfahren sah.

Sie hielt es nicht mehr aus, musste in die Gästevilla, vielleicht konnte sie irgendetwas finden, um zu begreifen, was mit ihm los war.

Mit dem Zweitschlüssel öffnete sie die Tür.

Es war alles aufgeräumt, die Villa machte einen extrem ordentlichen Eindruck. Allerdings roch es darin ein wenig säuerlich.

Sie hatte ein schlechtes Gewissen, war unsicher und hatte ständig das Gefühl, dass er jeden Moment hereinkommen könnte, als sie sich umsah.

Das Bett war perfekt gemacht, die Überdecke lag faltenlos darüber, besser würde sie es auch nicht hinbekommen. Keinerlei benutztes Geschirr oder Essensreste standen auf der Arbeitsplatte, vielleicht aß er nur auswärts?

Aber das interessierte sie nicht.

Vor dem Fenster stand der kleine Schreibtisch. Sie trat näher. Darauf ein Tintenfass, ein teurer Füllfederhalter und eine Kerze. Und viele handschriftlich beschriebene Seiten.

Rina nahm sie in die Hand, setzte ihre Brille auf und begann zu lesen:

Manchmal sind es die kleinen, alltäglichen Dinge, denen wir gar keine Beachtung schenken, die aber unser ganzes Leben verändern. Meistens begreifen wir erst Jahre später, wie schicksalsweisend eine Kleinigkeit gewesen war und wie ausschlaggebend, weil wir an der Kreuzung nicht rechts, sondern links abgebogen sind.

Adeles unglaubliche Geschichte begann mit der letzten Lesung aus ihrem Buch »Der Fremde im Tal«.

Es war ihr Text!

Panisch überflog sie die folgenden Seiten. Es war all das, was sie in der letzten Woche geschrieben hatte. Wortwörtlich. Abgeschrieben in seiner Handschrift mit langen Spitzen und Tiefen, die die Schrift groß machten. Mühsam mit einem Füllfederhalter gemalt, um sie wertvoller erscheinen zu lassen.

Ein Wahnsinn. Wo hatte er den Text her?

Er musste in ihrem Haus gewesen sein.

Sie spürte, wie Angst sich in ihr breitmachte und sie nicht mehr in der Lage war, klar zu denken.

Ordentlich legte sie die beschriebenen Seiten zurück und verließ schnell das Haus.

Auf gar keinen Fall durfte er merken, dass sie spioniert hatte.

Ihr war ganz übel, als sie den Berg zum Haupthaus hinaufstieg. Von nun an würde sie noch besser aufpassen müssen. Sie durfte nicht mehr nachlässig sein und eine Tür oder ein Fenster offen lassen, auch heute Nacht musste sie sich wieder einschließen.

Und noch einmal kam ihr das Zitat in den Sinn: *Ich wünschte, ich wäre immer hier. Ich wünschte, ich könnte jeden Tag von Ihrem Fenster aus …*

In Höhe der alten Zypresse blieb sie plötzlich stehen. Es durchfuhr sie heiß, und sie fühlte sich, als würden ihre Organe brennen und das Blut in ihren Adern kochen. Natürlich! Warum war sie bloß nicht früher darauf gekommen?

So schnell wie noch nie rannte sie den Berg und die Treppe zum Portico hinauf, stieß die nur angelehnte Küchentür auf, stürzte in die benachbarte Bibliothek, riss »Die Witwe« aus dem Regal und durchsuchte das Buch nervös und hastig. Es musste ziemlich in der Mitte sein, als er sich in die Mörderin verliebte, irgendwie überhaupt nicht mehr bei Trost und kurz davor war, den Verstand zu verlieren …

Und da fand sie es, auf Seite zweihundertsiebenundsechzig: *Ich wünschte, ich wäre immer hier. Ich wünschte, ich könnte jeden Tag von deinem Fenster aus den Himmel und jede Nacht die Sterne sehen. Spüren, wie dein Atem meine Wange streift und mir deine Stimme wohlklingender erscheint als jede Musik. Ich wünschte, ich könnte rund um die Uhr bei dir sein.*

Sie ließ das Buch sinken.

Er hatte ihre Romane nicht nur im Regal.

Er hatte sie im Kopf.

Er kannte sie auswendig.

Mit zitternden Fingern stellte sie das Buch ins Regal zurück. Dann drehte sie sich langsam einmal um die eigene Achse und sah sich in der Bibliothek um, als sähe sie sie zum ersten Mal.

Warum hatte er sie dermaßen belogen? Warum hatte er sich so verstellt?

Sie hatte ihm sogar ein Belegexemplar von der »Witwe« gegeben, und er hatte keinen Ton gesagt. Hatte so getan, als wäre das Buch vollkommen neu für ihn und als würde er sich freuen.

Zum Teufel mit ihm!

Unschlüssig stand sie da und wusste nicht, was sie machen sollte.

Eckart, dachte sie, bitte, komm her und hilf mir. Bitte! Aber immer wenn ich dich dringend brauche, bist du nicht da.

Ihr wurde klar, dass sie von nun an keine Sekunde mehr schlafen würde, und die Angst legte sich wie eine eiskalte Hand in ihren Nacken.

Sie war hilflos, ungeschützt, und selbst ihr Haus, in dem sie sich immer sicher gefühlt hatte, wirkte jetzt wie eine Bedrohung.

Weil er da war.

Weil er jederzeit kommen konnte.

Und vor allem weil sie nicht wusste, was er vorhatte.

50

Auf dem Rückweg vom Tal nach *Stradella* machte er einen Umweg über Monte Aglaia. Er wollte in »Das Lächeln des schwarzen Mannes« noch einige Passagen, das Tal und die Schlucht betreffend, nachlesen und sich das ganze Ausmaß ihrer Lügereien schwarz auf weiß vor Augen führen.

Vor seinem Wohnmobil machte er vor Schreck eine Vollbremsung und konnte nicht glauben, was er sah.

Um die innere Panik abzuwehren, brüllte sein Verstand: Es ist nicht wahr, es kann nicht sein, du träumst!

Die Tür von seinem Wohnmobil stand sperrangelweit offen, und ein Fenster war eingeschlagen worden.

Irgendjemand war bei ihm eingebrochen.

Manuel brach schon wieder der Schweiß aus. Der Einbrecher hatte das Fenster eingeschlagen, war hineingeklettert, hatte offensichtlich die Zweitschlüssel gefunden, die auf der Konsole auf der Beifahrerseite lagen, und war, als er genug gestohlen hatte, gemütlich und wesentlich bequemer aus der Tür wieder hinausspaziert.

Manuel bewegte sich wie in Zeitlupe auf sein Wohnmobil zu und wagte kaum, es zu betreten.

Rinas Bücher, seine Bücher, lagen auf dem Boden, aufgeschlagen und zerknickt. Der Einbrecher hatte sie wohl durchgeschüttelt, um zu sehen, ob Geld darin versteckt war, und sie dann achtlos durch die Gegend geworfen. Schubfächer waren ausgekippt, der Inhalt seiner Schränke war auf dem

Bett verteilt, zerbrochenes Geschirr lag auf dem Fußboden, und sein liebstes und wertvollstes Stück, eine Messing-Nachttischlampe, fehlte.

Den kläglichen Rest seiner Ersparnisse hatte er im Kühlschrank, in einer kleinen Extrabox unter dem Gemüsefach, versteckt – es war alles noch da, denn für den Kühlschrank hatte sich der Einbrecher offenbar nicht interessiert.

Ansonsten gab es keine Wertsachen im Wohnmobil, sein Computer stand in der Gästevilla.

Es musste eine verdammte Enttäuschung für diesen elenden Mistkerl gewesen sein.

Ihm wurde übel.

Sein Zuhause war zerstört, seine Bücher waren entweiht, seine Privatsphäre gab es nicht mehr, er hatte das Gefühl, seine Geheimnisse lägen offen auf der Straße.

Er fing an zu zittern, und seine Zähne klapperten. Was mach ich bloß?, überlegte er, helft mir doch, was mach ich bloß?

Er sank auf den Fahrersitz. Am liebsten wäre er in diesem Moment einfach weggefahren und nie wiedergekommen. Jetzt sofort. Aber da war ja noch Rina Kramer. Mit ihr war er noch lange nicht fertig.

Nein, abhauen konnte er jetzt auf gar keinen Fall.

Da sah er eine fette Gestalt auf sein Wohnmobil zuschlurfen. Sie schien keine Notiz von ihm zu nehmen, aber er sprach sie an.

»Scusi, Signora!«, sagte Manuel. »Polizia! Ich brauche die Polizei. Ich bin überfallen worden!«, fügte er auf Deutsch hinzu, und die Frau schien zu ahnen, was er meinte.

»Handy?«, fragte sie und hielt die Hand auf.

Manuel nickte und legte es hinein.

»Tedesco?«

Manuel nickte erneut.

Die Frau wählte eine Nummer und redete, Manuel verstand nichts davon.

Als sie aufgelegt hatte, sagte sie: »Carabiniere viene. Subito. Un amico. Molto gentile!«

Sie würdigte Manuel keines Blickes mehr und ging davon.

Die Polizei ließ auf sich warten. Wenn ich eins über den Kopf bekommen hätte und in meinem Blut liegen würde, wäre ich jetzt allmählich tot, dachte Manuel und wurde schon wieder sauer. Was war hier eigentlich los?

Eine halbe Stunde später kam Neri zusammen mit Pater Johannes im Wagen der Carabinieri und hielt vor dem Wohnmobil.

Pater Johannes lächelte, als er ausstieg. »Buonasera, ich bin Pater Johannes, zurzeit Aushilfspfarrer hier in Monte Aglaia. Der Maresciallo hat mich gebeten, ein bisschen zu dolmetschen, weil die Signora Primetta am Telefon sagte, dass Sie Deutscher sind.«

Neri grinste stolz und hätte den Pfarrer küssen können für den »Maresciallo«. Manuel nickte. »Das ist nett. Und sehr hilfreich. Danke.«

Die drei Männer schüttelten sich die Hände.

»Mein Name ist Donato Neri«, begann Neri und stutzte, »aber wir kennen uns doch, oder? Sie waren bei mir im Büro, weil Sie Ihre Freundin suchten!«

Pater Johannes übersetzte die Fragen und Antworten Satz für Satz.

»Ja, ja, stimmt, jetzt erinnere ich mich.« Es passte Manuel gar nicht, dass der Carabiniere wusste, wer er war und was er hier verloren hatte.

»Und? Haben Sie Ihre Freundin gefunden?«

»Ja. Gott sei Dank.«

»Und wie war noch mal Ihr Name?«

»Manuel Gelting.«

»Haben Sie einen Ausweis dabei?«

Manuel nickte, zog ihn aus seiner Brieftasche und gab ihn Neri.

Neri warf nur einen kurzen Blick darauf und gab ihn zurück.

»Und bei Ihnen ist also eingebrochen worden?«, fragte Neri weiter.

»Ja. Ich hab es eben bemerkt. Beziehungsweise vor einer Stunde etwa.«

»Ist was gestohlen worden?«

»Eine ziemlich teure Nachttischlampe aus Messing. Ein Erbstück von meiner verstorbenen Mutter. Ob noch mehr fehlt, weiß ich nicht, ich muss in Ruhe alles durchgucken.«

Neri nickte. »Sie wohnen in diesem Wohnmobil?«

»Ja. Das ist mein Zuhause.«

»Sie wissen aber schon, dass es verboten ist, hier auf einem öffentlichen Parkplatz zu campen? Dafür gibt es ausgewiesene Campingplätze. Der nächste ist gar nicht weit entfernt, circa fünfzehn Kilometer von hier.«

»Ich schlafe nicht im Wohnmobil. Ich wohne zurzeit oben auf *Stradella*, bei der Signora Kramer.«

»Ah, ja, natürlich!« Ein Lächeln zog über Neris Gesicht. »Ich erinnere mich. Sie hatten mich ja nach der Adresse gefragt.«

Manuel brachte noch nicht einmal ein Lächeln zustande, so sehr ging ihm das alles auf die Nerven.

»Wenn Sie zurzeit nicht im Wagen schlafen, dürfen Sie das Wohnmobil natürlich hier stehen lassen.« Neri ging zur Wohnwagentür. »Permesso?«, fragte er.

Manuel machte eine einladende Geste. »Gehen Sie nur rein. Kein Problem.«

Neri betrat das Wohnmobil, blieb in der Mitte stehen und drehte sich einmal um die eigene Achse. Donnerwetter, dachte er, Dragos hat ganze Arbeit geleistet. Alles hübsch durchwühlt und schön verwüstet. Logisch. Hier musste er ja nach den Wertsachen suchen, bei Giacomo und Eva kannte er die Verstecke.

Er zog eine kleine Digitalkamera aus der Tasche, machte ein paar Fotos von dem Chaos und steckte die Kamera wieder ein.

Manuel betrat nun auch das Wohnmobil, zog eine Schublade auf, die durchwühlt, aber nicht ausgekippt worden war, nahm einige Bilder heraus und gab Neri eins. Mit dem Blick auf Pater Johannes sagte er: »Hier. Das Bild hab ich irgendwann mal gemacht. Darauf ist die Lampe ziemlich gut zu sehen.«

Pater Johannes übersetzte.

»Prima. Danke«, meinte Neri und rieb sich die Hände. »Das reicht mir eigentlich schon. Ich werde die Angelegenheit selbstverständlich weiterverfolgen, und ich denke, wir haben gute Chancen, den Täter zu finden. Aber ich brauche von Ihnen eine offizielle Anzeige. Wenn Sie in den nächsten Tagen vielleicht ins Büro in Ambra kommen könnten zum Unterschreiben?«

»Sicher. Das kann ich machen.«

Neri verabschiedete sich, und auch Pater Johannes reichte Manuel die Hand. »Vielleicht sehen wir uns ja mal auf *Stradella*. Ich besuche die Signora und ihren Sohn hin und wieder.«

»Vielleicht. Kann schon sein.«

»Wie lange bleiben Sie denn noch?«

»Wahrscheinlich bis morgen.«

»Na dann, machen Sie's gut. Buonasera.«

»Vielen Dank fürs Dolmetschen«, sagte Manuel nur höflichkeitshalber, denn er legte überhaupt keinen Wert darauf, den Pfarrer wiederzutreffen. Und oben auf *Stradella* schon gar nicht.

51

Romina Badi sah blass aus, als sie Neri und Alfonso die Tür öffnete. »Was gibt's denn?«, fragte sie wenig erfreut.

»Können wir reinkommen?«, fragte Neri. »Muss ja nicht das ganze Haus unser Gespräch mithören.«

»Bitte.« Sie trat zur Seite, und die beiden Carabinieri betraten den Flur.

Die Badis hatten eine Dreizimmerwohnung in einem schmucklosen Betonbau, in dem vier Familien wohnten.

Romina führte sie ins Wohnzimmer. »Bitte, setzen Sie sich.«

Neri fiel beinah rückwärts in den Sessel, so sehr hatte er sich erschreckt. Auf dem Fernseher stand eine Messinglampe. Genau die, die er auf dem Foto des Deutschen gesehen hatte. Solche Lampen waren in Italien selten, er kannte keinen einzigen Italiener, der eine Messingtischlampe dieser Art zu Hause hatte.

Er hoffte, dass Romina seine Reaktion nicht bemerkt hatte.

»Wo sind Ihre Kinder?«, fragte er betont freundlich.

»Bei Freunden. Jetzt in den Ferien wechseln wir Eltern uns ab. Das ist sehr entspannend.«

Neri nickte.

»Wir sind eigentlich gekommen, um mit Ihrem Mann zu sprechen«, sagte Alfonso. Zu einer gemütlichen Konversation mit Signora Badi hatte er keine Lust.

»Mein Mann ist nicht da.«

»Wo ist er denn? Wir haben ein paar Fragen.«

»Reine Routine, nichts Aufregendes«, fügte Neri schnell hinzu.

»Er ist arbeiten. Wie immer. Er arbeitet jeden Tag.«

»Können Sie uns sagen, wo wir ihn erreichen?«

»Nein.«

»Wieso nicht?«

»Weil ich es nicht weiß. Er ist mal hier, mal da, hilft aus, wo Not am Mann ist, ganz unterschiedlich.«

»Können Sie ihn über Handy erreichen?«

»Nein.«

»Wieso nicht?«, fragte Alfonso genervt.

»Weil er es bei der Arbeit immer ausschaltet. Er möchte nicht angerufen werden. Egal, was er tut.«

Neri sah sich um, und dabei blieb sein Blick wieder wie zufällig an der Messinglampe hängen.

»Eine wunderschöne Lampe haben Sie da!«

»Ja, nicht?« Zum ersten Mal huschte der Anflug eines Lächelns über Rominas Gesicht. »Die hat mir mein Mann gestern zum Geburtstag geschenkt.«

»Oh! Herzlichen Glückwunsch nachträglich.«

»Danke.«

»Hat Ihr Mann denn gestern auch gearbeitet?«

»Natürlich!«

»Wo denn?«

»Keine Ahnung. Irgendwo in Florenz. Da hat er mir auch die Lampe gekauft.«

»Gut.« Alfonso stand auf, und Neri tat es ihm nach. »Wann kommt denn Ihr Mann nach Hause?«

»Meistens so um neunzehn Uhr. Manchmal ein bisschen früher, manchmal ein bisschen später. Es ist ihm wichtig, mit den Kindern zusammen Abendbrot zu essen.«

Na, das ist ja ganz entzückend, dachte Neri. Was für eine reizende, fleißige Bilderbuchfamilie. Und keiner kann ein Wässerlein trüben.

»Danke, Signora. Wir melden uns wieder.« Alfonso reichte Romina die Hand.

»Schönen Tag noch«, meinte Neri, und beide verließen die Wohnung.

»Fahr los«, sagte Neri, als sie wieder im Auto saßen. »Fahr ins Büro. Jetzt müssen wir deine lieben Kollegen in Rom mal ein bisschen aufmischen.«

»Wieso?«

»Weil diese grandiose Messinglampe bei unseren rumänischen Freunden original *die* Lampe ist, die dem Deutschen aus seinem Wohnmobil geklaut wurde. Im Büro zeig ich dir das Foto. Jetzt brauchen wir nur noch einen Durchsuchungsbefehl, und dann ist Dragos dran. Das schwör ich dir. Da müssen wir den Bürohengsten in Rom eben mal ein bisschen Dampf machen.«

Auch Alfonso war überzeugt davon, dass die geklaute Lampe mit dem Exemplar bei den Badis identisch war, als er wenig später das Foto eingehend studiert hatte.

Er telefonierte mit Rom, unzählige Male, wurde vertröstet und von A nach B, von C nach D und von E nach F verbunden und durfte seine Bitte jedes Mal wiederholen.

Bis ihm der Kragen platzte: »Porca miseria«, schrie er eine schnippische Frauenstimme an, von der er nicht wusste, was ihr Aufgabenbereich war, »was ist denn hier los? Wie lange wollt ihr mich noch mit Gott und der Welt weiterverbinden? Ich möchte auf der Stelle Ihren Capo sprechen, schließlich geht es hier nicht um einen Kindergeburtstag, sondern um einen Hausdurchsuchungsbefehl, der nötig ist, um ein Verbrechen aufzuklären, und die Zeit drängt! Ich kann mir nicht vorstellen, dass die Beute mehrerer Einbrüche, die wir finden wollen, in drei Monaten noch da ist, nur weil irgendjemand von Ihnen in Rom hinterm Schreibtisch süß und selig schläft oder nicht lesen und schreiben kann!«

»Mit wem spreche ich bitte?«

»Mit Maresciallo Alfonso Cevelli!«, brüllte Alfonso. »Santa Maria, geben Sie mir jetzt Ihren Chef! Auf der Stelle, und wenn es der Polizeichef von Rom ist! Ihnen werde ich übrigens eine Dienstaufsichtsbeschwerde hinterherjagen, bis ich diesen verdammten Hausdurchsuchungsbefehl habe, und zwar heute noch! Ist es denn so schwer, dieses simple Formular zu unterschreiben und durchs Fax zu schieben? Oddio! Während dieses Telefonats hätten Sie schon zwanzig Faxe schicken können!«

»Ich verbinde«, sagte die pikierte Stimme, die gewohnt war, dass man ihr immer höflich, bittend, unterwürfig entgegenkam, aber nicht so aggressiv. Das ging überhaupt nicht. Mit diesem unerträglichen Querulanten sollte sich gern ihr Chef herumärgern und ihm eine gehörige Abfuhr erteilen. Am bescheidensten und vorsichtigsten wurden die Leute normalerweise immer dann, wenn man sie ein halbes Jahr auf ein dringend benötigtes Blatt Papier warten und sie dann noch unzählige Unterlagen nachreichen ließ.

Neri grinste, klatschte Alfonso lautlos Beifall und hörte zu, was weiter geschah.

Als Alfonso den Verantwortlichen an der Strippe hatte, war er ganz ruhig und die Sachlichkeit in Person. Er stellte sich umständlich mit Namen, Dienstgrad und Aufgabenbereich vor und legte dann los. »Entschuldigen Sie, Maresciallo Capo Morandini, dass ich insistieren muss, aber Gefahr ist im Verzug. Unsere Ermittlungen laufen auf Hochtouren, der Verdächtige heißt Dragos Badi, rumänischer Staatsbürger, er wird des Mordes, dreifachen Einbruchs und Raubes bezichtigt. Die Beweise seiner Schuld liegen nicht auf der Straße herum, sondern befinden sich höchstwahrscheinlich in seiner Wohnung. Bereits vor zwei Wochen habe ich den Antrag auf einen Durchsuchungsbefehl gestellt, aber bisher trotz mehrerer Nachfragen keine Reaktion erhalten. Es eilt, Maresciallo. Dragos Badi weiß, dass wir hinter ihm her sind. Wenn wir seine Wohnung nicht sofort durchsuchen und ihn festnehmen, ist er in zwei Tagen in Rumänien und auf Nimmerwiedersehen verschwunden.«

»Den Durchsuchungsbefehl muss der Richter unterschreiben«, konterte Morandini gelangweilt. »Ich habe keinen Einfluss darauf, wenn es dort länger dauert. Tut mir leid.«

»Dann tun Sie etwas! Ich arbeite selbst in Rom und weiß, wie's läuft! Ein Anruf von Ihnen und eine Flasche Grappa, und der Durchsuchungsbefehl ist unterschrieben.«

Der Maresciallo schwieg.

Jetzt wurde Alfonso ganz leise. »Ich bitte Sie! Von hier aus sind mir die Hände gebunden, aber Sie treffen den Richter im selben Gebäude. Maresciallo, wir leben hier in einer winzigen Kleinstadt, und dieser Dragos macht die Gegend unsicher. Kinder trauen sich nicht mehr aus dem Haus, und die Alten verschanzen sich in ihren Wohnungen. Ein Anruf von Ihnen, und Sie geben einem Ort seinen Frieden wieder. Ich bitte Sie, Maresciallo!«

»Ich werde sehen, was ich tun kann«, sagte Morandini und legte auf.

»Großartig, Alfonso«, sagte Neri aus vollem Herzen. »Wirklich gut gemacht. So viel Temperament hätte ich dir gar nicht zugetraut. Aber vielleicht hättest du ihm noch anbieten sollen, die Flasche Grappa aus deiner eigenen Tasche zu bezahlen.«

Neri grinste, und Alfonso grinste auch.

Eine halbe Stunde später kam das Fax mit dem Durchsuchungsbefehl für das Haus von Dragos Badi.

Mit dem wichtigen Papier im Handschuhfach standen sie zwei Stunden später ein paar Wagenlängen von Dragos' Haus entfernt und warteten.

Alfonso sah genervt auf die Uhr. »Es ist jetzt halb acht, Neri. Wie lange sollen wir hier noch hocken, die ganze Nacht?«

»Nicht so ungeduldig, Kollege.« Neri lehnte sich entspannt zurück. Er war die Ruhe selbst. Zu Hause wurde Oma gerade abgefüttert und vor dem Fernseher deponiert – er hatte es nicht eilig. »Romina hat gesagt, er kommt auch manchmal ein bisschen später. Es dauert sicher nicht mehr lange, dann kommt er, wir gehen rauf, finden die Beute und nehmen ihn gleich mit. Benissimo! Die Spaziergänger von Ambra, die normalerweise nur Däumchen drehen, landen einen ungeheuren Coup.«

Alfonso grunzte wütend. »Wir haben heute Abend Gäste, und wenn ich nicht rechtzeitig zu Hause bin, dreht mir meine Frau den Hals um.«

»Wunderbar. Dann verhafte ich sie und übernehme deinen Posten in Rom.«

Neri fand das sehr komisch, aber Alfonso überhaupt nicht.

Alfonso schloss die Augen, um ein wenig wegzudämmern, und Neri checkte kurz seine Mails im Smartphone.

Daher bemerkten beide nicht, wie sich Dragos seinem Haus näherte.

Als er den Wagen der Carabinieri sah, stutzte er, überlegte einen Moment, drehte sich um und ging wieder davon.

Wenn Carabinieri, die normalerweise auch bei Polizeikontrollen um siebzehn, achtzehn oder spätestens neunzehn Uhr den Bleistift und die Kelle fallen ließen, aber jetzt um kurz vor zwanzig Uhr noch vor seinem Haus warteten, hatte das nichts Gutes zu bedeuten.

Er verschwand in der nächsten Bar, bestellte sich einen Caffè Corretto und wartete ab.

52

Um einundzwanzig Uhr zog Alfonso einen Schlussstrich. »Schluss. Aus. Ende. Wir gehen jetzt rauf und durchsuchen die Bude. Ob Dragos nun da ist oder nicht. Dann wissen wir wenigstens, woran wir sind.«

»Was ist denn nun schon wieder?«, fragte Romina, als Neri und Alfonso vor der Tür standen.

»Hier!« Alfonso hielt ihr das kostbare Papier unter die Nase. »Wir haben einen Durchsuchungsbefehl. Tut uns leid, Signora Badi. Dürfen wir reinkommen?«

Romina hielt sich an der Tür fest und schwankte leicht. Alfonso roch, dass sie eine Fahne hatte.

»Es ist nicht aufgeräumt. Kommen Sie morgen wieder.«

»Das geht nicht. Ist Ihr Mann jetzt zu Hause?«

»Nein. Ich habe Ihnen doch vorhin schon gesagt, dass er arbeitet. Er arbeitet viel, er arbeitet dauernd, und manchmal auch sehr lange. Er ist ein guter Mann. Schuftet rund um die Uhr für seine Familie.«

»Ja, sicher.«

In der Küche sah es wüst aus. Die Reste vom Abendbrot standen noch auf dem Tisch, auf dem Fußboden lagen Apfel- und Bananenschalen, benutztes Geschirr türmte sich in der Spüle, und schmutzige Handtücher lagen in einer Ecke an der Erde.

Grauenvoll, dachte Neri, da können wir mit unserer Durchsuchung ja nicht mehr viel durcheinanderbringen.

»Also: Was wollen Sie?« Romina baute sich mit Fäusten in den Hüften vor den Carabinieri auf.

»Wir haben den dringenden Verdacht, Signora, dass Ihr Mann Dragos drei Einbrüche, eventuell sogar einen Mord begangen hat. Daher liegt uns ein richterlicher Durchsuchungsbefehl vor, und wir werden jetzt Ihre Wohnung durchsuchen.«

»Das werden Sie nicht tun!«, kreischte Romina. »Niemals! Sie kramen nicht in meinen Sachen herum. Nur über meine Leiche.«

»Wir können Ihre Reaktion gut verstehen«, meinte Alfonso ruhig, »aber so ist es nun mal. Setzen Sie sich einfach hin, wir tun unterdessen unsere Arbeit, versuchen nichts durcheinanderzubringen und sind bald fertig.«

»Nein!«, schrie sie hoch und schrill. »Niemals! Haut ab! Ihr fasst hier nichts an! Lasst uns in Ruhe! Wir wollen doch nichts anderes als hier in Frieden leben! Das macht ihr doch nur, weil wir Ausländer sind! Weil wir Roma sind! Macht ihr das auch mit Italienern?«

»Na, na, na, Signora, nun beruhigen Sie sich erst mal.« Alfonso begann bereits, Schubladen in der Küche aufzuziehen, Neri sah in die Schränke.

»Sie haben aber tolles Silberbesteck«, meinte Alfonso. »Das ist ja einiges wert.«

»Sicher. Hab ich von meiner Großmutter geerbt.«

»Ist das vollständig?«

»Natürlich!«

»Na, dann wollen wir mal sehen … Neri, zähl die Teile. Sieh auch nach, ob noch was in der Spüle ist.«

Neri nickte, und Alfonso ging ins Wohnzimmer.

Romina rannte ihm hinterher.

Dragos kam erst kurz vor Mitternacht, nachdem Romina ihn angerufen und ihm gesagt hatte, dass die Luft rein sei.

Sie fiel ihm in die Arme, weinte und drückte ihn so fest an sich, als wolle sie ihn nie wieder loslassen.

»Du musst abhauen. Verschwinden!«, schluchzte sie. »Noch heute Nacht. Du darfst dich hier nie wieder blicken lassen, denn sie suchen dich. Dragi, sie haben alles gefunden. Das Besteck, den Schmuck und sogar die Münzen, die ich zwischen Matratze und Spannbettlaken in Vadims Kinderbett geschoben hatte. Und dann haben sie ein zweites Mal die ganze Wohnung auf den Kopf gestellt, weil es nicht sechsundzwanzig, sondern nur fünf Münzen waren. Selbst das mit der Lampe haben sie rausgekriegt. Sie werden nach dir fahnden und was weiß ich. Oh Gott, Dragi, versteck dich bloß!«

»Nun mal ganz ruhig.« Er schob sie sanft zur Seite und ging ins Wohnzimmer. »Hast du was zu trinken für mich?«

Sie ging in die Küche und kam mit einem Glas Rotwein wieder.

»Wo soll ich denn hin?«

»Zu Iulian? Zu Cesaré? Oder zu Costas? Da wirst du doch wohl 'ne Weile pennen können!«

Dragos trank den Wein und sah zu Boden. »Ich hätte den Kram bei dieser alten toten Hexe nicht mitgehen lassen sollen. Das war der Fehler. Sonst wären sie mir nie auf die Spur gekommen.«

»Ja. Und wir hätten das Zeug nicht hier zu Hause lassen sollen.«

»Wo sollte ich es denn sonst verstecken?«, explodierte Dragos. »Bei Iulian vielleicht? Der ist vom Stamme Nimm, da seh ich es nie wieder. Und bei Cesaré und Costas ist es genauso. Oder soll ich es im Garten vergraben? Oder zur Bank ins Schließfach bringen? Da gucken sie auch nach, wenn sie hinter mir her sind.«

Romina schwieg. Dann sagte sie leise: »Oder vielleicht bei Alina nebenan?«

»Alina, Alina! Das ist eine neugierige Kuh. Wenn du ihr ein Paket gibst, macht sie es auf. Unter Garantie. Und dann erzählt sie alles rum. Der brauchst du nur die Hand zu geben, und schon weiß es das ganze Viertel.«

Romina biss sich auf die Lippen. Dragos hatte ja völlig recht.

»Du darfst hier in der Gegend nicht mehr arbeiten.«

»Ich weiß.«

»Dann haben wir kein Geld mehr.«

»Tja.« Dragos war jetzt völlig resigniert. »Es ist alles so zum Kotzen!«

»Und wovon sollen wir leben?«

Dragos sprang auf und schlug mit der flachen Hand gegen die Wand. »Das weiß ich doch auch nicht, verdammt!« Er drehte sich um und sah seine Frau an. »Und was ist mit meiner Mutter? Sie braucht unsere Schecks, sie hat sonst nichts, sie geht vor die Hunde!«

»Verdammt noch mal, *wir* gehen vor die Hunde, Dragos, *wir*! Was interessiert mich deine Mutter in Rumänien!«

»Was sagst du da über meine Mutter? Sie ist auf uns angewiesen! Auf meine Arbeit! Ich kann sie nicht im Stich lassen!«

Romina verdrehte die Augen, bemühte sich aber, möglichst ruhig zu sagen: »Pssscht! Die Kinder wachen auf!«

»Ich hau jetzt ab.« Dragos stand auf. »Mir wird schon was einfallen. Ab und zu schalte ich mein Handy ein und ruf dich an. Vielleicht frage ich die Signora auf *Stradella*, ob ich wieder im Wald arbeiten kann. Da ist immer was zu tun, und sie kann immer jemand gebrauchen. Da sieht mich keiner, und das Grundstück ist eingezäunt. Da kommt niemand einfach mal so vorbei.«

»Das ist eine gute Idee«, flüsterte Romina.

»Außerdem schuldet mir die Signora noch Geld.«

»Das ist ja großartig«, meinte Romina erstickt.

Dragos nahm sie in den Arm und gab ihr einen langen Kuss.

»Ich liebe dich, Romina. Kümmer dich gut um die Kinder.«

Romina nickte unter Tränen. »Ich liebe dich auch.«

»Passt auf euch auf!«

»Und du auf dich.«

Dragos strich ihr noch einmal über die Wange und verließ die Wohnung.

53

Manuel war am Boden zerstört. Er schaffte es nicht, sein Wohnmobil aufzuräumen, konnte den Anblick von dem Chaos einfach nicht ertragen, ließ alles so, wie es war, setzte sich in den kleinen Gästejeep und fuhr wie betäubt zurück nach *Stradella*.

Dort verdunkelte er sofort Fenster und Türen und warf sich erschöpft aufs Bett. Toni kletterte auf ihm herum und kroch ihm unters Hemd.

Es war tröstlich, sie direkt auf seiner nackten Haut zu spüren.

Dies alles war so erniedrigend. So primitiv.

Dann fiel ihm ein, dass er noch ein paar Seiten abschreiben musste.

Aber nicht heute. Nicht jetzt.

Und urplötzlich kamen wieder dieses Unbehagen und diese kalte Angst in ihm hoch, die ein Phobiker spürte, der zwanzig Mal nachgucken musste, ob der Herd auch ausgeschaltet war, obwohl er es bereits neunzehn Mal kontrolliert hatte.

Da er wusste, dass er sowieso keine Ruhe finden würde, stand er auf und ging zu seinem kleinen Schreibtisch.

Auf den ersten Blick schien alles normal und unverändert. Die gedruckten Seiten links, die abgeschriebenen rechts, darüber sein Füllfederhalter, in der linken Ecke die Kerze, in der rechten das Tintenfass.

Aus der Schreibtischschublade holte er sein Lineal und maß es millimetergenau nach: 3,2 cm von der Tischkante bis zu den Papierstapeln, 6,4 cm von den abgeschriebenen Seiten bis zum Tintenfass, 7,1 cm von den gedruckten Seiten bis zur Kerze, 7,4 cm von den gedruckten Seiten bis zum Füller, 17 cm von der Längsseite des handschriftlichen Textes bis zur Schmalseite des Tisches …

Und schon wieder schoss ihm eine brennende Hitze durch den Körper.

Richtig wären 2,5 cm von der Tischkante bis zu den Papierstapeln, 7 cm von den abgeschriebenen Seiten bis zum Tintenfass, 7 cm von den gedruckten Seiten bis zur Kerze, 7 cm von den gedruckten Seiten bis zum Füller und 15 cm von der Längsseite des handschriftlichen Textes bis zur Schmalseite des Tisches gewesen.

Er stand einen Moment wie gelähmt und starrte auf die geschlossenen Fensterläden.

Sie hatte es also wirklich getan. War hier eingedrungen und hatte in seinen Sachen geschnüffelt.

Das konnte er sich nicht gefallen lassen.

Er musste sich hinlegen, um nachzudenken, aber gleichzeitig fürchtete er sich davor, dass sie seine Gedanken erraten und seine Pläne durchkreuzen könnte.

Fabian lief den ganzen Tag mit verquollenen und rot verweinten Augen herum und sah sich unentwegt Hundebilder im Internet an.

»Bitte, Mama, bitte, warum können wir nicht ins Tierheim fahren und einen neuen Hund holen? Jetzt gleich! Bitte, Mama!«

»Ich kann nicht, Fabian, ich bin zu nervös. Wir fahren Montag ins Tierheim. Ganz bestimmt.«

»Warum denn nicht heute? Wir können doch wenigstens mal gucken!« Fabian fing schon wieder an zu weinen.

»Wenn wir gucken, dann nehmen wir auch einen mit. Das geht gar nicht anders. Und … Fabi … da ist noch was. Hast du dir mal überlegt, dass es eventuell auch dieser Typ da unten gewesen sein könnte, der Beppo das angetan hat?«

»Echt?« Fabian hörte auf zu weinen und sah seine Mutter mit großen erschrockenen Augen an.

»Na ja, jemand anders war nicht hier. Und Beppo war erst so kurz bei uns, dass die Nachbarn oder Jäger noch gar nicht wissen konnten, dass du einen Hund hast. Und es wirft ja nur jemand präpariertes Futter übern Zaun, der von dem Hund genervt ist. Und Beppo hat niemanden genervt, alle haben ihn geliebt. Genervt hat er höchstens unseren Mieter da unten.«

Fabian war jetzt ganz still. Man sah ihm an, dass er überlegte.

»Und wenn er das getan hat«, fuhr Rina fort, »dann kann es sein, dass er das bei einem neuen Hund auch gleich wieder tut. Und darum ist es besser, wir warten mit einem neuen Hund, bis der Typ weg ist. Dann haben wir unsere Ruhe, können uns auf den Hund freuen und müssen keine Angst mehr um ihn haben.«

Fabian nickte. »Okay. Dann fahren wir lieber erst Montag ins Tierheim.«

Mit hängendem Kopf trottete er zurück in sein Zimmer.

54

Die Kartoffeln hatte sie schon geschält und gewürfelt, jetzt brauchte sie nur noch Rosmarin, Salbei und Petersilie aus dem Garten zu holen, dann konnte der Fisch zusammen mit den Kartoffeln in den Ofen.

»In einer halben Stunde gibt's Essen!«, rief sie in Richtung von Fabians Zimmer, aber sie war sich nicht sicher, ob er sie gehört hatte.

Dann trat sie hinaus auf den Portico, lief die Treppe hinunter und ging in ihren kleinen Kräutergarten hinter dem Haus.

Der Rosmarin stand in voller Blüte, der Salbei hatte dicke, grüngraue, fleischige Blätter, und die Petersilie wucherte, dass man zusehen konnte. Sie schnitt reichlich Kräuter ab, überlegte, ob sie noch ein wenig Thymian dazunehmen sollte, legte das Messer zurück ins Magazin und stieg die Treppe zum Portico wieder hinauf.

Als sie in ihre Küche kam, traf sie fast der Schlag.

Mitten im Raum stand Manuel und lächelte.

Rina stieß einen kurzen hohen Schrei aus und presste beide Hände auf ihre Brust.

»Oh! Hab ich Sie erschreckt? Das wollte ich nicht!«, sagte Manuel leise, und sein Lächeln wurde noch breiter. »Es tut mir außerordentlich leid.«

»Was machen Sie hier?«, fragte sie knapp. Sie war wütend und versuchte, die Fassung wiederzuerlangen.

»Ich wollte Ihnen eigentlich sagen, dass es mir hier bei Ihnen außerordentlich gut gefällt und dass ich mich ganz ausgezeichnet fühle. Dieses entzückende kleine Gästehaus ist für mich der reinste Jungbrunnen. Am liebsten würde ich für immer hierbleiben, aber das geht ja wohl schlecht.« Er lachte.

Rina lachte nicht. »Sie sind sicher gekommen, um abzurechnen?«

»Haben Sie es so eilig, mich loszuwerden? Ich hoffe doch nicht!« Er grinste ohne Ende und schenkte ihr jetzt sein strahlendstes Lächeln, erwartete aber anscheinend gar keine Antwort, denn er redete gleich weiter. »Nein, nein, ein wenig Zeit hab ich ja wohl noch. Ich hatte eigentlich vor, morgen so gegen sechzehn Uhr abzureisen. Ginge das? Ich weiß, es ist ein bisschen spät, normalerweise muss ein Zimmer bis elf oder zwölf geräumt sein, aber ich wollte diesen letzten Tag am Pool noch einmal richtig ausnutzen, so viel Sonne tanken wie möglich, ausgiebig schwimmen ... und dann erst meinen Kram zusammenpacken. Wäre das möglich?«

Innerlich brach Rina zusammen. Am liebsten wäre ihr gewesen, wenn er gleich morgens um acht verschwunden wäre, aber dann nickte sie. »Meinetwegen. Die nächsten Gäste kommen ja erst Samstagnachmittag.«

»Das ist aber wirklich sehr nett und freundlich von Ihnen. Ganz herzlichen Dank, Frau Kramer. Und wie machen wir das dann? Kommen Sie so gegen vier zu mir, damit wir den Wein abrechnen können? Und würden Sie dann so freundlich sein, mich mit meinem Gepäck zu meinem Wohnmobil nach Monte Aglaia zu fahren?«

»Ja, natürlich.«

»Na, dann ist ja alles klar. Ich wünsche Ihnen noch einen wunderschönen Abend!«

»Ebenfalls.«

Manuel lächelte ein letztes Mal, nickte ihr kurz zu und ging wieder hinunter zur Gästevilla.

Vielleicht ist er ja doch harmlos, dachte sie. Vielleicht bin ich wirklich ein bisschen hysterisch.

Aber dann spürte sie wieder diesen stechenden Schmerz in ihrer Brust, den sie immer hatte, wenn sie etwas Schreckliches direkt auf sich zukommen sah.

DRITTER TEIL

FABIAN

55

Freitag, noch drei Tage

Am vergangenen Abend hatte Rina in regelmäßigen Abständen immer wieder aus dem Fenster geguckt, aber von Manuel nichts gehört und nichts gesehen. Allmählich hatte sie sich zumindest so weit beruhigt, dass sie es schaffte, ins Bett zu gehen und das Licht auszumachen. Wenn er ihr wirklich etwas antun wollte, warum hatte er dann damit bis zum letzten Tag oder bis zur letzten Nacht gewartet? Gelegenheiten hätte es reichlich gegeben.

Gegen Mitternacht fiel sie in einen unruhigen Schlaf und stand bereits um fünf Uhr wieder auf. Endlich war die Nacht zu Ende, die Sonne ging auf und das Leben weiter.

Sie war geradezu euphorisch.

Um halb zehn tauchte Fabian am Frühstückstisch auf, ebenso froh wie seine Mutter, dass die Nacht vorbei war, denn der Montag war so wieder einen Tag näher gerückt.

»Nach dem Frühstück fahren wir runter, ja?«, sagte Rina. »Ich muss Brot holen und auch sonst noch ein paar Kleinigkeiten einkaufen. Außerdem muss ich noch kurz zur Post, die Fernsehgebühren bezahlen.«

»Okay«, meinte Fabian. »Mach mal. Ich bleib hier.«

»Nein, du bleibst nicht hier. Ich will nicht, dass du hier allein bist, solange dieser blöde Typ da unten noch wohnt.«

»Oh Mann!«, stöhnte Fabian. »Jetzt mach doch nich so 'n Affen. Denkst du, der bringt mich um, oder was?«

»Ich denke gar nichts. Weil ich nicht kapiere, wie der tickt. Und darum will ich, dass du mitkommst. Ist doch nur noch dieses eine Mal, Fabi, heute Nachmittag reist er ab, und dann kannst du wieder machen, was du willst.«

»Ich hab aber keinen Bock. Einkaufen ist wirklich das Letzte!«

»Keine Chance und keine Diskussion.«

»Kann ich nicht vielleicht zu Michele nach Nuseanno fahren? Ich hab seine Esel in diesem Jahr noch gar nicht gesehen, und vielleicht haben die ja wieder Nachwuchs bekommen?«

»O. k. Das ist eine Möglichkeit. Ich ruf da gleich an, ob es passt.«

Fabians Augen leuchteten. »Klasse. Mit dem Fahrrad brauch ich nur 'ne halbe Stunde.«

»Fährst du durch die Oliven über Monte Aglaia oder über San Vincenzo durch den Wald?«

»Über Monte Aglaia. Die Straße ist besser zu fahren.«

»Um eins bist du zurück. Va bene?«

»Alles klar.«

Um zehn Uhr schloss sich hinter Rina und Fabian das elektrische Tor. Rina fuhr mit dem Auto nach Ambra, und Fabian brauste auf seinem Mountainbike in die entgegengesetzte Richtung nach Monte Aglaia.

Primetta, die die Piazza fegte, bekam fast einen Herzschlag, als ein wild gewordener Mountainbikefahrer in einem Affenzahn an ihr vorbeifegte und vor dem Haus des Pfarrers mit quietschenden Reifen zum Stehen kam. Er warf sein Fahrrad auf den Rasen, klopfte, der Pater öffnete, begrüßte ihn, und Fabian ging zusammen mit ihm ins Haus.

Primetta schüttelte den Kopf und fegte weiter.

Um zwanzig nach zwölf war Rina wieder zu Hause. In der Post war es ungewöhnlich schnell gegangen, sie hatte alles erledigen können und war äußerst zufrieden.

In aller Ruhe verstaute sie die Einkäufe und begann einen Thunfischsalat vorzubereiten, den Fabian über alles liebte. Dazu schnitt sie frisches Baguette auf.

Um eins war das Essen fertig, aber Fabian war noch nicht da. Sie trat auf den Portico, wartete dort bestimmt zehn Minuten und fixierte die Schotterstraße unterhalb von Monte Aglaia, die er auf alle Fälle entlangfahren musste.

Aber sie sah niemanden. Kein Auto, kein Fahrrad, nichts.

Um halb zwei wählte sie Fabians Nummer und ließ es klingeln. Verdammt. Er ging nicht ran.

Sie zwang sich zur Ruhe und wartete eine weitere Stunde. Probierte es im Zehnminutentakt immer wieder auf seinem Handy, aber er hob nicht ab. Um halb drei rief sie bei Michele an und fragte nach Fabian.

Er war gar nicht dort gewesen. War dort nie angekommen.

56

Um halb vier verlor sie fast die Nerven. Sie begann innerlich zu flattern, weil sie nicht wusste, was sie machen sollte. Fabian war kein Junge, der es mit der Zeit allzu genau nahm, aber normalerweise rief er an, wenn es später wurde.

Sie schlug vor Wut gegen die Wand und probierte es wieder. Nichts. Es klingelte, aber er hob nicht ab. Sie hatte es schon zigmal versucht.

Sollte sie die Polizei rufen?

Oder Eckart informieren?

Nein. Sie hatte das Gefühl, schon wieder hysterisch zu reagieren, es war unnötig, die Pferde scheu zu machen und sich bis über beide Ohren zu blamieren.

Ein kleiner Junge verschwand in der Toskana. Vollkommen unvorstellbar. An einem herrlich warmen, sonnigen Tag.

Wie in ihrem Roman »Das Lächeln des schwarzen Mannes«.

Ihr wurde kalt.

Da kam ihr eine Idee. Sie konnte Angelica anrufen, die in Monte Aglaia wohnte. Sie hatten nicht viel Kontakt, aber trafen sich hin und wieder auf einen Kaffee, sie waren keine dicken Freundinnen, aber immerhin Nachbarinnen. Angelica bekam alles mit, was in Monte Aglaia vor sich ging, sie saß auch oft bei Mario auf der Terrasse und trank mit ihm ein Glas Wein.

Angelica war auch die Einzige, die außer Rossella und Dragos eine Fernbedienung zum Tor hatte und jederzeit nach *Stradella* kommen konnte. Im Winter vor zwei Jahren, als *Stradella* von der Außenwelt abgeschnitten war, hatte Angelica dem Bürgermeister so lange die Hölle heißgemacht, bis ein Schneepflug gekommen war.

Die Gute.

Rina rief sie an, und sie meldete sich energisch und munter bereits nach dem dritten Klingeln.

»Frau Kramer!«, begrüßte sie Rina, wie immer ein wenig zu laut und sehr fröhlich. »Wie geht's, wie steht's? Was macht *Stradella*? Wie schön, dich zu hören!«

»Es geht mir gar nicht gut«, sagte Rina leise, »ich brauche deinen Rat und deine Hilfe, Angelica.«

»Schieß los.«

»Fabian ist verschwunden.«

»Wie bitte?«

»Er ist mit dem Fahrrad unterwegs, wollte heute Mittag um eins zu Hause sein und ist immer noch nicht da.«

Angelica brauchte erst einmal ein paar Sekunden zum Nachdenken. Rina war ihr dankbar, dass sie nicht gleich mit den üblichen Beruhigungsphrasen wie »Mein Gott, er wird schon noch kommen …, es ist doch erst halb vier …, du weißt doch wie Jungen so sind …, er hat einfach die Zeit vergessen …« loslegte, sondern erst nach einer Pause sagte: »Oh, das ist ja komisch. Soll ich zu dir kommen?«

»Nein, nein, noch nicht, aber es ist verdammt lieb von dir. Weißt du, ich überlege nur, was ich jetzt tun soll. Rufe ich die Polizei an oder nicht? Was meinst du?«

Angelica stöhnte. »Tja, das ist so eine Sache. Bist du allein?«

»Ja. Eckart ist in Paris. Er dreht da eine Serie.«

»Auch das noch. Hat Fabian kein Handy dabei?«

»Doch! Aber er geht nicht ran!« Jetzt war Rina den Tränen nahe. »Ich verstehe es nicht, Angelica, ich verstehe es einfach nicht!«

Angelica kommentierte das nicht. Sie hatte bewusst kein Handy, sondern nur ein Festnetztelefon in ihrer kleinen Wohnung in Monte Aglaia. Wenn sie nicht zu Hause war, war sie eben nicht zu erreichen. Punktum, Schluss, aus, Ende. »Pass auf, Rina. Du wartest jetzt noch bis heute Abend. Sagen wir mal, bis um sieben. Und wenn er dann immer noch nicht da ist, sagst du Eckart Bescheid.«

»Meinst du echt? Aber dann fliegt er hierher, und wenn es falscher Alarm oder eine Lappalie war, bringt er mich um. Das trau ich mich einfach noch nicht.«

»Da wartest du lieber, bis was passiert ist und du ihm eine schlechte Nachricht bringen musst?«, fragte Angelica leise.

Rina zuckte zusammen. »Du gehst also davon aus, dass was passiert ist?«

»Nein, Rina, natürlich nicht … oh Gott, entschuldige bitte, so hab ich das nicht gemeint, ich bin bloß der Ansicht, dass ein Vater wissen sollte, wenn sein Sohn verschwunden und seine Frau ganz außer sich vor Angst ist.«

»Ist gut, Angelica«, sagte Rina, »ich warte jetzt noch drei Stunden, und dann rufe ich Eckart und die Carabinieri an, okay?«

»Tu das. Du kannst dich jederzeit bei mir melden. Auch mitten in der Nacht. Und dann bin ich in einer Viertelstunde bei dir.«

»Gut zu wissen. Danke, Angelica.«

Rina legte auf.

Ein letztes Mal versuchte sie, Fabian zu erreichen, dann ging sie hinunter, um abzurechnen und ihren Gast endlich loszuwerden.

Mal wieder waren sämtliche inneren Fensterläden fest verschlossen, er war nirgends zu sehen. Sie nahm all ihren Mut zusammen und klopfte ans Fenster. Fünf Mal, so laut sie konnte.

Obwohl sie fest davon ausging, dass er im Haus war, erschrak sie doch, als er die Haustür aufriss und nach draußen trat.

»Ach, Sie sind's. Ja, richtig. Kommen Sie doch rein.«

»Fabian ist heute nicht nach Hause gekommen. Er ist weg. Verschwunden«, sagte sie und ärgerte sich im selben Moment, dass sie das erzählt hatte. Denn Gelting war wirklich der Letzte, mit dem sie das Problem besprechen wollte

»Komm endlich rein!«, sagte er nur kurz, als hätte er ihre Worte gar nicht mitbekommen, und hielt die Tür auf.

Sie hatte sehr wohl bemerkt, dass er sie geduzt hatte.

Als sie im Zimmer stand, schloss er die Tür.

»Wie du siehst – hier ist er nicht.«

Sein barscher, unfreundlicher Ton störte sie. Offensichtlich hatte er schlechte Laune. Die einzige Kerze, die brannte, stand auf dem kleinen Schreibtisch unter dem Fenster. Sein Füllfederhalter war nicht zugeschraubt, er hatte gerade geschrieben. Und neben seinen handschriftlich vollgeschriebenen Seiten sah sie ihr Manuskript. Die Computerschrift, die sie benutzte, erkannte sie sofort. Sie war außergewöhnlich und wurde nur selten von jemand verwendet.

Nirgends sah sie eine gepackte Tasche oder einen Koffer. In der Capanna sah es in keiner Weise nach Abreise aus.

Sie wollte ihn gerade danach fragen, aber dann ging alles ganz schnell. Er ergriff ihren Arm, drehte ihn ihr auf den Rücken und nahm mit seinem Unterarm ihren Hals in den Würgegriff, sodass sie sich nicht mehr rühren konnte und kaum noch Luft bekam. Sie wollte schreien, konnte aber nur noch röcheln.

Mit brutaler Gewalt stieß er sie in den stockdunklen Weinkeller, dessen Tür offen stand. Sie flog gegen das Regal und landete zusammen mit mehreren Weinflaschen auf der Erde.

Mit einem Krachen fiel die schwere hölzerne Tür ins Schloss.

Rina lag auf dem Boden, und um sie herum war nur undurchdringliches Schwarz. In dem Tonnengewölbe, das ehemals die Krypta einer Kapelle gewesen war, gab es kein Fenster, da es unter der Erde lag und in den Berg hineingebaut worden war. Nach außen hin existierte nur die schwere Tür aus Eichenholz. Hier konnte man sich die Seele aus dem Leib brüllen, außerhalb des Hauses würde einen niemand hören. Aber der Rotwein hatte dort immer genau die richtige Temperatur.

Eckart hatte, als sie die Ruinen der beiden Häuser restaurierten, gesagt: »Hier, in dieser Krypta, möchte ich eines Tages begraben werden.«

Sie hatte nur gelächelt und gedacht, dass dieses herrliche Gewölbe eigentlich wirklich ein guter, würdiger Ort wäre, um dort seine letzte Ruhe zu finden.

Einen Lichtschalter gab es hier im Inneren nicht. Das wusste sie. Nur von außen konnte man das Licht an- und ausschalten. Wenn er wollte, konnte er sie dort in absoluter Dunkelhaft schmoren lassen.

»Bitte, Herr Gelting«, rief sie, »bitte, machen Sie auf! Was soll das alles?«

Manuel antwortete nicht.

»Bitte, Manuel, machen Sie mir doch wenigstens Licht! Ich kann nichts sehen, gar nichts!«

Augenblicklich ging das Licht an.

Rina atmete erleichtert durch. Wenigstens etwas.

»Manuel, bitte«, flehte sie erneut. »Lassen Sie mich raus! Dann können wir über alles reden. Oder ich gehe zurück in mein Haus und lasse Sie in Ruhe. Alles gar kein Problem, aber bitte lassen Sie mich wieder raus!«

Manuel schwieg.

»Bitte! Mein Sohn ist verschwunden, ich muss ihn suchen, ich muss ihm helfen, ich weiß nicht, was passiert ist, bitte, lassen Sie mich raus, es geht doch um mein Kind!«

»Nein!«, antwortete er.

Nichts weiter. Nur: Nein.

Es war der Tonfall. Er war so endgültig und unmissverständlich.

Er hatte nicht vor, sie wieder rauszulassen.

Mit zitternden Fingern suchte sie auf ihrem Handy die Nummer der Carabinieri und klickte sie an, aber es funktionierte nicht. In dieser Gruft hatte sie keinen Empfang. Keine Chance.

Sie war diesem Irren hilflos ausgeliefert.

Was sollte sie bloß tun? Rina überlegte fieberhaft. Wenn er die Tür öffnete, um ihr etwas zu essen zu bringen, würde sie ihm mit aller Gewalt in die Eier treten.

Das war eine Möglichkeit.

Aber je länger sie über ihn nachdachte, umso sicherer war sie, dass dieser Wahnsinnige sie in dieser Krypta einfach vergessen würde.

57

Angelica war im Sessel über ihrem Buch eingenickt, und als sie eine Viertelstunde später wieder aufwachte, wusste sie nicht mehr, was sie zuletzt gelesen hatte. Daher beschloss sie, ins Bett zu gehen.

Es war halb zwölf, als ihr Rina wieder einfiel.

Sie hatte nicht angerufen, also war bestimmt alles in Ordnung. Denn wenn Fabian bis jetzt immer noch nicht nach Hause gekommen wäre, hätte sie sich garantiert noch mal gemeldet. Man erfuhr halt immer nur die schlechten, nie die guten Nachrichten.

Nachdem sie ihre Zähne geputzt, ihr Gesicht eingecremt und ihr Nachthemd angezogen hatte und nun dabei war, ihr Bett aufzuschlagen, sah sie noch einmal aus dem weit geöffneten Fenster.

Rinas Berg, *Stradella*, lag genau vor ihr, und sie konnte das Licht in der Küche des großen Hauses und auf der Terrasse sehen. Vielleicht machte sie Fabian noch etwas zu essen.

Angelica lächelte, warf in Gedanken noch eine Kusshand hinüber und kroch ins Bett.

Wir sollten viel mehr Kontakt miteinander haben, und ich werde sie morgen Vormittag mal anrufen …, dachte sie noch, bevor sie einschlief.

Auch Mario dachte an Rina. Angelica hatte ihm erzählt, dass Fabian nicht nach Hause gekommen war und hatte ihn gefragt, ob er irgendetwas wisse.

Mario konnte nur bedauernd mit den Achseln zucken, denn er hatte Rina und Fabian schon eine ganze Weile nicht mehr gesehen.

Jetzt hätte er nur zu gern gewusst, ob bei den beiden alles wieder in Ordnung war.

Es war halb eins, und er verabschiedete die letzten Gäste. Das war das Schlimmste: Die Gäste kamen alle um acht, aßen bis zehn, hielten sich noch eine Weile mit diversen Getränken auf und gingen um elf. Aber es gab doch jeden Abend einen verdammten Tisch, an dem die Leute kein Ende fanden und noch bis um zwölf, eins oder sogar noch länger saßen und ohne Ende Wein und Grappa orderten. Und er trieb sich im Gastraum und in der Küche herum und konnte nicht Feierabend machen.

So war es heute auch gewesen, und es war Viertel vor eins, als er endlich seine Trattoria abschloss.

Porca miseria, er war so müde, dass er nicht mehr wusste, wie er hieß.

Bevor er hinauf in sein Schlafzimmer ging, warf er noch einen Blick nach *Stradella*. Im Haupthaus und auf der Terrasse brannte Licht.

Ein gutes Zeichen.

Fabian war sicher zu Hause, und Mutter und Sohn ging es gut.

In dieser Nacht saß Primetta auf einer verwitterten alten Steinbank vor dem Abbruchhaus der alten Nella, in dem sie wohnte, und starrte in die Dunkelheit.

Ihr unmittelbarer Nachbar war Elio, ein widerwärtiger Alter mit weißem Haar und verfilztem langen Bart. Er hatte fünf weiße Hunde, die auf einem winzigen, eingezäunten Hof den ganzen Tag im Kreis rannten und jeden verbellten, der sich auf der Straße blicken ließ.

Primetta hasste diese fürchterlichen Hunde. Und den alten Elio hasste sie auch.

Oft traute sie sich gar nicht aus dem Haus, weil dann das grauenvolle Gebell wieder einsetzte.

Momentan schliefen die Hunde wohl in ihrer engen Hütte. Solange sie sich ruhig verhielt und sich nicht bewegte, würden sie nicht aufwachen und keinen Mucks von sich geben.

Sie hatte von Mario gehört, dass der kleine Sohn der Signora oben auf dem Berg, auf *Stradella*, vermisst wurde.

Die Signora hatte sie nur ein paarmal gesehen. Wenn sie bei Mario vorbeifuhr oder bei den Mülltonnen. Man erzählte sich, dass sie unheimliche, böse Geschichten schrieb, die hier in dieser Gegend spielten.

Primetta hatte nichts gegen sie. Jedenfalls grüßte sie immer, wenn sie vorbeifuhr.

Den Sohn der Signora kannte Primetta besser. Das Balg fuhr oft mit dem Fahrrad durchs Dorf oder kraulte auf der Piazza die Katzen. Ab und zu saß er auch bei Mario und trank eine Limo.

Am Vormittag hatte sie gesehen, wie der Junge zum Pfarrer ins Haus gegangen war ...

Und jetzt war er weg?

Primetta schüttelte verwirrt den Kopf.

Sie hatte Lust auf eine Zigarette. Aber sie hatte keine im Haus. Noch nicht einmal eine platt getretene, dreckige Kippe von der Straße.

Lange saß sie noch vor der Tür und starrte in die Nacht.
Bitte nicht.
Nicht Pater Johannes.

58

Es war verdammt kalt. Unvorstellbar, dass die Sommernacht draußen warm und angenehm war, hier im Weinkeller war es verflucht kalt. Für Rotwein ideal, für eine Frau, die nur eine halblange Hose, Sandalen und ein T-Shirt trug, unerträglich.

Sie kauerte in der hintersten Ecke der Grotte auf dem Fußboden, hatte die Knie eng angezogen und die Arme fest um ihren Körper geschlungen, aber ihr wurde einfach nicht warm.

An der Wand rechts neben ihr stand eine große Truhe, prall gefüllt mit Decken, Handtüchern, Tisch- und Bettwäsche. Doch die Truhe war abgeschlossen, und den Schlüssel hatte sie oben im Hauptaus in ihrer Schreibtischschublade, damit die Gäste sich nicht selbst bedienten und jeden Tag die Bettwäsche wechselten.

Die Truhe bekam sie nicht auf, da hatte sie keine Chance. Das eiserne Schloss war bestimmt schon achtzig oder neunzig Jahre alt und äußerst stabil. Zu knacken war das Schloss nicht, man konnte es höchstens mit schwerem Werkzeug aufbrechen.

Ihre Gedanken kreisten und drehten sich immer und immer schneller um Fabian und den Irren in diesem Haus, der irgendetwas mit ihr vorhatte, und sie wusste nicht, was.

Vielleicht hatte er ja auch Fabian etwas angetan, und jetzt war sie an der Reihe.

Sie hatte solche Angst, dass die Zeit stillzustehen schien.

Eventuell war Fabian ja auch längst wieder zu Hause und ebenso verzweifelt, weil seine Mutter nicht da war. Aber spätestens morgen früh würde er Mario oder den Pater alarmieren, und sie würden über kurz oder lang hier in der Gästevilla aufkreuzen.

Bitte, komm nach Hause, Fabian, betete sie, dann wird alles gut. Das weiß ich. Wenn dir nichts passiert ist, kann auch mir nichts passieren.

Irgendwann sackte sie gegen die kalte Natursteinwand und fiel in einen kurzen, unruhigen Schlaf.

Mitten in der Nacht wurde Rina wach, weil sie dauernd Geräusche hörte. Jetzt nach dem Schlafen war ihr noch kälter als zuvor, sie setzte sich auf, versuchte ihren Kopf zu drehen und ihre Schultern zu entspannen – alle Knochen taten ihr weh.

Gnädigerweise hatte er im Weinkeller das Licht angelassen, oder er hatte vergessen, es auszumachen. So konnte sie sich wenigstens orientieren und auf die Uhr sehen. Zehn nach drei.

Sie hörte, wie er durchs Haus stampfte, gegen den Schrank trat, Schubladen aufzog und wieder zudonnerte, Kommodentüren öffnete und wieder zuschmiss. Ab und zu hörte sie ihn schluchzen und dann jämmerlich und ängstlich »Toni!« rufen.

Anschließend ging der Krach weiter. Er schien die gesamte Einrichtung zerschlagen zu wollen.

Plötzlich war es totenstill.

Auch Rina hielt den Atem an.

»Toni!«, schrie er völlig unvermittelt, und sie hörte, wie er die Vorhänge auf- und wieder zuzog.

»Toni! Wo bist du? Liebste, Süße, ich weiß, dass du da bist, bitte zeig dich, bitte!«

»Wer ist Toni?«, fragte sie durch die Tür.

»Halt die Schnauze!«, schrie er und schaltete das Licht aus.

Rina war fassungslos. Sie verstand überhaupt nichts und konnte die Hand nicht mehr vor Augen sehen.

»Toni, meine Freundin, meine Geliebte, mein Engel. Du bist doch alles, was ich habe. Wo bist du?«

Eine Weile war es wieder totenstill, und dann explodierte er geradezu und schlug mit der Faust gegen die schwere Eichentür. »Begreifst du, dass ich sie liebe? Weißt du überhaupt, was Liebe ist, du tolle Autorin, du? Ich glaube nicht. Mein Herz ist voller Liebe, es quillt über vor Liebe, aber das kapierst du nicht, das kannst du nicht schreiben, weil du es nicht fühlst, so wie ich, weil du hart wie ein Felsen bist, schroff und scharfkantig, ein Klotz, den der Regen auch in Millionen von Jahren nicht glatt waschen wird.«

»Wovon redest du? Du kennst mich doch gar nicht!«

»Du fühlst nicht, du lebst nicht, du liebst nicht«, regte er sich weiter auf. »Du windest dich wie eine Schlange, wenn du über Liebe schreiben musst, du versuchst es zu umgehen und dich aus der Affäre zu ziehen. *Sie wollte ihm sagen, wie sehr sie ihn liebte, aber da war er schon leise und ohne ein weiteres Wort aus dem Zimmer gegangen ...«,* äffte er eine Textstelle aus einem ihrer Bücher in albernem Tonfall nach. »So schreibst du. So drückst du es aus. Und was ist das? Gar nichts! Das ist Betrug. Du bestiehlst mich und dann so schlecht, so dilettantisch, so stümperhaft, es ist nicht zum Aushalten. Weißt du, dass du nicht zu ertragen bist, Rina Kramer?«

Rina begriff immer weniger.

»Wieso hab ich dich bestohlen?«, schrie sie und hämmerte gegen die Tür. »Was soll das alles?«

»Halt die Schnauze!«, schrie er wieder. »Halt endlich dein blödes Maul!«

Aber Rina dachte gar nicht daran, den Mund zu halten.

»Wer ist Toni?«, fragte sie. »Sag es mir, Manuel, vielleicht kann ich dir helfen! Und bitte, mach das Licht an!«

Das Licht blieb aus, aber er redete wenigstens weiter. »Toni? Toni ist eine Ratte. Meine kleine Ratte. Meine allerliebste einzige Ratte. Sie gehorcht mir aufs Wort, sie läuft nicht weg, will immer in meiner Nähe sein, aber manchmal versteckt sie sich, wenn sie Angst bekommt. Jetzt hat sie Angst. Weil du da bist. Und weil sie dich nicht leiden kann, weil ich dich nicht leiden kann. Toni fühlt wie ich. Toni und ich – wir sind eins. Eine Symbiose. Eine große Liebe. Und nur wegen dir finde ich sie nicht.« Er weinte.

»Dann lass mich hier raus. Ich gehe, und Toni kommt zu dir zurück.«

Einen Moment war Ruhe. Vielleicht dachte er ernsthaft über diesen Vorschlag nach.

»Nein«, sagte er dann. »Nein, nein, nein. Ich brauche dich noch. Das heißt, ich brauche dich da drin: ohne Schreibtisch, ohne Computer, ohne Zettel und ohne Stift. Dann geht's mir besser.«

»Wozu brauchst du mich hier drin?«

»Ich rede nicht mehr mit dir, hörst du, ich will nicht«, flüsterte er. »Also halte den Mund.«

»Erklär es mir doch endlich, verdammt!«, schrie sie.

Er fing leise an zu pfeifen.

Rina wartete ab.

Es dauerte ungefähr eine Viertelstunde, und dann hörte sie, wie er noch heftiger und lauter weinte.

»Manuel?«

Sie musste dreimal rufen, bis er antwortete.

»Ja?«

»Lass mich raus, ich helf dir, deine Ratte zu suchen!«

»Ratten sind etwas ganz Besonderes, Kramer«, sagte er in einem lang gezogenen Singsang, als habe er ihren letzten Satz nicht gehört. »Sie sind zäh, sie sind klug, und wenn die Menschheit ausstirbt, werden sie auf unseren Gräbern tanzen.«

»Bitte, mach das Licht an, Manuel! Bitte!«

»Nein.«

»Und ich brauche etwas zu trinken, Manuel. Eine Flasche Wasser …«

»Nimm dir von dem Wein. Is genug da.«

»Und wie soll ich die Flaschen aufkriegen?«

»Dein Problem.«

Rina hatte auch schon daran gedacht, einer Flasche den Hals abzuschlagen, ihr Durst war jedoch so groß, dass sie befürchtete, die Flasche in einem Zug auszutrinken.

»Ich habe seit Stunden nichts gegessen, Manuel. Wenn ich jetzt auf nüchternen Magen Wein trinke, falle ich um.«

»Dein Problem.«

»Hast du wenigstens ein bisschen Brot?«

»Nein.«

»Was spielst du für ein Scheiß-Spiel mit mir? Soll ich hier elendig verhungern und verdursten?«

Er lachte leise.

»Okay«, meinte sie so cool wie möglich, »dann mache ich eben eine kleine Diät. Aber ich brauche einen Eimer, ich muss mal aufs Klo.«

»Was du alles brauchst!«, schrie Manuel völlig überdreht, und seine Stimme rutschte in eine absurde Höhe. »Mitten in der Nacht musst du aufs Klo, morgens um vier willst du essen und trinken! Wo sind wir denn? Ist das hier ein verdammtes Hotel? Bleib da drin und sei still. Damit ich nicht böse werde, ist das klar? Ich entscheide, wann ich dich rauslasse. Morgen vielleicht oder in einer Woche, in einem Monat oder in einem Jahr. Keine Ahnung. Je nachdem, wie ich Lust habe und wie ich gelaunt bin. Vielleicht lasse ich dich auch überhaupt nie mehr raus. Kann alles sein. Also nerv mich nicht!«

Sie schwieg entsetzt.

Im Zimmer war es jetzt still. Offensichtlich hatte er aufgehört, Toni zu suchen.

Da hatte sie den rettenden Gedanken: »Morgen, am Samstag, kommen die neuen Gäste, Manuel. Und dann ist dein Spiel aus! Bitte, lass mich jetzt raus, und ich schwöre dir, ich gehe auch nicht zu den Carabinieri. Von mir erfährt niemand etwas!«

»Ach, hab ich dir das noch nicht erzählt? Ich habe deinen Gästen abgesagt. Adresse und Telefonnummer hab ich in deinem Arbeitszimmer gefunden. War gar kein Problem.«

Er schaltete das Licht wieder an.

Sie schlug die Hände vors Gesicht, und die Tränen liefen ihr durch die Finger.

Hilfe, dachte sie. Hilfe! Bitte, helft mir doch!

59

Samstag, noch zwei Tage

Primetta erwachte, als der Morgen dämmerte und im Dorf der erste Hahn krähte.

Sie blinzelte, räusperte sich laut und spuckte auf die Erde.

Einer von Elios fürchterlichen Hunden schlug an.

Jetzt hatte sie doch wahrhaftig diese verdammte Nacht nicht auf ihrer Pritsche, sondern auf der harten Bank verbracht. Nun würde sie den ganzen Tag Rückenschmerzen haben.

Sie stand auf, streckte ihre steifen Glieder, und dann ging ihr Blick sofort rüber nach *Stradella*.

Noch lag der Berg der Signora nicht in der Morgensonne, und Primetta konnte erkennen, dass das Licht, das die ganze Nacht gebrannt hatte, immer noch brannte.

Arme Signora.

Dann war der Junge wohl nicht wieder aufgetaucht. Wer mit Einbruch der Dunkelheit nicht zurück war, der kam nicht wieder. Das war so sicher wie das Amen in der Kirche. Kinder standen nicht plötzlich nachts vor der Tür.

Sie schlüpfte in ihre ausgelatschten und zerlöcherten Hausschuhe, die neben der Bank standen, und schlurfte in ihr Haus und in die Küche. Dort gähnte sie laut, lange und herzhaft, entblößte dabei ihr lückenhaftes und kariöses Gebiss und trank ein Glas Wasser.

Dann nahm sie altes, hartes Weißbrot aus dem Schrank, tauchte es in einen Eimer mit Sirup und biss krachend hinein. Dass bei dieser Methode auch ihre letzten Zähne kapitulieren würden, wusste sie, aber es war nicht zu ändern.

In der Tasche ihrer schlabbrigen dunkelgrauen Hose trug sie einen grünen Halbedelstein mit sich herum, den sie in Siena in einem Geschäft gestohlen hatte. Jetzt drehte sie ihn in ihren gichtigen Fingern. Irgendwie würde er schon helfen.

Anschließend fuhr sie sich mit beiden Händen durch die Haare und verließ, wie immer in ihrer speckigen Jogginghose und in dem mit Flecken übersäten T-Shirt, das Haus.

Die Zeiten, in denen sie für Don Matteo noch einmal in der Woche in den Waschbottich gestiegen war und sich gebadet hatte, waren Gott sei Dank vorbei.

Minuten später stand sie vor dem Haus des Paters.

Zu dieser frühen Morgenstunde musste er doch eigentlich zu Hause sein.

»Pater Johannes!«, rief sie mit schriller Stimme, und es hörte sich an wie ein Appell. Zu überhören war es jedenfalls nicht.

Aber niemand meldete sich.

Sie klopfte, rief noch einmal – nichts.

Dann öffnete sie vorsichtig die Tür und rief weiter, während sie die Küche betrat.

Nichts.

Der Pater war ausgeflogen.

Sie sah sich um.

Alles war wie immer.

Dann ging sie wieder hinaus.

Fabian war weg, und der Pater war weg.

Das Fahrrad des Jungen lag noch vor dem Haus auf der Wiese.

Der Stein in ihrer Hand brannte auf ihrer Haut.

60

Der Morgen war frisch und kühl, noch lag ein zarter Dunst über den Bergen, der die Landschaft in Pastelltöne tauchte.

Manuel zitterte, als er auf die Terrasse trat. Er hatte wegen dieser Idiotin im Weinkeller die ganze Nacht nicht geschlafen, vielleicht zwei Stunden gedöst und dabei so wild geträumt, dass er jetzt unsicher war, ob es wirklich Träume oder seine Gedanken im wachen Zustand gewesen waren. Er war müde und nervös, und den vor der Hitze des Tages angenehm kühlen Morgen empfand er als eiskalt.

Er hatte Toni immer noch nicht gefunden.

Vielleicht war es auch diese Angst, die ihn so fahrig machte. Er fühlte sich zerbrechlich wie dünnes Eis auf einer Pfütze und beschloss, ins Haupthaus zu gehen, um sich mit Lebensmitteln zu versorgen. Rinas Kühlschrank und ihr Magazin waren sicher gut gefüllt.

Als er die leichte Steigung hochging, sah er, dass in der Küche Licht brannte. Ja, natürlich, Rina war nachmittags zu ihm gekommen, sie hatte eine ziemlich dunkle Küche, in der fast immer das Licht brannte. Und es hatte niemand ausgemacht.

Als er das Haus erreichte, ging er als Erstes durch die Terrassentür in Rinas Arbeitszimmer. Diesmal war es einfach, alle Türen standen offen, er brauchte nicht einzubrechen, und auch unliebsame Überraschungen waren nicht zu befürchten.

Ihr Schreibtisch war sehr aufgeräumt. Ein Stapel mit handschriftlichen Notizen, ein Klemmordner mit gesammelten Zeitungsausschnitten, Internetausdrucken und kurz skizzierten Ideen, die er sich irgendwann genauer ansehen würde, und der ausgedruckte Manuskriptanfang. Er blätterte ihn durch und sah, dass sie zweiundzwanzig weitere Seiten geschrieben hatte.

Ihm wurde heiß. Die Wut kroch langsam durch seine Brust, und er hatte das Gefühl, sein Herz würde sich zusammenkrampfen. Er war kurz davor, sich zu übergeben. Sie hatte also weitergeschrieben, obwohl er aufgehört hatte zu denken. Es hatte nicht funktioniert.

Gut, dass er sie eingesperrt hatte. Das war die einzige Möglichkeit, sie vom Schreiben abzuhalten.

Dann fiel sein Blick auf ein in Leder gebundenes Adressenverzeichnis. Das war nicht schlecht. Er würde es mitnehmen, man konnte ja nie wissen, ob er nicht doch den einen oder anderen, der sich um Rina Sorgen machte, anrufen musste.

In der Küche stand an der Erde praktischerweise ein Korb, in dem Rina Papier, Glas- und Plastikflaschen sammelte. Er kippte ihn aus, öffnete den Kühlschrank und packte alles ein, worauf er Appetit hatte. Wurst, Käse, Margarine, Oliven im Glas, ein paar Karotten, Salat, eine Gurke und Eier. Das war ja ein Fest! Er spürte, dass er Hunger bekam. Aus dem Küchenschrank nahm er noch Spaghetti, Reis, ein paar Dosen Thunfisch und Tomatenmark mit. Mehr konnte er jetzt in dem Korb nicht transportieren. Nur ein Paket mit Wasserflaschen wollte er noch aus dem Magazin holen.

Er schaltete das Licht in der Küche aus und trat auf den Portico.

Da war ein Geräusch. Sehr deutlich und unmissverständlich.

Ein Wagen fuhr offensichtlich gerade den Berg hinauf. Er war ganz nah, musste schon auf dem Grundstück sein, das Motorengeräusch wurde immer lauter.

Verflucht! Wer kam denn jetzt daher? Das war doch völlig unmöglich! Vielleicht diese dämliche Putzfrau, diese Rossella?

Nur Sekunden später fuhr der Wagen, ein alter, rostbrauner Skoda, auf den Parkplatz.

Nicht Rossella, sondern ein Mann stieg aus.

Wer zum Teufel ist das?, überlegte Manuel, zog sich in die Küche zurück und schloss die Tür.

Dann lief er durch die Bibliothek bis in Rinas Schlafzimmer und versteckte sich hinter dem Schrank.

Ganz egal, wer dieser Fremde war, er würde vielleicht durchs Haus gehen und Rina suchen, aber er würde nicht wagen, in ihr Schlafzimmer zu kommen.

Kurz darauf hörte er den Mann nach Rina rufen. Ein paarmal. Als er keine Antwort bekam, rief er etwas auf Italienisch, das Manuel nicht verstand.

Er wartete ruhig ab und ärgerte sich, dass sein Herz wie wild klopfte. Mittlerweile hörte er überhaupt nichts mehr. Vielleicht ging der Mann gerade durchs Haus? Überall war Steinfußboden, knarrende Dielen gab es nicht, so konnte Manuel nicht ausmachen, wo der Fremde war.

Dragos wunderte sich. Alle Türen sperrangelweit offen und niemand da? Immerhin stand das Auto der Signora auf dem Parkplatz. Irgendwo musste sie ja sein. Vielleicht war sie unten bei der Gästevilla und goss die Blumen.

Er wagte es nicht, ins Haus hineinzugehen, und lief erst einmal hinunter.

Dragos arbeitete sporadisch bei Rina Kramer. Meist nur einmal in der Woche. Wenn sie ihn brauchte, rief sie ihn an. Er reinigte Regenrinnen, mähte den Rasen, hackte Holz und lichtete den Wald.

Für Rina war er eine gute Seele. Das wusste er, daher hatte sie ihm auch die Fernbedienung zum Tor gegeben, sodass er jederzeit hineinkonnte, wenn irgendetwas war.

Rina vertraute ihm, und darum mochte er sie auch.

Dragos bekam noch Lohn für dreißig Stunden. Den wollte er sich abholen, damit er ein bisschen flüssig war. Und dann: auf Nimmerwiedersehen zurück nach Rumänien. Seine Familie würde er irgendwann nachholen, wenn er ein bisschen Geld angespart hatte. Oder Romina schaffte es, selbst so viel zu verdienen, dass sie und die Kinder nachkommen konnten.

Er ging einmal um die Capanna herum. Rina Kramer war nirgends zu sehen, der Gartenschlauch stand ordentlich auf den Schlauchwagen gerollt vor der Hauswand.

Anscheinend war niemand zu Hause, wahrscheinlich hatte sie zurzeit gar nicht vermietet, denn die inneren Fensterläden waren geschlossen.

Er klopfte und rief gleichzeitig laut: »Signora, sind Sie da?«

Hatte er da irgendetwas gehört? Er war sich nicht sicher. Vielleicht bildete er sich das auch nur ein, daher fragte er noch einmal: »Signora?«

Beinah automatisch drückte er die Türklinke herunter und wunderte sich, dass nicht abgeschlossen war.

»Permesso«, sagte er leise und fragte erneut: »Signora?«, denn in der Capanna war es stockdunkel.

»Hallo! Wer ist da? Hilfe!«, rief sie, und ihre Stimme klang dumpf hinter der geschlossenen Tür.

»Ich bin's, Dragos!«, meldete er sich verunsichert.

»Dragos, Gott sei Dank!«, rief sie auf Italienisch und trommelte gegen die Tür des Weinkellers. »Schnell, hol mich hier raus! Mein Mieter hat mich eingesperrt, er ist wahnsinnig! Beeil dich!«

Dragos rüttelte an der Tür. »Sie ist abgeschlossen!«

»Dann schließ auf, verdammt!«

»Hier steckt kein Schlüssel!«

»Dann such ihn, er muss doch irgendwo sein, und mach schnell, bevor der Kerl wiederkommt.«

Dragos sah sich um, öffnete Schränke, zog Schubladen auf. Durchwühlte Manuels Sachen.

Rina wurde immer nervöser. »Wenn du den Schlüssel nicht findest, dann hau ab, Dragos. Hol die Carabinieri, bitte! Bevor er mich umbringt! Er ist völlig unberechenbar! Dragos, hol die Polizei, bitte!«

»Nicht nötig«, sagte eine ruhige Stimme.

Dragos fuhr herum, und das Letzte, was er sah, war das schwere, eiserne Brecheisen, das auf seinen Schädel niedersauste und seine Stirn genau in der Mitte traf.

Das Geräusch seines zerberstenden Schädels registrierte er bereits nicht mehr, als er zusammenbrach.

»Dragos!«, schrie Rina, flatternd vor Angst. »Dragos? Was ist passiert? So sag doch was!«

Es kam keine Reaktion.

In der Capanna war es totenstill.

»Dragos!«, schluchzte sie. »Dragos, bitte!«

Rina fiel auf die Knie und bummerte mit letzter Kraft gegen die Tür. »Dragos, hilf mir!«

Aber Dragos blieb stumm.

61

Angelica erwachte um kurz nach neun. Sie brauchte zehn Minuten, um wirklich wach zu werden, dann stand sie auf und ging in ihr Badezimmer, das leider zwei Treppen tiefer lag. Daher stand neben ihrem Bett auch ein altmodischer Nachttopf aus den Zeiten ihrer Großmutter, den sie nachts aber nur äußerst selten benutzte.

Sie duschte ausgiebig und heiß, so ganz allmählich fiel der Schlaf von ihr ab, und die Gedanken kamen wieder.

Was war mit Rinas Sohn?

Gleich nach dem Frühstück würde sie mal anrufen.

Nach drei großen Tassen mit heißem Milchkaffee und einem Toast mit Honig sah die Welt in jeder Beziehung rosig aus. Sie hatte bis heute Abend frei und nichts Besonderes vor. Montags, mittwochs und freitags putzte sie Küche und Gasträume bei Mario, bügelte Tischdecken und Stoffservietten, half auch manchmal beim Vorkochen und Gemüseschnipseln. Wenn es abends für die Trattoria viele Vorbestellungen gab, sprang sie beim Servieren ein. Mario war stets froh, wenn sie da war, denn Angelica konnte Deutsch, Englisch und Italienisch und war ihm eine große Hilfe. Zusammen mit den Unterhaltszahlungen ihres Exmannes erlaubten Angelica ihre Einkünfte ein bescheidenes Leben, und sie war zufrieden.

Heute lag ein herrlicher Sommertag vor ihr.

Besser konnte es gar nicht sein.

Sie stand auf, nahm ihr tragbares Telefon von der Station und rief bei Rina an. Ließ es zwanzigmal klingeln, bis sich das Telefon selbstständig abschaltete, und probierte es fünf Minuten später erneut.

Es war jetzt Viertel nach neun. Rina meldete sich nicht.

Sie probierte es bis zehn, dann verließ sie ihr kleines Haus und ging quer über die Piazza und ein Stück den Berg hinunter zu Mario.

Mario fegte gerade die Terrasse seiner Osteria und deckte die Tische ein.

»Buongiorno, Mario«, begrüßte Angelica ihn. »Come stai? Tutto bene? Alles gut bei dir?«

»Alles bestens.« Mario grinste breit.

»Sag mal, Mario«, begann Angelica, »ob bei Rina oben alles in Ordnung ist? Ich erreiche sie einfach nicht.«

»Ich hab's auch schon probiert«, sagte Mario und sah zu Boden. »Geht keiner ran. Übrigens war da oben die ganze Nacht Licht.«

»Bis Mitternacht hab ich's auch gesehen.«

»Ich musste um fünf noch mal raus, da brannte das Licht immer noch. Wenn Fabian wieder da ist, wären sie doch irgendwann schlafen gegangen, oder?«

»Ja, klar. Aber wenn er die ganze Nacht nicht nach Hause gekommen wäre, hätte sie mich ganz bestimmt angerufen. Wir haben ja gestern Abend noch telefoniert, und sie hat mir versprochen, sich in jedem Fall zu melden, falls irgendwas ist.«

»Va bene«, sagte Mario. »Magst du 'nen Kaffee?«

»Gerne.«

Als Mario mit dem Espresso zurück auf die Terrasse kam, sagte Angelica: »Gehen wir mal davon aus, dass alles in Ordnung ist. Vielleicht funktioniert ihr Handy nicht, oder sie hat es verloren, oder was weiß ich. Da gibt es tausend Möglichkeiten. Und ich denke, wenn Fabian noch nicht wieder da wäre oder sie irgendein Problem hätte, wäre sie direkt hierhergekommen. Glaubst du nicht auch?«

»Kann schon sein.«

»Ich hab sogar überlegt, ob wir nicht mal rauffahren, aber ich finde es nicht gut, da jetzt einfach aufzukreuzen, nur weil sie nicht ans Telefon geht. Dann fühlt sie sich kontrolliert und ist vielleicht sauer.«

»Vielleicht hat sie ja einen Liebhaber auf *Stradella*?« Mario grinste, weil ihm seine Idee gefiel.

Angelica lachte, und Mario lachte mit.

Während Angelica ihren Kaffee trank, sah sie hinüber zu Rinas Berg. Es war ein guter Ort dort oben. Der höchste Punkt der Gegend, wunderschön, mit einer sagenhaften Aussicht und absolut friedlich.

Nirgends konnte man sich so wohl und so sicher fühlen wie dort.

62

Rossella war auf dem Weg nach *Stradella*. Sie hatte Monte Aglaia bereits hinter sich gelassen und rumpelte gerade auf der schlechten, felsigen Straße mit den tiefen Löchern durch den Wald, als ihr siebzehn Jahre alter Fiat noch einen Seufzer von sich gab, zweimal ruckte, als müsse er aufstoßen, und dann stehen blieb.

»Porca miseria!«, schrie Rossella. Sie versuchte, den Wagen neu zu starten.

Ohne Erfolg. Der Starter gab noch nicht einmal ein müdes Geräusch von sich.

Vor Wut schlug sie aufs Lenkrad und öffnete die Tür. Auf der Fahrerseite konnte sie kaum aussteigen, so nah stand sie an der Schlucht. Aber sie hangelte sich nach draußen.

Mit ihrem Handy versuchte sie Rina anzurufen, aber diese nahm nicht ab.

»Madonnina!«, schrie Rossella. »Was ist denn heute los, verflucht noch mal?«

Na, egal. Rina würde schon merken, dass sie nicht kam, und sich spätestens in einer halben Stunde melden.

Dann wählte sie erneut. »Ja? Simone? Ich bin's. Rossella. Du, ich stehe hier in der Pampa, kurz vor *Stradella*, mein Auto hat sein Leben ausgehaucht, du musst mich abschleppen. Pass auf, ich erklär dir mal genau, wo ich bin …«

Rina zermarterte sich das Hirn, was mit Dragos geschehen war, obwohl sie im Grunde ihrer Seele wusste, dass er tot war. Sie wollte es nur nicht wahrhaben.

Ihre Blase schmerzte. Sie konnte kaum noch sitzen, aber liegen auch nicht. Seit achtzehn Stunden war sie jetzt hier in diesem Weinkeller eingesperrt, seit zwanzig Stunden war sie nicht mehr auf der Toilette gewesen. Lange hielt sie es nicht mehr aus, und je mehr sie daran dachte, umso nötiger musste sie und umso unerträglicher wurde es.

Als ihr klar wurde, dass sie wirklich an nichts anderes mehr denken konnte, hockte sie sich in eine Ecke direkt neben der Tür, zog ihre Jeans herunter und ließ es einfach laufen. Es war ihr egal.

Die Urinlache unter ihr wurde immer größer, und es gefiel ihr, dass sich ein kleines Rinnsal bildete, das unter der Tür hindurchlief. Manuel konnte es gar nicht übersehen.

So erleichtert hatte sie sich noch nie gefühlt. Nichts tat mehr weh, und sie spürte, wie ihre Kraft zurückkehrte.

Ich will nicht sterben, dachte sie. Nicht hier und jetzt und nicht wegen eines Wahnsinnigen, der irgendein Problem mit meinen Büchern hat. Wein und Olivenöl müssten eigentlich zum Überleben reichen. Vitamine, Fett und Alkohol. Eine geradezu köstliche Kombination.

In der Mitte des Weinkellers vor einem Stuhl stand ein kleines Fass, auf dem die Preisliste lag.

Sie war wild entschlossen, es zu versuchen, nahm eine Flasche aus dem Regal und schlug den Flaschenhals mit aller Kraft auf die Kante des Fasses.

Nichts passierte.

Laut fluchend sah sie sich um, und ihr Blick fiel auf die Türklinke. Das müsste gehen, die eiserne Klinke war viel härter als das Holz des Fasses.

Breitbeinig stellte sie sich hin, nahm Schwung und all ihren Mut zusammen, schloss die Augen und schlug den Flaschenhals mit voller Wucht auf die Türklinke. Es funktionierte. Der Hals war zwar sehr zackig gebrochen, aber da musste sie eben vorsichtig sein.

Erst ein bisschen Öl, überlegte sie, damit du den Wein besser verträgst.

Sie schraubte eine Ölflasche auf, trank mit Todesverachtung, so viel sie konnte, und schüttelte sich angewidert. Dann setzte sie vorsichtig die kaputte Flasche an den Mund und trank Wein, um den widerlich schmierigen Geschmack des Öls loszuwerden.

Anschließend fühlte sie sich, als hätte sie eine Heldentat vollbracht.

»Ich schaffe es«, murmelte sie, »du wirst dich noch wundern, Manuel, ich krieg dich klein, ich mach dich fertig, das schwöre ich dir.«

In diesem Moment hatte sie das Gefühl, Bäume ausreißen zu können. Vielleicht putschten sie auch schon diese paar Schlucke Alkohol, die sich warm und leicht brennend in ihrem Magen breitmachten.

Sie nahm noch einige Schlucke Wein. Warum hatte sie nicht schon viel eher getrunken? Der Wein machte ihr Hoffnung. Sie würde nicht sterben. Sie würde es schaffen.

Bevor sie noch einmal die Flasche ergreifen konnte, wurde es schlagartig dunkel.

Er hatte wieder das Licht ausgeschaltet.

Verdammt.

Und dann hörte sie ihn fluchen und stöhnen.

Sie legte ihr Ohr direkt an die Tür und versuchte, jedes noch so winzige Geräusch mitzubekommen.

Was zum Teufel machte er jetzt?

Er schnaufte. Atmete wie bei einer enormen Anstrengung.

Ein paar Möbel wurden gerückt. Und wenig später schlug die Tür zu.

Dann hörte sie nichts mehr. War im Stockdunkeln wieder allein.

Manuel zerrte Dragos' Leiche aus dem Haus. Der Kopf schlug hart auf die Treppenstufen an der Haustür, aber es interessierte ihn nicht. Dann schleifte er den leblosen Körper über die Terrasse. Nach jedem halben Meter musste er eine Pause machen, Dragos war ein schwerer Brocken.

Bis zum Abhang musste er es schaffen, dort konnte er die Leiche einige Meter in die Tiefe stürzen und rollen lassen, und dann musste er ihn nur noch so tief wie möglich ins Gebüsch ziehen. Hier kam ja sowieso nie jemand her.

Und während er die Leiche durch die Gegend wuchtete, fiel ihm ein, dass Iris, seine geliebte Redakteurin, wieder Fragen geschickt hatte.

Also musste er heute Abend auch noch diese fürchterliche Fragen-Sie-Frau-Erika-Scheiße fertig machen.

Es ging ihm alles so unglaublich auf die Nerven.

63

Im Zehn-Minuten-Rhythmus tat sie es seit Stunden: telefonieren – Blutdruck messen – telefonieren – und umgekehrt.

Mittlerweile hatte sie einen Blutdruck von 185 zu 122 und rannte mit hochrotem Kopf wie ein gehetztes Wild durch die Wohnung.

Sie wusste, dass sie in Panik war, sie wusste auch, dass sie das nicht sein sollte, aber sie konnte nichts dagegen tun.

Oma Martha in Rosenheim war allein, im Ausnahmezustand, und sie hatte niemanden, mit dem sie reden konnte.

So etwas hatte es noch nie gegeben. Nicht, solange sie denken konnte: Sie erreichte ihre Tochter nicht und auch nicht ihren Enkel.

Rina war ganz gern allein. Das wusste Martha. Aber Rina war auch klar, wie gefährlich es war, so allein auf einem einsamen Berg zu leben, wo niemals ein Nachbar vorbeikam, wo man niemanden um Hilfe bitten konnte und niemand Schreie hörte.

Daher hatte ihre Tochter immer ein Handy dabei und war immer zu erreichen. Auch nachts.

Die Handynummer von Pater Johannes hatte sie auch schon probiert – nichts. Nur die Mailbox.

Da nahm sie ihren ganzen Mut zusammen und rief Eckart, ihren Schwiegersohn, an, von dem sie wusste, dass er zurzeit in Paris drehte.

Anja war eine starke Frau. Herb, kantig, knochig, und sie lief den Marathon in zwei Stunden fünfundfünfzig. Sie war stolz auf ihren Verstand, ihr Erinnerungsvermögen, ihre schnelle Kombinationsgabe und ihr Organisationstalent. Von Gefühlsduseleien hielt sie gar nichts, und sie konnte sogar zusehen, wie ein Affe gehäutet wurde, ohne eine Träne zu vergießen.

Sie war eine perfekte Regieassistentin, kannte sich überall aus, konnte – wenn Not am Mann war – sogar den Kameramann, den Aufnahmeleiter oder das Skriptgirl vertreten. Und wenn es sein musste, tauchte sie nach dem Objektiv, das auf den Meeresgrund gesunken war.

Anja war ein Kumpel. Fröhlich, clever, fix und vollkommen angstfrei.

Und sie war eine verlässliche Geliebte. Nicht liebevoll, aber verschwiegen.

Im Bett war sie wild und fordernd, konnte sich bis in die höchsten Höhen erregen, aber niemals fallen lassen. Sie war beherrscht, aber nicht zärtlich, hatte einen glasklaren Verstand, aber keine Fantasie.

Anja war genau der Mensch, den er fragen musste.

Er wollte wissen, was sie von der ganzen Sache hielt.

Zwei Stunden nach Marthas Anruf saß er am Abend Anja in einer kleinen Brasserie am Fuße des Montmartre gegenüber und erzählte ihr so genau wie möglich, was Martha gesagt hatte.

»Dazu kommt, dass ich mit Fabian zum Skypen verabredet war. Aber er hat sich nicht gemeldet. Was glaubst du?«, fragte er sie. »Was ist da los?«

Sie hatte den Kopf in die Hand gestützt, sah ihn an und war ganz still. Ihre Pupillen waren so geweitet, dass ihre blaugrauen Augen ganz dunkel erschienen.

»Oh Mann«, sagte sie schließlich nach einer Pause, die Eckart wie eine Ewigkeit vorgekommen war, »Eckart, ich glaube, deine Schwiegermutter übertreibt nicht, da stimmt wirklich irgendetwas ganz und gar nicht. Ich an deiner Stelle würde mir vor lauter Sorgen in die Hosen machen. Sieh bloß zu, dass du hinkommst. Du weißt, dass ich nie schwarzsehe, aber in diesem Fall ... Junge, Junge ...«

Eine Weile schwiegen und überlegten beide fieberhaft. Als Regisseur konnte man sich nicht einfach mal zwei oder drei Tage vom Drehort entfernen, jeder Tag kostete Zigtausende. So etwas sprach sich in der Branche in Windeseile rum, ein Regisseur, der sich so etwas leistete, wurde nicht mehr gebucht. So einfach war das. Wenn nicht außerdem noch eine Konventionalstrafe auf ihn zukam.

Aber das Team, das hier in Paris drehte, arbeitete schon seit Jahren zusammen. Da würde so schnell nichts nach draußen sickern, und Eckart überlegte, ob er es riskieren könnte.

»Pass auf«, sagte Anja schließlich, »wir machen das so: Morgen ist Sonntag, und das Team hat sowieso frei. Da fliegst du nach Florenz. Wir werden gleich mal im Internet gucken, wann Flieger gehen. Auf jeden Fall kannst du da schon mal Himmel und Hölle in Bewegung setzen. Am Montag drehe ich mit dem Kameramann ein paar Establishing-Shots und einige Schnittbilder, und die Schauspieler dürfen sich noch einen Tag ausruhen. Was meinst du? Dann hast du noch den ganzen Montag dort und fliegst am Dienstag mit der ersten Maschine wieder hierher.«

»Das ist gut«, sagte Eckart nachdenklich, »das ist sehr gut. Das könnte gehen. Ich mach dir einen genauen Plan, was du Montag drehen könntest: Stadtstraße Paris, Shot auf Notre-Dame, die Seine rauf, die Seine runter, red mal mit Manfred, vielleicht lässt er die Knete springen für einen kurzen Hubschrauberflug und Schüsse von oben. Dann machst du ›Marion steigt aus dem Auto aus, geht ins Haus …‹, ›Marion fährt ins Parkhaus …‹, ›Marion rennt zum Kiosk‹. Das wäre Bild zweiundfünfzig, das haben wir noch nicht, aber aus dem Auto aussteigen und ins Parkhaus fahren sind meines Wissens Bild siebzehn und zweiundzwanzig. Das nehmen wir rein, wenn wir zu kurz sind. Das ist dieser ganze Quatsch, der immer ewig dauert. Insofern verlieren wir wahrscheinlich noch nicht mal einen ganzen Drehtag. Ja, das machen wir.«

»Soll ich dir einen Flug buchen?«

»Nein, das mach ich schon selbst.«

Eckart sah Anja an und musste grinsen. Natürlich bestärkte sie ihn nur deshalb darin, nach Italien zu fliegen, weil sie unbedingt mal einen ganzen Tag lang die Zügel in der Hand halten und nicht immer nur die Assistentin sein wollte. Aber darauf kam es nicht an. Sie würde sich hundertfünfzigprozentige Mühe geben und sicher fantastische Bilder für die Konserve, für den Schlussschnitt, zaubern.

Insofern war es kein Risiko.

Es war schon lange nach Mitternacht, als er für Sonntagmittag den Flug Paris – Florenz buchte. Ein Fiat 500 stand am Flughafen für ihn bereit.

64

Er war frei! Unendlich frei. Konnte sich auf dem gesamten Grundstück und in beiden Häusern bewegen, wie er wollte, und betrat das Haupthaus. Niemand störte ihn, niemand überraschte ihn, niemand kam ihm in die Quere.

Magisch zog es ihn in ihr Schlafzimmer. Er hatte es zwar schon gesehen, aber sich noch nie genauer umgeguckt. Das letzte Mal war er viel zu nervös gewesen, weil dieser merkwürdige Typ, den er erschlagen hatte, im Haus herumschlich.

Frauen versteckten ihre Geheimnisse in ihren Schlafzimmern, in ihren Kleiderschränken oder in ihren Büros.

Rinas Schlafzimmer war wunderschön. Das Doppelbett stand genau in der Mitte, zwei Fenster sorgten dafür, dass das Zimmer hell und lichtdurchflutet war.

Er öffnete den Kleiderschrank und sah sich ausführlich ihre Blusen und Sommerkleider an. Nahm fast jedes in die Hand und betrachtete es am ausgestreckten Arm.

Eines hatte es ihm besonders angetan. Es war einfarbig rot mit einem leichten Stich ins Violette, hatte einen tiefen V-Ausschnitt, angeschnittene kurze Arme, saß eng um die Taille, und der halblange Rock war aus luftig leichtem, fließendem Chiffon.

Er zog sich vollkommen nackt aus und schlüpfte hinein. Da er ein sehr schmaler Mann war, passte es ihm wie angegossen, nur die Oberweite blieb leer.

Jetzt machte er sich auf die Suche nach Schuhen. Im oberen Teil des Schrankes gab es mehrere Fächer mit Schuhen. Rina hatte Größe 39/40, er 42. In ihre Pumps kam er nicht hinein, aber er fand Sandalen mit sehr hohem Absatz. Die zog er an. Dass er vorn mit den Zehen auf den Boden rutschte, störte ihn nicht.

In einer Ecke des Zimmers an der Fensterfront stand Rinas Schminktisch, der ihn an einen Schminkplatz in einer Künstlergarderobe erinnerte, weil kleine Glühbirnen den Spiegel umkränzten.

Gott, wie kitschig, dachte er, als er sich setzte.

Und dann begann er sich sorgfältig zu schminken. Glättete seinen Teint mit Rinas Make-up, puderte es genüsslich über, benutzte ihr Rouge, ihren Lidschatten und ihren Eyeliner. In einer Schublade fand er falsche Wimpern, die er sich aufs Oberlid klebte. Schließlich wählte er einen knallroten Lippenstift und zog sich damit die Lippen nach.

Er betrachtete das Gesicht, das ihm im Spiegel entgegensah.

Rina.

Zum Schluss nahm er ihren Parfumflakon und nebelte sich mit ihrem Duft ein. Atmete tief. Und wiederholte die Prozedur, immer und immer wieder.

Herrlich. Er fühlte sich wie in einer anderen Welt. In Rinas Welt.

Ganz langsam begann er zu lächeln und hauchte einen Kussmund ins Spiegelbild.

Dann stand er auf, stolzierte ins Arbeitszimmer und setzte sich an den Schreibtisch.

Er war überrascht, dass der Laptop aufgeklappt war. Als er leicht auf die Anschalttaste drückte, fuhr das Gerät aus dem Schlafmodus hoch.

Natürlich. Sie hatte ihn nicht ausgeschaltet, als sie zu ihm gekommen war.

Er genoss seine Erektion, schloss die Augen und starrte auf den Bildschirm.

Rina war nicht mehr zwischen-, sondern ausgeschaltet.

Jetzt gab es nur noch ihn.

Er klickte ihre Dateien an, fand einen Ordner namens »Romane« und öffnete den Roman Nr. 13, der noch keinen Titel hatte.

Es war das angefangene Manuskript, dessen Seiten er kopiert und abgeschrieben hatte.

Hier würde er ein neues Leben, eine neue Karriere beginnen.

Endlich.

An diesem Schreibtisch.

Er löschte den Arbeitstitel »Roman Nr. 13« und gab dem Roman, *seinem* Roman, einen Titel: »*Da draußen stirbt ein Vogel.*«

Fünf Stunden blieb er an Rinas Schreibtisch sitzen und schrieb unermüdlich nur den einen Satz: *Ich bin frei, meine Fantasie fliegt über die Berge.*

Siebenundzwanzig Seiten lang nur diesen einen Satz.

Als er mit hochrotem Kopf und steifen Gliedern schließlich aufstand, war es draußen bereits dunkel.

Er war glücklich.

65

Es musste am Olivenöl gelegen haben, das sie in ungewohnter Menge auf nüchternen Magen getrunken hatte. Ihr Darm polterte, rebellierte, und ab und zu krampfte er entsetzlich.

Sie brauchte dringend eine Toilette.

»Manuel, bitte!«, schrie sie und schlug mit beiden Fäusten gegen die Tür. »Ich muss aufs Klo! Lass mich raus, bitte! Es ist dringend!«

Aus dem Zimmer drang kein Laut. Sie hatte keine Ahnung, ob er überhaupt da war, klopfte und schrie aber weiter.

»Manuel! Bitte!«

Ein Stuhl krachte. Wahrscheinlich hatte er ihn beim Aufstehen umgeworfen.

Dann hörte sie ihn leise zwischen den Zähnen vor sich hin pfeifen.

Für sie war es der reinste Hohn.

»Ich überleg es mir«, sagte er leise, und da sie es so gut verstanden hatte, ging sie davon aus, dass er es genau in den Türspalt geflüstert hatte. Wie widerlich. Sie stellte sich vor, dass er so nah war, dass er versuchte, durch diese winzige Ritze zu spähen – es ekelte sie an.

Durch den Türspalt drang der Geruch eines Parfums. Sie erkannte es sofort. Chanel N°5, ihr Parfum, sie benutzte es seit zwanzig Jahren.

Aber sie konnte einfach nicht darüber nachdenken, zu stark waren ihre Bauchschmerzen und ihre Not.

Verzweifelt spannte sie Bauch- und Beckenmuskeln an und wartete ab. Wollte ihn nicht noch wütender machen, denn wütend war er eigentlich immer. Manchmal verhalten, aber immer kurz vor der Explosion.

Es waren bestimmt zwanzig Minuten vergangen, als er plötzlich wieder sprach: »Gut!«, sagte er. »Ich lasse dich raus. Du kannst aufs Klo. Aber die Badezimmertür bleibt offen, ist das klar? Ansonsten sind alle Fenster und Türen verschlossen. Du hast keine Chance, und an deiner Stelle würde ich erst gar nicht versuchen abzuhauen. Es gibt nur Probleme. Und dein gemütliches Leben ist beendet.«

Am liebsten hätte sie über das »gemütliche Leben« gelacht.

Sie dachte mit Schrecken an die offene Tür, aber sie hatte keine Wahl.

»O. k.!«, rief sie.

Er war umständlich. Es dauerte und hörte sich an, als ob ein Betrunkener mit einem Schlüssel in der Hand verzweifelt das Schlüsselloch sucht.

Dann öffnete er die Tür.

Sie hatte sich vorgestellt, ihm sofort in die Eier zu treten, aber er hatte dies wohl vermutet, stand hinter der Tür, ließ sie raus, war wie ein Raubtier in ihrem Nacken, bereit, sich jederzeit auf sie zu stürzen.

Als sie sich umdrehte und ihn sah, blieb sie wie vom Donner gerührt stehen, und eine eiskalte Gänsehaut überzog augenblicklich ihren ganzen Körper: Der Typ war geschminkt und trug ihr Kleid und ihre Schuhe.

Oh nein, dachte sie nur. Nein, nein, nein, bitte nicht! Das war der schlimmste Albtraum, den sie sich überhaupt vorstellen konnte. Schnurstracks ging sie ins Bad, versuchte die Tür wenigstens anzulehnen, aber er stieß sie auf.

»Spreche ich chinesisch? Hast du nicht gehört, was ich gesagt habe?«

Rina sah ihn nicht an, versuchte ihn zu ignorieren und sich einzubilden, er wäre gar nicht da.

Sie zog Jeans und Unterhose herunter und setzte sich auf die Brille. War sich bewusst, dass er sie beobachtete.

Aber kurz darauf war ihr alles egal. Der Durchfall kam sturzbachartig, schoss geräuschvoll aus ihr heraus wie Wasser, ihre Gedärme schienen sich nach außen zu stülpen, sie sackte stöhnend in sich zusammen, aber dann ließen die Schmerzen nach. Sie konnte wieder atmen und fühlte sich unendlich erleichtert.

Hastig versuchte sie sich möglichst unbemerkt den Hintern abzuwischen, dann zog sie sich eilig die Hose hoch und drückte auf die Spülung.

»So, Feierabend«, sagte Manuel unwirsch. »Verschwinde wieder in deinem Kabuff.«

»Hast du eine Flasche Wasser für mich? Bitte!«

»Später vielleicht, jetzt nicht.«

Rina wusste, dass er ihr niemals eine Flasche Wasser bringen würde.

Plötzlich hob in einem Baum oder Busch direkt vor dem Fenster ein fürchterliches Geschrei an. Schreckliches hohes Krächzen, ein herzzerreißendes Klagen und hilfloses Piepen.

»Was ist das?«, fragte Manuel irritiert.

Sie horchte einen Moment, und dann sagte sie: »Da draußen stirbt ein Vogel.«

Er reagierte zuerst nicht.

Aber dann brach die Hölle los. Sie hätte niemals gedacht, dass ein Mensch so ausrasten, so ausflippen, so durchdrehen konnte.

»Was?«, schrie er und packte sie, zerrte sie und stieß sie mit voller Wucht in den Weinkeller. »Was hast du da gesagt? Sag das noch mal! ›Da draußen stirbt ein Vogel‹?« Er donnerte die schwere Tür zu, schloss ab und brüllte weiter: »Ja? Nimmst du mir das auch noch? Das Einzige, was ich für mich behalten habe? Das einzig Große, was ich je geleistet habe, das Einzige, was ich fest in meinem Herzen verschlossen habe? Und du wagst sogar, es auszusprechen? Nimmst du es auch als Titel, ja? Es war mein Titel, Kramer. Meiner. Meine Geschichte. Und es ist mein neuer Titel. Der Titel für meinen neuen Roman. Den kriegst du nicht, den kriegst du niemals, und wenn ich dich hundert Jahre in dieser Gruft verschimmeln lassen muss. Du hast den Bogen überspannt, es ist Schluss. Schluss, aus, Ende. Ob du stirbst, ist mir egal. Nein, das stimmt nicht. Halt! Stopp! Es ist mir nicht egal. Weil ich will, dass du stirbst. Weil ich will, dass endlich Frieden ist. Ich rotte euch alle aus. Alle. Im Mittelalter wurden den Dieben, die mit ihren Händen gestohlen hatten, die Hände abgehackt. Und wer mit dem Kopf stiehlt? Was glaubst du, was du verdienst? Das war zu viel, Rina Kramer.«

Sie hörte, wie er begann, Geschirr aus dem Schrank zu reißen und gegen die Wand zu schmeißen. Es klang wie bei einem Polterabend.

Dann brüllte er, als sei er nicht mehr bei Sinnen: »Ich hab vor ein paar Tagen schon eine Schriftstellerin über den Jordan geschickt. Eva Bruccoletti, eine alte, nervige Hexe, die redete so viel dummes Zeug, dass ich ihr das Maul stopfen musste.« Er lachte wiehernd. »Sie hielt dich für die größte Dilettantin unter der Sonne und sagte, du seist eine Kolportage-Kuh mit null Geschichten, null Ahnung, null Stil.

So überflüssig wie eine Packung Streichhölzer im brennenden Haus.« Er hielt einen Moment inne. »Aber das mit den Geschichten hätte sie nicht sagen dürfen. Es sind *meine* Geschichten, nicht deine, und so beschimpft man mich nicht. Niemand. Hörst du? Niemand! Als sie sich gar nicht mehr eingekriegt hat, hab ich ihr den Saft abgedreht.«

Einen Moment schwieg Rina entsetzt. Dann fragte sie:

»Was meinst du damit, wenn du sagst, dass es *deine* Geschichten sind?« Sie verstand immer noch nichts.

»Das fragst du? Du weißt es doch! *Du* bist doch diejenige, die mir in den Kopf guckt, *du* klaust mir meine Ideen, meine Geschichten, sogar meine Titel, meine Vergangenheit und meine Zukunft. *Du* machst Bücher aus meinen Gedanken. Du bist keine Schriftstellerin, du bist nichts weiter als ein tumbes Medium. Und mein Kopf ist wie leer gefegt, wenn du es geschrieben hast. Du nimmst mir alles. Keinen Satz bekomme ich mehr aufs Papier, denn seit du schreibst, bin ich blockiert. Was du getan hast, ist ein Verbrechen an mir, aber jetzt ist Schluss damit.«

Rina war fassungslos. Das war der Abgrund. Sie hatte sich ihren größten Feind ins Haus geholt. Klar, dass er sich an allem rächte, was ihr lieb war: zuerst an Beppo, dann an Fabian.

Und jetzt war sie selbst dran.

Sie überlegte krampfhaft, konnte ihm aber gar nichts entgegnen. Mit einem Wahnsinnigen war es unmöglich zu diskutieren.

»Wo ist Fabian?«, fragte sie so sachlich wie möglich.

»Was weiß ich. Irgendwo. Wenn du es nicht weißt, wie soll ich es wissen?«

»Du weißt es. Bitte, sag mir, wo Fabian ist! Lebt er?«

»Kann sein, kann auch nicht sein, lass mich endlich in Ruhe!«

Rina sagte nichts mehr. Konnte nichts mehr sagen.

»Was soll ich mit dir tun?«, überlegte er laut. »Wie könnte ich dich jemals wieder laufen lassen, nachdem du mir alles genommen hast? Nein, Frau Kramer. Völlig unmöglich. Du kommst hier nie wieder raus. Aber das ist doch nichts Neues für dich. Das weißt du doch längst, denn schließlich denke ich seit Tagen darüber nach. Du hättest auch wissen müssen, dass ich dich einsperre. Es war Blödheit von dir hierherzukommen. Ich hab mich echt gewundert.«

66

Es war stockdunkel.

Rina lag im Halbschlaf lang ausgestreckt auf der kalten Erde. Sie war vollkommen erschöpft und spürte keine Kälte, nichts mehr.

Plötzlich kitzelte etwas an ihrer Nase. Sie schreckte auf, dann spürte sie es an Kinn und Hals. Panisch und instinktiv fasste sie danach, tastete über ihren Hals und hatte etwas Warmes in ihrer Hand.

Sie schrie auf und wischte in der Dunkelheit das, was da war, hektisch weg.

Rina überlegte. Das Schlimmste, was es überhaupt in ihrer Situation geben konnte, war eine Schlange. Eine giftige Viper, die sofort zubiss, wenn sie sich bedrängt fühlte. Aber es war keine Schlange.

Dieses Etwas war warm und hatte weiches Fell.

Manuels Ratte.

Natürlich, es konnte gar nichts anderes sein.

Das zahme Haustier dieses Irren, der nichts anderes im Kopf hatte als diese Ratte.

Toni, dachte sie. Toni ist hier. Nicht da draußen bei ihm, sondern hier bei mir.

Die Ratte kam erneut, krabbelte ihr über den Bauch und versuchte, sich in ihrer Achsel zu verstecken.

Rina schloss die Finger um sie, Toni bewegte sich in ihrer Hand, und Rina kam fast um vor Ekel. Ihr grauste vor dem

Vieh, obwohl sie ganz genau wusste, dass die Ratte ihr nichts tun würde.

Ganz sacht begann sie Toni zu streicheln. Sanft und vorsichtig. Unter dem Kopf. Und am Bauch.

»Toni«, flüsterte Rina, »pass auf, jetzt gehen wir in die Offensive, jetzt mischen wir diesen Kerl mal ein bisschen auf.«

Manuel tänzelte durchs Haus. Dann trat er auf die Terrasse.

Die Nacht war warm und mild. Der schwache Westwind kam vom Meer her, und er spürte, wie der flatternde Chiffon seine Beine streichelte.

Er blieb stehen und schloss einen Moment die Augen.

Dann zog er die Sandalen aus, nahm sie in die Hand und hüpfte barfuß die Wiese hinunter bis zur Gästevilla.

Was für eine Nacht, dachte er, was für eine unbeschreibliche Nacht! Er konnte den herannahenden Erfolg förmlich riechen.

In seinem Kopf klang eine Melodie, die er vor sich hin summte, als er die Gästevilla betrat und die Sandalen wieder anzog. Er drehte sich einmal um die eigene Achse, ließ seinen Rock fliegen und summte weiter.

Das Krachen ließ ihn zusammenzucken. Du meine Güte, er hatte die Idiotin in ihrem Kerker völlig vergessen. Jetzt schlug sie mit voller Kraft mit der Hand gegen die schwere Holztür.

»Manuel!«, brüllte sie. »Es reicht! Lass mich raus!«

Er zählte bis dreißig, erst dann antwortete er.

»Halt die Klappe, verflucht noch mal!«

»Lass mich raus!«

»Halt's Maul!«

Eine Weile war Rina still. Dann hörte er, wie sie mit einem bösen Lächeln in der Stimme sagte: »Ich habe Toni, Manuel. Sie ist bei mir. Leider schon halb verhungert, so wie ich.«

»Du lügst!«, schrie er.

»Nein, ich lüge nicht.«

Manuel verstummte. Dann fragte er mit flatternder Stimme: »Woher weiß ich, dass du die Wahrheit sagst?«

»Mach das Licht an!«

»Ich denke nicht daran.«

»Gut. Dann beiße ich ihr den Schwanz ab und schiebe ihn unter der Tür durch.«

»Nein!«, schrie Manuel erneut.

Rina stieß einen abfälligen Lacher aus. »Du musst mir eben vertrauen! Denn wenn sie nicht bei dir ist, kann sie ja nur bei mir sein. Ich kraule ihr seit einer halben Stunde den Bauch, und wenn ich mich ganz nah zu ihr runterbeuge, habe ich das Gefühl, dass sie schnurrt.«

Manuel stöhnte laut auf und schaltete das Licht an.

Rina betrachtete das kleine Tier in ihrer Hand und sah in seine dunklen Knopfaugen. Die nackten Ohren hatten direkt etwas Menschliches.

»Lass mich raus, dann ist sie wieder bei dir«, sagte Rina, während sie das kleine Tier sanft streichelte. »Das ist ein fairer Tausch. Ihre Freiheit gegen meine.«

»Niemals!«

»Hör zu«, sagte Rina nun in schneidend scharfem Ton. »Jetzt ist Schluss mit lustig. Wenn du nicht sofort die Tür aufschließt, beiße ich deiner Scheiß-Ratte den Kopf ab. Verstehst du? Sie wird noch nicht einmal versuchen wegzurennen, bevor sie begreift, was passiert. Ich könnte kotzen, aber ich beiße ihr den Kopf ab. Ich schwör's dir. Im Moment liegt sie in meiner Hand und putzt sich. Aber das kann gleich vorbei sein. Dann saufe ich ihr warmes Blut, und du findest nur noch einen Haufen leeres Fell, ein paar Knochen, und ihre schwarzen Knopfaugen werden im Tod nur noch grau und glasig sein. Willst du das?«

»Nein!«, wimmerte Manuel. »Nein, nein, nein, bitte nicht!«

»Dann lass mich raus, und ich tue Toni nichts.«

Manuel stöhnte.

»Komm mal ein bisschen näher, Manuel«, zirpte Rina, »leg mal dein Ohr hier an den Türspalt und sei ganz leise. Dann hörst du sie vor Schmerz fiepen, wenn ich sie kneife …«

Manuels Atem ging flach, schnell und stoßweise.

»Ich habe eine Menge Ideen, was ich mit Toni machen könnte, denn deine blöde Ratte ist mir scheißegal. Wir können es langsam angehen lassen oder schnell zu Ende bringen. Ganz wie du willst. Na?«

Manuel reagierte nicht.

»Ach Gott, du Schlappschwanz. Kaum geht es um deine Ratte, fällt dir nichts mehr ein. Ich werde dir sagen, was ich jetzt tun werde: Ich schließe die Augen, nehme all meine Kraft zusammen und beiße zu.«

Sie schwieg und betete innerlich, dass sie das, was sie angekündigt hatte, nicht wirklich wahrmachen musste.

Manuel wusste, dass sie die Wahrheit sagte.

»Ich kann ihr natürlich auch erst einmal die Ohren abbeißen.« Rina wurde jetzt richtig böse. »Lassen wir uns mal überraschen, wie es sich anhört, wenn sie vor Schmerzen jault. Und der Kopf kommt dann als Nachspeise.«

»Hör endlich auf!«, schrie Manuel und schloss die Tür auf.

67

Die Tür ihres Gefängnisses öffnete sich.

Er hatte also nicht vor, sie umzubringen, sondern wollte nur die Ratte.

Vorsichtig kam Rina aus dem Weinkeller, misstrauisch, was sie erwartete und ob er nicht doch versuchte, sie reinzulegen.

Sie hatte Toni fest in der Faust und sagte scharf: »Mach die Haustür auf, Scheißkerl, damit ich rauskann, vorher kriegst du deine süße kleine Tonimaus nicht! Und wenn du mir irgendetwas tust, zerquetsche ich sie. Ist das klar?«

Manuel nickte.

Obwohl er sich Make-up ins Gesicht geschmiert hatte und im Zimmer nur eine einzige Nachttischlampe leuchtete, sah Rina doch, wie grau Manuel war. Er wirkte wie ein alter, verbrauchter Transvestit nach einer Doppelvorstellung im Varieté.

Manuel fiel vor ihr auf die Knie. »Lass sie frei!«, bettelte er. »Bitte, lass sie frei!«

»Erst machst du die Tür auf. Dann gehe ich raus, und dann lasse ich sie frei. Oder muss ich ihr erst in ihre zarte, kleine, empfindliche Nase beißen?«

»Nein!«, schrie Manuel. »Ist o. k., ich mach die Tür auf, kleinen Moment, ist o. k.«

Er kroch auf Knien zur Tür und schloss sie auf, ohne das Tier auch nur eine Sekunde aus den Augen zu lassen.

Rina hatte die Ratte in der Hand, und deren Kopf war jetzt fast komplett in ihrem Mund verschwunden.

Manuel öffnete die Tür. »Lass sie los!«

Rina antwortete nicht und trat auf die Terrasse.

Sie war frei! Endlich frei! Sie atmete tief durch und überlegte sich, jetzt gleich die Ratte loszulassen und dann davonzurennen. Ins Unterholz, ins Dickicht, wo er sie nicht finden würde.

Es war wie eine Momentaufnahme, ein Blitzlicht in ihrem Auge und in ihrem Gehirn, und sie registrierte es in dem Bruchteil einer Sekunde. Der Neuntöter war in der Rattenfalle gefangen, nicht sofort tot gewesen und hatte offensichtlich noch lange geschrien.

Da draußen war der Neuntöter gestorben.

In diesem Moment klingelte in ihrer Hosentasche ihr Handy, das im Weinkeller die ganze Zeit keinen Empfang gehabt hatte.

Sie war einen Moment abgelenkt, Namen schossen ihr durch den Kopf: Fabian, Angelica, Mario, Pater Johannes, Eckart, und unwillkürlich fuhr sie mit einer Hand in die Hosentasche.

Toni versuchte zu entkommen, und da sie sie mit nur einer Hand nicht mehr so gut festhalten konnte, nutzte das Tier einen winzigen Augenblick, als sich ihr Griff lockerte, und zischte davon. Zurück ins Haus.

Es spielte sich alles beinah gleichzeitig ab.

Während Toni entkam, schlug Manuel Rina das Handy aus der Hand, das auf der Terrasse in mehrere Stücke zerbrach, Rina stürzte in Panik davon, den Berg hinunter, ins Dickicht, in den Wald.

Sie hörte, dass er sie rief und ihr folgte, aber sie wusste, dass sie die besseren Karten hatte, da sie sich in der Wildnis ihres Grundstücks ziemlich gut auskannte und er in dem albernen Aufzug und ohne Schuhe kaum eine Chance hatte, sie einzuholen.

Sie rannte, griff nach Ästen, die sie erreichen konnte, um sich festzuhalten, hatte aber die Schlucht unterschätzt, kam ins Trudeln, überschlug sich und rollte bergab.

Ihre Hände versuchten, sich irgendwo festzukrallen, um den Fall zu stoppen, und schließlich bekam sie etwas zu fassen, aber es war nichts Hartes, kein Ast, kein dünner Baumstamm, kein abgestorbener Stock, sondern etwas Weiches, Merkwürdiges. Sie konnte sich nicht erklären, was es war.

Endlich war es vorbei, und sie blieb liegen, rang nach Luft und musste sich immer wieder sagen, dass sie noch lebte, noch am Leben war, dass sie es bis hierhin geschafft hatte.

Es dauerte ein paar Sekunden, bis sie sich gefangen und begriffen hatte, dass nichts gebrochen war.

Dann erst bemerkte sie, dass sie auf einem Körper lag, der ihren tiefen Fall gebremst hatte.

Es war eine Leiche.

Im kalten Mondlicht starrten sie Dragos' tote Augen an.

Rina unterdrückte einen Schrei, rappelte sich angeekelt und erschrocken hoch und floh weiter.

Sie stürzte über Baumwurzeln, blieb in langen Brombeertrieben hängen, zerkratzte sich Hände und Beine im Weißdorn, und Eichenzweige, an denen sich Maden abseilten, schlugen ihr ins Gesicht. Sie spürte, wie die Maden ihr in den Nacken und den Rücken hinabkrabbelten und in den Haaren saßen.

Sie horchte.

Nichts.

Es war alles still.

Ich muss hier raus, überlegte sie. Irgendwie. Über den Zaun schaffe ich es nicht.

Meine einzige Chance ist das Auto.

Sie gönnte sich eine Pause, um wieder zu Atem zu kommen, aber sie wusste, dass sie die Zeit nutzen musste.

Die Richtung zum Tor konnte sie nur ungefähr schätzen, jetzt in der Nacht sah alles anders aus, nur schemenhaft konnte sie Büsche und Bäume im Mondlicht erkennen.

Sie hatte die Orientierung verloren und ging nicht, sondern kroch und tastete sich in der Finsternis langsam voran.

Sie musste es unbedingt bis zum Parkplatz schaffen. Dort konnte sie aus dem Brunnen trinken und dann versuchen, den Wagen zu starten, bergab zu rollen und zu beten, dass die Fernbedienung funktionierte und sich das Tor öffnete.

Erst dann, wenn sie draußen war, war sie wirklich frei.

Ihr Herz raste vor Angst.

Langsam kroch sie weiter vorwärts. Dornen rissen ihr die Haut auf, das Blut lief ihr die Waden hinunter, aber sie achtete nicht darauf.

Obwohl sie es nicht für möglich gehalten hatte, fand sie den Parkplatz. Ihr Landrover und der kleine Gästejeep leuchteten im fahlen Mondlicht.

Sie hatte es fast geschafft.

Die Außenbeleuchtung des Hauses war ausgeschaltet, auch im Haus brannte kein Licht.

Alles lag im Dunkeln.

Es war vollkommen still. Noch nicht einmal das Käuzchen schrie.

Leise öffnete sie die Tür ihres Landrovers, setzte sich auf den Fahrersitz, fand sofort den Schlüssel, der immer in der Konsole lag, und startete den Motor.

Das war der gefährlichste Moment. Er durfte es nicht hören.

Sie hielt den Atem an, aber alles blieb still. Er kam nicht aus dem Haus, war nirgendwo.

Langsam setzte sie zurück und rollte leise im Leerlauf hinunter zum Tor.

Jetzt musste dieses verdammte elektrische Tor, das schon hundert Mal versagt hatte, nur noch funktionieren – dann war sie gerettet.

Als sie abbremste, um die Fernbedienung in die Hand zu nehmen, spürte sie das Messer an ihrer Kehle, und im Rückspiegel sah sie, wie er sich auf dem Rücksitz aufrichtete. Die Fratze eines erbärmlichen Clowns mit verschmierter Schminke grinste sie böse an.

Vor Entsetzen konnte sie noch nicht einmal schreien.

»Du hast doch wohl nicht ernsthaft geglaubt, dass ich dich einfach gehen lasse, Kramer?«, sagte er und grinste. »Nicht nur du guckst mir in den Kopf, es funktioniert auch umgekehrt. Los, fahr wieder zurück zum Haus. Und dann kommen die Autos mal schön weg. Du wirst es nicht schaffen abzuhauen. Dafür sorge ich. Denn noch ist unsere gemeinsame Zeit nicht vorbei.«

Ihr Herz setzte aus.

Sie war so nah dran gewesen.

Eine zweite Chance bekam sie nicht.

68

Sonntag, der letzte Tag

Der Air-France-Flug aus Paris landete mit nur wenigen Minuten Verspätung auf dem Aeroporto Firenze-Peretola »Amerigo Vespucci«.

Eckart hatte das Gefühl, nach Hause zu kommen, hoffte mit ganzer Seele, dass dort auch alles in Ordnung war, und wünschte sich nur, dass er Rina und Fabian gesund in die Arme schließen und ein Wochenende mit ihnen verbringen konnte.

Er hatte Sehnsucht nach seiner Frau und seinem Sohn. Sie fehlten ihm.

So bewusst war ihm das noch nie gewesen.

Als er über die Autobahn von Florenz in Richtung Rom fuhr, wurde ihm klar, wie viel ihm das alles hier bedeutete. In all den vergangenen Jahren war er in Arbeit erstickt und hatte sein Leben an einem der schönsten Plätze der Welt gar nicht genießen können. Und jetzt auf einmal sehnte er sich danach, einfach nur Zeit für seine Familie zu haben, den Wald zu lichten, im Garten Gemüse anzupflanzen und eventuell Tiere zu halten. Schafe, Esel, vielleicht Pferde. Sollte Anja doch die Serie zu Ende drehen. Er konnte es selbst kaum glauben, aber er hatte auf einmal das Gefühl, seine Arbeit bedeutete ihm gar nichts mehr, sie war ihm egal. Er wollte nur noch auf diesem wunderschönen Berg in der Toskana leben und mit Rina glücklich sein. Ihre Einnahmen aus ihren Büchern würden problemlos zum Leben reichen.

Sie würden wieder eine Familie sein.

Rina, Fabian und er.

Sie hatten sich längst einen Traum geschaffen, und er hatte es nicht gemerkt.

Er fuhr immer schneller, wollte zu ihr, wollte ihr sagen, wie sehr er sie liebte und dass er sein Leben komplett ändern und zu ihr zurückkehren wollte.

Als er über den Arno fuhr, hielt er an und versuchte sie anzurufen.

Nichts.

Sein Herz krampfte sich zusammen.

Bitte, lass nichts passiert sein. Nicht jetzt, wo er endlich begriffen hatte, wohin er gehörte, und noch einmal ganz von vorn anfangen wollte.

Nach eindreiviertel Stunden erreichte er Monte Aglaia.

Wie immer lag absolute Stille über dem kleinen Bergdorf.

Eckart fuhr langsam.

Niemand war unterwegs.

Vor dem Haus des Pfarrers hielt er an, denn die Tür stand offen, und eine alte Frau versuchte gerade, ein sperriges Kinderfahrrad durch die offene Tür zu wuchten.

Er kannte sie. Es war Primetta, die fette Schlampe, die immer die Piazza fegte.

Eckart sprang aus dem Auto, denn er glaubte, auch das Fahrrad zu erkennen.

Als er näher kam, sah er, dass es Fabians war. Mit dem Totenkopf-Wimpel vom 1. FC St. Pauli, mit dem kein italienischer Junge spazieren fuhr, und Fabians blau-grüner Windjacke auf dem Gepäckträger.

Eckart war sich vollkommen sicher.

Er folgte der Alten ins Haus.

»Primetta!«

Primetta fuhr erschrocken herum. Wirkte wie ertappt.

Eckart lächelte freundlich. »Buongiorno, Primetta. Ich bin der Vater von Fabian«, sagte er, »ich suche meinen Sohn. Er ist verschwunden. Weißt du, wo er ist?«

Primetta schüttelte den Kopf.

»Dies hier ist sein Fahrrad.« Eckart legte seine Hand auf den Sattel. »Wieso ist es hier? Warum schiebst du es hier ins Haus? Wo ist Fabian?«

Primetta schüttelte wieder den Kopf.

»Bitte, Primetta, sag mir, was du weißt!«, bat Eckart so sanft wie möglich, um Primetta, die ihn mit weit aufgerissenen Augen anstarrte, nicht noch mehr zu verschrecken.

Doch wieder sagte sie nichts, sondern schüttelte nur den Kopf, als wolle sie Eckart abschütteln wie ein lästiges Insekt.

»Primetta! Du kennst mich! Und ich weiß, dass du weder taub noch stumm bist. Also rede mit mir, bitte!«

»Es soll nich geklaut werden«, würgte sie mühsam hervor.

»Seit wann steht es hier vor der Tür?«

Sie sah auf ihre Hand und hielt schließlich drei Finger in die Höhe.

»Seit drei Tagen?«

Sie zuckte die Achseln und nickte gleichzeitig, was wohl so viel heißen sollte wie »ungefähr so, ja«.

»Wer wohnt hier?«

Primetta bekreuzigte sich.

»Der Pfarrer?«

Sie nickte.

»Wo ist er?«

Sie zuckte die Achseln.

»Ist mein Sohn bei ihm?«

Primetta reagierte nicht.

Eckart beugte sich weit vor, bis er nur noch wenige Zentimeter von Primetta entfernt war, was ihn eine ungeheure Überwindung kostete. »Sag mir jetzt, wo er ist. Va bene? Sag mir, ob ihn der Pope hat. Mach den Mund auf, Primetta. Ich mag dich, aber ich kann auch mehr als ungemütlich werden«, zischte er ihr direkt ins Gesicht.

Primetta sah zu Boden und nickte.

»Hat der Pfarrer ihn?«

Primetta nickte immer noch, hatte gar nicht aufgehört zu nicken.

»Wo ist er?«, schrie Eckart.

In diesem Moment hielt vor dem Haus ein Wagen.

Primetta hob den Kopf und starrte zur Tür.

Nur einen Augenblick später ging die Tür auf, und Pater Johannes kam herein. Zuerst stutzte er und wunderte sich über Primetta und Eckart Kramer in seiner Küche, aber dann lächelte er.

Es war ein starkes, beinah existenzielles Gefühl. Im Bruchteil einer Sekunde war Eckart überschwemmt von Hass, er glaubte zu platzen, geriet außer Kontrolle und stürzte sich auf den nichts ahnenden Pater.

»Du Schwein!«, schrie er. »Wo hast du meinen Sohn? Was hast du mit ihm gemacht, du widerliche, perverse Sau?« Mit all seiner Kraft ließ er die Faust in das Gesicht des Ahnungslosen krachen und jagte ihm das Knie mit aller Wucht in den Unterleib.

Primetta stieß einen Schrei aus und schlug die Hände vors Gesicht.

Pater Johannes brach zusammen.

Eckart tobte wie ein Wahnsinniger, war völlig außer sich, trat auf den Wehrlosen und am Boden Liegenden ein und brüllte dabei: »Ich hab's immer geahnt – wo hast du Fabian – du ekelhafter, dreckiger Pope, du!«

»Smettila, così lo amazzi di botte!«, schrie Primetta, was so viel hieß wie: »Hör auf! Du schlägst ihn tot!«

Dann rannte sie aus dem Haus zu Mario, um von dort die Carabinieri und die Ambulanza zu rufen.

Als Pater Johannes das Blut aus Nase und Ohren lief, kam Eckart zu sich. Er ließ von ihm ab, lief aus dem Haus, stieg ins Auto und fuhr davon.

Kurz bevor er *Stradella* erreichte, hörte er die Martinshörner von Notarzt und Polizei in Monte Aglaia.

69

So aufgeregt war Primetta schon lange nicht mehr gewesen.

Nachdem Mario mit seinem Telefon Polizei und Notarzt gerufen hatte, war sie nach Hause gerannt, hatte sich auf ihre harte Pritsche geworfen und versucht zu schlafen. Sie wollte das alles vergessen, aber sie konnte nicht, denn der Kleine war ja noch immer da unten.

Was zum Teufel sollte sie tun?

Sie hatte keine Ahnung, wann es gewesen war, Dienstag, Mittwoch, Donnerstag oder Freitag, alle Tage waren gleich, wie sollte sie sie auseinanderhalten, sie wusste ja noch nicht einmal, welcher Tag heute war. Irgendwann war sie im Haus von Pater Johannes gewesen. Sie hatte gewusst, dass er weg war, und wollte sich Wein holen. Die Fässer waren so groß, da konnte er nichts dagegen haben, dass sie sich eine Kanne abfüllte.

Und im Weinkeller sah sie das Loch im Boden und hörte das Wimmern und Rufen aus der Tiefe.

Es war der Kleine mit dem Rad, der Sohn der Scrittrice von *Stradella*, der dort unten hockte, weinte, bettelte und Zeter und Mordio schrie.

Er verstand nicht, was sie sagte, und darum redete sie nicht mit ihm.

Sie brachte ihm Brot und Wasser und eine Decke, denn es war verdammt kalt in der Zisterne.

Er war der Kleine von Pater Johannes. So wie im Kinderheim. Da hatten alle Kinder Don Matteo gehört. Sie durfte nichts sagen und nichts tun.

»Halt den Mund!«, hatte Don Matteo immer gesagt. »Halt um Gottes willen den Mund, sonst geschieht Schreckliches. Du hörst und du siehst und du sagst nichts. Ist das klar?«

Und daran wollte sie sich auch diesmal halten, damit sie um Gottes willen nichts falsch machte.

Aber jetzt war Pater Johannes im Krankenhaus. Wer weiß, wie lange.

Sie wagte trotzdem nicht, den Jungen aus dem Loch zu befreien.

Er gehörte schließlich dem Pfarrer.

Neri und Alfonso trafen fast gleichzeitig mit der Ambulanza in Monte Aglaia ein.

Pater Johannes war nicht ansprechbar, er wurde sofort an den Tropf gehängt und stabilisiert.

»Könnt ihr schon irgendwas sagen?«, fragte Alfonso die Sanitäter.

»Nein. Wir bringen ihn nach Siena ins Ospedale, da kommt er in die Röhre, und dann werden wir sehen, ob er auch noch innere Verletzungen hat.«

»Va bene.«

Neri und Alfonso machten sich auf den Weg zu Mario, der die Carabinieri gerufen hatte.

»Buongiorno, Mario.«

»Buongiorno.«

»Weißt du, wer das Blutbad im Pfarrhaus angerichtet hat?«

»Keine Ahnung. Ich hab euch alarmiert, weil Primetta mir gesagt hat, dass der neue Pater zusammengeschlagen worden ist und die Ambulanza braucht.«

»Aber sie hat nicht gesagt, wer ihn so zugerichtet hat?«

»Nein. Ich hab sie in der Eile auch nicht gefragt. Und von sich aus erzählt Primetta nie etwas.«

»Wo wohnt Primetta?«

»Im Haus der alten Nella. Gleich neben Elio. Der mit den vielen verrückten Hunden.«

»Alles klar, ich weiß, wo Elio wohnt.« Neri nickte. »Da gehen wir gleich mal hin. Aber der Pater ist doch noch gar nicht lange hier, ich hab ihn ja kennengelernt, er ist ein ausgesprochen netter und freundlicher Mann. Der wird sich doch wohl in der kurzen Zeit nicht schon Feinde gemacht haben?«

»Mehrere Feinde sicher nicht. Aber einen vielleicht schon.« Mario verzog das Gesicht. »Ich weiß es nicht.« Er fand es einfach schrecklich, dass so etwas hier in ihrem verschlafenen, kleinen Bergdorf passierte.

Die Carabinieri bedankten sich und gingen weiter zum Haus der alten Nella.

»Weißt du, was ich denke, Alfonso?«

»Ich kann es mir vorstellen. Du denkst an deinen speziellen Freund Dragos.«

»Genau. Du hast es erfasst.«

Alfonso blieb stehen. »Neri, du spinnst. Du hast sie wirklich nicht alle. Du kannst nicht alles, was hier in dieser Gegend passiert, Dragos in die Schuhe schieben.«

»Warum nicht? Dragos ist ein Einbrecher, ein Räuber und vielleicht auch der Mörder von Eva Bruccoletti. Er ist auf der Flucht, und zutrauen würde ich's ihm. Er ist jung, hat sein Leben lang schwer gearbeitet und hat Kraft. Er ist aufbrausend und cholerisch, sonst würde die Alte vielleicht noch leben. Hier in Monte Aglaia wohnen außer Mario nur noch eine Handvoll Hundertjährige, die gar nicht mehr wissen, wie der Ort heißt. Und alle freuen sich wie blöd, dass ein neuer Pfarrer gekommen ist. Glaubst du, da geht einer hin und boxt einem noch relativ jungen und kräftigen Pater die Faust ins Gesicht?«

»Neri, hör endlich auf, so einen Schwachsinn von dir zu geben. Wir haben hier eine schwere Körperverletzung, und wir werden den Täter schon finden.«

Primetta hatte überhaupt nicht damit gerechnet, dass die Carabinieri bei ihr aufkreuzen könnten, und klapperte vor Schreck mit den letzten ihr noch verbliebenen Zahnstümpfen.

»Buongiorno, darf ich fragen, wer Sie sind?«, begann Alfonso.

»Primetta.«

»Und weiter?«

Primetta zuckte die Achseln.

Madonnina, dachte Neri, das wird nichts. Die wird uns nicht weiterhelfen können.

»Sie waren heute dabei, als der Pfarrer zusammengeschlagen wurde?«

Primetta nickte ängstlich.

»Wer hat das getan?«

Primetta zuckte die Achseln.

»Jemand hier aus dem Ort?«

Primetta zuckte wieder die Achseln.

»Sie haben den Mann noch nie gesehen?«

Primetta schüttelte den Kopf.

»Und Sie wissen auch nicht, wie er heißt?«
Primetta schüttelte erneut den Kopf.
»Gab es Streit zwischen den beiden Männern?«
Primetta schüttelte wieder den Kopf.

Vom vielen Kopfschütteln und Achselzucken muss die ja heute Abend Muskelkater haben, dachte Neri, der es als Zeitverschwendung empfand, diese unterbelichtete Alte auszufragen.

Aber Alfonso machte unbeirrt weiter. »Der Mann, den Sie nicht kennen, hat also einfach so zugeschlagen? Ohne Grund?«

Primetta nickte.

»Das kann ich gar nicht glauben.«

Primetta zuckte die Achseln.

»Warum waren Sie denn im Haus des Pfarrers?«

»Er gibt mir manchmal Wein.« Das war der erste Satz, den sie sagte, und sie sah zu Boden. »Er ist freundlich.«

»Va bene. Komm, Alfonso, das bringt nichts. Lass uns gehen.«

»Recht herzlichen Dank. Buona giornata.« Die beiden Carabinieri gingen zur Tür, ohne Primetta die Hand zu geben.

Und Primetta war heilfroh, dass sie weg waren. Sie war sich nicht sicher, aber sie glaubte, alles richtig gemacht zu haben.

Als Neri und Alfonso wenig später zurück nach Ambra fuhren, sagte Neri: »Übrigens, Kollege: Für mich sind die Fälle der letzten Tage gelöst. A posto. Feierabend. Wir wissen, dass Dragos Giacomo, die alte Bruccoletti und den Deutschen mit dem Wohnmobil beklaut hat, das Diebesgut haben wir bei ihm gefunden, und mit neunundneunzigkommaneunundneunzigprozentiger Wahrscheinlichkeit hat er auch der alten Bruccoletti den Hahn abgedreht, weil sie ihn überrascht, rumgeschrien, beschimpft oder was weiß ich wie genervt hat. Das konnte sie ja gut. Es ist jedenfalls wirklich nicht davon auszugehen, dass ein fröhlicher Wandersmann zur selben Zeit vorbeigekommen ist und der Alten mal eben so aus Quatsch ein Kissen aufs Gesicht gedrückt hat.

Also können wir die Akte zuklappen. Punktum. Dragos ist untergetaucht, den kriegen wir nicht. Morgen schreibe ich meinen Bericht, und den kannst du dann den Brüdern in Rom auf den Schreibtisch legen.«

»Und was ist mit dem Pater?«

»Ich tippe mal auf Dragos, weißt du ja, aber das ist natürlich nur eine Vermutung. Ansonsten wird uns der Pater erzählen, wer's war, wenn er wieder zu sich kommt. Bis dahin brauchen wir hier wirklich nicht die Pferde scheu und ganz Monte Aglaia verrückt zu machen.«

»*Wenn* er wieder zu sich kommt«, bemerkte Alfonso skeptisch.

»Ja. Wird schon werden. Und das wissen wir morgen, übermorgen oder in den nächsten Tagen. Also, Alfonso: alles gut. Ich hab die Fälle schneller gelöst, als du deine Taschendiebe auf der Spanischen Treppe kassieren kannst.« Neri grinste breit. »Was ist? Trinken wir noch einen Wein zusammen?«

»Nein«, sagte Alfonso. »Keine Zeit. Ich werde nämlich auch einen Bericht schreiben.«

Neri lehnte sich zurück und rieb sich die Hände. »Tu das, mein Freund, tu das. Du kannst natürlich auch gern noch weiter Leute befragen und im Pfarrhaus, in diesem Dreckstall, herumpinseln und Fingerabdrücke suchen. Aber ich bin raus aus der Nummer.«

Alfonso, der am Steuer saß, sah Neri nur an und schüttelte den Kopf.

»So viel dazu, dass ich hier nur rumsitze und Däumchen drehe«, musste Neri unbedingt noch hinzufügen. Dann schaltete er das Radio an, summte einen bekannten Schlager mit und schnipste dazu mit den Fingern im Takt. Er war ausgesprochen guter Laune.

»Ach, Alfonso, bitte setz mich bei Danielas kleinem Blumenladen ab«, sagte er plötzlich, »ich möchte Gabriella ein paar Blümchen mitbringen, sie hat es manchmal nicht leicht, wenn ich so im Stress bin.«

Alfonso erwiderte nichts. Er zählte die Tage und Stunden, bis er endlich wieder nach Hause durfte.

Zurück nach Rom.

70

Fabian hasste diese fette, hässliche Frau, die nie kam, wenn er sie rief, sondern immer erst dann, wenn er davon überzeugt war, dass sie niemals wiederkommen würde.

Sie machte das mit Absicht.

Mittlerweile träumte er davon. Von diesem Fall ins Nichts. Immer und immer wieder.

Er fürchtete sich davor einzuschlafen, um das alles nicht immer wieder erleben zu müssen, aber er schlief ja fast nur. Was sollte er auch sonst tun?

Es war dieser schreckliche Moment, als der Boden unter ihm nachgab, als das morsche, wurmdurchlöcherte Holz brach und er in die Tiefe stürzte.

Er hatte keine Ahnung, wie lange er schon hier unten lag. Zwei Tage, drei Tage oder eine ganze Woche?

Dabei hatte er einfach nur Lust gehabt, den Pfarrer zu besuchen und zu gucken, wie er wohnte.

»Hej, das is ja 'ne Überraschung«, hatte Pater Johannes gesagt. »Komm rein, ich hab leider nicht viel Zeit, weil ich gleich weg muss, ich hab einen Termin in Florenz.«

»Schade«, sagte Fabian.

»Na komm, eine Viertelstunde hab ich noch für dich.«

Als Fabian das Haus betrat, war er total schockiert. Er hatte eine Einrichtung wie bei seiner Oma erwartet. Warm, gemütlich, ordentlich, mit Heiligenbildern und Kreuzen an der Wand und Kerzen überall.

Aber das hier war ja gar keine Wohnung, so etwas Schreckliches hatte er in seinem ganzen Leben noch nie gesehen.

Pater Johannes musste lachen, als er Fabians entsetztes Gesicht sah. »Tja, mein Junge, das ist hier wahrhaftig kein Schloss, aber ich habe Armut gelobt, und die lebe ich hier wahrscheinlich in ihrer extremsten Form.«

Fabian war baff. Er wusste gar nicht, was er sagen sollte, konnte sich nicht vorstellen, wie der Pater es hier überhaupt aushielt. Es gab ja noch nicht mal einen Fernseher, keinen Computer, nichts. Was machte er denn am Abend, wenn er hier allein war? Betete er etwa die ganze Zeit? Im Petersdom war Fabian von der Größe, der Pracht und dem Prunk fasziniert gewesen, und dann musste ein Pfarrer so leben?

Fabian verstand die Welt nicht mehr.

»Komm«, sagte Pater Johannes, »ich zeig dir das ganze Haus.«

Fabian trottete fassungslos hinter dem Pater her. Schlafzimmer und Bad fand er noch scheußlicher als die verwahrloste Küche, aber im Keller begannen seine Augen zu leuchten. Hier war es echt spannend, richtig gruselig. Am Anfang war es ein ganz normaler Keller mit jeder Menge Gerümpel, aber dann kam er in einen langen Gang.

»Am Ende des Ganges sind wir direkt unter der Kirche«, erklärte Pater Johannes. Er öffnete eine schwere Tür. »Hier ist der Raum, der als Weinkeller benutzt wurde, hier holte der Priester auch direkt den Messwein für die heilige Messe. Er musste von der Sakristei aus nur die Treppe hinuntergehen.«

So große, alte Fässer hatte Fabian noch nie gesehen. »Ist da wirklich Wein drin?«

»Na klar!« Pater Johannes grinste. »Das ist das Beste an diesem Haus. Ich hab gerade gestern Abend von dem Wein getrunken. Absolut köstlich.«

Er ging weiter und öffnete die nächste Tür. »Jetzt sind wir direkt unter dem Altarraum. Hier ist die ehemalige Krypta. Ehemalig sage ich nur, weil heutzutage kein Priester mehr hier beerdigt wird. Aber es ist natürlich immer noch eine Krypta.«

Fabian hatte den Eindruck, dass der Pater jetzt ein bisschen leiser sprach. »Und wenn wir hier diese Treppe nach oben gehen, sind wir direkt in der Kirche. Aber das können wir jetzt nicht machen, ich habe den Schlüssel nicht dabei. Das holen wir das nächste Mal nach, wenn du mich besuchen kommst.«

Pater Johannes strich Fabian übers Haar. »So leid es mir tut, aber ich muss jetzt wirklich los.«

Fabian nickte. »Okay. Wann kommst du wieder?«

»In vier, fünf Tagen. So genau weiß ich das nicht. Und du? Wie lange bist du noch hier?«

»Drei Wochen ungefähr.«

Sie gingen den Gang zurück und stiegen die Treppe wieder hinauf zur Küche.

Pater Johannes nahm seine Tasche und seine Jacke.

»Drei Wochen sind eine lange Zeit. Dann sehen wir uns ja auf alle Fälle noch mal. Grüß deine Mutter von mir.«

»Mach ich.«

Fabian richtete sein Fahrrad auf, und Pater Johannes stieg in sein verbeultes Auto. »Mach's gut, Fabian!«, rief er, winkte ihm noch einmal zu und fuhr davon.

Aus dem Auspuff des Wagens kam schwarzer, stinkender Qualm.

Als der Pater weg war und Fabian zurück nach *Stradella* fahren wollte, fiel ihm ein, dass er sein Smartphone irgendwo im Haus des Pfarrers liegen gelassen hatte. Aber da der Pater die Haustür offen gelassen hatte, war es wahrscheinlich nicht schlimm, wenn er noch einmal hineinging, um es zu holen.

Es war düster in der Küche. Fabian sah sich um und konnte sein Handy nirgends entdecken. Zaghaft ging er weiter. Er hatte keine Ahnung, wo Pater Johannes seine Taschenlampe hingelegt hatte, er sah sie nirgendwo und musste es einfach so probieren.

Nach oben brauchte er nicht zu gehen. Ins Schlafzimmer und ins Bad hatte er nur einen kurzen Blick geworfen und war gar nicht richtig hineingegangen. Das Handy konnte also eigentlich nur in der Krypta sein. Dort hatten sie sich länger aufgehalten, weil Fabian so fasziniert gewesen war.

Er musste also noch mal bis unter das Kirchenschiff.

Langsam tastete er sich durch den dunklen Gang. Er konnte sich ja nicht verlaufen, es ging immer geradeaus, bis zu der schweren Tür zum Weinkeller. Obwohl er sich unentwegt sagte, dass gar nichts passieren konnte, nichts gefährlich und er ganz allein im Haus war, schlug sein Herz wie wild, und das Blut rauschte ihm in den Ohren.

Der Gang kam ihm jetzt viel länger vor, aber schließlich stand er vor der schweren Tür und schaffte es sogar, sie mit aller Kraft aufzuziehen.

Ja, richtig, hier waren die Fässer. Es gab einen Schacht nach oben, durch den spärliches Licht fiel, sodass Fabian ein wenig erkennen konnte.

Es roch modrig. Während er sich umsah, ob er sein Handy irgendwo entdecken konnte, ging er tiefer in den Raum hinein.

Und da passierte es: Er hörte es krachen, aber bevor er irgendwie reagieren konnte, fiel er schon durch das morsche Holz in die Tiefe.

Er stürzte und schrie, krachte auf den Boden, und der Schock ließ ihn erstarren.

Erst nach einer Weile begriff er, was geschehen war. Er versuchte zu verstehen, wo er sich befand. Dass er in eine ausgetrocknete Zisterne gefallen war, wusste er nicht. Aber er spürte, dass er aufstehen, gehen und sich bewegen konnte. Also hatte er sich zum Glück nichts gebrochen.

Die morsche Bodenklappe, durch die er gestürzt war, war unerreichbar. Selbst wenn er die Arme hochstreckte, fehlten noch anderthalb Meter, und in der Zisterne war nichts, auf das man sich vielleicht hätte stellen und dann hinaufziehen können.

Er saß in der Falle. Kam nicht mehr raus.

Fabian begann zu schreien.

Aber niemand reagierte, niemand kam, niemand hörte ihn.

Ihm war klar, dass es hier keine Nachbarn gab, die ihn hören konnten, und unter der Kirche war sein Schreien wahrscheinlich sowieso hoffnungslos.

Pater Johannes kam erst in einer knappen Woche zurück.

Fabian warf sich auf die Erde, schrie und heulte, wie er noch nie in seinem Leben geheult hatte. Hörte gar nicht mehr auf.

Und dann begann er zu frieren.

71

Eine Fernbedienung fürs Tor hatte Eckart nicht, also klingelte er. Falls Rinas Handy wirklich kaputt war – die Torklingel läutete auf der Terrasse, in der Küche und im Büro, die hörte sie also in jedem Fall.

Niemand antwortete, Rina meldete sich nicht über die Gegensprechanlage, und das Tor ging nicht auf.

Eckart klingelte Sturm, aber das änderte nichts.

Zum Glück hatte er an seinem Schlüsselbund einen Torschlüssel, mit dem er das Tor per Hand öffnen konnte. Von diesen Schlüsseln existierten nur zwei: einen hatte Rina und einen er.

Die Torflügel schwangen auf, und Eckart fuhr aufs Grundstück.

Still und friedlich lag das Haus in der Sonne, alles sah aus wie immer.

Nur der Parkplatz war erschreckend leer. Rinas Auto stand nicht da, und der kleine Gästejeep auch nicht.

Nun gut. Sie war also unterwegs. Dann konnte sie die Torklingel natürlich nicht hören.

Aber die Architekten, die seit sieben Jahren immer um diese Zeit Urlaub machten, mussten eigentlich jetzt hier sein. Er wusste von Rina, dass sie wieder gebucht hatten. Vielleicht waren sie in den Ort gefahren, um noch ein paar Kleinigkeiten einzukaufen. Obwohl es ungewöhnlich für sie war. Sie hatten das Einkaufen immer als lästig empfunden, fuhren meist schon um acht ins Dorf und waren um halb zehn zurück. Sie machten keine Besichtigungen, saßen nur auf der Terrasse, aßen, tranken und lasen dicke Bücher.

Es war jetzt halb fünf. In all den Jahren waren die Architekten um diese Zeit noch nie weg gewesen.

Er parkte den Wagen und ging zum Haus. Die Bürotür stand offen. Eckart ging hinein. »Rina!«, rief er. »Bist du da? Ich bin's! Eckart!«

Es blieb totenstill.

Eckart ging durchs Büro, ins Bad, durch das Ankleidezimmer, ins Schlafzimmer, durch die Bibliothek bis in die Küche. Von Rina und Fabian keine Spur.

Entsetzt blieb Eckart stehen. In der Küche lagen Plastik- und Glasflaschen, Kartons und Verpackungen auf der Erde, irgendjemand hatte den Korb, in dem Rina die Wertstoffe sammelte, ausgekippt. Das sah Rina, die krankhaft ordentlich war, gar nicht ähnlich. Sie sagte immer, wenn das Haus um sie herum nicht aufgeräumt war, konnte sie nicht chaotisch und kreativ denken.

Auch dass die Küchentür nach draußen offen stand, war vollkommen untypisch für Rina. Niemals hätte sie Haus und Grundstück verlassen, ohne abzuschließen.

Eckart konnte sich auf all dies keinen Reim machen und fühlte sich immer unbehaglicher.

Vielleicht war sie bei den Architekten in der Gästevilla. Vielleicht war das Gästeauto zur Reparatur und stand deswegen nicht auf dem Parkplatz. Wahrscheinlich trank Rina unten mit den Architekten fröhlich einen Prosecco, und er machte sich hier Sorgen wegen des nicht abgeschlossenen Hauses.

Aber wo war dann Rinas Wagen?

Er schob die Frage in Gedanken beiseite und lief hinunter zur Capanna.

Manuel hörte die Schritte auf dem Kies.

Vorsichtig öffnete er einen inneren Fensterladen nur einen Spaltbreit und sah nach draußen.

Da schlich ein Mann ums Haus.

Er beobachtete ihn weiter, und allmählich erinnerte er sich. Ja, es war Rinas Mann, dieser Unsympath, der sie ab und zu von den Lesungen abholte.

Verflucht noch mal.

Und jetzt rief sie auch noch »Manuel!« aus ihrer Gruft.

Er schoss zur Tür des Weinkellers und zischte: »Halt die Schnauze! Keinen Ton mehr, oder ich bringe dich um. Ich schwör's, ich bringe dich um.«

Jetzt war es still hinter der Tür. Offensichtlich war Rina so erschrocken, dass sie den Mund hielt.

Es klopfte. »Hallo? Ist da jemand? Ute und Daniel? Seid ihr da?«

Manuel gab keinen Laut von sich und hielt den Atem an. In seiner Brust hatte er ein merkwürdiges Gefühl. So, als würde sich sein Herz aus der Verankerung lösen und ein paarmal um die eigene Achse drehen. Er musste leise husten, weil er Angst hatte, die Maschine in seinem Inneren würde gleich aufhören zu arbeiten.

Nach dem Husten ging es ihm besser. Er konnte wieder gleichmäßig atmen, und sein Herz hatte aufgehört, um sich selbst zu kreisen.

Jetzt drückte der widerliche Typ da draußen die Klinke herunter und rüttelte daran. Dann versuchte er die Tür aufzuschließen, aber es ging nicht, sein Schlüssel steckte ja von innen.

Hau ab, dachte Manuel, hau bloß ab. Er drückte sich mit den Handtellern die Schläfen, als hätte er rasende Kopfschmerzen, und bohrte seine Fingernägel tief in seine Kopfhaut.

Erst als er hörte, dass Rinas Mann sich wieder entfernte, löste er den schmerzhaften Griff.

Seine Fingernägel waren blutverschmiert.

Eckart ging in die Küche und schenkte sich einen Whisky ein. Whisky beruhigte ihn und half ihm beim Nachdenken. Diese Erfahrung hatte er beim Drehen schon hundertfach gemacht.

Er trank langsam, zermarterte sich das Gehirn und versuchte, sich zu erinnern. Hatte er in der Gästevilla ein leises Husten gehört?

Immer und immer wieder ging er in Gedanken jede Sekunde durch, stellte sich jeden Augenblick so plastisch wie möglich vor in der Hoffnung, er würde es vielleicht noch einmal hören.

Er hatte geklopft und gerufen, aber da kam keine Antwort. Er hatte das Ohr an die Tür gelegt – nichts. Dann war er von Fenster zu Fenster gegangen, in der Hoffnung, vielleicht durch irgendeinen Spalt hineingucken zu können, und da war ihm, als hätte er ein Husten gehört. Sehr leise und unterdrückt, aber ein Husten.

Eckart wurde heiß. Er spürte, wie sein Gesicht anfing zu glühen.

Nein, das konnte nicht sein. In der Gästevilla war alles verrammelt, da war niemand. Die Architekten nicht und Rina schon gar nicht.

Wenn er so weitermachte, würde er auch noch Schritte und Stimmen hören und allmählich völlig durchdrehen.

Seltsam war nur, dass er die Tür nicht aufschließen konnte.
Aber auch diesen Gedanken wischte er innerlich vom Tisch.
Vielleicht hatte er den falschen Schlüssel dabeigehabt, oder aber das Schloss klemmte. Wenn sich die Tür verzog, ging nichts mehr. Das hatten sie schon ein paarmal erlebt. Er würde es später einfach noch mal probieren.

Als er den Whisky ausgetrunken hatte, stand er auf. Er konnte hier nicht tatenlos rumsitzen und warten, dass Rina vielleicht doch noch irgendwann einmal nach Hause kam. Er musste etwas tun.

Ohne Plan, beinah automatisch, ging er in ihr Arbeitszimmer. Der Laptop war aufgeklappt, aber der Bildschirm war schwarz, er befand sich im Schlafmodus.

Eckart drückte kurz auf die Einschalttaste, der Laptop erwachte und zeigte die letzte Seite, die Rina geschrieben hatte.

Ich bin frei. Meine Fantasie fliegt über die Berge.

Nur diesen einen Satz. Immer und immer wieder.

Über siebenundzwanzig Seiten.

Er setzte sich auf ihren Schreibtischstuhl, schloss die Augen und rieb sich die Stirn.

Rina, dachte er nur, und der Gedanke tat ihm weh.

Noch nie hatte er sich so hilflos gefühlt.

Aber eins war ihm klar: Sie würde ganz bestimmt nicht einfach wiederkommen und lächelnd vor ihm stehen.

Wieder in der Küche, schenkte er sich noch einen Whisky ein, den er beinah hastig hinunterstürzte, denn ein Gedanke ließ ihn plötzlich nicht los: Primetta hatte Fabians Rad ins Haus des Pfarrers geschoben. Warum?

Augenscheinlich, weil es dort vor der Tür gelegen hatte.

Eckart stieg in seinen Mietwagen und fuhr los.

Vielleicht sollte er doch das Pfarrhaus noch einmal gründlich unter die Lupe nehmen.

Manuel öffnete die inneren Fensterläden nur einen Spaltbreit und beobachtete, wie Eckart davonfuhr.

Er würde wiederkommen, da war sich Manuel sicher. Vielleicht sogar mit den Carabinieri.

Nun blieb ihm nicht mehr viel Zeit.

Er fuhr sich durch die Haare und schüttelte sich vor Wut. Jetzt war genau das eingetreten, was er immer hatte vermeiden wollen.

Er musste sich beeilen und es zu Ende bringen.

72

Er warf das Seil über den Balken und befestigte es gut. Es hatte die richtige Höhe und würde sich problemlos straff ziehen. Die Schlinge hing jetzt direkt über dem kleinen Glastisch in der Mitte des Raumes, und die halb abgebrannte Kerze, die darauf gestanden hatte, stellte er weg.

Langsam ging er noch einmal durchs ganze Haus und kontrollierte, ob alle inneren Fensterläden geschlossen und dicht waren.

Er vergewisserte sich, dass die Haustür abgeschlossen war, und steckte den Schlüssel in die Hosentasche.

Dann ging er in die Küche und zog das größte und schärfste Messer aus dem Messerblock.

Das Spiel konnte beginnen.

»Hörst du mich?«, fragte er durch die geschlossene Tür zum Weinkeller.

»Ja.«

Sie klang sehr schwach, aber das war jetzt egal.

»Pass auf, wir werden jetzt ein Spiel spielen. Du willst ja wohl sicherlich raus. Falls du mit mir spielst, darfst du raus, ansonsten bleibst du drin.«

»Sag mir, worum es geht.«

»Die Tür und alle Fenster sind geschlossen. Ich habe den Türschlüssel und ein Schlachtermesser in der Hand. Ich öffne die Tür, du bleibst im Weinkeller und zählst laut bis hundert.

Wenn du vorher rauskommst, stech ich dich ab. Aber wenn du erst bei hundert losgehst, hast du eine Chance zu gewinnen.«

»Ich versteh immer noch nicht ...«

»Ich stehe hier in der Ecke neben dem Torbogen. Irgendwann drehe ich die Sicherungen raus. Dann ist es stockdunkel. Du kannst die Hand nicht vor Augen sehen.«

Er hörte, wie sie aufstöhnte.

»Dann werde ich den Haustürschlüssel werfen. Irgendwohin. Er ist dein Joker. Wenn du ihn findest, bist du frei. Du kannst dich überall verstecken. Die gesamte Capanna kann bespielt werden, auch Bad, Schlafnische und Weinkeller. Alles. Wichtig ist, dass ich dich nicht finde. Denn wenn du mir in die Arme läufst, steche ich dich ab oder schneide dir die Kehle durch. Im Gegensatz zu dir hab ich ein Messer. Aber ansonsten ist es ein faires Duell.«

»Was ist daran fair?«

»Wenn du den Schlüssel findest, bist du frei.«

»Ich glaub dir kein Wort.«

»Du vertraust mir nicht?«

»Nein.«

»Dann nicht. Deine Entscheidung. Dann lass ich dich in Frieden. Und ich werde nie wieder mit dir reden. Werde dich einfach vergessen.«

»Oh mein Gott«, hauchte sie.

Er schwieg. Rührte sich nicht mehr, pfiff nur leise vor sich hin.

»Manuel!«, rief sie schließlich.

»Was ist? Spielen wir?«

»Ja, wir spielen.« Sie hatte keine andere Wahl.

Er grinste zufrieden.

73

Eckart hatte ja schon einen vagen Eindruck von der heruntergekommenen Ruine des Pfarrers bekommen und hatte deswegen eine starke Stabtaschenlampe dabei, als er zum zweiten Mal an diesem Tag das Haus betrat.

Der Himmel über Monte Aglaia war fast schwarz, durchzogen von bedrohlich violetten Streifen. Es war beinah so dunkel wie am Abend. Ein unnatürlich warmer Wind wehte, und in der Ferne donnerte es bereits.

Als Eckart das Pfarrhaus betrat, fielen schon die ersten schweren Regentropfen.

Er verzichtete darauf, die armselige Glühbirne im Flur anzuschalten, er wollte nicht, dass man von außen bemerkte, dass jemand im Haus war.

Seinen Wagen hatte er bei den Mülltonnen geparkt, wo er nicht auffiel.

Eckart schaltete die Taschenlampe an und begann, den Flur konsequent Zentimeter für Zentimeter abzuleuchten.

An der Wand lehnte Fabians Fahrrad. Auf dem Gepäckträger seine dünne Windjacke.

Eckart fragte sich, warum Fabian bei so einem warmen Sommerwetter mit einer Windjacke unterwegs war, aber bei Jungen in diesem Alter fragte man sich so manches. Vielleicht klemmte die Jacke schon, seit Fabian in Italien war, auf dem Gepäckträger.

Er nahm sie herunter, entknüllte sie, fuhr mit den Händen in die Taschen, ertastete dort etwas Schweres, Hartes und zog es hervor.

Fabians Smartphone.

Eckarts Herz begann schneller zu schlagen. Ich finde dich, Fabi, ich finde dich, mach dir keine Sorgen, ich finde dich.

Nachdem er die Küche ausgiebig ausgeleuchtet hatte, ging er von Raum zu Raum, sah mit der Taschenlampe, die die Kraft eines Scheinwerfers hatte, in jede Ecke, jeden Spalt, öffnete jede Tür.

Und bekam sogar Mitleid mit dem Popen, der hier hausen musste.

Er war im Schlafzimmer, im Bad, überall gewesen – nichts. Jetzt ging er langsam die Stufen hinab in den Keller.

Der lange Gang war selbst Eckart unheimlich, weil er nicht wusste, was ihn erwartete.

Die meiste Zeit verbrachte er in einer Abstellkammer, wo er Holzlatten, Eisenstangen, Gartengeräte, Plastikfolien, alte Eimer, verrottete Liegestühle, Kanister, eine Leiter, zwei Schubkarren mit platten Reifen und ausrangierte Möbel zur Seite räumte, um sich zu vergewissern, dass auch wirklich nichts dahinter war. Keine Tür, kein geheimer Gang, nichts.

Dann kam er in den Weinkeller.

Das Loch im morschen Holz des Fußbodens sah er sofort.

Ihm brach der Schweiß aus. »Fabi!«, schrie er atemlos und mit rasendem Puls. »Fabi!«

»Hier bin ich!«, antwortete eine dünne Stimme, und Eckart schossen die Tränen in die Augen.

»Fabi! Ich bin's! Ich hol dich! Ich hol dich hier raus!«

»Papa?« Die Stimme seines Sohnes klang total ungläubig.

»Ja. Es wird alles gut.«

Er warf sich auf den Boden, legte sich auf den Bauch und leuchtete in die Zisterne. Dort kauerte hohläugig, blass und verweint sein kleiner Sohn.

Fabian stand auf und hob die Arme. »Papa, bitte!«, hauchte er.

Eckart ließ die Taschenlampe liegen, sodass sie die Absturzstelle in die Zisterne notdürftig beleuchtete, und hängte seine Arme in das dunkle Loch.

Fabian konnte lediglich seine Fingerspitzen berühren.

»Es geht nicht«, stöhnte Eckart, »so kriege ich dich nicht raus. Warte, ich hab vorhin irgendwo eine Leiter gesehen, die hol ich. Warte!«

»Geh nicht weg, Papa!«, schrie Fabian wie in Todesangst. »Bitte, bitte, geh nicht weg, lass mich nicht allein!«

»Ich bin doch gleich wieder da, Schatz! In fünf Minuten. Oder in zwei. Ich hol nur die Leiter, denn ohne die krieg ich dich nicht raus. Ich komme gleich wieder, ich versprech's dir!«

»Nein!« Fabian schrie und heulte. Er war in heller Panik.

Es brach Eckart fast das Herz, dass er ihn jetzt noch einmal wenige Minuten allein lassen musste.

Zehn Minuten später hing Fabian tränenüberströmt an Eckarts Hals. Verängstigt, hungrig, durstig und glücklich zugleich.

Papa hatte ihn gerettet. Papa. Das hatte er immer gewusst.

Als sie nach Hause fuhren, erzählte er vom Pater, der nach Florenz gefahren war. Davon, dass er ganz allein in die Zisterne gestürzt und dass Primetta ihn gefunden und ihm was zu essen und zu trinken gebracht hatte.

Eckart wurde schlecht. Der Pater hatte also keine Schuld. Wenn er Rina gefunden hatte, würde er sich der Polizei stellen und sich beim Pater entschuldigen. Wenn es dafür überhaupt eine Entschuldigung gab. Und er hoffte von ganzen Herzen, dass der Pater wieder vollkommen gesund werden würde.

»Wenn wir nach Hause kommen, schieb ich dir eine tolle Pizza in den Ofen. O. k.?«

»Oh ja, bitte!«

»Geht's dir gut? Tut's dir irgendwo weh? Müssen wir zum Arzt fahren?«

»Nein. Ich hab nur Hunger. Und Durst.«

»Das kriegen wir geregelt.«

Beide schwiegen lange, während das Auto über die schlechte Straße rumpelte.

»Die Mama ist nicht da«, sagte Eckart schließlich. »Sie ist genauso verschwunden wie du. Hast du eine Ahnung, wo sie sein könnte?«

Fabian schüttelte den Kopf. »Ist denn der Mieter noch da?«, fragte er.

»Welcher Mieter?«

»Der Mann, vor dem Mama so eine Angst hatte.«

74

Die Tür ihres Kerkers schwang auf.

Sie sah, dass er zum Sicherungskasten ging, und zählte laut. »Fünfunddreißig, sechsunddreißig, siebenunddreißig ...«

Er stand vollkommen unbeweglich neben dem Torbogen mit dem gewaltigen Messer in seiner Hand.

Ihr wurde übel vor Angst, und ihre Stimme begann zu zittern. »Zweiundsiebzig, dreiundsiebzig, vierundsiebzig ...«

Bei achtzig gab es ein lautes Klacken, und das Licht ging aus.

Rina schrie auf, hörte vor Schreck auf zu zählen und machte erst nach zwei Sekunden weiter. Jetzt wusste sie nicht mehr, wo er war.

»Siebenundneunzig, achtundneunzig, neunundneunzig, hundert!«

Sie hörte ein metallenes Klirren auf dem Steinfußboden. Er hatte den Schlüssel geworfen.

Vielleicht war er schon neben der Kryptatür und zog ihr gleich das Messer durch die Kehle.

Todesmutig kroch sie dennoch aus dem Weinkeller. Ihr Herz schlug so laut, dass sie das Gefühl hatte, es würde durchs ganze Haus dröhnen und sie verraten. Hatte er hinter der Tür gestanden und gespürt, in welche Richtung sie ging, oder lauerte er in irgendeiner Ecke? Sie hatte keine Ahnung und versuchte, nach rechts in Richtung des großen Fensters zu schleichen, weil sie ihn jetzt im Schlafzimmerbereich vermutete.

Aber vielleicht war das ja auch total verkehrt.

Sie versuchte sich zu erinnern, wo sie das Klirren des auf den Boden fallenden Schlüssels gehört hatte. In der Mitte des Raumes, vermutete sie. Aber wie sollte sie den Schlüssel jemals finden? Vielleicht hatte er ihn auch direkt unter sich geworfen, hockte da und wartete auf sein Opfer.

Der Joker war gleichzeitig auch die Falle.

Im Raum war es totenstill.

Rina wagte kaum zu atmen, hatte das Gefühl, sich allein dadurch zu verraten. Ihr Atemzug erschien ihr so laut wie das Schnaufen eines Asthmakranken und ihr Atemhauch wie ein scharfer Windstoß in den Bäumen. Sie hatte keine Ahnung, ob er genauso unbeweglich wie sie irgendwo saß oder ob er sich langsam und unaufhaltsam auf sie zubewegte.

Aber sie spürte, dass sich ihr Gehör in dieser absoluten Dunkelheit zu schärfen begann. Jede Bewegung erschien ihr schreiend laut, allein als sie langsam auf die Knie kam und ein paar Zentimeter vorwärtskroch, hörte sie das Schaben des Jeansstoffes auf den steinernen Mattoni. In dieser Anspannung würde sie die Fliege, die gegen das Fenster flog, hören und das Laufen einer Spinne auf dem Tisch.

Er kratzte mit der Messerspitze über den Boden. Das Geräusch war nicht ganz nah, aber auch nicht weit weg.

Das war eine klare Botschaft: Ich kriege dich! Es gibt nur einen Gewinner und nur ein Opfer: du oder ich. Vielleicht bist du in wenigen Minuten tot.

Sie hatte keine Waffe und wusste einfach nicht, was sie machen sollte.

Die Luft war pechschwarz. Ob er die Augen offen hielt oder schloss, machte keinen Unterschied. Aber er fühlte sich sicher, kannte jede Ecke, jede Kante, jeden Meter der Capanna. Unzählige Male hatte er sich hier in absoluter Dunkelheit bewegt.

Er konnte erahnen, was sie empfand, konnte ihre Angst förmlich riechen.

Noch vor wenigen Wochen oder Tagen hätte er sich alle zehn Finger danach geleckt, ihre Angst, ihren Schmerz und ihren Tod erst mitzuerleben und dann zu beschreiben.

Heute war es ein wenig anders.

Es war vorbei. Rinas Mann war da, es blieb ihm nicht mehr viel Zeit.

Aber ohne ihn würde sie auch nie mehr schreiben können. Das war wunderbar.

Dennoch: Er hatte verloren. Das Spiel war aus.

Sie hörte ihn atmen. Roch ihr Parfum, gepaart mit säuerlichem Schweißgeruch. Er musste ganz nah sein.

Erschrocken schob sie sich leise auf dem Boden zurück und hielt die Luft an, um sich nicht zu verraten. Der Faltenwurf der Gardine vor dem großen Torbogen schlug ihr viel zu laut ins Gesicht, ein paar Feuerkäfer fielen herunter und klatschten auf den Boden.

Oh mein Gott! Das musste er gehört haben.

Aber nichts passierte.

Es war absolut still.

Nur das Käuzchen schrie.

Sekundenlang passierte gar nichts. Dann tat er irgendetwas. Ein Stuhl ruckelte leicht.

Mit dem Rücken zum großen Tor spürte sie an ihren Nieren die kalte Scheibe.

Die Geräusche kamen aus der Mitte des Zimmers.

Sie blieb, wo sie war.

Das Gewitter, das schon vor ungefähr einer Stunde getobt hatte, kam zurück. Noch stärker als zuvor. Donnerschläge krachten, und der Regen pladderte aufs Dach.

Ihr Gehör war irritiert und ließ sie im Stich. Aber Manuel musste es genauso gehen.

Langsam und vorsichtig begann sie den Fußboden abzutasten. Vielleicht hatte sie ja Glück und fand den Schlüssel durch Zufall, obwohl sie nicht daran glaubte, dass er sie wirklich gehen lassen würde.

Todesmutig kroch sie vorwärts.

Auf einmal hörte der Regen auf, und der Donner schwieg.

Die plötzliche Stille war unheimlich, aber sie richtete sich auf, um sich besser konzentrieren zu können.

Dann passierte es. Sie hörte, wie der Glastisch umfiel, auf die steinernen Fliesen krachte und anschließend das leise Prickeln rieselnder Scherben.

Beinah gleichzeitig registrierte sie ein merkwürdiges Knirschen gepaart mit einem Ruck, durch den das Knirschen aufhörte, ganz kurz, nicht länger als eine Sekunde. Sie horchte, ob dieses Geräusch sich vielleicht wiederholte, damit sie besser überlegen konnte, was es gewesen sein könnte, aber es blieb alles still.

Rina kauerte sich hin. Wartete darauf, irgendetwas von ihm zu hören, damit sie ihn orten konnte, aber da kam nichts.

Bewegungslos saß sie zwischen Fenster und Kommode.

Das Gewitter war vorbei, und sie hatte das Gefühl, allein zu sein.

Dann nahm sie ihren ganzen Mut zusammen, weil es ja nicht ewig so weitergehen konnte, und fragte: »Manuel?«

Er antwortete nicht.

»Ich denke, das Spiel ist vorbei, Manuel. Unentschieden. Oder Halbzeitpause. O. k.?«

Er antwortete immer noch nicht.

»Manuel?«

Sie kroch durch den Raum. Mittlerweile hatte sie völlig die Orientierung verloren. Wusste nicht mehr, wo sie war, wusste nicht, ob das Bad direkt vor ihr oder in ihrem Rücken lag. Irrte auf Knien durch das Haus, die Arme und Hände weit von sich gestreckt, um einen Angriff eventuell abwehren zu können. Und immer wieder fuhr sie zwischendurch mit den Händen über den Fußboden, auf der Suche nach dem Schlüssel.

Plötzlich knallte etwas gegen ihre Stirn. Sie schrie auf, fasste danach, bereit, die Messerattacke mit ihren Händen abzuwehren, und griff an ein Hosenbein und an einen Schuh. Zuckte zurück und griff noch einmal danach. Wollte instinktiv festhalten, aber die Beine schwankten, schwangen durch den Raum, warfen sie fast um, bis sie begriff, dass die Beine von der Decke hingen.

Sie taumelte rückwärts, und der zarte Luftzug der schwingenden Leiche strich über ihr Gesicht.

Rina schrie.

So wie sie noch nie in ihrem Leben geschrien hatte.

75

Eckart hörte die Schreie, als er gerade mit Fabian aus dem Auto stieg. Es klang weit entfernt und hörte gar nicht mehr auf. Ganz eindeutig kam es von unten. Aus der Capanna.

Er griff seine Taschenlampe, rannte bergab, kam fast ins Trudeln, stolperte und rannte weiter, bis er vor der Tür stand. »Rina!«, schrie er.

Jetzt hörte er sie schluchzen.

Mit zitternden Händen versuchte er den Schlüssel ins Schloss zu stecken – und wahrhaftig, es gelang. Eckart riss die Tür auf und leuchtete mit der Lampe durch die Capanna.

In der Mitte des Raumes hing ein Mann mit verrenktem Hals und weit heraushängender Zunge.

Rina stand in eine Ecke gedrückt, starrte Eckart mit großen Augen an und schlotterte am ganzen Körper. Sie brauchte zwei Sekunden, dann stürzte sie auf ihren Mann zu und fiel ihm weinend in die Arme.

Eckart war nicht in der Lage, irgendetwas zu sagen. Er strich ihr nur unentwegt beruhigend übers Haar.

Und dann bemerkte Rina Fabian. »Fabian!«, schluchzte sie, beugte sich zu ihm, drückte ihn an sich und weinte unentwegt.

Langsam und eng umschlungen gingen die drei nach oben ins Haus.

Die Capannatür stand offen.

Manuels Leiche bewegte sich lautlos im Wind, und in den Zypressen schrien die Vögel.

76

Zwei Jahre später

Nur eine fahle Leselampe beleuchtete ihr Gesicht, und es war mucksmäuschenstill, während Rina Kramer aus ihrem neuen Roman vorlas.

Sie war hochkonzentriert, und ihre Zuhörer waren es auch.

Rina Kramer genoss jeden Moment.

Als ich die kalte Klinge an meiner Kehle spürte, wusste ich, dass es vorbei war. Mein Leben war zu Ende, er hatte mich gefunden. Die Freiheit war zum Greifen nah gewesen, aber jetzt war alles aus.

Meine Verzweiflung war so groß, dass mir alles, was jetzt passieren würde, gleichgültig war. Ich konnte nicht mehr kämpfen, war in diesem Moment dabei, vor meinem Schicksal zu kapitulieren.

Der, der da hinter mir saß, war kein Mensch, er war der leibhaftige Teufel in erbärmlicher, widerlicher Maskerade.

»Niemals werde ich dich gehen lassen«, hauchte er mir in den Nacken. »Niemals. Meinen Frieden kann ich erst finden, wenn du tot bist.«

Dann zwang er mich, den Wagen zu wenden und zurück zu meinem Gefängnis zu fahren.

Mein Martyrium war noch lange nicht vorbei.

Ich hatte verloren.

Rina Kramer sah auf, atmete einmal tief durch, klappte ihr Buch zu und lächelte.

Niemand rührte sich, ihr Publikum saß immer noch wie erstarrt.

»Bitte, könnte ich jetzt ein bisschen Licht im Zuschauerraum bekommen?«, fragte Rina, und die Buchhändlerin sprang auf, um das Licht einzuschalten.

Die Anspannung löste sich, das Publikum begann zuerst zaghaft, dann immer stärker zu applaudieren, bis es zu einem donnernden Applaus anschwoll.

Die Buchhändlerin ergriff das Mikrofon: »Ich möchte Frau Kramer ganz herzlich für diese wundervolle Lesung aus ihrem neuen Roman ›Und draußen stirbt ein Vogel‹ danken! Es war sehr intensiv und hat sicher keinen von uns unberührt gelassen. Frau Kramer steht Ihnen jetzt gern für Fragen zur Verfügung. Recht herzlichen Dank.«

Sie setzte sich wieder.

Es blieb still.

»Tja«, sagte Rina, »ich bin hier, ich habe Zeit, und ich verspreche, dass ich Ihnen jede Frage beantworte. Nur nicht die, wie der Roman endet.«

Einige lachten leise.

In der letzten Reihe saß ein Mann, verdeckt durch die Zuhörer vor ihm. Er hob kurz die Hand und fragte in die Stille: »Woher hatten Sie eigentlich die Idee zu diesem Roman, und wie kamen Sie auf den Titel: ›Und draußen stirbt ein Vogel‹?«

Rina fing an zu zittern.

Während sie noch überlegte, was sie antworten sollte, stand der Mann auf, drehte sich um und ging langsam, ohne dass sie sein Gesicht sehen konnte, hinaus.

Lust auf mehr von Sabine Thiesler?

Dann lesen Sie weiter in

SABINE THIESLER
NACHTS IN MEINEM HAUS

THRILLER

*Er umarmte seinen besten Freund und ahnte nicht,
dass er sein schlimmster Feind war*

ISBN 978-3-453-26969-9
Oder als E-Book: ISBN 978-3-641-20232-3

Überall, wo es Bücher gibt

Das Buch

Tom ist ein anerkannter Kunstmaler, dazu reich und glücklich verheiratet. Alles läuft perfekt für ihn. Bis eines Nachts in seinem Haus etwas Schreckliches passiert. Unter Schock flieht er in ein toskanisches Bergdorf. Doch was ihm zunächst wie das Paradies erscheint, entpuppt sich schnell als Hölle. Tom hält das Alleinsein nicht aus, fühlt sich eingesperrt und verfolgt. Als er begreift, dass er niemandem mehr vertrauen kann, auch seinen Freunden nicht, ist es zu spät: Er trifft eine verhängnisvolle Entscheidung …

1

Bönningstedt, Juni 2015

Seit zwei Tagen lag ein Tief über Norddeutschland, der Himmel war grau und wolkenverhangen, und kräftige Schauer peitschten über das Land. Jetzt gegen Abend wurde der Wind noch stärker, Tom erkannte dies immer daran, dass die uralte, nutzlose Katzenklappe neben der Eingangstür bei jeder Böe gegen den Rahmen schlug.

Charlotte schien sich nicht im Geringsten für das Wetter zu interessieren. Tom beobachtete sie durch die weit offen stehende Schlafzimmertür, wie sie mit bewundernswerter Sicherheit ihre Kleidung für eine Woche zusammensuchte und Schuhe, Unterwäsche, Blusen, Hosen, Röcke und Pullover in ihren Koffer legte. Sie zögerte nicht eine Sekunde, als wüsste sie ganz genau, was sie zu welcher Gelegenheit tragen würde. Und dabei summte sie noch leise vor sich hin.

In anderthalb Stunden ging ihr Flug, spätestens in zehn Minuten müssten sie das Haus verlassen.

Tom wurde schon nervös, wenn er Charlotte nur zusah. Sie strahlte eine Ruhe aus, als hätte sie noch lässig zwei Stunden Zeit. Wenn Tom zu einer Vernissage nach London, Wien oder New York fliegen musste, was er verabscheute, brauchte er mindestens einen ganzen Tag, um zu packen. Albträume von fürchterlichen Flugzeugkatastrophen wanderten schon tagelang vorher durch seine Gedanken, und er war ständig drauf und dran, alle Termine abzusagen und den Flug zu canceln.

Charlotte brauchte zum Packen höchstens zehn Minuten und schien sich darüber nicht die geringsten Gedanken zu machen.

»Es wird stürmisch!«, rief er in Richtung Schlafzimmer.

»Ja, ja ...«, rief sie zurück. »Wir hatten schon schlimmeres Wetter. Weißt du noch, als ich von Sydney zurückgekommen bin?«

Das war vor zwei Jahren gewesen. Tom erinnerte sich noch gut daran. Über Hamburg tobte ein Sturm mit Orkanböen, der Flieger, in dem Charlotte saß, brauchte drei halsbrecherische Landeversuche, beim ersten kippte das Flugzeug beinah auf die Seite und schrammte mit den Tragflächen fast die Startbahn, bevor es wieder durchstartete. Sämtliche deutschen Nachrichtensendungen hatten die beängstigenden Bilder von den Landungsversuchen ausgestrahlt.

Tom hatte in der Ankunftshalle auf Charlotte gewartet und war fast verrückt geworden vor Angst.

Charlotte dagegen hatte während der hochgefährlichen Landeversuche ungerührt Manuskripte gelesen und sich überhaupt nicht dafür interessiert, wie die Maschine gegen den Sturm ankämpfte.

Als sie ihm dann endlich um den Hals fiel und ihn umarmte, war *er* grün im Gesicht, sie nicht.

»Ich bin fertig!«, verkündete Charlotte in diesem Moment. »Wir können los. Oder soll ich mir doch ein Taxi nehmen?«

»Nein!«, sagte Tom. »Warum denn? Ich fahr dich.«

Charlotte trug enge, verwaschene Jeans, eine lässige Bluse, darüber eine derbe Lederjacke und Wildlederstiefel, die sie sowohl im Sommer als auch im Winter anzog.

Tom fand seine Frau wundervoll. Charlotte, eine erfolgreiche Produzentin, die aussah wie eine Mischung aus Countrygirl und Rockerbraut.

Er nahm ihr den Koffer ab, und sie verließen das Haus.

Auf dem Weg zum Auto mussten sie sich mit aller Kraft gegen den Wind stemmen, der Himmel wurde immer schwärzer.

»Es gibt heute noch was«, sagte Tom, als er den Motor anließ.

Charlotte strich sich gelassen durch die kurzen blonden Haare. »Mach dir keine Sorgen. Niemand will sterben. Auch nicht die Piloten. Sie werden schon wissen, was sie tun. Ich hab übrigens vorhin im Internet nachgeguckt. Alle Flieger in Hamburg starten planmäßig.«

Trotz des schlechten Wetters kamen sie zügig voran.

»Was hast du heute Abend noch vor?«, fragte Charlotte.

Tom zuckte die Achseln. »Gar nichts. Wahrscheinlich seh ich mir in Ruhe den *Tatort* an. Bei dem Sauwetter jagt man ja keinen Hund vor die Tür. Aber irgendwann diese Woche geh ich vielleicht mit René in den Cotton-Club, da spielt 'ne Jazz-Band aus England, die ich ganz interessant finde.«

Charlotte lächelte. »Schade. Da wär ich auch gern mit dir hingegangen.«

»Ein andermal. Läuft uns ja nicht weg.« Er legte seine Hand auf Charlottes Knie und streichelte sie kurz.

»Stimmt«, sagte sie leise.

»Wann kommst du genau zurück?«

»Samstagabend, achtzehn Uhr fünfzehn. Holst du mich ab?«

»Na klar. Dann können wir gleich was essen gehen.«

»Wunderbar.« Charlotte atmete tief ein. Immer wieder wurde ihr bewusst, was sie für ein großartiges Leben führten. Sie konnten tun und lassen, was sie wollten, jeder lebte seine Träume, beide hatten einen Beruf, den sie liebten, sie besaßen ein herrliches, relativ einsam gelegenes Haus im Norden von Hamburg, unweit des kleinen Ortes Bönningstedt, außerdem ein fantastisches Ferienhaus auf Sylt, direkt in den Dünen mit Blick aufs Meer, eine Segelyacht im Hafen Wedel und mehr Geld auf dem Konto, als sie wahrscheinlich in ihrem ganzen Leben ausgeben konnten. Sie waren gesund, hatten keine Sorgen und führten eine gute Ehe. Da blieben keine Wünsche offen.

Charlotte wusste, dass dies alles keineswegs selbstverständlich war. Es hatte ganz andere Zeiten gegeben, aber sie hatten beide einfach unverschämtes Glück gehabt.

Tom fuhr am Flughafen Fuhlsbüttel auf den Parkplatz drei, den er wie seine Westentasche kannte, parkte auf dem zweiten Parkdeck, hob Charlottes Koffer aus dem Kofferraum, drückte ihr einen Kuss aufs Haar, und gemeinsam gingen sie in die Abfertigungshalle.

»Du musst nicht warten«, sagte Charlotte, als sie vor dem Schalter standen. »Ich checke jetzt sofort ein und setze mich dann gleich vor den Abflugschalter, denn ich muss für die Besprechung morgen noch 'ne Menge lesen und durcharbeiten.«

»Okay.« Tom nahm Charlotte in den Arm. »Pass auf dich auf, ja? Und viel Erfolg!«

Sie lächelte. »Ich werd mir Mühe geben.«

»Ich freu mich schon auf Samstag, wenn du wieder da bist.«

»Ich mich auch.«

Er zog sie an sich und küsste sie.

»Ich liebe dich«, flüsterte sie.

»Ich liebe dich auch.«

Er wandte sich ab. »Mach's gut!«

Sie nickte und reihte sich in die Schlange zum Einchecken ein.

Im Davongehen drehte er sich noch einmal kurz um und winkte ihr zu.

Sie winkte zurück.

2

Es war keine Freude, mit dem breiten Audi-SUV auf dem engen Parkdeck zu manövrieren, aber Tom war jetzt die Ruhe selbst. Auf der Landstraße würde er irgendwo halten und telefonieren.

Es regnete ohne Unterbrechung, auf den Straßen schwamm das Wasser, der Scheibenwischer arbeitete auf höchster Stufe. Dicke schwarz-violette Wolken lagen über der Stadt, aber noch war kein Donnergrollen zu hören, auch Blitze durchzuckten noch nicht den düsteren Himmel.

Er fuhr langsam. Sechs Tage, bis Charlotte wiederkam, fast eine ganze Woche. Unter anderem würde er viel Zeit zum Malen finden.

Tom war ein renommierter Kunstmaler, der in den letzten zehn Jahren in der Kunstszene sehr bekannt geworden war, seine Bilder erzielten mittlerweile fünfstellige Preise. Aber das interessierte ihn weniger, Geld war nicht sein Problem, er arbeitete einfach leidenschaftlich gerne, weil er das Malen brauchte wie die Luft zum Atmen. Mit seinen Gefühlen konnte er schon immer schlecht umgehen, er hatte nicht sie, sondern sie hatten ihn im Griff. So war er seinen Stimmungsschwankungen und Ängsten, seinen Sehnsüchten und Verzweiflungen hilflos ausgeliefert, es sei denn, er malte und brachte das, was ihn erregte und bewegte, auf die Leinwand.

Charlotte hingegen war eine erfolgreiche Film- und Fernsehproduzentin, eine kühle Geschäftsfrau, die eiskalt verhandeln und den Sendern die Gelder aus den Rippen leiern konnte. Bei Filmstoffen und Drehbüchern verlor sie nie den dramaturgischen Durchblick, merkte sich Details wie ein Hochleistungscomputer, erklärte Redakteuren die Logik und schenkte Autoren so manch eine kreative Idee.

Während sich der sensible Tom seinen Träumen und Fantasien hingab, behielt sie immer die Realität im Blick und verlor nie die Kontrolle.

Die beiden ergänzten sich hervorragend, und das Duo Tom-Charlotte war einfach unschlagbar.

Tom hatte jetzt die Stadtgrenze erreicht und fuhr auf einer schnurgeraden Allee. Er schaltete das Radio ein und gleich wieder aus, Stimmen konnte er im Moment nicht ertragen, und er fand keinen Sender, der Musik spielte, die ihn entspannte.

In einer Ausweichbucht hielt Tom an, schaltete den Motor aus und wählte eine Nummer auf seinem Smartphone.

Sie meldete sich sofort.

»Hallo, Leslie«, sagte Tom, und seine Stimme klang weich und warm. »Wie sieht's aus? Bleibt es dabei? Heute Abend bei mir?«

»Ist sie weg?«

»Ja. Ich hab sie gerade zum Flugplatz gebracht. Jetzt müsste sie bereits eingecheckt haben.«

»Ist gut. Ich komme.«

»Wann bist du da?«

»Keine Ahnung. Aber ich beeil mich. René ist heute Abend bei seinem geliebten Juristenstammtisch, der nur alle zwei Monate stattfindet. Das geht meist sehr lange, die lassen es immer richtig krachen, vor eins oder zwei ist er sicher nicht zu Hause.«

»Oh wie schön, Leslie, ich freu mich.«

»Bis dann.« Sie legte auf.

Tom startete den Motor und fuhr weiter. Diesmal trotz des Regens wesentlich schneller.

Leslie kam um kurz vor acht. Sie stand in ihren knallbunten Gummistiefeln und einem Regenschirm mit blauem Himmel und Schäfchenwolken, der so riesig war, dass fünf Personen darunter Platz gehabt hätten, vor der Tür, grinste breit, und Tom fand sie unwiderstehlich.

Sie kam herein, zog die Stiefel aus, hängte den tropfenden Monsterschirm an die Garderobe und ließ sich in Toms Arme fallen.

Er küsste sie wild und leidenschaftlich und fuhr ihr dabei sofort mit der Hand unter den Pullover, aber sie drehte sich aus seinem Arm.

»Nun mal langsam, junger Mann. Wir haben schließlich vier Stunden Zeit. Und ich kann mir ja 'ne Menge vorstellen, aber nicht hier im Flur zwischen den nassen Sachen!«

Tom lachte leise und zog sie ins Wohnzimmer.

Später stand Tom in der Küche, schwenkte Garnelen in der Pfanne, gab Knoblauch und Paprika dazu, löschte das Ganze mit einem Schluck Weißwein ab und füllte es auf zwei Teller. Dazu gab es Baguette, einen kleinen grünen Salat und Champagner.

Zum Essen setzten sie sich ins Wohnzimmer, auf dem Tisch brannten mehrere Kerzen.

Sie aßen lange Zeit schweigend und sahen sich an.

»Es schmeckt fantastisch«, meinte Leslie schließlich.

»Das freut mich. Und? Was gibt's Neues?«

»Nicht viel. Eigentlich gar nichts. Und bei dir?«

»Auch nichts. Nur Charlotte arbeitet ziemlich viel. Tag und Nacht eigentlich. Sie schwimmt auf einer regelrechten Erfolgswelle, alles, was sie anschiebt, klappt, und ich hab manchmal Angst, dass sie sich übernimmt.«

»Wann hab ich sie das letzte Mal gesehen?«, überlegte Leslie. »Vor drei Wochen ungefähr. Da erschien sie mir sehr entspannt und äußerst zufrieden.« Sie lächelte. »Überarbeitet kam sie mir jedenfalls nicht vor.«

»Hoffentlich hast du recht, denn jetzt plant sie auch noch, das Leben von Liz Taylor zu verfilmen, und da freut sie sich drauf.«

»Echt? Ich bin ein großer Fan von Liz Taylor. Hast du *Wer hat Angst vor Virginia Woolf* gesehen?«

»Sicher. War sensationell …« Er brach mitten im Satz ab, denn er wollte jetzt weder über das Theaterstück noch über den Film noch über Charlotte diskutieren. »Hast du Lust auf ein Bad, oder gehen wir gleich ins Bett?«

»Ich hab Lust auf beides«, meinte Leslie und grinste.

Sie stand auf und löschte die Kerzen. Tom griff nach Flasche und Gläsern, und sie gingen nach oben.

Während sie sich später liebten, grummelte in der Ferne der Donner. Regen prasselte gegen die Fenster.

Plötzlich gab es einen Knall, einen gleißend hellen Blitz und einen einzigen, ohrenbetäubenden Donnerschlag.

Und augenblicklich war es stockdunkel.

3

Leslie kicherte und seufzte leise.

»Psst!«, zischte Tom.

Sie kicherte immer noch. »Du kitzelst mich!«

»Sei mal still!« Tom drückte ihr die Hand auf den Mund.

»Warum machst du denn nicht weiter?«, fragte sie und biss ihm ins Ohrläppchen.

»Nein. Ruhig! Da war was. Ein merkwürdiges Geräusch. Ich glaub, ich hab ein Poltern gehört.«

»Du spinnst! Das ist das Gewitter!«, flüsterte Leslie gereizt, die sich Toms Berührungen gerade vollkommen lustvoll hingegeben hatte, in ihren sexuellen Fantasien davongeflogen war und nun hart in der Realität landete.

»Psst!«

Er wusste nicht, ob es wirklich im Haus gewesen war. Unten in der Küche? Oder im Wohnzimmer?

Momentan schwieg das Gewitter, auch der Regen hatte nachgelassen.

Tom spürte, dass er den Atem anhielt, wagte es nicht, sich zu bewegen.

Vorsichtig richtete er sich ein wenig auf. Sein Halswirbel knackte, und dieses Geräusch hallte schreiend laut in seinem Kopf. Als hackte jemand Holz.

Die Kerze auf dem Nachttisch flackerte, er sah Leslies ungläubigen Gesichtsausdruck und legte den Finger auf seine Lippen.

Vor den Fenstern waren keine Gardinen, das fahle Mondlicht warf einen leichten Schimmer aufs Bett.

Vollkommen unbeweglich lauschte er weiter in die Stille. Leslie beobachtete ihn und bewegte sich nicht.

Eine knappe Minute wartete er und horchte. Holte nicht ein einziges Mal Luft und registrierte zunehmend erleichtert, dass die Stille blieb. Wahrscheinlich hatte er sich getäuscht.

Seit vier Jahren lebte er nun mit Charlotte in diesem komplett abgelegenen friesischen Haus. Sie liebten es beide, aus jedem Fenster über die weiten Felder gucken zu können, aber waren in dieser Einsamkeit auch auf sich gestellt. Das nächste Nachbarhaus lag zwar in Sichtweite, aber dennoch drei Kilometer entfernt. Einen Einbruch oder Überfall bekam niemand mit, und das war für sie, seit sie hier wohnten, die absolut schlimmste Vorstellung.

Immer noch vollkommene Ruhe.

Er hörte nichts. Gar nichts.

Langsam ließ er sich zurück ins Kissen sinken. Wahrscheinlich hatte er sich alles nur eingebildet. Er atmete tief durch und entspannte sich.

Die Digitalanzeige des Radioweckers war wegen des Stromausfalls schwarz, er hatte keine Ahnung, wie spät es genau war, aber uns bleiben bestimmt noch zwei Stunden, sagte er sich, mach dich nicht verrückt.

Da.

Da war es wieder. Verdammt. Diesmal hatte er es ganz deutlich gehört, es hatte geklungen, als wäre jemand gegen einen Stuhl gestoßen und hätte ihn über die Fliesen geschoben. Ein schabendes Geräusch. Ganz genau konnte er es nicht deuten. Aber er war sicher, dass es nicht der Wind war, der das Kabel der Außenlaterne gegen die Wand schlug. Und es war auch kein Tier, das draußen die Gießkanne oder einen Klappstuhl auf der Terrasse umgeworfen hatte. Es kam nicht von draußen. Es kam von drinnen.

Jemand war im Haus.

Nein, bitte nicht!, flehte er innerlich. Das darf nicht wahr sein, nein, das kann einfach nicht sein!

Der Sturm heulte und machte ihn ganz verrückt, weil er die Geräusche nicht eindeutig orten konnte. War es vielleicht doch die Loo-Tür, die am Haken eingehängt im Wind hin und her schlug?

Nein, es kam aus einer anderen Richtung.

Und wieder hörte er etwas. Leiser zwar, aber eindeutig. Von innen. Nicht von draußen.

Jetzt kam es darauf an, keinen, nicht den geringsten Laut von sich zu geben. Bloß nicht den Einbrecher auf sich aufmerksam machen, der vielleicht davon ausging, dass niemand im Haus war.

Tom war klar, dass das Überraschungsmoment bei ihm bleiben musste, sonst hatte er verloren.

Er legte Leslie die Hand auf den Arm. »Ganz still«, flüsterte er. »Rühr dich nicht. Keinen Laut jetzt!«

Das Herz schlug ihm vor Aufregung bis zum Hals, als er langsam mit seiner Hand unter dem Bett nach seiner Harpune tastete. Vor einem knappen halben Jahr hatte er sie im Internet bestellt, weil man diese Waffe ohne Waffenschein kaufen konnte. Auslöser war ein Überfall im Nachbarort gewesen. Drei junge Männer waren in das Haus eines Ehepaares eingedrungen und hatten die beiden alten Leute zusammengeschlagen, gefesselt und gefoltert. Sie wären an ihren Verletzungen fast gestorben. Erbeutet hatten die Räuber das gesamte Ersparte der beiden Alten und den Familienschmuck.

Bereits eine Woche nach der Bestellung lag das Paket auf dem Küchentisch. Tom setzte die Harpune zusammen und probierte sie im Garten aus, als Charlotte nicht zu Hause war, weil er wusste, dass sie eine Aversion gegen Waffen aller Art hatte.

Sie funktionierte hervorragend, und nach einigen Schüssen gingen ihm das Spannen der Feder und das Einlegen des Pfeils schon leichter und schneller von der Hand.

Dann hatte er sie – für alle Fälle – unters Bett gelegt und seitdem nicht mehr hervorgeholt.

Seine Finger tasteten weiter den Fußboden ab. Verflucht! Er kam nicht dran! Sie lag zu weit entfernt. Wahrscheinlich hatte die Putzfrau sie mit jedem Wischen immer mehr in die Mitte geschoben.

Instinktiv legte er beruhigend die Hand auf Leslies Oberschenkel, die wie erstarrt neben ihm lag.

Dann drehte er sich vorsichtig und so leise wie möglich auf die Seite, um noch tiefer unter das Bett fassen zu können.

Da! Endlich! Er bekam die Harpune, den Ladestab, einen Pfeil und eine Pfeilspitze zu fassen und zog alles vorsichtig unter dem Bett hervor, damit nichts davon über die Dielen schrammte.

In der Stille der Nacht erschien jedes leichte Kratzen so laut wie die Arbeitsgeräusche einer Horde Handwerker im Haus.

Langsam hob er die Harpune im Dunkeln hoch und ärgerte sich, dass er sie so lange nicht mehr in der Hand gehabt hatte.

»Was machst du denn da?«, hauchte Leslie.

»Sei ganz still, ja?« Noch einmal legte er den Finger auf die Lippen.

Lautlos glitt er aus dem Bett und stand auf. Er nahm den Ladestab, schob ihn von oben mit aller Kraft in den Lauf der Harpune und presste die Feder bis zum Anschlag. Als sie endlich einrastete, klang es in seinen Ohren wie ein Peitschenknall.

Er hielt inne. Wartete einen Moment – aber nichts geschah.

Dann setzte er den Pfeil ein, nahm die Pfeilspitze, schraubte sie mit zitternden Händen langsam und vorsichtig auf den Pfeil und zwang sich zur Ruhe, um sie nicht zu verkanten.

Die Zeit, sich eine Hose oder Hausschuhe anzuziehen, nahm er sich nicht.

»Was soll das? Was hast du vor?« Leslie saß im Bett und starrte ihn mit großen, ängstlichen Augen an.

In diesem Moment wurde ihm klar, dass es eine Katastrophe wäre, wenn sie ihm nach unten folgen würde. Das musste er unbedingt verhindern.

Lesen Sie weiter

SABINE THIESLER
NACHTS IN MEINEM HAUS

ISBN 978-3-453-26969-9
E-Book: ISBN 978-3-641-20232-3